LA PENSION CARON

DU MÊME AUTEUR

La Souris et le Rat, roman, Gatineau, Vents d'Ouest, 2004
L'été de 1939, avant l'orage, roman, Montréal, Hurtubise, 2006, format compact, 2008
La Rose et l'Irlande, roman, Montréal, Hurtubise, 2007
Haute-Ville, Basse-Ville, roman, Montréal, Hurtubise, 2009, format compact, 2012 (réédition de *Un viol sans importance*)
Un homme sans allégeance, roman, Montréal, Hurtubise, 2012 (réédition de *Un pays pour un autre*)
Père et mère tu honoreras, roman, Montréal, Hurtubise, 2016
Eva Braun, tome 1, *Un jour mon prince viendra*, roman, Montréal, Hurtubise, 2017
Eva Braun, tome 2, *Une cage dorée*, roman, Montréal, Hurtubise, 2018
Un seul Dieu tu adoreras, roman, Montréal, Hurtubise, 2018
Impudique point ne seras, roman, Montréal, Hurtubise, 2019

SAGA LE CLAN PICARD
Les Portes de Québec, tome 1, *Faubourg Saint-Roch*, roman, Montréal, Hurtubise HMH, 2007, format compact, 2011
Les Portes de Québec, tome 2, *La Belle Époque*, roman, Montréal, Hurtubise HMH, 2008, format compact, 2011
Les Portes de Québec, tome 3, *Le prix du sang*, roman, Montréal, Hurtubise HMH, 2008, format compact, 2011
Les Portes de Québec, tome 4, *La mort bleue*, roman, Montréal, Hurtubise HMH, 2009, format compact, 2011
Les Folles Années, tome 1, *Les héritiers*, roman, Montréal, Hurtubise, 2010, format compact, 2011
Les Folles Années, tome 2, *Mathieu et l'affaire Aurore*, roman, Montréal, Hurtubise, 2010, format compact, 2011
Les Folles Années, tome 3, *Thalie et les âmes d'élite*, roman, Montréal, Hurtubise, 2011, format compact, 2011
Les Folles Années, tome 4, *Eugénie et l'enfant retrouvé*, roman, Montréal, Hurtubise, 2011, format compact, 2011
Les Années de plomb, tome 1, *La déchéance d'Édouard*, roman, Montréal, Hurtubise, 2013
Les Années de plomb, tome 2, *Jour de colère*, roman, Montréal, Hurtubise, 2014
Les Années de plomb, tome 3, *Le choix de Thalie*, roman, Montréal, Hurtubise, 2014
Les Années de plomb, tome 4, *Amours de guerre*, roman, Montréal, Hurtubise, 2014
Le Clan Picard, tome 1, *Vies rapiécées*, roman, Montréal, Hurtubise, 2018
Le Clan Picard, tome 2, *L'enfant trop sage*, roman, Montréal, Hurtubise, 2018
Le Clan Picard, tome 3, *Les ambitions d'Aglaé*, roman, Montréal, Hurtubise, 2019

SAGA FÉLICITÉ
Félicité, tome 1, *Le pasteur et la brebis*, roman, Montréal, Hurtubise, 2011, format compact, 2014
Félicité, tome 2, *La grande ville*, roman, Montréal, Hurtubise, 2012, format compact, 2014
Félicité, tome 3, *Le salaire du péché*, roman, Montréal, Hurtubise, 2012, format compact, 2014
Félicité, tome 4, *Une vie nouvelle*, roman, Montréal, Hurtubise, 2013, format compact, 2014

SAGA 1967
1967, tome 1, *L'âme sœur*, roman, Montréal, Hurtubise, 2015
1967, tome 2, *Une ingénue à l'Expo*, roman, Montréal, Hurtubise, 2015
1967, tome 3, *L'impatience*, roman, Montréal, Hurtubise, 2015

SAGA SUR LES BERGES DU RICHELIEU
Sur les berges du Richelieu, tome 1, *La tentation d'Aldée*, roman, Montréal, Hurtubise, 2016
Sur les berges du Richelieu, tome 2, *La faute de monsieur le curé*, roman, Montréal, Hurtubise, 2016
Sur les berges du Richelieu, tome 3, *Amours contrariées*, roman, Montréal, Hurtubise, 2017

SAGA ODILE ET XAVIER
Odile et Xavier, tome 1, *Le vieil amour*, roman, Montréal, Hurtubise, 2019
Odile et Xavier, tome 2, *Le parc La Fontaine*, roman, Montréal, Hurtubise, 2020
Odile et Xavier, tome 3, *Quittance finale*, roman, Montréal, Hurtubise, 2020

SAGA LA PENSION CARON
La Pension Caron, tome 1, *Mademoiselle Précile*, roman, Montréal, Hurtubise, 2020
La Pension Caron, tome 2, *Des femmes déchues*, roman, Montréal, Hurtubise, 2021

Jean-Pierre Charland

LA PENSION CARON

tome 3

Grands drames, petits bonheurs

Roman historique

Hurtubise

Catalogage avant publication de Bibliothèque et Archives nationales du Québec et Bibliothèque et Archives Canada

Titre: La pension Caron / Jean-Pierre Charland.
Noms: Charland, Jean-Pierre, 1954- auteur. | Charland, Jean-Pierre, 1954- Grands drames, petits bonheurs.
Description: Sommaire: 3. Grands drames, petits bonheurs.
Identifiants: Canadiana 20200084283 | ISBN 9782897816001 (vol. 3)
Classification: LCC PS8555.H415 P46 2020 | CDD C843/.54—dc23

Les Éditions Hurtubise bénéficient du soutien financier du gouvernement du Québec par l'entremise du programme de crédit d'impôt pour l'édition de livres et de la Société de développement des entreprises culturelles du Québec (SODEC). L'éditeur remercie également le Conseil des arts du Canada de l'aide accordée à son programme de publication.

Financé par le gouvernement du Canada | Canada

Illustration de la couverture: Jean-Paul Eid
Conception graphique: René St-Amand
Maquette intérieure et mise en pages: Folio infographie

ISBN 978-2-89781-600-1 (version imprimée)
ISBN 978-2-89781-601-8 (version numérique PDF)
ISBN 978-2-89781-602-5 (version numérique ePub)

Dépôt légal: 1er trimestre 2021
Bibliothèque et Archives nationales du Québec
Bibliothèque et Archives Canada

Diffusion-distribution au Canada:
Distribution HMH
1815, avenue De Lorimier
Montréal (Québec) H2K 3W6
www.distributionhmh.com

Diffusion-distribution en France:
Librairie du Québec / DNM
30, rue Gay-Lussac
75005 Paris
www.librairieduquebec.fr

Imprimé au Canada
www.editionshurtubise.com

Les personnages

Bujold, Louis: Âgé de vingt-sept ans, il est comptable à la société d'assurances La Sauvegarde, à Montréal. Il a épousé Constance Nault en 1938.

Canuel, Étienne: Dans la cinquantaine, c'est l'un des deux vice-présidents de la société d'assurances La Sauvegarde. Il assume la direction du siège social.

Canuel, Luce: (Née Cartier) À trente-cinq ans, elle est l'épouse d'Étienne Canuel.

Caron, Précile: Toujours célibataire à trente-quatre ans, elle possède et administre la Pension Caron.

Chevalier, Adrien: Économiste de vingt-six ans, employé à la Commission des prix et du commerce en temps de guerre. Il s'entiche d'Hélène Martin.

Desrochers, Lise: Employée chez Dupuis Frères, âgée de vingt-deux ans, elle fait partie de la brigade de protection civile chez son employeur. Elle loge à la Pension Caron.

Dupéré, Jovette: Toujours célibataire à quarante et un ans, elle est la secrétaire du directeur de l'École des hautes études commerciales. Elle habite à la Pension Caron.

Garon, Bob: Membre de la *military police*, il passe dans la vie de Lise Desrochers.

Gonthier, Léandre: Agent d'assurances âgé de trente-neuf ans, il loge à la Pension Caron. Il a obtenu une séparation de corps de sa femme.

Latour, Auréa (née Rhéaume) : Âgée de vingt-quatre ans, employée à la Pharmacie de Montréal, elle a épousé Eudes Latour. Le couple habite à la Pension Caron.

Latour, Eudes : Pharmacien à la Pharmacie de Montréal, âgé de trente ans, il est locataire à la Pension Caron. Il a épousé Auréa Rhéaume en 1938.

Lefort, Jean : Fonctionnaire fédéral âgé de quarante ans, il travaille pour le service de censure. Il habite à la Pension Caron après le déménagement d'Eudes Latour.

Martin, Hélène : Secrétaire âgée de vingt-deux ans, elle rencontre Adrien Chevalier après avoir rompu avec son fiancé. Elle loge à la Pension Caron.

Nault, Constance : À vingt-neuf ans, elle est secrétaire à la société d'assurances La Sauvegarde.

Samson, Cédulie : Mère de Précile Caron, après avoir épousé Hermas Samson en secondes noces, elle a cédé sa maison de chambres à sa fille.

Samson, Hermas : Veuf âgé de cinquante-neuf ans, c'est le gérant de la Pharmacie de Montréal. Il a épousé Cédulie Caron en 1937.

Trottier, Jeanne : Née Tanguay, âgée de trente-neuf ans, elle a obtenu une séparation de corps à cause de la brutalité de son mari. Elle est employée comme domestique à la Pension Caron.

Vézina, Yvette : Propriétaire d'une mercerie rue Sainte-Catherine, âgée fin trentaine, elle loge à la Pension Caron.

Valois, Irénée : Ancien employé chez Dupuis Frères, à vingt-neuf ans il travaille au CNR. Il a épousé Lucina Cayer en 1938.

Valois, Lucina (née Cayer) : Âgée de vingt-trois ans, elle a épousé un collègue de chez Dupuis Frères, Irénée Valois. Elle vit dans la paroisse Saint-Pierre-Apôtre.

Chapitre 1

— Alors, je peux compter sur toi pour t'en occuper à la nuit tombée ?

Louis Bujold se tenait debout dans le bureau d'Étienne Canuel, à La Sauvegarde. Ce dernier avait quitté sa place pour aller prendre son chapeau de paille accroché à la patère.

— Vous pouvez nous faire confiance. Au préalable, Constance et moi avons décidé de manger dans le coin et d'aller au cinéma.

Cela valait mieux que de rentrer à l'appartement rue Laurier et revenir au siège social de la société d'assurances ensuite. Il suivit son patron dans l'antichambre de son bureau. Du regard, Canuel inclut Constance dans la conversation.

— Dans ce cas, je vous remercie tous les deux et je vous souhaite une bonne soirée.

Après son départ, Louis demanda à sa femme :

— Tu es certaine que ta mère est contente de garder Laurent ?

— Ma mère sera toujours contente de garder Laurent. Toute la journée, et tous les jours de l'année.

Léontine Nault avait très difficilement accepté leur mariage, près de trois ans auparavant. Elle ne voulait pas se séparer de Laurent, présenté comme son enfant depuis sa naissance. Son rôle de gardienne lui permettait de garder le contact avec lui.

— Laurent, de son côté, démontre un peu moins d'enthousiasme.

— Pauvre garçon… Avec les grandes vacances qui arrivent, il se retrouvera encore plus souvent avec elle.

Pendant la conversation, Constance avait quitté sa place. C'est en se tenant par le bras qu'ils se dirigèrent vers l'ascenseur. Comme ils s'y trouvaient seuls, elle demanda :

— Tu as l'intention de contribuer à l'emprunt de la Victoire ?

— Pas toi ?

La voyant perplexe, il répondit à sa question :

— Oui. De toute façon, avec la rareté des biens de consommation dans les magasins, ça devient difficile de dépenser notre argent. En plus, ça rapporte trois pour cent.

— C'est un bon rendement ?

— Il sera acceptable si on gagne la guerre. Si on la perd, ça n'aura aucune importance.

Dehors, ils allèrent prendre un tramway pour se diriger vers le nord. Après un souper léger dans un café de la rue Sainte-Catherine, ils se dirigèrent vers le cinéma Strand. Constance s'arrêta devant l'affiche près de la porte.

— Tu connais ce film ? Et ce comédien, Ronald Reagan ?

Il s'agissait de *Million Dollar Baby*, racontant l'histoire d'une héritière. Louis ne connaissait ni l'un ni l'autre, et le lendemain, il ne s'en souviendrait guère. Quand ils sortirent de l'établissement, les lumières de la marquise étaient éteintes, comme celles de la plupart des vitrines. Ils avaient le temps de retourner à pied au bureau. Devant l'immeuble de La Sauvegarde, ils s'arrêtèrent un moment. Toutes les fenêtres ressemblaient à autant de trous noirs.

— Canuel nous fait perdre notre temps, commenta Constance. Tout le monde a compris qu'il fallait éteindre les lumières avant de partir.

— Mais si nous n'étions pas là, imagine tous ceux qui défieraient la loi, dit Louis. Nous sommes des figures d'autorité.

Ils en auraient pour une heure à faire le tour des douze étages afin de s'assurer qu'aucune lampe n'était demeurée allumée.

La radio jouait en sourdine dans la Pension Caron. Les locataires étaient presque tous réunis au salon pour écouter les annonceurs compter les minutes avant la grande obscuration, la première de la guerre à Montréal. Eudes et Auréa se tenaient l'un près de l'autre sur le canapé. Après avoir consulté sa femme du regard, l'homme se leva en disant :

— Nous allons monter. Bonsoir tout le monde.

Auréa murmura le même souhait.

— N'oubliez pas d'éteindre, rappela Précile.

— Si jamais nous oublions, je promets de payer l'amende.

Comme ils étaient les seuls à former un couple dans la maison, les seuls aussi à occuper une pièce double, ils montaient habituellement les premiers pour profiter de leur intimité.

— Il y a vraiment une amende si quelqu'un laisse une lumière allumée ? demanda Hélène Martin, une jeune femme habitant la pension depuis moins d'une année.

— Ça me surprendrait, dit Jovette Dupéré. Aucune loi, aucun règlement municipal n'encadre l'exercice, ce n'est pas une exigence du ministère de la Défense.

La secrétaire du directeur de l'École des hautes études commerciales était devenue la plus ancienne locataire de la maison. Ce statut, et son âge, l'autorisait sans doute à adopter un ton sentencieux. Comme si elle prenait le relais d'Hermas Samson, qui avait quitté les lieux trois ans plus tôt.

— De toute façon, cette mise en scène n'a aucune autre utilité que de nous mettre dans l'ambiance pour acheter des obligations de la Victoire, continua-t-elle. Samedi dernier, c'était la parade dans les rues de Montréal avec des centaines de militaires. Et les encarts dans les journaux, payés par toutes les grandes entreprises qui veulent se faire bien voir du gouvernement. Puis aujourd'hui, nous voilà à jouer le grand drame de l'obscuration.

— Mais si jamais des bombardiers allemands se rendaient jusqu'ici… murmura Hélène.

— Aucun avion allemand n'est capable de porter des bombes à Montréal.

L'affirmation venait d'Yvette Vézina, la seconde vieille fille de la maison. Depuis trois ans, elle occupait la chambre laissée libre par Louis Bujold. Elle tenait une boutique de lingerie, rue Sainte-Catherine.

Des yeux, Hélène Martin consulta Léandre Gonthier, comme pour se faire confirmer la chose par un homme. Sa lecture assidue de deux ou trois quotidiens lui donnait un statut d'expert.

— Yvette a raison. Il y a bien eu des vols commerciaux entre l'Europe et les États-Unis en 1939, mais il fallait faire escale à Terre-Neuve, et même ici, à l'est de Montréal. Mais aucun de ces *flying boats* ne peut transporter des bombes.

Le Boeing 314 Clipper avait offert un service transatlantique de juin à octobre 1939. La guerre y avait mis fin.

— Alors tout ça… ?

— Mademoiselle Dupéré décrit très bien la situation. Cela vient en même temps que le troisième emprunt pour mousser la vente.

À ce moment, à la radio il y eut quelques mesures du *God Save the King*, puis la voix grave de Roger Baulu annonça :

— Dans une minute, la première sirène annoncera le moment d'éteindre toutes les lumières.

— Dépêchons-nous, dit Précile en quittant son fauteuil. Léandre, veux-tu vérifier que tout est fermé en haut ?

Au passage, elle éteignit la lampe sur pied et appuya sur l'interrupteur près de la porte. Ensuite, elle se rendit dans la cuisine pour s'assurer de l'absence de tout rai de lumière. Léandre se contenta de monter quelques marches. Le premier étage semblait baigner dans l'obscurité. Quand il revint, il mit la main sur la poignée de la porte en disant :

— Je vais dehors.

À cet instant, la radio émit un bruit aigu, tout de suite repris à l'extérieur, comme en écho, par toutes les sirènes de la ville : celles des usines, celles de la police et des pompiers. Le tintamarre s'interrompit rapidement pour recommencer presque aussitôt, cette fois pour deux minutes. Précile vint rejoindre Léandre sur le balcon et lui prit le bras. Tous les lampadaires de la rue Saint-Denis s'éteignirent.

— Au moins, nous passerons inaperçus…

Ils virent les fenêtres des maisons de l'autre côté de la rue s'obscurcir en même temps, comme si elles obéissaient à un seul interrupteur. Pourtant, le couple n'échappait au regard de personne. La lune jetait sur eux une lumière laiteuse.

Les voitures dans la rue s'immobilisèrent et les conducteurs éteignirent leurs phares. À une centaine de verges, un tramway s'arrêta aussi, pour se vider aussitôt de ses passagers.

— Je peux regarder avec vous ?

Hélène Martin se tenait dans l'embrasure de la porte. Précile lâcha le bras de son amoureux tout en disant :

— Bien sûr.

Les habitants de la rue semblaient habités de la même curiosité, sortant sur les galeries et les balcons. Certains s'appuyaient sur le rebord des fenêtres. Maintenant, de multiples points de lumière apparaissaient.

— Fumer est interdit, non ? Ça peut attirer l'attention des aviateurs.

Malgré les explications entendues précédemment, Hélène semblait croire à l'imminence d'un bombardement.

— Vus du ciel, ces petits points rouges doivent être gommés par le clair de lune.

Tout en parlant, Léandre regarda la montre à son poignet. L'obscuration devait durer quinze minutes. Un temps très court, mais aussi très long quand on attendait le retour de la lumière.

Lise Desrochers était sortie du magasin Dupuis Frères au premier son des sirènes.

— Que doit-on faire ?

La jeune femme s'adressait à Lionel Dubuc, un employé du service comptable.

— Nous patrouillons les rues des environs pour nous assurer que tout le monde respecte le mot d'ordre.

Ils étaient une douzaine d'employés du grand magasin à marcher deux par deux – des membres du Comité de protection civile de l'entreprise invités à servir d'auxiliaires aux autorités. Des centaines de policiers et de soldats faisaient la même chose.

Sous les yeux des deux collègues, des automobilistes se rangeaient près des trottoirs, coupaient leurs phares et leurs moteurs. Tous, sauf un. Lionel se pencha vers la vitre ouverte pour dire :

— Le moteur aussi, monsieur. Des étincelles peuvent être vues du ciel.

— Ben si y sort des étincelles de ton char, t'as un hostie de bazou !

Tout de même, le bonhomme tourna la clé de contact. Quand Lionel rejoignit sa compagne, il maugréa :

— Pourtant ce n'est pas difficile à comprendre. En entendant les sirènes, ils doivent se stationner, fermer les lumières, arrêter le moteur et ne repartir qu'au signal de la fin de l'exercice.

Ils s'étaient engagés vers le sud, dans la rue Berri.

— Les gens sont comme ça, dit Lise.

Au tournant de la vingtaine, il s'agissait d'une jolie blonde, plutôt menue. Difficile de l'imaginer en train de houspiller les Montréalais récalcitrants. Quoiqu'une belle fille pouvait se faire obéir plus facilement qu'un comptable peu sûr de lui

— Ça aussi, c'est défendu, dit Lionel en désignant des personnes au milieu de la rue. Les piétons doivent rentrer chez eux dès le signal ou chercher refuge dans un portique, une encoignure ou le long d'un mur, et ne pas bouger avant la fin. Il ne faut pas se faire voir. S'ils volaient assez bas, les pilotes pourraient les mitrailler.

Personne ne pouvait ignorer les règles : tous les journaux, toutes les radios les répétaient depuis une bonne semaine.

— Avec la lune, on les voit très bien, insista l'homme. Si jamais il y avait un vrai bombardement, ils auraient l'air fin.

À son ton, on aurait pu croire qu'il espérait que ce soit le cas. Comme pour donner une leçon à ces gens qui feignaient de ne rien comprendre.

— C'est comme pour les cigarettes…

Tous les habitants de la rue semblaient s'être réunis dehors. La moitié d'entre eux fumaient. Si plusieurs dissimulaient leur cigarette dans leur main, comme des écoliers désireux d'échapper au regard des surveillants, la plupart montraient la plus parfaite indifférence.

— Quand même, dit Lise, c'est curieux de voir la ville comme ça, sous la lune. Ça me rappelle ma campagne.

— Vous venez de loin ?

— Saint-Hugues… C'est dans Bagot, près de la rivière Yamaska. Et même quand tout le monde au village ouvre ses lumières, ça ressemble à ça.

De la main, elle fit un geste ample pour désigner la ville dans l'obscurité. Ils marchèrent vers le sud jusqu'à la rue Notre-Dame, au-delà du parc Viger. Lionel se retint de discipliner à nouveau les automobilistes ou les badauds. Enfin, ils entendirent les sirènes annonçant la fin de l'exercice, virent les lampadaires se rallumer, ainsi que les lumières dans les maisons.

Ensuite, tous les deux prirent la rue Saint-Denis vers le nord. En arrivant devant la maison de chambres, Lise s'arrêta.

— J'habite ici, alors je vais vous abandonner.

Lionel eut peut-être envie de la semoncer : les membres du comité de protection civile devaient se retrouver au magasin, pour un débriefing. Puis il se dit que leur pérégrination ne ferait pas l'objet d'un rapport très développé.

— Je vous souhaite bonne nuit, mademoiselle Desrochers.

— Bonne nuit à vous aussi, monsieur Dubuc.

À la pension, le salon était désert. Lise se dirigea vers sa chambre, sous les combles.

Employés exemplaires, Louis et Constance s'étaient arrêtés à tous les étages de l'édifice de La Sauvegarde pour s'assurer qu'aucun employé négligent n'avait laissé une lumière allumée. Ensuite, ils allèrent s'asseoir devant une grande fenêtre en arc de cercle dans l'un des bureaux en façade du dixième étage. Comme ils ne toucheraient à rien, l'occupant de l'endroit, un avocat de renom, ne risquait pas de leur en tenir rigueur.

De ce poste d'observation, le couple avait une vue exceptionnelle sur la ville. À dix heures trente, l'extinction des lampadaires, rue après rue, représenta un étrange spectacle.

— C'est impressionnant de voir ça, murmura la jeune femme. Ça fait penser à Londres. Là-bas, l'obscurité annonce par contre l'arrivée des bombardiers… Crois-tu que ça pourrait arriver ici ?

— Non, pas du tout. Ne t'inquiète pas.

Pourtant, Constance s'inquiétait. Trop de films, trop d'articles dans les journaux parlaient du triste sort des Londoniens.

— C'est comme si la ville était vidée de ses habitants. C'est… fantomatique.

Au clair de lune elle voyait très bien son mari. Louis hocha la tête pour acquiescer.

— Tout de même, il y a quelques exceptions, dit-il en pointant le doigt vers l'ouest.

— Ils ne respectent pas les directives ?

— Avec la bénédiction des autorités. Ce sont les usines de guerre. *La Presse* disait toutefois que des toiles opaques seraient bientôt disponibles pour empêcher la moindre lueur de passer.

Après un moment, Constance remarqua encore :

— Des bombardiers ne devaient pas survoler la ville pour faire plus vrai ?

— Je suppose qu'il y a eu un empêchement.

Les journaux leur apprendraient le lendemain que le vent rendait les conditions de vol trop dangereuses.

Pour le couple assis confortablement, les quinze minutes passèrent rapidement. La lumière revint, les véhicules se remirent en marche.

— Bon, dit Louis en se levant, maintenant allons récupérer Laurent.

Il tendit la main à son épouse pour l'aider à se lever. Ensemble, ils remirent les chaises à leur place habituelle, puis quittèrent le cabinet de l'avocat. Dans l'ascenseur, Louis murmura :

— Viens ici.

Il prit Constance dans ses bras pour l'embrasser goulûment. L'une de ses mains caressait la nuque, l'autre parcourut le flanc gauche, puis s'arrêta sur son sein. Ils se comportaient encore comme des nouveaux mariés. Quand les portes s'ouvrirent, elle murmura :

— Si les gens te regardent avec insistance, ce sera parce que tu as la bouche couverte de rouge à lèvres.

— Au risque de faire des envieux.

Dans les rues, ils aperçurent de nombreuses personnes. Des voisins s'interpellaient pour partager leurs impressions sur le succès du grand exercice d'obscuration. Ce lundi 9 juin 1941, le temps très doux donnait envie de rester dehors.

∞

En arrivant sous les combles de la maison de chambres, Lise Desrochers commença par un arrêt à la salle de bains. Comme un peu de lumière passait sous la porte de sa voisine immédiate, elle frappa très légèrement, puis entra quand elle y fut invitée.

Hélène Martin se trouvait assise dans son lit, sous les draps, un magazine dans les mains.

— Alors, as-tu arrêté des dizaines de personnes irrespectueuses des directives ?

— Tu veux rire ! La plupart des gens étaient dehors, en contravention de ces directives, justement. Quand même, à part les lueurs de cigarettes, on ne voyait pas de lumière.

Lise avait tourné la chaise placée près d'une petite table pour faire face au lit.

— Mais bon, comme il fait beau, ce fut une belle promenade.

— En bonne compagnie ?

La visiteuse laissa échapper un rire bref.

— Très bonne ! J'ai marché avec un gars de la comptabilité marié, reconnu pour ne jamais achaler les filles. Irréprochable. Le seul homme vertueux dans la bâtisse.

La déception était bien perceptible. Elle avait décidé de s'inscrire au Comité de protection civile de Dupuis et Frères en imaginant pouvoir rencontrer des hommes de son âge. À cause du recrutement, les célibataires dans la jeune vingtaine étaient toutefois en train de devenir une denrée rare.

— En tout cas, c'est rassurant de voir que des hommes mariés se souviennent de leur engagement, dit Hélène.

Car justement, la présence de milliers de jeunes femmes privées de leur galant alimentait les fantasmes de nombreux messieurs plus âgés. Leurs épouses devaient rêver d'un retour à la paix très prochain.

La routine ne changeait pas, dans la pension. Comme tous les soirs où aucun exercice d'obscuration n'était prévu, Précile Caron passait un peu moins d'une heure dans le salon avec ses locataires et regagnait ensuite ses quartiers.

La même conversation se répétait d'une journée à l'autre, elle se lassait de l'entendre. En juin 1941, il n'existait plus qu'un seul sujet: la guerre. Que ce soit en évoquant les films, les spectacles, l'alimentation ou la mode. Depuis 1939, cela se présentait de la même façon: par la propagande, le recrutement, à travers le moral des troupes et de la population, ou l'obligation de limiter la consommation.

Avec la chute de la France aux mains de l'Allemagne l'année précédente, les inquiétudes étaient montées de plusieurs crans. Des noms aussi étranges que Gliwice, Brunsbüttel ou El Agheila devenaient familiers. Benghazi paraissait à peine plus lointain et à peine plus exotique que Saint-Jean-de-Matha.

Tout le monde avait un frère, un cousin, un fiancé ou un ami d'enfance en uniforme. Et pour compter parmi ceux-là, il suffisait d'être célibataire, d'avoir entre vingt et un et vingt-quatre ans, d'être en relative bonne santé et de n'occuper aucun emploi nécessaire à l'effort de guerre. Si la conduite de la guerre l'exigeait, on avait prévu appeler ultérieurement les catégories d'âge de dix-huit à vingt ans et de vingt-cinq à quarante-cinq ans.

Précile n'avait pas encore atteint la porte de sa chambre quand Eudes Latour quitta son siège à son tour en disant:

— Léandre, mesdemoiselles, c'est à notre tour de nous retirer. Bonne nuit.

Le couple quitta la pièce, suivi de Jovette Dupéré et d'Yvette Vézina. Elles occupaient des chambres voisines à l'étage. Les deux jeunes femmes vivant sous les combles échangèrent un regard. Demeurées entre elles – Léandre Gonthier, dissimulé par son journal grand ouvert devant lui, ne comptait pas –, il devenait possible d'avoir une conversation personnelle. Lise Desrochers demanda:

— Tout à l'heure, j'ai remarqué sur la table, à l'entrée… Tu as reçu de ses nouvelles ?

— Oui. Un petit carton fourni par l'armée, donnant juste assez d'espace pour écrire six liges, répondit Hélène Martin.

Une carte postale sans image, en fait. Son correspondant épargnait ainsi au service de censure la nécessité de décacheter une enveloppe pour lire une lettre, pour la recacheter ensuite. Même à sa fiancée, un soldat ne pouvait écrire n'importe quoi.

— Il a été affecté à une petite base sur la Côte-Nord. Comme si ça pouvait servir à quelque chose…

Certains soldats se portaient volontaires pour le service en Europe, pour ensuite passer leur temps en entraînements et en manœuvres dans les plaines du Royaume-Uni. Selon les discours officiels, ils devaient assurer la défense des îles britanniques, alors que les forces militaires de ce pays étaient dispersées à travers le monde.

Toutes les recrues refusant de traverser l'Atlantique étaient affectées à la défense du Canada. En refermant son journal, Léandre leur rappela sa présence en disant :

— Je suppose qu'on leur demande de surveiller le golfe du Saint-Laurent.

— Les Allemands ne peuvent pas débarquer au Canada !

Hélène Martin s'était inquiétée que son fiancé ne meure d'ennui sur une côte désolée. Voilà que cet homme lui faisait craindre désormais qu'il se fasse tuer.

— Non, sans doute pas. Mais leurs sous-marins patrouillent probablement l'embouchure du fleuve pour s'en prendre aux convois de ravitaillement.

Le Royaume-Uni ne produisait pas suffisamment d'aliments pour nourrir sa population, ses usines de guerre ne permettaient pas de fournir du matériel militaire au rythme de sa destruction lors des combats. En conséquence, des milliers de navires effectuaient un va-et-vient incessant dans l'Atlantique Nord.

— Mais les équipages ne débarquent pas? demanda Hélène.

— S'ils le font, ils ne sont certainement pas assez nombreux pour représenter une menace. Maintenant, c'est à mon tour de vous souhaiter bonne nuit.

Les deux jeunes femmes lui retournèrent son souhait. Quand il se fut engagé dans l'escalier, Lise Desrochers murmura:

— Lui aussi a reçu la lettre.

«La» lettre, celle venue des autorités militaires.

— Voyons, pas à son âge. Il doit avoir quarante ans!

Hélène le vieillissait d'un an seulement.

— La limite est de quarante-cinq.

Tout de même, la secrétaire demeurait sceptique. Les conscrits, c'étaient les hommes de l'âge de son fiancé, pas ceux qui étaient assez vieux pour être son père.

Rendu à l'étage, Léandre commença par passer à la salle de bains pour faire sa toilette. C'était une façon d'éviter la cohue du matin et une forme de délicatesse. C'est tout propre qu'il rendait ses visites nocturnes. Ensuite, il se retira dans sa chambre pour s'asseoir dans son vieux fauteuil et écouter la radio tout bas. Il était là depuis une vingtaine de minutes quand de petits coups contre sa porte attirèrent son attention.

En ouvrant, il découvrit Eudes Latour, un peu ridicule dans son peignoir.

— Je suis désolé de vous déranger comme ça. J'ai pensé que ça pourrait vous être utile.

Le pharmacien lui tendit une enveloppe. Sous ses doigts, il reconnut la présence de trois ou quatre comprimés. Devant ses sourcils levés, son voisin expliqua :

— Si vous en prenez deux, vous sentirez votre cœur s'accélérer un peu et vous aurez peut-être une petite suée ou même un léger étourdissement.

Lui aussi devait prêter attention aux lettres ne lui étant pas destinées.

— Ce n'est pas dangereux ?

— Pas pour une personne en bonne santé. Évidemment, si je soupçonnais chez vous un problème cardiaque, je ne vous donnerais pas ça.

— Je vous remercie, c'est gentil à vous.

Eudes hocha la tête et demanda :

— Vous avez trois jours pour vous présenter à l'examen médical ?

— Vous êtes bien informé.

— Oh ! Si vous voyiez le défilé dans ma boutique, surtout des étudiants de l'université. Ils veulent tous "quelque chose", sans être capables de nommer le produit qui les tirerait d'affaire.

Essayer de se dérober à une visite chez le médecin après la consigne des autorités militaires pouvait valoir une amende et même une peine de prison. La seule façon d'éviter la conscription était de se faire réformer. Les petits mots « *unfit for service* » valaient leur pesant d'or. Pour les recrues en trop bonne santé résolues à ne pas porter l'uniforme, il restait l'inscription en théologie ou la fuite dans les bois.

— Vous vivez dangereusement.

Car un professionnel participant à un stratagème pour éviter l'enrôlement serait sévèrement puni. Latour haussa les épaules.

— J'espère que je fais confiance aux bonnes personnes.
Ils se séparèrent sur une poignée de main.

Après dix heures, Léandre Gonthier se tint près de la porte de sa chambre, essayant de compter les va-et-vient vers les toilettes. Il sortit quand tous les habitants de l'étage eurent terminé. Il tenait une brosse et un tube de dentifrice afin d'avoir une histoire toute prête s'il rencontrait quelqu'un.

Heureusement, ses voisins obéissaient à un horaire précis. Quand il ouvrit, le chemin était libre. Des pantoufles aux pieds pour faire le moins de bruit possible, il s'engagea dans l'escalier en se sentant totalement ridicule. Dans cette maison, personne ne devait ignorer ses expéditions nocturnes au rez-de-chaussée.

Toujours par souci de discrétion, il entra sans frapper dans la pièce double occupée par Précile et referma dans son dos.

— Te voilà! dit la femme en quittant son fauteuil pour venir l'accueillir. Je commençais à me désespérer.

Le baiser contenait une certaine fougue. Ces ruses inutiles pour dissimuler leur relation ajoutaient à l'excitation de leurs rencontres.

— Nous sommes cinq à partager la même toilette…

— Et ça ne changera pas de sitôt, je n'ai pas les moyens d'en avoir une pour chaque chambre. Viens t'asseoir.

Une bouteille et deux verres se trouvaient sur la table placée entre les deux fauteuils. Il accepta un porto. Après avoir avalé une petite gorgée, il chercha dans sa poche.

— Je viens de recevoir une curieuse visite. Mon voisin m'a remis ça.

Il tendit l'enveloppe. En voyant les comprimés, Précile demanda :

— Tu es malade ?

— Il veut me rendre malade pour le jour où je me présenterai à l'examen médical.

— Comment sait-il ?

Léandre ne se donna pas la peine de répondre. Vivre dans la même maison ruinait les désirs de vie privée. Son amoureuse continua :

— Tu vas les prendre ?

— Je les aurai sur moi. J'improviserai.

Bientôt, ils se déplacèrent vers la section de la pièce servant de chambre à coucher. Après trois années de cette intimité partagée, ils se tenaient l'un en face de l'autre pour se déshabiller. La petite lampe près des fauteuils procurait un éclairage indirect.

Précile gardait les condoms de marque Trojan dans un tiroir de sa table de chevet. Le couple en fit bon usage. Une heure plus tard, la tête posée sur la poitrine de son compagnon, elle remarqua :

— Tu ne peux pas être conscrit. Pas à ton âge.

— La Loi sur la mobilisation des ressources nationales indique quarante-cinq ans comme âge limite au recrutement.

— Mais de là à le faire pour vrai…

— Ce n'est pas une invitation à me présenter à un camp d'entraînement. Ils veulent seulement savoir si je ne suis pas trop décrépit pour m'y rendre un jour.

— Pas si décrépit que ça…

Pour appuyer sa répartie, la femme allongea le cou afin de l'embrasser sur la bouche.

— En plus, tu es marié. Le caractère indissoluble du mariage catholique devrait au moins te protéger de ça.

Son ton montrait tout son dépit. Une épouse vivant à Québec l'empêchait de refaire sa vie. Dans la province, un véritable divorce ne s'obtenait qu'au prix d'une procédure longue et coûteuse auprès de la Chambre des communes. Ce qui, de toute façon, ne changeait rien à l'engagement devant Dieu.

— Les législateurs ont prévu le coup. Les personnes divorcées, ou séparées légalement comme moi, sont traitées comme des célibataires.

— Je ne veux pas te perdre. Je t'ai attendu tellement longtemps.

La voix se cassa sur les derniers mots. Précile avait perdu dix ans avec Edmond Tourigny, pour ne devenir vraiment disponible qu'à trente ans. Songer aux années perdues la mettait toujours en colère.

— Ne t'inquiète pas, dit-il pour la rassurer. C'est simplement un examen médical.

— Veux-tu que je t'accompagne ?

Léandre rit doucement.

— Si je pensais que ça pouvait influencer le verdict du médecin, je tiendrais même ta main.

Il n'osa pas lui rappeler que, de toute façon, il s'agissait de la première étape. Si les appelés pouvaient se présenter devant un médecin de leur choix, des magistrats vérifieraient les conclusions de celui-ci pour peut-être l'envoyer devant un praticien de l'armée pour un second examen.

Chapitre 2

Tous les jours de la semaine, une certaine agitation régnait dans l'appartement des Bujold, au 213, avenue Laurier Ouest. Louis et Constance se levaient les premiers et commençaient la préparation du petit-déjeuner. Ensuite, Louis allait frapper à la porte de la chambre de Laurent pour dire :

— Debout, jeune homme ! C'est le premier jour du reste de ta vie.

Cette phrase convenait bien à un émule de Dale Carnegie. Son épouse n'approuvait pas tout à fait la référence implicite à la mort, mais à huit ans, le garçon prenait la chose en riant. Au moment où il s'assoyait à table, un bol contenant des Corn Flakes l'attendait.

— Alors, prêt à affronter les pièges des frères des Écoles chrétiennes ?

Debout devant le poêle « combiné », Constance esquissa un sourire. Louis n'oubliait jamais ses conversations passées avec le garçon. Il évoquait l'examen de mathématiques prévu ce jour-là.

— Oui ! Je connais les décimales.

Laurent avait bénéficié des leçons du comptable de la maison. Celui-ci avait poussé le zèle jusqu'à découper une tarte pour bien se faire comprendre. À la fin, chacun en avait mangé 0,25 avec de la crème glacée.

Au moment de s'asseoir à table, Constance frotta les cheveux du garçon, geste qui lui valut un «Maman!» pas du tout ennuyé. Un peu après huit heures, tout le monde s'engagea dans l'escalier pour se rendre qui à l'école, qui au travail. La mère embrassa son fils et Louis lui dit, en guise d'encouragement:

— T'en fais pas, tu es prêt.

Quand ils se séparèrent, la jeune femme prit le bras de son compagnon.

— Ta manière de le traiter me touche toujours, murmura-t-elle.

— C'est un gentil garçon, et en plus je suis amoureux de sa mère.

Constance s'arrêta pour lui embrasser la joue. Peu après, ils montaient dans le tramway de l'avenue du Parc. Rendus à La Sauvegarde, ils se quittèrent sur des souhaits de bonne journée. S'ils n'allaient pas jusqu'à se donner du monsieur et du madame, leurs rapports redevenaient ceux de collègues.

À cause de son rendez-vous chez le médecin, Léandre Gonthier s'était attardé à la pension après le départ au travail de tous les autres locataires. Précile vint s'asseoir près de lui sur le canapé du salon. L'inquiétude la tenaillait.

— Tu sais, même si j'étais conscrit, il n'y a aucune chance que je me retrouve en Europe. Jamais je n'accepterai de signer pour ça.

— Il n'y a pas que l'Europe. Tu t'imagines dans une petite base de la Côte-Nord? À Winnipeg, ou dans un autre trou perdu?

Hélène Martin avait évoqué le sort de son fiancé pendant le déjeuner.

— En tout cas, moi je ne m'imagine pas seule à nouveau, continua-t-elle.

L'homme passa son bras autour des épaules de sa compagne pour l'attirer contre lui.

— Ça n'arrivera pas.

— Je regrette que tu ne sois pas contremaître dans une usine de munitions.

Ces gens échappaient à la conscription, alors qu'un vendeur d'assurances pouvait difficilement prétendre se livrer à un travail essentiel à l'effort de guerre.

— Tu devrais prendre les cachets d'Eudes Latour. Si ça peut t'aider…

Léandre hésita. L'idée d'avaler une médication pour se rendre malade lui paraissait tellement étrange. Et dangereux. Pourtant, il s'exécuta. Quand il quitta la pension, Précile l'accompagna jusque sur le perron pour l'embrasser en lui disant au revoir. Comme une véritable épouse.

Le docteur Lacoursière avait son bureau rue Saint-Denis, près de l'Université de Montréal, dans un bel immeuble au parement de pierre gris. Léandre poussait la porte quand il sentit un petit vertige. Son cœur semblait s'emballer et de la sueur se formait dans son dos et sous ses bras. Un instant, il s'imagina transporté à l'hôpital en ambulance.

Il fut heureux de trouver un siège disponible dans la salle d'attente. Deux femmes étaient déjà là, l'une avec un enfant dans les bras. Il y eut un échange de salutations, puis chacun demeura silencieux, les yeux rivés droit devant. Ce fut une bonne trentaine de minutes plus tard que Léandre se trouva en face d'un homme replet, une grosse moustache sous le nez et la calvitie naissante.

Voyant l'enveloppe dans la main de son nouveau patient, il remarqua :

— Ah ! Vous aussi... Passez à côté, enlevez votre veste et votre chemise, et assoyez-vous sur la civière.

Quand le médecin vint rejoindre Léandre, il portait son stéthoscope autour du cou.

— Donnez-moi le formulaire.

Il s'agissait d'une feuille jaunâtre portant un texte imprimé avec des blancs où mettre le nom et l'adresse du patient ainsi que les résultats de l'examen.

— Quel âge avez-vous ?

— Trente-neuf ans.

— Célibataire ?

À son âge, cela paraissait suspect, à moins de porter une soutane ou un froc. Léandre jugea que le moment ne prêtait guère à la protection de sa vie privée.

— Séparé légalement.

Le médecin le dévisagea, puis dit à voix basse :

— C'est imprudent, ce que vous avez fait. D'un autre côté, juste en regardant l'effet de ce produit sur vous, je peux sans mal conclure que votre état de santé n'est pas très bon.

Cette fois, le visiteur s'inquiéta vraiment. La sueur à elle seule le trahissait.

— Les étudiants qui viennent ici sont à peine affectés par ces petits comprimés. En tout cas, ils ne le sont pas comme vous. Vous n'êtes pas très robuste, comparé à un gars de vingt ans.

Le médecin posa le bout de son stéthoscope sur sa poitrine, puis dans son dos.

— Avec ces battements, je vais évoquer une maladie cardiaque dans le rapport. Cela passera sans doute aux yeux des autorités à cause de votre âge. Mais si on vous oblige à subir un autre examen à la base de Longue-Pointe, vous risquez des ennuis. Et moi aussi, incidemment.

Les médecins de l'armée avaient certainement l'habitude de tous les subterfuges.

— Les poumons sont clairs. Rien qui permette de soupçonner une tuberculose. Maintenant, enlevez vos lunettes et lisez la troisième ligne, en partant du bas.

Léandre s'exécuta en plissant les yeux. Il ne pensa même pas à tricher. Ce n'était pas nécessaire, il ne distinguait pas vraiment les lettres, mais tentait de les deviner. Il passa à la ligne du dessus sans beaucoup plus de succès. À la suivante, il murmura sans hésiter :

— E, D, F, C, Z, P…

— Pour commencer, avec cette myopie, vous ne serez jamais pilote ou *sharpshooter*. Alors si vous rêviez de porter des ailes sur votre poitrine, tant pis.

Le médecin lui examina ensuite les dents, les oreilles et les yeux. En le faisant s'étendre sur le dos, il lui palpa l'abdomen.

— Enlevez vos chaussures et vos bas, dit-il encore.

Pieds nus, Léandre exécuta quelques pas.

— Vous ne devez pas apprécier les longues marches.

— Pas plus que de raison.

— Avec des pieds plats, vous voilà impropre pour l'infanterie.

Le docteur Lacoursière prit place sur un tabouret, demanda au visiteur de détacher sa ceinture et de faire glisser son pantalon et ses sous-vêtements à mi-cuisse. Après une palpation plutôt brève, il conclut :

— Tout va bien de ce côté-là, mais ce n'est d'aucune utilité à l'armée.

Deux minutes plus tard, après avoir remis ses vêtements, Léandre retourna s'asseoir devant le bureau du médecin qui s'affairait déjà à remplir les blancs du formulaire avec un stylo-plume.

— Je vais indiquer une arythmie cardiaque. Comme vous êtes myope et que vous avez les pieds plats, je ne pense pas qu'on se donnera la peine de pousser plus loin.

Il apposa une signature illisible au bas du document et le tendit au client.

— Gardez ça pour vous. Je vais faire une autre copie pour les autorités militaires. Elles l'auront demain, dit-il ensuite en se levant.

La consultation était terminée. Le médecin le reconduisit jusqu'à la porte et lui serra la main en lui souhaitant bonne chance. Dans ce cas précis, être chanceux, c'était être un peu malade.

L'effet des comprimés s'accentua sur le chemin du retour. C'est en nage qu'il entra dans la pension. Il fit suffisamment de bruit pour attirer l'attention de Précile.

— Mon pauvre ami, c'est l'effet de ces pilules ? demanda-t-elle en le voyant.

— C'est ça ou je suis vraiment en train de faire une crise cardiaque.

Elle tint son bras pour l'aider à regagner un siège dans le salon, puis posa sa paume sur son front moite.

— Je peux faire quelque chose ?

— Il faut attendre que ça passe. Le médecin a deviné tout de suite ce que j'ai pris, il paraît que nous sommes nombreux à le faire. Si ça entraînait des décès, nous le saurions. J'espère juste que l'effet s'estompera suffisamment pour que je me présente au bureau cet après-midi.

— Que je te voie tenter de sortir d'ici ! Il n'en est pas question.

Il esquissa un sourire devant sa réaction. Ce fut plus doucement qu'elle demanda :

— Alors, qu'a-t-il dit ?

— Je suis myope, j'ai les pieds plats, et grâce à Latour, je souffre d'arythmie cardiaque. Il est d'avis que je ne devrais plus en entendre parler.

— Viens t'étendre dans ma chambre.

— Je peux monter un escalier.

— Je veux avoir un œil sur toi.

À nouveau, elle prit son bras. Au moment de passer devant la porte ouverte de la salle à manger, ils aperçurent Jeanne Trottier.

— Il ne se sent pas très bien, dit Précile en guise d'explication.

Celle-là n'ignorait rien de l'idylle en cours, mais son silence était assuré.

Laurent Nault sortait de l'école à quatre heures. Ce jour-là, il aurait aimé aller directement chez lui afin d'expliquer à Louis combien l'examen de mathématiques s'était révélé facile. Toutefois, ses parents revenaient à la maison vers six heures. Il se dirigea au domicile de ses grands-parents, avenue Laurier.

Comme ce scénario se répétait tous les jours et qu'il avait passé les premières années de sa vie dans cet appartement, il ne se donnait pas la peine de frapper. Son attitude justifiait un peu plus le récit de sa naissance : Léontine et Miville Nault étaient ses vrais parents. Vieillissants, ceux-ci l'avaient confié à sa grande sœur, et au nouvel époux de celle-ci. Des arrangements de ce genre survenaient souvent au sein des familles.

Quand il entra dans la cuisine, Léontine demanda :

— Comment s'est passé l'examen ?

— Je vais avoir quatre-vingts, au moins. Louis m'avait tout expliqué.

Elle appréciait médiocrement le fait d'entendre chanter les louanges de cet homme qui avait forcé son entrée dans la famille. Tout de même, elle feignit de s'extasier sur ses compétences de comptable. En conversant, elle avait placé du pain dans le grille-pain. Avec de la confiture de fraises, ce serait le goûter du garçon.

Quand il fut servi, la grand-mère demanda, mine de rien :

— À la maison, ça se passe bien ?

Laurent ouvrit de grands yeux, comme s'il ne comprenait rien à la question.

— Tu sais bien. Lui et Constance s'entendent-ils ?

Laurent posa sa cuillère, puis dit, rieur :

— C'est toujours comme ça.

Il posa des baisers bruyants sur le dos de sa main.

— Le matin, le soir…

— Ça ne te dérange pas ?

— Non. Louis m'a dit que c'était comme ça entre un mari et sa femme, quand ils s'aimaient.

Léontine grimaça. Après une pause, Laurent ajouta :

— Ce n'est pas comme ça entre toi et grand-papa ?

Il était juste assez vieux pour comprendre quand on tentait de faire de lui un informateur, et assez rusé pour résister à ces efforts.

— Tu sais, à notre âge, ce n'est plus la même chose. On n'a pas besoin de se bécoter tout le temps pour exprimer notre affection.

— Vraiment ? J'en parlerai avec grand-papa.

Léontine se doutait bien que l'explication de Miville différerait de la sienne.

Un peu après six heures, Louis frappa à la porte de l'appartement des Nault. Laurent vint le rejoindre dans l'entrée.

— Tu avais raison, ça a bien été.

— Bravo! répondit Louis en lui posant la main sur l'épaule.

Ensuite il leva les yeux vers Léontine pour demander:

— Comment allez-vous, madame?

— Ça peut aller.

— Et vous, monsieur?

Miville était revenu de son travail depuis quelques minutes. Il se montrait toujours plus loquace que sa femme.

— Qu'en penses-tu?

Hélène Martin se tenait toute droite devant la porte ouverte de la chambre de Lise Desrochers. Elle fit un tour complet sur elle-même.

— S'il ne te trouve pas à son goût, c'est qu'il a une mentalité de curé.

La brunette portait une jolie robe d'indienne, des gants de dentelle blanche et un chapeau de paille. Les jambes nues – à cause de la chaleur de juillet, mais aussi parce que la soie et le nylon étaient difficiles à trouver à cause de l'effort de guerre –, elle avait mis des chaussures qui s'harmonisaient au reste. C'est dans cette tenue qu'elle s'était rendue à la messe un peu plus tôt. Une jeune femme très joliment endimanchée.

— D'un autre côté, après il se retrouvera dans son trou perdu…

Se rendre désirable, en sachant que le jeune homme retournerait ensuite dans une minuscule base militaire de la Côte-Nord avait quelque chose de cruel. Lise suivait très bien le cours de ses pensées.

— Tu ne penses pas qu'il vaut mieux qu'il rêve à toi toutes les nuits, plutôt que de t'oublier très vite ?

— Je suppose.

Hélène n'en était pas certaine. Elle n'avait pas à craindre une rivale, comme s'il avait été affecté dans une ville comptant une large population féminine. Le comportement des soldats en permission était familier aux deux amies : dans tous les cafés, tous les restaurants et les salles de danse, ils recherchaient de la compagnie avec beaucoup de détermination. Et ils ne souhaitaient pas se contenter d'un petit bec sur la joue en fin de soirée. Claude aurait certainement moins d'occasions de la trahir dans la région de Sept-Îles.

Elle préféra changer de sujet :

— Toi, que vas-tu faire cet après-midi ?

— Comme tous les jours de congé : aller voir un film avec une collègue.

Hélène Martin avait donné rendez-vous à son fiancé dans le petit parc devant l'Université de Montréal. Il s'agissait d'une sorte de pèlerinage. Quelques semaines plus tôt, Claude Dubois étudiait encore dans cet établissement, à l'École des sciences sociales, économiques et politiques. Elle s'installa sur le banc où tous les deux se retrouvaient un soir sur deux, après le souper.

Elle vit bientôt Claude s'approcher d'un pas rapide, venant du sud. Il portait son *battledress*, un uniforme composé d'un pantalon de toile épaisse, d'une cravate et d'une chemise, avec par-dessus une veste allant jusqu'à la ceinture. Aucun militaire n'avait à se soucier de l'agencement des couleurs : tout était kaki. Arrivé tard le soir précédent, on lui avait affecté une couchette dans un baraquement de Longue-Pointe.

La jeune femme se leva pour courir vers lui. Pareil empressement aurait dû se conclure par une étreinte et un baiser passionné. Des gestes susceptibles de la faire passer pour une fille à soldat. Elle s'arrêta à deux pas de son fiancé, murmura un « Bonjour, Claude » embarrassé. Elle tendit les deux mains pour prendre les siennes, et sa joue à ses lèvres. Au moins, le regard disait « Je t'aime ».

— Mon pauvre, tu as maigri.

— Tu sais, à force de marcher au pas avec un paquetage de quarante livres, un gars prend du tonus.

Sa voix trahissait un peu de fierté.

— Viens t'asseoir. Notre banc est libre.

Il ne le resterait certainement pas longtemps, bientôt des bourgeois interrompraient leur marche digestive pour se reposer un peu. Ils se placèrent tout près l'un de l'autre, au point où leurs bras se touchaient. Le couple se tenait discrètement par la main.

— Ça doit être affreux à la base…

— N'importe où au Canada, et sans doute dans tout l'Empire, les huttes offrent le même inconfort, et la cantine les mêmes repas. La grande différence sur la Côte-Nord, ce sera l'obligation de couvrir des milles et des milles pour aller prendre une bière quand on aura une permission de sortie.

— Votre présence sert à quelque chose ?

— Surveiller le fleuve et la côte.

— Les Allemands n'iront pas débarquer là.

— Si nous laissons la place vide, ils le feront certainement un jour pour se donner une base d'opération.

Pendant un moment, il évoqua les aménagements de la base et ses camarades. À la fin, Hélène parla de son grand sujet d'inquiétude :

— Beaucoup de recrues finissent par signer pour outre-mer. Tu ne comptes pas faire la même chose ?

— S'il y en a tant qui finissent par signer, c'est parce qu'on fait la vie dure aux zombies.

Devant le froncement de sourcils, il expliqua :

— Ils appellent comme ça les gars qui refusent d'aller en Europe. À leurs yeux, nous sommes des morts-vivants, des hommes sans volonté, sans courage, sans âme.

— Et ils vous font la vie dure ?

— Mes camarades et moi, nous avons été de corvée de latrines plus souvent qu'à notre tour, et les va-t-en-guerre oubliaient toute notion de propreté pour agrémenter notre travail… Et puis nous marchons plus que les autres, nous épluchons plus de patates, et il y a toujours de bonnes raisons de nous priver de sortie.

Afin de ne pas l'alarmer, Claude préféra ne pas parler des quelques passages à tabac. Toutes ces stratégies portaient fruit : un conscrit sur deux finissait par signer. Cela d'autant plus facilement qu'en Angleterre, le temps se passait en entraînements. Aucune recrue ne s'était fait tirer dessus encore. Mais cette inactivité ne durerait pas éternellement.

Après une heure, Hélène demanda :

— Veux-tu que nous marchions un peu ?

— Tu sais, les promenades…

La jeune femme fut sur le point de s'excuser. Il avait évoqué les marches interminables. À la place, elle demeura silencieuse. Ce fut lui qui proposa :

— Pourquoi ne pas aller prendre le tramway avenue du Parc afin de nous rendre sur le mont Royal ? Il y aura certainement un ensemble musical au chalet.

Et de très nombreux buissons où se dissimuler pour se livrer à des activités interdites aux jeunes filles et aux jeunes garçons raisonnables. Elle étouffa sa méfiance, pour accéder à sa demande. Le pauvre retournerait bientôt sur la Côte-Nord et sa prochaine permission surviendrait dans plusieurs mois. Cela méritait bien une certaine connivence.

Pour se rendre au mont Royal, ils montèrent dans un tramway de la rue Sainte-Catherine et en prirent un autre afin de suivre l'avenue du Parc. Claude Dubois avait enlevé son calot militaire pour le glisser sous l'épaulette gauche de sa veste. La chaleur lui mouillait les cheveux. Pendant le trajet, assise sur une banquette, Hélène profita du courant d'air entrant par la fenêtre.

Heureusement, une fois sur le mont Royal, les arbres procuraient une certaine fraîcheur. Des milliers de personnes avaient eu la même idée qu'eux : les couples étaient très nombreux, les jeunes familles aussi. Hélène se rassura. À moins de s'éloigner des sentiers, les buissons n'avaient rien de bien discret. De très nombreuses femmes de son âge marchaient avec leur « petit kaki ». Encouragée par l'exemple, elle laissa le sien prendre sa main.

Ils approchèrent du chalet, une grande construction d'un étage réalisée au début de la décennie précédente afin de procurer du travail aux chômeurs. L'architecture de l'édifice aux murs de pierre étonnait un peu, avec une façade de style Beaux-Arts, et l'arrière d'inspiration Arts and Crafts.

— Oh ! Je ne savais pas qu'il jouait ici aujourd'hui.

Près de la porte d'entrée, une affiche annonçait la présence d'André Mathieu, le prodige du piano. Cela expliquait la présence de nombreuses familles comptant de jeunes enfants, ou de couples plus vieux désireux de s'extasier sur le petit Mozart canadien. En tout cas, la publicité faisait systématiquement la comparaison entre les deux enfants prodiges.

— Nous devrions entrer, dit Hélène, ça commence dans quelques minutes.

Claude ne parut pas se réjouir outre mesure de la proposition mais, bon prince, il donna son assentiment. Dans le chalet, Hélène s'étonna une nouvelle fois de la magnificence du plancher de marbre et de la structure de bois apparente du plafond. Des chaises s'alignaient sur les deux tiers de l'espace disponible. L'orchestre pourrait occuper la section restée libre à l'une des extrémités de la salle. D'ailleurs de nombreux musiciens produisaient déjà des sons étranges en accordant leurs instruments. À l'autre extrémité, des hommes galants demeureraient debout. À moins d'être gravement handicapé, la bienséance exigeait d'abandonner les sièges disponibles aux femmes.

— Il y a des places libres de l'autre côté, dit Claude en les lui montrant du doigt.

Une jolie femme brune occupait la dernière chaise d'une rangée, une autre demeurait libre à sa gauche.

— Je peux ? lui demanda Hélène.

— Oui, mes deux hommes sont là-bas.

Des yeux, elle désigna son garçon et son mari. Hélène s'assit alors que Claude alla s'appuyer contre le mur à côté de la petite famille.

Louis avait accepté de bonne grâce de venir assister à ce spectacle. Par curiosité à l'égard de l'enfant prodige, mais aussi parce qu'il était accompagné par l'orchestre des Concerts symphoniques, un ensemble qu'il avait entendu plusieurs fois dans une salle du Plateau.

— Ce garçon a mon âge ? demanda Laurent.

— Il est un peu plus vieux.

— Il est aussi bon qu'on le dit ?

— Je suppose.

Une petite pointe de jalousie pointait dans la voix du garçon. Que pouvait-il faire pour mériter d'avoir sa photographie dans *La Presse* ?

— Ça ne te dérange pas trop que nous ayons remis nos vacances au mois d'août ?

— Non, non.

— Tu comprends, c'est une demande du patron. Comme quand le frère enseignant veut que tu essuies le tableau et que ça raccourcit un peu ta récréation. C'est difficile de dire non.

Le garçon hocha la tête. Pour la troisième année d'affilée, Étienne Canuel avait demandé au comptable de ne pas partir en même temps que lui afin d'assurer l'intérim, en quelque sorte. Ce n'était pas comme lui donner un poste de vice-président, mais tout le monde à La Sauvegarde comprenait qu'il s'agissait d'une marque de confiance. S'occuper des parties de quilles et des pique-niques l'avait peut-être rendu indispensable.

Le chef d'orchestre Jean Morel vint prendre place derrière le lutrin. L'arrivée d'André Mathieu, un garçon un peu joufflu, suscita des applaudissements enthousiastes. Il y eut d'abord des pièces de Berlioz, Liszt, Mendelssohn, Rimski-Korsakov et, en guise d'apothéose, deux œuvres composées par le jeune prodige.

Chapitre 3

Comme prévu, Lise Desrochers était allée au cinéma avec une collègue. Tout de suite après, sa copine rentra à la maison, car son frère recevait l'un de ses amis. La vendeuse comprit que le garçon en question lui plaisait.

Lise était bien un peu déçue de se retrouver toute seule. Traîner dans les rues l'ennuyait et, par ce beau temps, feuilleter des magazines dans le salon de la pension la rebutait. Aussi, quand elle vit une silhouette familière poussant un landau, elle accéléra le pas. Arrivée tout près, elle dit assez fort pour être entendue :

— Lucina, c'est bien toi ?

La brunette se tourna à demi, et dit en souriant :

— Être oubliée si vite, c'est vexant. J'étais encore ta collègue l'automne dernier.

L'instant suivant, elles échangeaient des bises. Toutes les deux s'étaient connues au rayon des vêtements féminins, chez Dupuis Frères.

— C'est lui, ton petit trésor ?

Un enfant âgé de quelques mois dormait à poings fermés. Le visage un peu chiffonné et son chapeau bleu, attaché sous le menton, lui donnaient un air plutôt ridicule.

— Il est tellement beau ! s'extasia Lise.

La mère n'en doutait pas du tout.

— Il s'appelle Lucien.

Pendant un instant, il fut question d'une première dent apparue tout récemment, des pleurs au milieu de la nuit, et même de la vague inquiétude de mettre un bébé au monde dans un monde ravagé par la guerre. Puis Lise proposa:

— Si tu as le temps, nous pourrions nous asseoir un moment au parc Viger.

— Pourquoi pas. Ce n'est pas comme si quelqu'un m'attendait à la maison...

La blonde étouffa la remarque lui venant à l'esprit: «Tu veux dire que toi et Irénée...» Lucina suivit le cours de ses pensées.

— Ne va pas te faire des idées! Mon mari fait de l'*overtime*. S'il écoutait ses patrons, il travaillerait tous les jours vingt-deux heures sur vingt-quatre.

Une situation qui ne paraissait pas réjouir sa femme outre mesure. À quoi bon se marier si c'était pour se retrouver seule tous les soirs dans leur appartement?

— Le transport par camion, c'est très occupé?

— Les gens n'ont pas idée! Tout le matériel militaire, toutes les provisions arrivent de l'ouest en train, pour être transportés en Angleterre par bateau. Il passe ses journées à faire le trajet entre la gare et le port. C'est lourd, des obus, des fusils et des munitions. J'espère juste qu'il ne s'estropiera pas.

Seulement deux ans plus tôt, les travailleurs craignaient les mises à pied. Maintenant, ils pouvaient allonger les horaires à s'en rendre malades. Les deux femmes atteignirent bientôt le parc Viger. Des promeneurs parcouraient les allées, certains cherchaient des bancs en s'épongeant le front avec leurs mouchoirs. Heureusement, elles trouvèrent une place libre.

— Il est obligé de faire toutes ces heures?

— Refuser le rendrait suspect. Ses boss sont des Anglais convaincus que tous les Canadiens devraient se trouver en

Angleterre. Ils le regardent de haut. Pourtant, il faut bien les fabriquer et les transporter, ces maudits fusils…

Les grandes affiches de propagande du gouvernement fédéral mettaient souvent côte à côte des militaires et des ouvriers d'usine, ou des cultivateurs, en insistant sur le caractère essentiel du travail de chacun. Pourtant, les va-t-en-guerre accusaient volontiers ces travailleurs manuels d'être des tire-au-flanc.

— Ils accusent de traîtrise tous ceux qui ne sont pas prêts à se faire mourir au travail, insista Lucina. En fait, ils étendent cette condamnation à tous ceux qui ne portent pas l'uniforme.

Le sort du pauvre Irénée fit l'objet de leur conversation pendant quelques minutes.

— C'est certain qu'à vendre des jupons, je n'ai pas toute cette pression, consentit Lise. Ça te manque, parfois ?

— Non. Le vrai travail des femmes, c'est de s'occuper de leurs enfants.

En disant ces mots, Lucina se pencha sur le landau. Rien ne paraissait susceptible de réveiller Lucien.

— En tout cas, dit Lise, c'est ce que le curé répète à l'église toutes les semaines…

Le ton exprimait toutefois un certain scepticisme. Une myriade de donneurs de leçons, ensoutanés ou pas, s'inquiétaient que le travail des femmes, favorisé par la guerre, finisse par ruiner l'équilibre des familles, et de la société tout entière. Et même de déviriliser les hommes.

— Et on sait bien que les curés élèvent de grosses familles… continua la blonde.

Lise rougit furieusement de l'audace de ses propres paroles. Son ancienne collègue ne s'en formalisa pas du tout.

— Celui de Saint-Pierre-Apôtre ne se lassait pas de me harceler au confessionnal ou pendant ses visites paroissiales.

Lucina prit une voix grinçante pour continuer : “Comment ça se fait, madame Valois, que vous attendez pas ? Vous empêchez pas la famille, toujours ?”

Un instant, Lise eut envie de lui demander comment elle avait fait, justement. Elle devait bien le savoir, puisque son premier enfant était né après trois ans de mariage.

— Ça nous a un peu surpris, dit-elle plutôt. Tu n’avais pas l’air pressée de fonder une famille.

La remarque n’eut pas l’heur d’amener son interlocutrice sur le terrain des informations techniques.

— Lui, c’est comme une deuxième police d’assurance, murmura son interlocutrice.

Lucina regarda le landau. Devant les sourcils froncés de Lise, elle continua :

— Tu te souviens de la course au mariage il y a un an ?

Lise ricana.

L’année précédente, la Loi sur la mobilisation des ressources nationales avait exigé l’inscription auprès des autorités de toutes les personnes des deux sexes de plus de seize ans. L’opération avait eu lieu en août 1940. Les fiches des hommes célibataires entre dix-huit et quarante-cinq ans étaient mises à la disposition des militaires. Lors de débats à la chambre tenus dans la nuit entre le 12 juillet et le 13 juillet 1940, le ministre des Services nationaux de guerre, J. G. Gardiner, avait annoncé que tous ceux qui se marieraient le lundi 15 juillet, ou à une date ultérieure, seraient considérés comme célibataires aux fins du recrutement militaire.

— Je me souviens, dit Lise. Les gens ont eu le samedi pour rassembler tous les papiers nécessaires, et le dimanche les prêtres ont marié des gens jusqu’à minuit. Des mariages en groupe, parfois. Comme du travail à la chaîne avec le curé qui passe d’un couple à l’autre pour les marier.

Le lundi matin, des journaux avaient présenté des statistiques sur ces unions précipitées pour lesquelles on avait bafoué certaines règles, comme la publication des bans. Lise poursuivit :

— Tu connais l'histoire de la fille au nord de Montréal qui avait un nouveau et un ancien chum ? Paraît qu'elle leur a dit qu'elle épouserait le premier des deux qui arriverait à l'église.

Lucina se souvenait. Après une pause, Lise demanda :

— Mais je ne comprends pas l'histoire de la deuxième assurance.

— En 1940, nous étions mariés depuis deux ans. Mais Irénée s'est mis à s'inquiéter. S'ils allaient un jour recruter de force des gens mariés, ce serait d'abord ceux qui n'avaient pas d'enfant. Si tu comptes les jours, Lucien est né neuf mois après le 15 juillet.

Le ton un peu dépité permettait de croire que cet excès de prudence avait déplu à Lucina, car elle aurait aimé retarder encore le moment d'être mère. Mais comme cela correspondait à sa « vraie » vocation de femme, sa protestation avait été un peu molle.

Elle ne désirait pas s'attarder encore sur ce sujet.

— Tu aimes toujours ta vie chez mademoiselle Caron ?

— C'est un peu cher, mais j'y suis très bien.

— Tu ne trouves pas ça trop chaud l'été et trop froid l'hiver ?

— Ce n'est pas si inconfortable. Il paraît que lorsqu'elle a fait installer une salle de bains en haut, elle en a profité pour faire isoler un peu plus.

— Auréa habite toujours là ?

— En bas de chez moi, avec son mari.

— Elle n'a pas d'enfant ?

Lise secoua la tête.

— On sait bien, son mari est pharmacien.

La blonde ne vit pas le lien entre ces deux informations. À moins qu'il s'agisse justement d'une allusion au contrôle des naissances. « Il faudra bien que quelqu'un m'explique », songea-t-elle.

La conversation languit. Bientôt, Lucien se mit à pleurer.

— Bon… je pense qu'il est temps pour moi de renouer avec mon rôle de mère, dit Lucina en se levant.

Les habitants de la Pension Caron se retrouvèrent à six heures trente pour le souper. Avec la rareté des aliments, l'ordinaire en souffrait un peu. Une grande part de la viande et des grains étaient acheminés vers le Royaume-Uni, et le sucre, un produit d'importation, arrivait plus difficilement sur les tables à cause des obstacles au commerce. Tout de même, on ne manquait de rien.

— Mademoiselle Martin se joindra-t-elle à nous ? demanda Précile.

La question s'adressait à Lise Desrochers. Chacune des locataires des chambres de bonne connaissait les va-et-vient de l'autre.

— Non. Son fiancé est en permission. Elle voulait passer du temps avec lui.

— Est-ce qu'il va… commença Auréa dans un murmure.

À son âge, les histoires d'amour des autres l'intéressaient toujours.

— Il va refuser de signer pour l'autre bord.

— Ça, c'est seulement s'il arrive à résister aux pressions de ses officiers, remarqua Eudes Latour. Les Allemands dominent les champs de bataille, je ne pense pas qu'il sera possible de les battre en utilisant seulement les volontaires. On fera tout pour les envoyer là-bas.

En distribuant des comprimés au contenu mystérieux, le pharmacien paraissait résolu à épargner les affres de la conscription au plus grand nombre de ses concitoyens. D'ailleurs, Léandre l'avait pris à part dans les jours suivant son examen médical pour lui signaler que le médecin avait tout de suite deviné l'usage d'un produit illicite. L'avertissement avait rendu Eudes plus circonspect.

— Vous pensez que les Allemands vont remporter la victoire ? s'informa Précile.

— Ils ont mis combien de temps, l'an dernier, pour prendre le Danemark, les Pays-Bas, la Belgique, le Luxembourg et la France ? Quarante jours ? Maintenant, depuis trois semaines, ils avancent en Russie en faisant des centaines de milliers de prisonniers. Je ne parierai pas contre les alliés, mais je ne parierai pas pour eux non plus.

De toute façon, Eudes n'était pas du genre à parier. L'argent était trop dur à gagner.

— La dernière fois qu'ils se sont retrouvés avec un ennemi à l'est et un autre à l'ouest, fit remarquer Léandre, ça ne leur a pas porté chance.

— Sauf qu'ils n'en ont plus vraiment à l'ouest. L'Angleterre ne peut pas débarquer en Europe. Et puis, en 1918, les Américains étaient de la partie. Ce n'est pas le cas aujourd'hui, précisa Eudes.

Depuis le lancement de l'opération Barbarossa, les États-Unis avaient promis de venir en aide au régime de Staline. Cela ne valait pas une véritable participation militaire.

— On ne peut pas envoyer tous nos hommes en Europe, dit Lise. Les journaux parlent sans cesse des dangers qui pèsent sur le Canada. Plus personne ne pourra nous défendre.

Les récits des brutalités des troupes allemandes dans les pays conquis occupaient de longues pages dans tous les quotidiens. La jeune femme s'imaginait soumise aux derniers outrages.

— Je ne veux pas jouer le rôle du service de censure du Canada, dit Précile, mais ce sujet de conversation ne fera aucun bien à notre digestion ou à notre sommeil.

Il y eut un long silence. À la suite d'un tel échange, trouver un sujet plus léger n'allait pas de soi.

Après le spectacle mettant en vedette le jeune André Mathieu, Hélène avait évoqué son désir de rentrer à la maison. Ce fut pour entendre tout de suite son compagnon plaider :

— Pas déjà ! Demain matin je ne serai plus à Montréal, et je ne sais pas dans combien de temps j'aurai une autre permission.

— Tu as bien quelques jours encore.

— Je veux aller voir mes parents.

Ceux-ci habitaient à Sorel. Finalement, Hélène accepta de s'attarder encore un peu. Comme la plupart des promeneurs entendaient souper chez eux, ce fut dans des allées quasi désertes qu'ils marchèrent. Cela ne pouvait manquer, rapidement Claude proposa :

— Viens sous les arbres. On pourra s'étendre sur la mousse.

Il obliqua pour se diriger vers un bosquet de conifères.

— Ici, on va être bien, dit-il.

Il posa les fesses sur le sol, la forçant à se plier en deux.

— Je vais salir ma robe.

— Tu ne peux pas payer ce moment d'une lessive ?

À la fin, elle fléchit. Claude ne souhaitait pas que la voir assise, il l'entraîna à l'horizontale, puis se pencha sur elle pour l'embrasser. La jeune femme tenta de détourner le visage, il l'obligea à lui faire face.

— Moi qui croyais que tu étais heureuse de me voir, lui reprocha-t-il.

— Tu sais que je ne suis pas ce genre de fille.

— Entre fiancés… Surtout que dans quelques jours, je devrai faire mon devoir.

Au fond, c'est elle qu'il voulait voir faire son devoir. Sans même connaître le nom de Nietzsche, il reprenait l'essence d'une phrase que celui-ci avait mise dans la bouche de Zarathoustra: «L'homme doit être élevé pour la guerre et la femme pour le délassement du guerrier: tout le reste est folie.»

Une notion affreusement prétentieuse pour un zombie.

Hélène, à force de se tortiller, se dégagea à demi. Son compagnon la prit à bras-le-corps, lui empaumant un sein au passage pour la plaquer à nouveau au sol. Ses mains se firent envahissantes, l'une se retrouva entre ses cuisses. Ce geste donna un sursaut d'énergie à la fiancée, qui réagit en criant et en lui griffant la joue.

— Vous avez besoin d'aide? fit une voix masculine venue d'un sentier.

Il restait encore des promeneurs. Cette intervention calma Claude. Il lâcha sa proie en criant:

— Non, non, pas du tout!

Hélène avait profité de ce moment d'accalmie pour s'éloigner de quelques pas, tout en frottant sa robe du plat de la main pour faire tomber les brindilles. Le garçon la rejoignit.

— Excuse-moi… mais tu dois comprendre! Nous risquons d'être des mois sans nous voir. C'est impossible de me retenir. Je ne suis pas fait en bois.

Sans répondre, elle marcha vers l'allée, son compagnon sur les talons.

— Au moins, laisse-moi te raccompagner.

Comme il renonçait à la ramener dans les sous-bois, elle accepta de ralentir le pas. Toutefois, quand il tenta de prendre son bras, elle se dégagea. Ce ne fut qu'une fois sur l'avenue du Parc qu'elle accepta ce contact.

La longue marche avait sans doute fait fléchir son désir. Claude reprit, un peu plus calme :

— Je m'excuse. Sincèrement. Mais tu ne peux pas m'en vouloir. Tu es si jolie, et puis je t'aime. Les amoureux font des choses ensemble.

— Les amoureux se doivent le respect.

La répartie lui fit l'effet d'une douche froide. Quand même, il réussit à la convaincre de s'arrêter dans un café pour manger une bouchée. Il était passé huit heures quand ils se retrouvèrent sur le trottoir devant la Pension Caron. Le trajet s'était terminé à peu près en silence. Il tentait de faire reprendre un cours normal à la conversation et elle répondait par des monosyllabes.

— On ne va pas se quitter comme ça, plaida-t-il enfin, un peu pitoyable.

Hélène fixa ses yeux sur la petite blessure sur sa joue. Elle n'avait pas rêvé : sans cet appel d'un inconnu, il serait allé jusqu'au bout. Elle dit d'une voix blanche :

— Je te souhaite bonne chance.

Il se pencha pour lui faire la bise, mais la jeune femme recula d'un pas. Ensuite elle tourna les talons pour gravir les quelques marches conduisant à la porte.

Assise dans le salon avec le couple Latour, Lise Desrochers entendit la porte d'entrée s'ouvrir pour se refermer un peu brutalement, puis des claquements de talons dans l'escalier.

— Excusez-moi, dit-elle aux deux autres en se levant, je vais aller voir ce qui se passe.

Sous les combles, elle entendit des sanglots. Elle entra après avoir frappé à la porte de la chambre. Hélène était étendue sur son lit, sur le ventre, le visage au creux de son coude. Son amie se pencha sur elle et posa la main sur son épaule.

— Que se passe-t-il ?

Pourtant, les taches et les brindilles sur la robe donnaient un récit fidèle des événements.

— Il a voulu me forcer.

Lise ne sut quoi répondre. Après deux minutes, Hélène arriva à refouler ses pleurs. Elle se tourna à demi, montrant son visage inondé de larmes.

— J'espère qu'ils le mettront sur un navire à destination de l'Angleterre.

Ce lundi, après le déjeuner, Léandre Gonthier avait regagné sa chambre pour n'en ressortir que lorsque tous ses voisins furent partis au travail. Ensuite, il alla frapper à la porte de la pièce double de Précile. Celle-ci lui ouvrit tout de suite.

— Je vais partir maintenant, lui dit-il.

Il tenait son chapeau à la main et un porte-documents sous le bras.

— J'aimerais t'accompagner.

— Je fais simplement un aller-retour. Je prendrai mes deux repas dans le train pour revenir ce soir.

— Je sais, mais nous n'allons jamais nulle part ensemble.

En réalité, elle n'allait jamais nulle part, seule ou avec lui. Son métier se conjuguait mal avec les voyages. N'empêche : cela aurait pu s'arranger. Sa mère lui avait offert à plusieurs reprises de prendre le relais. Mais prendre des vacances seule présentait peu d'intérêt, et partir avec son amant susciterait des commentaires mesquins.

— Ça changera peut-être…

Léandre disait ces mots sans grande conviction. Plutôt que de s'apitoyer, Précile décida de changer de sujet :

— Rater le pique-nique annuel de La Sauvegarde ne nuira pas à tes relations avec tes collègues ?

— Je suppose qu'ils auront du plaisir sans moi, même si je sais me montrer un joyeux drille.

Sa compagne lui adressa un sourire moqueur, puis elle posa ses lèvres sur les siennes.

— Dans ce cas, reviens vite pour me faire profiter de ton côté boute-en-train.

— Je ne m'attarderai pas. Tu le sais, Québec n'est plus une ville où je me plais. J'y ai trop de mauvais souvenirs…

Dehors, il mit son chapeau de paille sur sa tête. La journée serait chaude. Trop pour lui faire regretter de ne pouvoir la passer en plein soleil.

À l'île Sainte-Hélène, certains se disaient certainement la même chose. De nouveau, Louis Bujold avait nolisé un autobus pour transporter le personnel de la société d'assurances jusque-là. Après avoir proposé une destination plus lointaine la seconde année – Sainte-Rose, sur l'île Jésus –, il était revenu à une valeur sûre, essentiellement à cause de la distance. Ainsi, personne ne passerait la moitié de sa journée dans un autobus.

Compte tenu des prévisions de la météo, la moitié des hommes avaient revêtu des bermudas. Un choix plutôt audacieux. S'ils y gagnaient en confort, ce n'était pas le cas en élégance. Il y avait les variqueux, les jambes très grêles, mais surtout ceux qui portaient des chaussures et des bas allant à mi-mollet. Bruns ou noirs. Léger Arsenault comptait parmi ceux-là. Il tapait des mains en criant:

— Enweille Willibrod, j'ai gagé sur toi!

En équipe de deux, une dizaine d'hommes s'affrontaient aux fers. Deux tiges avaient été enfoncées dans le sol à quarante pieds l'une de l'autre. Léger se dirigea vers le comptable en s'essuyant le visage avec un grand mouchoir rouge à pois blancs. Aucun risque que quelqu'un s'en empare par inadvertance.

— De vrais athlètes, commenta-t-il d'un ton moqueur.

De la part de quelqu'un qui se contentait de crier des encouragements, la remarque était un peu déplacée.

— Tu as vraiment parié sur Willibrod?

— Jamais de la vie, je n'ai pas d'argent à perdre. J'ai trois enfants à l'école. Au primaire ce n'est pas trop cher, mais ils grandissent…

Même à la petite école, en plus des taxes, il fallait payer des droits de scolarité et des manuels. Compte tenu de l'importance de l'investissement, personne ne risquait de faire une indigestion d'éducation.

— … et de ton côté?

— Les jeux de hasard sont défendus à la maison! dit Louis en ricanant. Comme elle sait combien je gagne, je ne peux pas lui en passer une petite vite et parier sur un cheval.

— Franchement! Je ne parlais pas de ça…

Léger regardait un groupe de femmes jouant au badminton un peu plus loin. Dans son maillot de bain recommandé par la Ligue féminine catholique, Constance était très séduisante. Certaines des employées l'étaient tout autant, mais à vingt-deux ou vingt-trois ans, toujours sans enfant, elles avaient un peu moins de mérite.

À La Sauvegarde, la plupart des femmes démissionnaient juste avant leur mariage, aucune n'approchait la trentaine. Et dans le cas de Constance, il y avait aussi eu une naissance secrète.

— Nous faisons notre possible, je t'assure. Je suppose que Dieu ne veut pas.

Ces mots servaient d'habitude à se défendre des soupçons des curés, si les bébés n'arrivaient pas tous les quinze mois.

Le ton de Louis trahissait son impatience. Les interventions dans sa vie privée l'agaçaient souverainement. Même sans enfant, qu'une femme mariée travaille demeurait rare, et même suspect. Qu'elle « empêche la famille » pour continuer de gagner de l'argent constituait une faute grave. Si aucun enfant ne s'annonçait au terme de la première année de mariage, cela passait toujours. Au terme de la seconde, tous les sourcils se fronçaient. Constance et Louis étaient mariés depuis trois ans…

— Remarque, la femme du patron a attendu dix ans avant d'avoir son premier, consentit Léger. À la voir quand elle vient au bureau avec junior, difficile de soupçonner qu'elle ne l'encourageait pas à faire son devoir. Une vraie carte de mode.

L'abstinence demeurait la seule forme de contrôle des naissances permise par l'Église. Se faire belle, c'était aussi affirmer son désir de maternité.

— …Ben ça, ça vaut si elle prenait pas d'autres moyens.

Cette logique s'appliquait aussi à Constance. Mine de rien, Léger venait de formuler une accusation.

Ce genre de conversation entre hommes devait se produire sans cesse. La difficulté, avec les gens aussi bavards que ce vendeur, c'était que leurs médisances ou leurs calomnies venaient toujours aux oreilles des autres.

— Je vais la voir, dit Louis avec humeur. Qui sait, elle se laissera peut-être entraîner dans un buisson pour travailler à la revanche des berceaux. Si ça marche, je t'achèterai un cigare.

Léger Arsenault, penaud, se rendit compte que ses remarques avaient dépassé les bornes.

Louis marcha vers les joueuses de badminton.

— Tu as terminé ta partie ? demanda-t-il à Constance.

Elle tourna le dos aux autres pour murmurer :

— Je me suis arrangée pour perdre. Autrement, j'en aurais eu pour la journée.

Le vainqueur demeurait sur le terrain pour affronter le joueur suivant. À moins d'être un passionné de ce jeu, à la longue, cela devenait lassant.

— Dans ce cas, je peux t'entraîner dans les buissons afin que nous fassions notre devoir.

Devant les sourcils froncés, il précisa :

— Je viens de recevoir une petite leçon de Léger sur la nécessité de croître et de se multiplier.

Constance regarda en direction du petit homme replet. Chose rare, il se tenait maintenant un peu à l'écart des autres, visiblement soucieux.

— Ce n'est pas son genre, il me semble.

— Il venait juste d'évoquer combien l'éducation de ses enfants lui coûtait cher. Je suppose qu'il jalouse nos deux salaires et l'absence de toute personne à charge.

Car aux yeux des gens, la jeune femme n'avait pas d'enfant.

En parlant, Louis avait passé son bras autour de sa taille pour l'entraîner sur la plage.

— À propos d'enfant… Laurent paraît déçu de voir nos vacances reportées au mois d'août, avança Constance.

— Il s'en est plaint à toi ?

— Tu sais bien que non. Mais sa façon de dire que ce n'est pas grave tient du gros mensonge.

Le garçon paraissait soucieux de ne faire aucune vague, de se montrer toujours satisfait de tout, comme s'il redoutait d'être réexpédié à plein temps chez sa grand-mère.

— Je me demande si ce ne serait pas une bonne idée de l'envoyer une semaine chez mes sœurs, dit Louis. Je suis certain que l'une ou l'autre se fera un plaisir de l'emmener au cinéma ou dans les musées de la ville. Il y en a un qui possède une demi-douzaine d'orignaux empaillés.

— Toutes les deux ont un enfant en bas âge…

— Il pourra aider à changer les couches.

Les mots vinrent accompagnés d'un petit ricanement.

— Ça me gêne de leur imposer ça, dit Constance. Pourquoi voudraient-elles s'encombrer du fils illégitime de leur belle-sœur ?

— Aucune des deux n'est du genre à se laisser imposer quoi que ce soit. Surtout pas par moi. Alors si tu acceptes, je leur parlerai. Si l'idée ne leur plaît pas, elles me le feront savoir.

Ce serait pour Laurent une occasion de dompter un peu sa timidité, et pour le couple d'être en tête à tête durant quelques jours.

Chapitre 4

La distance entre Montréal et Québec n'était pas bien grande. Cependant, les arrêts dans des petites gares étaient assez nombreux pour que le voyage dure quatre bonnes heures. Léandre passa les deux premières en compagnie du commissaire Maigret et de *Pietr-le-Letton*.

Ensuite, il se dirigea vers le wagon-restaurant. Les tables s'alignaient le long des fenêtres. Le garçon vint rapidement prendre sa commande. Ce serait un steak frites, accompagné d'une bière. Un instant il pensa écrire à la direction de la Canadian National Railway afin de se plaindre de l'absence de Boswell au menu. Il demeurait attaché à au moins une chose venant de la ville de Québec.

Puis une conversation à la table voisine attira son attention :

— … Personne pourra les battre. Ils seront à Moscou avant Noël, glissait un gros homme entre ses dents.

— Chut… répondit son vis-à-vis en jetant un regard inquiet sur sa droite.

La publicité disait de ne pas évoquer la guerre dans les endroits publics, de peur que des espions n'entendent. Celui-là soupçonnait sans doute Léandre d'appartenir à la gendarmerie.

— Comme vous le voyez, je n'ai pas mon cheval entre les jambes, dit ce dernier avec un sourire entendu.

Cette allusion à la police montée tira un sourire aux deux autres.

— Le problème avec eux, c'est qu'ils ne sont pas forcés de se promener avec leur cheval, ni même avec leur uniforme. Vous êtes peut-être celui qui a arrêté Camillien Houde l'année passée.

Au mois d'août 1940, le maire de Montréal et député indépendant à l'assemblée législative de Québec avait recommandé de ne pas s'enregistrer, contrairement à ce qu'exigeait le gouvernement fédéral. Cela lui avait valu une arrestation immédiate et un internement dans un camp de prisonniers. Un an plus tard, il y croupissait toujours, en vertu de la Loi des mesures de guerre.

— Voyons, Gaston, fit l'autre, les Canadiens français que tu ne connais pas ne sont pas tous dans la police.

Puis en se tournant à demi, il continua en tendant la main :

— Gérard Meloche. Et le méfiant, c'est Gaston Lamarre.

Léandre se présenta et accepta de déplacer son couvert sur la table voisine.

— Alors, si vous n'arrêtez pas vos compatriotes, demanda Lamarre, vous faites quoi dans la vie ?

— Je vends des assurances, dit-il en cherchant deux de ses cartes professionnelles dans sa poche pour les leur tendre. D'ailleurs, j'aimerais pouvoir arrêter tous ceux qui refusent de m'en acheter.

Son vis-à-vis le trouva très drôle. Le serveur revenait avec sa commande. Quand il fut parti, Meloche demanda :

— Vous en pensez quoi, vous, des Allemands ?

— Jusqu'à maintenant, ils ont tout réussi, sauf débarquer en Angleterre.

— Parce qu'ils ne voulaient pas, intervint Lamarre. Hitler a proposé la paix aux Anglais à plusieurs reprises, notamment grâce à l'intermédiaire de Mussolini. Si le vieil ivrogne de Churchill n'avait pas été nommé premier ministre, tous nos gars seraient déjà revenus. L'Empire ne serait plus en guerre.

Léandre se dit que son interlocuteur était bien informé, et très imprudent. S'agissait-il d'un agent provocateur du gouvernement chargé de débusquer les gens sympathiques aux Allemands ? On pouvait s'attendre à des ruses de ce genre de la part des autorités.

— À force de disperser leurs forces dans toute l'Europe, les Allemands auront du mal à tenir leurs positions, dit Meloche.

— Là, ils ramassent des prisonniers par dizaines de milliers, insista Lamarre. Même les journaux censurés ne peuvent pas nous cacher ça.

Évidemment, les journaux canadiens étaient censurés. Toutefois, les États-Unis demeurant neutres, il était facile de faire la part des choses en écoutant les postes de radio du pays voisin.

— Les Russes sont nombreux. Ils peuvent se permettre de perdre des prisonniers.

Ensuite, Léandre s'intéressa à son repas pendant un moment. Meloche demeurait pensif.

— Vous pensez vraiment que les alliés ont des chances ?

— J'espère. Parce que si ça tourne mal, tous les trois nous risquons de nous retrouver vêtus en kaki d'ici Noël.

La Gare du Palais se trouvait dans la Basse-Ville de Québec. En traversant la salle des pas perdus, Léandre consulta la montre attachée à son poignet. Même si le lieu de son rendez-vous ne se trouvait pas très loin, la moindre minute de retard nuirait certainement à sa cause.

Dehors, il se dirigea vers un alignement de taxis. Il monta dans le premier et précisa après un échange de salutations :

— Je veux me rendre à l'archevêché, rue de Buade.

— Je sais où ça se trouve, monseigneur.

Cependant, comme son passager le savait aussi, il serait mal venu de lui faire faire un tour de ville, comme c'était possible avec un touriste. Plutôt que de rejoindre la Haute-Ville en empruntant la côte d'Abraham, le chauffeur contourna le plateau pour prendre la côte de la Montagne. Bientôt, il s'arrêtait devant le majestueux palais épiscopal, une grande bâtisse au revêtement de pierre grise.

— Vous v'là rendu, dit le chauffeur en se tournant à demi pour recevoir son dû.

Léandre lui versa un généreux pourboire, comme pour s'excuser de la brièveté de la course. Puis il marcha vers la porte monumentale flanquée de deux colonnes. Le cardinal Jean-Marie-Rodrigue Villeneuve aurait pu loger la famille la plus nombreuse de la province dans ce grand édifice. Il le partageait plutôt avec quelques religieuses faisant office de domestiques, et un imposant personnel affecté à la gestion du diocèse.

Il avait à peine parcouru quelques verges quand un abbé assis derrière une petite table demanda :

— Monsieur, je peux vous aider ?

Il voulait plutôt dire : « À titre de laïc, vous n'avez rien à faire ici. »

— J'ai rendez-vous avec le chanoine Fernand Hamelin. Je dois être en avance de trois ou quatre minutes.

— Je l'avertis de votre arrivée, dit son interlocuteur, un peu plus amène. Quel est votre nom ?

Le visiteur le lui donna, le prêtre le répéta dans l'émetteur du téléphone.

— Il sera là dans un instant. Si vous voulez vous asseoir.

Le chanoine arriva bien vite, un petit homme dont l'embonpoint témoignait de la commission régulière du péché de gourmandise.

— Monsieur Gonthier, dit-il en tendant une main un peu moite et molle.

Léandre ne savait pas très bien lire les signes marquant la place des clercs dans la hiérarchie de l'Église. Les chanoines – au nombre de douze dans ce diocèse – formaient le chapitre, une assemblée responsable de l'administration de l'institution. Des questions liturgiques, économiques et pastorales relevaient d'eux. Ce clerc portait un anneau et une croix pectorale pour indiquer sa fonction importante. Toutefois, sa soutane noire disait qu'il ne s'agissait pas d'un évêque.

Les deux hommes s'engagèrent dans les couloirs du palais. Quelques portes ouvertes permirent à Léandre de voir une petite salle de réunion et des bureaux occupés par des ecclésiastiques. L'abbé Hamelin utilisait une pièce tout à l'arrière du bâtiment, donnant sur le séminaire. Il lui désigna une chaise et occupa un siège capitonné de rouge derrière une lourde table.

— Monseigneur Pelchat, l'évêque auxiliaire auquel vous avez envoyé votre requête, m'a chargé de l'affaire. Je suis spécialiste en droit canon.

Un grand parchemin affiché au mur, rédigé en latin, devait fournir la preuve de cette prétention. N'ayant pas fait ses humanités, Léandre ne pouvait en juger.

— Vous demandez l'annulation de votre mariage avec Louise Gonthier, née Gingras.

— Je ne suis pas un spécialiste comme vous, mais si je comprends bien les principes du mariage chrétien, le mien n'a jamais été valide, puisque même si elle a dit oui devant le prêtre, au fond de son cœur, elle méprisait son engagement.

— Comme vous l'avez dit, vous n'êtes pas spécialiste…

— Me permettez-vous de vous remettre une copie du jugement de séparation de corps ? Cela nous épargnera une longue conversation. Le juge résume très bien ma situation.

Le religieux ne dit rien, Léandre préféra interpréter le silence comme un consentement. Il ouvrit son porte-documents pour en extraire quelques feuillets. Le chanoine commença à lire, d'abord visiblement ennuyé, puis de plus en plus intéressé.

— Elle avait un amant avant le mariage ?

— Avant, pendant et après. Ce qui prouve qu'au moment de dire oui, elle savait mentir. Jamais elle n'a voulu être fidèle. Il n'y avait pas de consentement intérieur.

L'Église n'annulait pas un mariage, car Dieu était l'auteur de l'union. Cependant, elle reconnaissait l'invalidité de certains d'entre eux pour quelques motifs. Quand une personne ne s'y engageait pas librement, pour prévenir les mariages forcés. Quand un consentement tenait à des déclarations mensongères, si le promis ou la promise avait déjà convolé, s'il y avait impuissance ou « inversion » – donc un partenaire homosexuel. Ou quand, malgré les paroles prononcées lors de la cérémonie, l'un des conjoints rejetait en son for intérieur un élément essentiel du sacrement. Cela pouvait être la fidélité à un seul conjoint, l'indissolubilité de l'union ou la nécessité de procréer.

En se mariant tout en étant certaine de ne pas vouloir demeurer fidèle à son conjoint, Louise Gingras contractait une union invalide.

Le chanoine Hamelin parcourut le texte une première fois, puis recommença. À la fin, il posa le document sur la surface de la table en remarquant :

— Le juge l'a déclarée : “déchue de tous les droits et avantages résultant du mariage”.

— Puisqu'en vérité, son oui était frauduleux.

Devant les sourcils froncés de son interlocuteur, il ajouta :

— Je ne connais pas les termes exacts. Mais devant un tribunal civil, si quelqu'un prend une assurance-vie avec l'intention de ne pas payer, le contrat est déclaré nul.

Hamelin hocha la tête.

— La sincérité des conjoints est présumée, dit-il. Si l'un des deux, par un acte de sa volonté, exclut l'un des éléments essentiels du mariage chrétien, le contrat est invalide. Au fond, ce n'est pas tellement différent de votre domaine d'activité.

L'ecclésiastique marqua une pause, puis demanda :

— Vous savez comment ça se passe ?

Léandre dut admettre son ignorance.

— En vous présentant devant moi, vous me choisissez comme avocat ecclésiastique… À moins que vous ayez quelqu'un d'autre en vue.

— Pas du tout. Dans ma lettre à monseigneur Pelchat, je demandais qu'il me dise à qui m'adresser. Je n'ai aucune raison de mettre son jugement en doute.

Il s'agissait de la meilleure réponse à donner.

— Votre démarche me semble effectivement fondée en vertu du droit canon. Vous devez constituer un dossier comprenant l'exposé de votre requête, un résumé des faits et une liste de témoins qui confirmeront votre version des faits.

— Le jugement du tribunal civil contient ces éléments, je crois.

— Vous avez raison. Vous pourrez en reprendre tous les éléments, mais cette fois en vous adressant à une cour ecclésiastique.

Léandre paraissait perplexe. Il s'était imaginé qu'il lui suffirait de remettre les documents de son procès à quelques prélats qui tireraient une conclusion.

— Envoyez-moi un texte, suggéra l'ecclésiastique, je l'annoterai et, si nécessaire, je vous parlerai de vive voix afin de préparer la version finale. Quand je jugerai que tout est complet, je le remettrai à un tribunal ecclésiastique compétent.

Après une pause, le chanoine demanda :

— Pourquoi préférez-vous vous adresser ici au lieu de l'archevêché de Montréal ?

— Tous les gens concernés sont ici, sauf moi. Mieux vaut que je me déplace, plutôt que de forcer les autres à le faire.

Un acte de charité chrétienne, en quelque sorte. Léandre avait un autre motif : à Québec, personne ne savait qu'il avait souvent Précile pendue à son bras lors de ses promenades ou de ses sorties. La suite le convainquit qu'il avait bien fait.

— Ailleurs au Canada, les gens divorcent habituellement parce qu'ils ont une autre femme en vue. Souvent, ils ont déjà des rapports intimes avec elle. Un tribunal ecclésiastique n'agit pas pour faciliter la satisfaction des sens.

— J'habite dans une maison de chambres, je ne suis lié à personne. Par contre, si cette annulation m'est accordée, je ne m'engagerai pas à un célibat éternel. À mon âge, je peux encore rencontrer une femme vertueuse et fonder une famille chrétienne.

Pour dire cela sans ciller, il faisait la preuve de ses redoutables talents de vendeur d'assurances.

— Vous serez entendu par les membres du tribunal ecclésiastique. Votre femme le sera aussi, si elle le désire. Elle pourra, tout comme vous, faire entendre des témoins. Elle sera même assistée d'un avocat qui pourra présenter un plaidoyer en sa faveur.

Ainsi, cela se passerait de la même façon que devant un tribunal civil. L'idée de replonger dans tout ce cirque lui donnait la nausée. La perspective de l'entendre dire « Non,

non, vous vous trompez. J'ai toujours été fidèle », le rendait malade. Toutefois, il acquiesça d'un geste de la tête. Jamais il n'avait vu dans *Le Soleil* – ou dans tout autre journal – un article relatif à une demande d'annulation de mariage. L'Église traitait ces questions dans la plus grande discrétion.

— Après avoir pris connaissance des témoignages et des plaidoyers des deux parties, un défenseur du lien interviendra.

Devant les sourcils froncés de son interlocuteur, le prêtre précisa :

— Un défenseur du lien conjugal. Son rôle est de soutenir que quelles que soient les circonstances, le lien conjugal doit être maintenu.

L'avocat du diable, en quelque sorte. Ainsi, trois parties seraient mêlées à la démarche. Le demandeur de l'annulation, la défenderesse, et l'Église dont le représentant se prononcerait en faveur du maintien de l'union.

— Si le tribunal acquiesce à votre demande, une autre instance devra confirmer la décision. Si le tribunal refuse, vous pourrez faire appel de la décision. Dans ce cas, l'affaire sera transmise à Rome.

« Et quand la réponse arrivera, j'aurai passé l'âge de mes excursions nocturnes chez Précile », songea Léandre. Pourtant, le chanoine évoqua un délai d'une année avant que l'affaire ne soit réglée, et il lui fit part du coût de la démarche. Pour dissoudre cette union, il aurait consenti à dépenser dix fois plus.

Au moment où Léandre sortit du palais épiscopal, il avait l'impression qu'un étau écrasait sa tête. Une migraine menaçait.

Le chanoine paraissait sensible à sa cause, mais en l'avertissant que Louise aurait son mot à dire dans cette histoire. Lors du procès, elle avait multiplié les promesses de devenir la plus fidèle des femmes tout en prétendant qu'elle l'était déjà. Heureusement, le juge l'avait regardée avec mépris pendant son témoignage. Elle recommencerait certainement son manège durant cette procédure. Des juges porteurs de soutane se montreraient-ils plus crédules ?

Pendant un instant, il eut envie d'aller frapper à la porte de l'appartement de la rue Cartier pour la supplier d'accepter cette conclusion à leur union. Puis il se souvint de son attitude. Elle commencerait par demander de l'argent, l'encaisserait sans vergogne, puis ferait tout pour lui nuire ensuite. Aussi il se mit en marche vers la Basse-Ville.

Il attendrait le départ de son train assis sur un banc à la gare, les yeux fermés, en passant sur son front et ses tempes une bouteille de Coca-Cola glacé.

En revenant à la maison, Louis et Constance s'étaient arrêtés chez les parents de cette dernière afin de récupérer Laurent. Madame Nault était dans de bonnes dispositions, au point de les inviter à souper. Ils refusèrent, tout en promettant de se reprendre à la prochaine occasion. Après une journée au soleil, le couple entendait se coucher tôt.

Le repas fut très léger, et peu après le retour à la maison, Laurent regagna son lit le premier.

— Je vais appeler tout de suite, déclara Louis en décrochant l'appareil dans la cuisine.

— Si tu crois que c'est une bonne idée…

— Fais-moi confiance, si ça ne l'est pas, Paule me le dira très clairement.

Il entendait s'adresser à la plus jeune de ses sœurs, la plus charmante des deux charmantes chipies, comme il aimait les présenter. Celle-ci avait épousé un employé des postes fin 1939 – il y avait un peu de la crainte de la conscription dans cet empressement –, pour donner naissance à un garçon moins d'un an plus tard.

Ce fut Antoine, son mari, qui décrocha l'appareil. Après s'être informé de sa santé et de celle de son rejeton, il demanda :

— Je peux parler à ma petite sœur ?

— Bien sûr. Elle tourne autour de moi en disant : "C'est qui ? C'est qui ?"

L'instant d'après, une voix féminine se fit entendre :

— Je sais bien qui c'est !

— Je veux te demander quelque chose, mais sens-toi tout à fait à l'aise de refuser.

— Dans ce cas, c'est non.

Puis elle laissa fuser un rire franc.

— Alors, de quoi s'agit-il ? demanda-t-elle après avoir retrouvé son sérieux.

— J'ai dû déplacer mes vacances au mois d'août, et ici il y a un jeune garçon qui s'ennuie beaucoup. Pourrais-tu l'inviter à Ottawa pendant quelques jours ?

Il y eut un bref silence à l'autre bout du fil, puis une voix joyeuse :

— Il pourra me remplacer au moment de l'heure du conte de fiston.

À moins d'un an, le poupon ne comprenait pas grand-chose à Perreault ou à Grimm, mais la douce voix de sa mère l'amenait à dormir très vite.

— Tu pourras même le mettre de corvée de couches.

Devant lui, Constance formula un « Non » muet.

— Ça me fera plaisir de le recevoir. Mais c'est un grand timide. Tu crois que ça lui conviendra ?

— Justement, ce sera une bonne occasion de se dégourdir. Envoie-lui une invitation en bonne et due forme. S'il refuse, je lui demanderai de te téléphoner pour te le dire.

C'était le piéger. Il devrait donc choisir entre la gêne d'accepter et celle de refuser.

— Je lui ferai un petit programme de cinéma. *The Wizard of Oz* est revenu à l'affiche, et il y a d'autres films avec Judy Garland.

— Toi tu sais parler aux petits Québécois que la loi prive de cinéma !

Pendant les minutes suivantes, il lui précisa que Laurent aurait de quoi payer son écot, et elle, qu'elle pouvait encore assumer le coût de quelques billets de cinéma. La conversation se termina avec les mots :

— Tu es un ange.

Il y eut un grand rire à l'autre bout du fil. Quand Louis raccrocha, Constance murmura :

— Je me sens affreusement gênée.

— Tu n'as aucune raison. Elle accueillera le garçon que j'élève avec toi. Et c'est certain qu'un jour ses enfants, et ceux d'Émilie, voudront venir passer quelques jours dans la grande ville. Ce sera à charge de revanche.

Les Bujold s'en tenaient toujours à la même attitude : personne ne croyait à l'histoire du petit frère de la bru, ou de la belle-sœur, selon le cas, mais personne ne la remettrait jamais en cause. Et cette mansuétude mettait toujours des larmes aux yeux de Constance.

Le train pour Montréal quitta la gare du Palais en fin d'après-midi. Son mal de tête s'étant estompé, Léandre renoua avec Maigret et *Pietr-le-Letton*. Cette fois, il les amena avec lui au wagon-restaurant, pour tenir le livre devant lui, comme une armure afin d'éloigner les convives désireux de faire la conversation. Il n'avait pas du tout l'esprit à entendre chanter les louanges de l'armée allemande, et les mêmes discours sur l'Armée rouge n'auraient pas un meilleur effet.

Heureusement, en soirée, la chaleur était tombée et les fenêtres ouvertes permettaient à l'air de circuler. Ce fut passé huit heures, dans une fraîcheur relative, qu'il marcha de la gare jusqu'à la maison de chambres. Presser le pas pour rejoindre sa maîtresse ne serait d'aucune utilité. Elle serait probablement dans le salon où toute conversation privée se révélerait impossible. Sinon, elle serait dans ses quartiers, et il ne pourrait l'y rejoindre sans attirer l'attention.

Finalement, il réussit à perdre suffisamment son temps en chemin pour que les pièces communes soient désertes à son arrivée. Quand il frappa à la porte du salon de la jeune femme, il l'entendit se précipiter pour ouvrir.

— Toi, tu ne me parais pas aller très bien.

Il était un peu pâle et la sueur avait collé ses cheveux sur son crâne. Ses petites ruses pour les placer de façon à cacher sa calvitie ne servaient plus à rien.

— La journée a été riche en émotions, pas toutes agréables.

— Tu veux que je te prépare du thé ? On dit qu'une boisson chaude est indiquée quand il fait chaud.

— Je préfère m'en tenir à mes croyances personnelles. As-tu de la bière ou un Coke ?

Elle avait de la bière, qu'elle gardait « juste pour lui ». À son retour dans la pièce, elle le trouva assis dans son fauteuil habituel – ils avaient leurs habitudes, en tant que couple. Elle lui donna un baiser et la boisson froide.

— Tu veux m'en parler ?

— Curieusement, je m'attendais à quelque chose comme une confession, avec une annulation de mariage en guise de conclusion. Ce sera plutôt un véritable procès, avec des plaidoyers, des témoignages et une décision qui me sera envoyée par la poste.

— On n'entend jamais parler de ces procédures.

— Heureusement, le tout se fait à huis clos.

Il lui résuma sa conversation avec le chanoine Hamelin tout en précisant :

— Il plaidera pour moi.

— Et ta femme ?

— Elle pourra aussi avoir son représentant. En me quittant, il m'a dit que parfois la partie défenderesse ne se donnait pas la peine de se présenter ou de se faire représenter. Mais même si elle le fait, je n'aurai pas à la croiser. Nous serons entendus à tour de rôle.

Pour lui, il s'agissait d'un véritable soulagement. Il vida très vite sa bière et refusa d'en prendre une seconde.

— Spontanément, es-tu optimiste ou pessimiste ?

— Très modérément optimiste.

Le chanoine Hamelin lui avait paru plutôt sensible à ses malheurs.

— Ce soir, restes-tu avec moi ?

— J'aimerais, si ça ne te dérange pas de mettre ton réveil pour cinq heures.

Cela ne la dérangeait pas du tout.

Ainsi, il pourrait regagner sa chambre avant que les autres locataires ne soient levés. Évidemment, il n'était pas à l'abri de se trouver face à face avec un voisin aux prises avec une envie très matinale. Il ferait avec.

Mardi matin, le couple Bujold se présenta au bureau à l'heure habituelle. La situation était un peu étrange. En l'absence d'Étienne Canuel, Constance regagnait son poste de travail pour régler les questions les plus routinières – ce qu'elle faisait aussi en sa présence –, mais pour tout ce qui sortait de l'ordinaire, il lui fallait s'en remettre à son mari.

Ainsi, à dix heures, elle lui téléphona pour lui annoncer :

— Je viens d'apprendre que la mère de monsieur Castonguay est morte.

Louis montra toute l'étendue de son esprit d'initiative en demandant :

— Que fait-on d'habitude ?

— Nous payons une messe.

— Alors je t'ordonne de téléphoner à l'église paroissiale de cette personne pour faire chanter une messe.

Constance dit d'un ton un peu moqueur :

— C'est facile d'être le grand boss, n'est-ce pas ?

— Tout dépend de la qualité de la secrétaire.

— Je devrais peut-être profiter de l'occasion pour renégocier mon salaire.

Puis elle mit fin à la conversation. En levant les yeux, Louis vit Léger Arsenault dans l'embrasure de la porte de son bureau.

— Tu as un moment ?

Le comptable hésita un instant avant d'accepter. L'employé entra et referma derrière lui. Après un silence, il déclara :

— Hier, je n'avais pas à te parler de ta vie privée.

Comme Louis ne répondait rien, il précisa :

— Les enfants que tu n'as pas.

Ces mots devraient faire office d'excuses. Ce ne fut qu'à ce moment que Louis lui désigna la chaise devant sa table de travail.

— Mon plus jeune a huit ans, commenta Léger après une hésitation. On en a trois déjà. Le curé ne nous lâche pas. Il menace de refuser l'absolution à ma femme en l'accusant d'empêcher la famille.

Ce qu'elle faisait sans doute. Après avoir connu trois grossesses en quatre ans, il n'y en avait pas eu d'autres. Si une maladie ou une blessure l'avait rendue infertile, elle l'aurait fait savoir au prêtre pour échapper à son harcèlement. Et ce dernier aurait vérifié auprès du médecin traitant.

— Je veux bien compatir à ta situation, mais je ne vois pas le lien avec moi.

— Je sais. Ça me rend fou. Sa santé ne lui permet pas d'en avoir un autre, mais les soutanes ne veulent pas entendre ça. La seule façon de s'en tirer, c'est de faire vœu de chasteté.

Ce genre de sacrifice permettait même d'accéder plus rapidement au ciel. Toutefois, certains prêtres accueillaient ce type d'engagement avec méfiance. C'était trahir l'injonction divine « Croissez et multipliez-vous ».

Il y eut encore un long silence, puis Léger murmura :

— Comment vous faites ?

— On ne fait rien, parce que l'Église l'interdit, commença Louis. Mais tu as sans doute entendu parler de l'arrestation de Dorothea Palmer ?

Léger acquiesça d'un geste de la tête. En 1936, cette femme avait été arrêtée pour avoir fait la promotion du contrôle des naissances à Eastview, une banlieue d'Ottawa. C'était interdit par le Code criminel, mais l'accusée avait été libérée avec l'argument qu'elle agissait pour le bien public.

— Le Parents' Information Bureau existe toujours. Si tu trouves un bottin de la ville de Kitchener, tu auras l'adresse. Arrange-toi pour être discret. Par exemple, en donnant un autre nom que le tien. Mais je suppose que tu pourrais aussi trouver ce qu'il te faut dans n'importe quelle taverne ou dans une pharmacie de l'ouest de la ville.

Pour un bon catholique qui condamnait l'usage de la contraception, Louis se révélait plutôt bien informé.

— Les pharmaciens anglais vendent… ce qu'il faut ?

Chez les Canadiens français, vendre des condoms ou des pessaires aurait entraîné des condamnations en chaire. Les protestants acceptaient plus facilement la contraception, même s'ils recommandaient eux aussi l'abstinence.

— Officiellement, à des gens mariés désireux de limiter la taille de leur famille. Je suppose que la plupart invoquent des motifs de santé, même si je soupçonne les pharmaciens de ne pas être si regardants.

Léger Arsenault était venu pour s'excuser de son attitude de la veille, et maintenant le comptable de La Sauvegarde se muait en conseiller en contraception. Louis continua :

— Pour ce qui est de tes relations avec le curé, tu peux toujours changer de paroisse. Certains sont plus souples, je suppose. Ou t'engager à l'abstinence. Il ne viendra pas s'asseoir dans un coin de ta chambre pour surveiller si tu respectes ton engagement.

Tout de suite, le jeune homme s'en voulut d'avoir dit cela. Léger se faisait volontiers bavard et La Sauvegarde se présentait comme une entreprise catholique. Canuel ne tolérerait pas la présence d'un propagandiste de la désobéissance aux directives de l'Église parmi son personnel.

Léger le comprit d'ailleurs ainsi.

— Je ne répéterai rien, je le jure ! Encore une fois, hier, je n'aurais pas dû…

Chapitre 5

Peut-être à cause des quelques mois où ils avaient vécu sous le même toit, Louis et Léandre demeuraient de bons amis, au point où parfois ils mangeaient au restaurant, ou assistaient à des spectacles avec leurs compagnes respectives. Le plus souvent, ils partageaient tous les deux un repas à midi. Ce fut le cas le lendemain, mercredi.

Au moment où Léandre vint rejoindre Louis à son bureau, il déclara :

— Tu avais peut-être prévu d'aller manger avec ta femme. Dans ce cas…

— Nous prenons déjà deux repas ensemble tous les jours.

Les deux hommes montèrent bientôt dans l'ascenseur.

— Tu sais ce qui est arrivé au liftier ? demanda Léandre.

Depuis plusieurs semaines, le garçon brillait par son absence.

— Il a reçu une convocation pour l'examen médical.

— Dans le cas d'un jeune célibataire, c'était inévitable.

— Selon le patron, on l'a déclaré *fit for the service*. Il a signé pour outremer.

— Son envie d'aller à la guerre traduit sans doute son esprit d'aventure.

La voix trahissait une certaine ironie. Tous les deux marchaient vers la place Jacques-Cartier quand Léandre confia :

— J'ai aussi dû aller passer un examen médical.

L'information surprit son compagnon. Convoquer un homme allant vers ses quarante ans paraissait abusif.

— Alors ?

— Je suis délabré, dit-il dans un ricanement.

Il paraissait trop dépité pour que Louis demande des détails. Bientôt, ils occupèrent une table dans un petit restaurant, entourés de cultivateurs venus vendre des denrées au marché. Ils en étaient au milieu du repas quand Léandre dit tout bas :

— Si l'armée ne veut pas de moi, je n'ai plus besoin du statut d'homme marié. Lundi j'ai raté les festivités de la compagnie pour me rendre à Québec et demander l'annulation du mariage.

Louis déposa sa fourchette dans son assiette un moment pour prendre son broc. Après avoir bu une gorgée, il demanda :

— C'est facile à obtenir ?

— En revenant à la maison lundi, j'ai dit à Précile que j'étais un peu optimiste. En me levant le lendemain, j'étais très pessimiste.

Avec le vice-président Canuel, le comptable était le seul à La Sauvegarde à connaître son statut. Autrement dit, le seul avec qui il pouvait échanger sur sa vie privée.

— Je suppose que ça vaut tout de même la peine de faire la démarche, dit Louis.

Léandre acquiesça d'un geste de la tête, puis il précisa :

— Je le fais pour Précile. Elle souffre de notre situation.

S'il échouait, au moins il aurait tout tenté. Pendant les vingt minutes suivantes, l'homme évoqua les raisons pour lesquelles un mariage chrétien pouvait être invalidé. Avouer son statut de cocu lui faisait honte, mais garder le secret devenait plus lourd encore.

Quand Louis revenait à la maison après sa journée de travail, il avait l'habitude de regarder dans la boîte de cuivre fixée près de la porte pour récupérer le courrier. Ce jeudi, il prit l'une des quelques lettres pour la tendre à Laurent en disant :

— Celle-là est pour toi.

Le garçon écarquilla les yeux.

— Personne ne m'écrit.

Il s'agissait d'une première dans sa courte vie.

— Ça vient de changer. En plus, on dirait une écriture féminine.

Voilà qui intrigua le garçon encore plus. Constance échangea un regard avec son mari. Son visage disait combien elle doutait encore de la pertinence de cette initiative. Le garçon s'installa à la table de la cuisine, l'enveloppe dans ses mains.

— Je me demande de qui ça vient.

— Je pense que tu devras l'ouvrir pour le savoir, dit Louis.

Du coin de l'œil, il regarda le garçon déchirer le rabat de la lettre et sortir un petit feuillet de couleur bleue.

— C'est de tante Paule, dit-il en montrant sa surprise.

— Que te veut-elle ? demanda Constance.

Le garçon lut :

Hello Laurent,

Que dirais-tu de venir me tenir compagnie quelques jours ? Tu serais le premier occupant de ma chambre d'ami. Il y a de bons films à l'affiche, et nous pourrions faire quelques pique-niques. J'ai encore les meilleurs livres de contes de la ville, mais tu es peut-être devenu trop grand pour ça.

À bientôt, j'espère.
Paule

Puis il regarda sa mère, incertain du sens à donner à la missive.

— Ça te tente d'y aller ?

— Aller où ?

— Paule t'invite à passer quelques jours chez elle. Elle te propose d'aller au cinéma en sa compagnie.

Laurent demeura silencieux. Son univers comprenait ses parents, ses grands-parents et quelques camarades à l'école. Pas d'oncles ni de tantes, pas de cousins ni de cousines, excepté ceux de l'époux de sa mère.

— Je ne la connais pas très bien.

Le timide montrait le bout de son nez.

— Ce serait l'occasion de faire connaissance, intervint Louis en venant occuper sa place habituelle à la table. En plus, avec son bébé, elle s'ennuie peut-être un peu.

À la fin, son beau-père réussit à lui décrire une pauvre jeune mère isolée depuis la naissance de son premier enfant, qui serait heureuse d'avoir de la compagnie, celle d'un garçon capable de tenir une conversation et de l'accompagner lors de ses sorties.

À la Pension Caron, quand les locataires furent revenus de leur travail, Précile chercha l'occasion de murmurer quelques mots à son amant.

— Tu viendras me tenir compagnie ce soir ?

— Nous sommes déjà jeudi, et je n'ai pas commencé à rédiger ma requête pour le chanoine Hamelin.

La jeune femme convint qu'il ferait mieux de se mettre au plus tôt à ce pensum. Peu après, dans sa chambre, il alignait les documents relatifs à sa séparation sur sa table de travail. L'infidélité de Louise avait été son seul argument, un comportement que tous les hommes, et le juge au premier chef, condamnaient sans appel.

Cette fois, il lui fallait présenter le même plaidoyer, mais en mettant en exergue le fait qu'au moment des épousailles, elle avait dit oui aux engagements du mariage – dont la fidélité – tout en pensant le contraire. Il ne se présentait plus comme l'homme blessé par cette trahison, mais comme un bon chrétien prisonnier d'une union matrimoniale rendue invalide par le mensonge dès le premier jour.

L'exercice littéraire n'était pas si difficile. Toutefois, il s'agissait de tourner le fer dans la plaie à son amour-propre. Quand des connaissances étaient venues expliquer au juge que les « indélicatesses » de Louise leur étaient connues avant et pendant le mariage, il aurait voulu se réfugier sous terre. Maintenant, les mêmes personnes devraient témoigner encore. Inévitablement, on parlerait de lui comme du cocu en fuite à Montréal.

Pourtant, il ne pouvait se passer de ces témoignages. Au moins, cette fois, ce serait sans la présence de curieux et de journalistes dans la salle.

Quand Lise Desrochers revint de sa journée de travail chez Dupuis Frères, elle remarqua la présence d'un envoi destiné à son amie sur la table placée près de l'entrée. Il ne s'agissait pas de l'un de ces cartons aux allures de carte postale que l'armée distribuait aux recrues, mais d'une véritable lettre.

Vingt minutes plus tard, sa voisine Hélène frappait à sa porte entrouverte en disant :

— Il m'a écrit.

— Que te veut-il ?

— Je ne l'ai pas ouverte. J'ai envie de la déchirer en petits morceaux pour la jeter dans la cuvette et tirer la chasse.

La vendeuse dissimula sa déception. L'histoire de son amie ressemblait tellement à un roman-photo, elle ne voulait pas en rater un chapitre.

— N'agis pas sous le coup de la colère. Plus tard, tu pourrais regretter de ne pas savoir ce qu'il te voulait. Allons souper… Quand nous remonterons, tu prendras une décision.

Hélène se laissa convaincre sans trop de mal. Pendant tout le repas, elle joua avec sa nourriture, sans presque rien avaler. Sa peine était si perceptible qu'elle affecta l'appétit des autres convives. Précile et son employée, Jeanne, auraient des restes à manger tous les midis jusqu'au lundi suivant.

Quand les jeunes femmes retournèrent sous les combles, Lise fut incapable de réprimer sa curiosité et demanda :

— Tu vas la lire ?

Hélène alla récupérer la lettre dans sa chambre. Elle sacrifierait son intimité en échange de la présence d'une alliée à ses côtés. Tout de même, elle prit place sur la chaise dans la chambre de son amie de façon à ce que celle-ci ne puisse lire par-dessus son épaule, puis procéda à une première lecture en silence.

— Qu'est-ce qu'il dit ? murmura Lise.

Hélène lut à haute voix :

Je m'excuse de m'être laissé emporter, mais tu es si jolie. Je n'ai pas pu me retenir. C'est dur pour un homme endurant les difficultés de la guerre de ne pas être compris de sa fiancée.

Claude

Décidément, Claude Dubois avait fait sienne la notion que les femmes devaient soulager la misère des guerriers.

— Le salaud ! ragea Lise. Un zombie n'endure aucune difficulté, il marche en rond dans des bases militaires où il n'y a aucune menace. Dans sa tête, ta place c'est sur le dos, les jambes écartées.

Puis le rose lui monta aux joues à cause de l'audace de ses paroles. Certaines vérités devaient être formulées par des périphrases.

— Que vas-tu faire ? demanda-t-elle ensuite.

Depuis un instant, Hélène pleurait en silence. Dans ce scénario, elle devenait la coupable. La femme égoïste, incapable de consoler par une petite gentillesse un compagnon éprouvé. Sans prononcer un mot, elle regagna sa chambre et ferma sa porte.

Le samedi 19 juillet, Constance sortit sur le perron pour embrasser son mari en disant :

— J'arriverai au bureau un peu avant midi.

— À titre de directeur par intérim, je peux bien te donner congé jusqu'à lundi prochain.

— Non, j'ai trop de choses à faire.

— Tu es la meilleure employée de La Sauvegarde.

Il l'embrassa à nouveau, puis se dirigea vers l'avenue du Parc afin de prendre le tramway. Dans l'appartement, Constance retrouva Laurent en culottes courtes, un nœud papillon au cou et une veste sur le dos. Son visage offrait une mine de condamné.

— Tu sais, tu peux changer d'idée. Je n'ai qu'à téléphoner à Paule pour le lui dire.

Le garçon commença par secouer la tête et murmura :

— J'ai dit que j'irais.

Il l'avait dit à Louis, et maintenant, il ne voulait pas le décevoir. L'homme lui avait inculqué la valeur de la parole donnée. Constance alla chercher un peigne dans sa chambre, le mouilla sous le robinet de la cuisine et entreprit de lui replacer les cheveux. Une rosette tenace empêchait de les mettre bien à plat.

— En tout cas, elle trouvera que tu deviens un bien joli garçon.

Afin d'appuyer son affirmation, elle se pencha pour l'embrasser bruyamment sur la joue.

Quand ils se mirent en route, Laurent prit la main de sa mère. Après un trajet en tramway, ils arrivèrent à la gare Windsor. Acheter le billet prit un moment, puis ils marchèrent vers les quais. Laurent ouvrait de grands yeux inquiets. Une foule encombrait les lieux, en grande partie composée de jeunes hommes en uniforme. Les difficultés de cette expédition lui faisaient maintenant regretter de ne pas avoir reculé, une heure plus tôt.

Constance avait acheté un billet de première classe, convaincue que les nantis présentaient moins de danger pour un enfant sans défense que les pauvres. Ils montèrent à bord d'un wagon et Constance chercha l'employé responsable de cette section du train.

— Monsieur, mon fils voyage seul…

— *I beg your pardon, but I don't understand.*

Évidemment, à bord d'un train se dirigeant vers Ottawa, personne ne parlait français.

— *My son is traveling alone*, recommença-t-elle dans un anglais scolaire. *He must get off in Ottawa. I trust you that it is neither before nor after.*

— *If he makes it all the way to Vancouver, he won't have to leave his seat. This train travels in both directions.*

La colère dans les yeux de la jeune femme lui fit craindre une gifle.

— *Alright ma'am, I'll make sure he gets down to the right place.*

Ensuite, Constance trouva le siège dont le numéro figurait sur le billet. Une vieille dame occupait la place juste derrière. Après s'être assurée que cette voyageuse se rendait à Ottawa aussi, elle répéta la même requête.

— *What a nice boy! Of course, I'll take care of him.*

Son air de gentille grand-mère calma un peu les inquiétudes de Constance. Quand Laurent fut assis, elle l'embrassa encore une fois, puis lui murmura à l'oreille :

— Ne t'inquiète pas. En arrivant au bureau, je téléphonerai à Paule pour lui donner le numéro de la voiture et celui de ton banc.

Ce fut seulement quand un employé eut crié *All aboard!* qu'elle consentit à descendre. À cet instant, son inquiétude s'était communiquée au garçon.

Trop de bonne volonté finissait par peser. Pendant tout le trajet vers la gare Union, la vieille dame s'entêta à poser des questions à Laurent. Celui-ci se trouvait condamné à répéter : « Je ne comprends pas » en français.

D'autorité, rendue à Ottawa, elle prit sa main pour l'entraîner sur le quai. Il avait eu à peine le temps de prendre sa petite valise. Heureusement, en sortant, il entendit tout de suite une voix joyeuse :

— Laurent ! Par ici !

Paule était bien là, souriante, une jolie robe de coton sur le dos, un chapeau de paille posé sur ses cheveux châtains. Tout en gardant une main sur la poussette, elle se pencha pour lui faire la bise.

— Tu deviens un vrai jeune homme.

Elle lui emmêla les cheveux. Les adultes avaient décidément cette mauvaise habitude. Ensuite, elle l'entraîna hors de l'élégante gare construite de pierre calcaire de couleur crème.

Dehors, elle proposa :

— Tu veux pousser Michel ? Je vais porter ta valise.

Laurent allongea le cou afin de contempler le bébé né en avril. Il avait un peu plus de trois mois. C'était un petit être au visage joufflu avec des cheveux très fins allant dans toutes les directions.

— Il est beau, n'est-ce pas ?

Laurent comprit qu'il ne pouvait répondre que par l'affirmative. Sa tante éclata de rire.

— Déjà prêt à mentir pour être poli ! Les bébés ont toujours l'air de petits vieux. Ensuite, ils vont en s'améliorant pendant trente-cinq ans. Mais après… ils refont le chemin en sens inverse.

En posant sa main sur son épaule, Paule guida Laurent dans la bonne direction. La paroisse Notre-Dame n'était pas très loin. Pendant le trajet, la jeune femme s'informa de la santé de ses proches.

— Qu'allez-vous faire pendant les vacances ?

— On va aller au nord de Montréal, près d'un lac.

— Chanceux. Nous, nous sommes restés sagement à la maison. Fiston est un peu jeune pour voyager.

Bientôt, ils arrivèrent devant un petit immeuble couvert de briques. Deux portes perçaient la façade, donnant accès à des maisons jumelées. Paule sortit une clé de sa poche en montant les trois marches du perron. Elle ouvrit celle de gauche et revint vers le garçon.

— Tu vas prendre le devant de la poussette, moi l'arrière.

Ils se trouvèrent tout de suite dans le salon qui donnait sur la rue. Il s'agissait d'une pièce double, la seconde section servait de petite chambre.

— Je vais poser ta valise ici. Je peux te demander un service ?

Le garçon hocha la tête pour dire oui.

— Prépare-nous chacun un sandwich. Dans le frigidaire, tu vas trouver du jambon, de la salade, des tomates, et il y a du pain dans la boîte. Pendant ce temps, je m'occupe de celui-là.

Un instant plus tard, elle montait à l'étage avec Michel. Laurent ouvrit la porte de la glacière électrique pour en examiner le contenu. Il trouva sans mal de quoi s'acquitter de sa mission. Paule entendait le traiter comme un membre de la maisonnée, capable de faire sa part, plutôt que comme un invité de marque. Voilà qui lui convenait tout à fait.

Dans les bureaux de La Sauvegarde, un samedi après-midi d'été, les vendeurs d'assurances choisissaient de partir tôt, convaincus que personne ne voudrait être sollicité à ce moment de la semaine. Aussi ce fut dans les locaux presque déserts qu'il marcha vers le bureau de Constance. Il la trouva en train de faire du rangement dans les classeurs. C'était sa façon de s'occuper une fois ses tâches terminées.

— Alors, notre voyageur se porte toujours bien ?

À l'heure du dîner, elle avait téléphoné pour s'assurer que Laurent était arrivé sain et sauf. La réponse de Paule l'avait étonnée :

— Quel gentil garçon ! Il est en train de préparer le dîner pour nous deux.

Elle qui s'était inquiétée de le voir devenir un poids pour ses hôtes.

— Crois-tu que je devrais téléphoner à nouveau ?

— Ottawa demeure tout de même moins dangereux que le front en Russie. Je présume qu'il se porte bien.

La jeune femme se sentait un peu ridicule. Évidemment, il ne courait pas plus de risque chez sa tante que chez sa grand-mère. Mais jamais elle n'avait été aussi loin de lui.

— Tu es prête à partir ?

Quitte à se retrouver sans enfant à la maison, Louis entendait bien en profiter avec sa femme.

— Si mon patron par intérim m'accorde la permission, oui.

— Tu l'as.

— Et qu'est-ce que mon mari a à me proposer ?

— Nous pourrions manger rue Sainte-Catherine, et aller ensuite au cinéma. Voilà un mois que *The Great Dictator* est à l'affiche. Si nous ne nous pressons pas, nous ne le verrons jamais.

Après le souper, Léandre avait rejoint sa maîtresse dans ses quartiers, avec quelques feuillets dans les mains.

— Veux-tu lire ceci pendant que je nous sers à boire ?

— De quoi s'agit-il ?

— C'est la requête que je veux envoyer au chanoine Hamelin. Ne te gêne pas pour commenter, je souhaite que ce soit le plus clair et le plus convaincant possible.

Puis l'homme s'éclipsa dans la cuisine afin de préparer du thé. Il préférait ne pas voir le visage de son amoureuse quand elle lirait le récit de ses malheurs. Aussi il prit son temps. Quand il revint avec une théière et des tasses, il la trouva les yeux perdus dans le vide, le document posé sur ses genoux.

— Tu as déjà évoqué son comportement devant moi. Mais je n'avais pas compris… Cette femme est une…

— Utilise le mot qui te convient. Moi j'en ai plusieurs, mais le plus souvent, c'est salope.

Après une pause, elle dit :

— Je ne contesterai pas ce terme. Mais je pensais surtout à son inhumanité. Elle couchait avec un autre, pendant qu'elle sortait avec toi, au moment de se fiancer, quand il y a eu la cérémonie…

Léandre posa un peu brutalement le plateau sur la petite table entre eux et se laissa choir sur son fauteuil. Il porta les mains à son visage. Il respira profondément en refoulant ses sanglots. Quand il eut à peu près retrouvé le contrôle de ses émotions, il murmura :

— Tout le monde le savait, sauf moi. Quand je songe à certaines remarques de mon père ou à celles de collègues, je comprends qu'ils avaient des doutes sur elle. Dans une petite ville comme Québec, tout se sait.

Depuis ces événements, il ne voyait que très rarement les membres de sa famille. Il s'en voulait de ne pas avoir compris – de ne pas avoir voulu comprendre –, tout comme il leur en voulait de ne pas avoir été plus explicites.

— Ils compteront parmi tes témoins ?

Léandre hocha la tête et précisa :

— Eux et aussi des voisins qui avaient remarqué les va-et-vient à la maison quand je n'étais pas là, et des gens qui l'ont connue jeune fille. Comment ai-je pu être assez stupide pour ne me rendre compte de rien ?

— Comment ai-je pu être assez stupide pour demeurer fidèle à Edmond pendant dix ans…

— Je n'ai rien voulu croire, continua-t-il. Nous voulons trouver des qualités à ceux que nous aimons. En plus, les femmes sont considérées comme plus vertueuses, plus honnêtes que les hommes.

Précile voulut le rassurer :

— En tout cas, tu as raison, cet engagement n'a jamais été valide. Ce n'était que mensonge.

Depuis deux jours, Hélène Martin évitait de se trouver seule avec Lise, qui n'avait que ces mots à la bouche : « Alors, que vas-tu lui répondre ? » La brunette ne le savait pas vraiment. Elle alternait entre la colère contre celui qui avait voulu la prendre de force et la pitié pour un garçon recruté contre son gré et affecté dans un trou perdu.

Le dimanche matin, elle quitta la maison de chambres un peu plus tôt que d'habitude afin de se joindre aux paroissiens qui attendaient devant le confessionnal. Bientôt, agenouillée dans la boîte de chêne, elle entendit le prêtre faire glisser le panneau masquant l'ouverture dans le bois. Une grille aux mailles serrées permettait de voir imparfaitement la silhouette de sa tête. Machinalement, elle murmura :

— Bénissez-moi, mon père, parce que j'ai péché…

Mais elle n'avait aucun désir d'évoquer l'envie des boucles d'oreilles d'une connaissance, la seconde portion de dessert ou quelques mouvements d'humeur pour des bagatelles. Elle se reprit :

— J'ai un fiancé qui a été conscrit. Lors d'une permission, la fin de semaine dernière, il a tenté de me prendre de force.

— Il a réussi ?

L'ecclésiastique voulait savoir si elle avait subi les « derniers outrages ». Les subir était à peine moins grave que les accepter de bonne grâce. Même violée, une femme se faisait condamner pour avoir induit son agresseur en tentation.

— Non, non. J'ai été chanceuse, quelqu'un a entendu mes cris.

— Dans ce cas, vous n'avez pas fauté. Vous avez autre chose à me dire ?

Il parlait sans doute de ses péchés habituels. Hélène saisit plutôt l'occasion pour prendre conseil :

— Il m'a écrit pour me demander de lui pardonner, tout en laissant entendre que j'aurais dû céder. Il fait son devoir pour la patrie…

— Ces camps, c'est une école du vice, l'interrompit le prêtre.

Tout le clergé de Montréal s'inquiétait de la détérioration des mœurs. Dans les bases militaires, les jeunes hommes échappaient à la surveillance de leurs parents et de leurs confesseurs. Les autorités, au lieu de les encourager à l'abstinence, montraient plutôt des films aux recrues pour leur apprendre à utiliser des condoms pour éviter les maladies. Jusque-là, la syphilis faisait bien plus de victimes que les balles allemandes.

Quand les hommes se contentaient des prostituées, il s'agissait d'un moindre mal. Mais ils en venaient à souiller des jeunes filles innocentes. Après un silence, Hélène demanda d'une toute petite voix :

— Dois-je accepter de le revoir… Lors de sa prochaine permission ?

— Ce serait vous exposer à la colère de Dieu. Votre devoir, c'est d'ériger un mur entre lui et vous. Vous n'aurez pas toujours la chance de recevoir l'aide d'un passant.

Il se calma un peu pour continuer :

— Vous placer dans une situation dangereuse pour votre salut, c'est déjà pécher.

Colette, dans le courrier du cœur de *La Presse*, se montrait à peine moins véhémente pour condamner des imprudences de ce genre. Depuis Ève, la femme demeurait la première pécheresse, celle qui entraînait la chute de l'homme.

— Je ferai comme vous me le dites, mon père.

Ensuite, elle répéta les péchés de sa dernière confession pour redonner un semblant de normalité à cet échange. Le prêtre lui donna un rosaire, une pénitence anormalement lourde.

Une demi-heure plus tard, Hélène se présenta à la Sainte Table en se demandant si l'ecclésiastique avait pu l'identifier au timbre de sa voix. La pensée que ce soit le cas la rendait honteuse.

Après la messe dominicale, Lise et Hélène se retrouvèrent dans un petit café de la rue Sainte-Catherine. Pendant tout le repas, Hélène demeura silencieuse. Une fois n'était pas coutume : son amie respecta sa vie privée.

À la fin, la brune murmura :

— Ce matin, je suis allée à confesse. Pour parler de… ça au curé.

— Voilà pourquoi tu ne me répondais pas quand j'ai frappé à ta porte ce matin.

Depuis qu'elles se connaissaient, marcher seule vers l'église était une première.

— Que vas-tu faire ? continua-t-elle.

— Il m'a dit de rompre.

— Il a bien raison… Le feras-tu ?

Comme Hélène demeurait silencieuse, Lise ajouta :

— Il y en a d'autres. Plein d'autres.

— C'est pour ça que tu passes tes dimanches à chercher des amies pour aller voir un film ?

Le visage de la blonde s'assombrit. Son amie s'empressa de dire :

— Excuse-moi, je sais bien que c'est parce que tous les hommes de notre âge ont reçu cette maudite lettre.

Pas tous, mais parmi les estropiés, les malades, les étudiants à qui on demandait seulement de participer à un entraînement militaire l'été ou les ouvriers embauchés dans des domaines essentiels à l'effort de guerre, personne ne lui avait fait une petite place dans sa vie. Si un séminariste – ceux-là aussi étaient exemptés – lui avait fait les yeux doux, elle aurait sauté dessus.

Pour se faire pardonner, Hélène voulut bien répondre à la question.

— Je vais lui écrire pour rompre. Je suis contente de ne pas avoir à le faire de vive voix.

Claude Dubois aurait sans doute trouvé le moyen d'affaiblir sa résolution. Il aurait sans mal présenté une mine penaude et adopté une voix onctueuse pour lui dire qu'elle avait juste à être moins jolie.

Chapitre 6

Une fois de retour à la pension, Hélène Martin s'isola dans sa chambre, sous les combles. Elle dénicha une grande enveloppe et chercha des photos de Claude Dubois et les lettres reçues de lui pour les réunir en une petite liasse.

Ensuite elle s'installa à sa table, un stylo-plume à la main, et chercha à réunir ses idées. Devait-elle aligner tous ses principes moraux en rappelant qu'elle n'était pas une fille «comme ça»? S'il ne l'avait pas encore compris, s'expliquer ne servirait à rien. Autant s'en tenir au plus simple:

Claude,

C'est fini entre nous. Ne m'écris pas, n'insiste pas. Tu trouveras ci-jointes les lettres que tu m'as envoyées et tes photographies. Ne te donne pas cette peine avec les miennes. Détruis-les, tout simplement.

Hélène

Après avoir cacheté l'enveloppe, elle se recroquevilla sur son lit. Maintenant, aurait-elle le courage de l'envoyer?

Eudes Latour et Auréa Rhéaume s'étaient arrêtés dans un café en sortant de l'église.

Depuis leur mariage, leur vie suivait un scénario bien réglé. Six jours par semaine, ils se rendaient bras dessus, bras dessous jusqu'à la Pharmacie de Montréal. Là, ils se séparaient pour occuper chacun leur poste de travail : lui au rez-de-chaussée derrière le comptoir de la pharmacie, elle à l'étage dans les bureaux administratifs. À l'heure du lunch, ils allaient dans un petit café des environs. Ensuite ils revenaient, toujours en se tenant par le bras. Le dimanche, la routine changeait.

Une fois dans la chambre, la jeune femme prit sa brosse à dents et le tube de dentifrice et se dirigea vers la salle de bains. Pendant son absence, Eudes se défit de sa veste, de sa cravate et de ses chaussures.

Quand Auréa revint, il alla à son tour se brosser les dents et la retrouva ensuite en sous-vêtements. Même après ces années, ils restaient embarrassés quand ils s'enlaçaient. Toutefois, l'excitation leur permettait de passer outre au malaise. Le baiser se fit rapidement torride.

Après quelques instants de ces jeux, il l'entraîna vers le lit.

— Tu n'as pas pris…

Auréa avait toujours du mal à nommer les choses intimes.

— Justement, je voulais te parler de ça.

Elle fronça les sourcils, un peu inquiète. Quand ils furent étendus sous les couvertures, il demanda :

— Nous nous entendons plutôt bien, tu ne penses pas ?

— Oui…

La jeune femme devait l'admettre. Même si leur vie maritale n'amenait aucune nouveauté, ils s'étaient coulés dans une routine confortable. Les surprises avaient été nombreuses dans la maison de son enfance à Lachute, et toujours mauvaises. Aussi, le présent tranquille la satisfaisait pleinement.

— Ne crois-tu pas que le moment est venu de fonder une famille ?

Auréa acquiesça d'un sourire. Il s'agissait de la meilleure façon d'assurer la pérennité d'un couple.

— Tu avais dit que tu attendais le moment où tu pourrais acheter une maison.

— Ces temps-ci, la difficulté n'est pas d'économiser, mais de trouver une maison à acheter.

Les produits de consommation se raréfiaient ou alors ils étaient lourdement taxés. Par exemple, il fallait verser dix pour cent de plus pour les automobiles et les pneus. Tout le monde achetait des obligations de la Victoire un peu par défaut. De plus, tous les travailleurs de la construction s'occupaient d'agrandir des usines ou d'en construire de nouvelles, ou alors d'ouvrir des routes, des ponts, des ports. Les nouveaux bungalows devenaient rarissimes.

— Remarque, même si ça fonctionne tout de suite, nous aurons quelques mois devant nous. Nous trouverons alors peut-être la perle rare, précisa Auréa.

— Qu'est-ce qui pourrait ne pas fonctionner ?

— Mettre un enfant en route. Certaines femmes tombent enceintes tout de suite, mais pour d'autres, c'est plus long.

La jeune femme ne doutait pas qu'un pharmacien soit au courant de ces choses-là. Il y eut un silence, puis il dit d'une voix incertaine :

— Alors ?

— Pour le bébé ? Bien sûr, je me suis mariée pour avoir une famille.

— Je croyais que tu afficherais un peu plus d'enthousiasme.

— Tu ne crains pas de mettre un enfant au monde pendant cette guerre ?

— Si nous étions en Europe, évidemment je ne voudrais pas. Mais ici ? Je suis prêt à prendre le risque.

La discussion sérieuse avait considérablement réduit leur enthousiasme. Cependant, un baiser suffit à les ramener dans le bon état d'esprit. Tous les deux trouvèrent l'absence d'une pellicule de latex particulièrement excitante. Au point où l'exercice fut plus bref que d'habitude. Cela ne les découragea guère. Après une sieste, ils furent en mesure de recommencer.

Mariée au même moment que son ancienne voisine de la Pension Caron, Lucina Cayer, devenue madame Irénée Valois, passait son dimanche après-midi dans la chambre à coucher elle aussi. Tout de même, il existait des différences notables entre son sort et celui d'Auréa. D'abord, la présence de Lucien, l'enfant du couple. Sa mère le laissait dans son landau dans le salon voisin, près de la porte de la chambre demeurée ouverte. Ainsi, il ne verrait rien des activités réservées aux adultes. Lucina présumait que les soupirs, les gémissements n'auraient aucune signification pour lui.

Toutefois, ce dimanche 20 juillet, elle n'avait nul besoin de s'inquiéter à ce sujet. Son mari était étendu de tout son long sur le dos. Ses ronflements rappelaient assez fidèlement le bruit du moteur de son camion. Depuis quelques mois, dès qu'il s'immobilisait quelque part, c'était toujours la même histoire.

En robe de nuit, assise dans le lit, le dos appuyé contre le mur, Lucina le regardait. Des cercles plus sombres marquaient le dessous de ses yeux. Après avoir réalisé qu'il était déjà quatre heures, elle le poussa doucement. Irénée finit par se réveiller en sursaut. Un moment, il ne parut pas savoir où il se trouvait.

— Ah ! Je pense que je me suis endormi.

— Pour moi, ça paraît une certitude.

L'homme regarda le réveil posé sur la table de chevet et se dressa à demi en disant :

— J'suis désolé, ça m'a pris tout d'un coup.

Il s'inquiétait de ne pas se montrer à la hauteur. Avant cinquante ans, le dimanche, on ne se couchait pas que pour faire la sieste.

— Ne t'en fais pas. Ça m'a permis de penser au jour où je deviendrai veuve.

Cette fois elle obtint toute son attention.

— Combien de temps crois-tu pouvoir survivre à ce régime ? Je pense que je m'inquiéterais moins pour ta santé si tu étais soldat et que tu avais signé pour outremer.

Irénée eut envie de protester, puis il se résolut à jouer la candeur.

— Là, je peux travailler autant que je veux. Après la guerre, ça sera plus la même chose. J'vas mettre assez de côté pour m'acheter un *truck*.

— Acheter…

— Si je travaille pour les autres toute ma vie, on sortira jamais d'icitte.

— C'est un salaire régulier. À ton compte, tu crois que ça serait mieux ?

— Présentement, je charrie des munitions, mais une fois la paix revenue, y aura des meubles, pis tout un tas d'affaires.

Les perspectives d'avenir d'un camionneur indépendant – des déménagements du 1er mai jusqu'au déneigement l'hiver – firent l'objet de la conversation jusqu'au repas.

Au souper à la pension, Lise Desrochers avait résolument gardé les yeux fixés sur son assiette, participant à la conversation par des monosyllabes. Le plus difficile était d'éviter de voir sa voisine assise à ses côtés. Dès la fin du repas, elle s'élança dans les escaliers.

Au moment où les locataires se dispersaient, Précile s'approcha d'Hélène Martin pour demander à voix basse :

— Elle a des ennuis ?

— Quelqu'un lui a dit une vacherie.

La propriétaire fronça les sourcils. La bonne entente régnait dans la maison depuis un bon moment. Elle n'avait aucune envie de renouer avec les inimitiés du passé.

— Dites-moi de qui il s'agit. Je vais faire en sorte que cela ne se reproduise pas.

— C'est ma faute et je compte aller m'expliquer tout de suite.

Quand Hélène arriva sous les combles, elle commença par passer dans sa chambre pour prendre la grande enveloppe et un billet d'un dollar. Puis elle frappa à la porte voisine, sans obtenir de réponse.

— Tu ne vas pas me faire la tête pendant des mois…

— Pourquoi viens-tu déranger la vieille fille ?

— Tu as vingt-deux ans. Le même âge que moi.

Hélène entendit des pas dans l'escalier. L'idée de mener une conversation devant témoin avec une personne de l'autre côté d'une porte fermée ne lui disait rien. Elle décida d'ouvrir.

— Attends d'avoir vingt-cinq ans avant de te présenter comme une vieille fille.

Lise était étendue sur son lit, un magazine posé sur la poitrine.

— Facile à dire pour une fille qui a un fiancé.

— Je n'en ai plus. Enfin, je n'en aurai plus si tu acceptes de mettre ceci à la poste demain. Je te donne l'argent. Et non, tu n'es pas autorisée à lire la lettre.

Hélène déposa l'enveloppe et le dollar sur la commode. Son amie se redressa à demi.

— Seigneur, tu lui as écrit un roman !

— Trois lignes, plutôt. Mais j'ai joint une douzaine de ses lettres, et des photographies.

— Oh !

Quand on en arrivait là, il ne s'agissait plus d'une querelle entre amoureux, mais d'une véritable rupture.

— Les gars de la censure pourront tout lire, mais pas moi ?

— Ils ne vivent pas dans la chambre voisine de la mienne. De toute façon, je n'ai rien mis de personnel. Quant à ses lettres à lui, les employés de la censure doivent écrire la même chose à une demi-douzaine de naïves comme moi.

Son aventure la rendait cynique. Oui, ces soldats devaient s'échanger les lettres de leurs fiancées et se moquer de ces inconnues.

— Je m'excuse, pour tout à l'heure, dit Hélène. Je ne voulais pas insinuer que tu ne plaisais pas aux hommes. Les jeunes célibataires disponibles sont devenus cruellement rares. Maintenant, toi et moi, nous logeons à la même enseigne.

Lise eut l'esquisse d'un sourire. Hélène en conclut que les choses seraient rentrées dans l'ordre le lendemain.

— Pourquoi ne postes-tu pas la lettre toi-même ?

— Parce que comme ça, je ne risque pas de changer d'idée à la dernière seconde.

— Tu n'es pas certaine ?

— Avant de se déguiser en soldat, il ne se comportait pas de cette façon.

Combien de femmes trouvaient leur petit kaki changé ? Et ce serait encore pire au retour de ceux qui iraient au combat.

— Tu vas t'en occuper ?

— Bien sûr. Qui sait ? Ce sera peut-être lui mon fiancé à sa prochaine permission.

Puis Lise pouffa de rire. La bonne entente régnait à nouveau.

— Dans ce cas, prépare-toi à repousser ses mains.

Un peu avant midi, Paule se présenta chez sa sœur Émilie en compagnie de son invité. C'est Laurent qui avait poussé le landau. Cette responsabilité semblait devoir lui échoir pour la durée de son séjour à Ottawa. La veille, il avait fait la même chose lors d'une excursion dans un parc de la ville.

Chez cette autre tante, il reprit contact avec Ginette, une bambine rencontrée pendant les fêtes de fin d'année de 1939 et de 1940. Elle était maintenant assez grande pour s'asseoir sur une vraie chaise, même si la table lui arrivait aux épaules. D'une fois à l'autre, il ne la reconnaissait pas. Maintenant, elle fixait ses grands yeux noisette sur lui. Le garçon la fascinait au point de lui faire oublier de mâchouiller la suce fichée dans sa bouche.

— Je pense que tu as fait une conquête, dit Émilie en déposant une assiette devant lui.

À nouveau, il dînerait d'un sandwich. « Il fait trop chaud pour allumer le poêle », avait affirmé son hôtesse.

— Si ça continue, intervint Paule, la moitié féminine de Montréal sera à ses pieds.

— C'est l'effet des culottes courtes.

À huit ans, il en avait encore pour des années à porter ce costume d'enfant. À sa grimace, Émilie comprit que mieux valait arrêter les taquineries. Elle demanda :

— Alors, tu aimes Ottawa ?

— C'est comme Montréal, mais en plus petit.

— Tu vas voir, c'est aussi plus anglais que Montréal.

Le repas frugal fut rapidement expédié. Vers une heure, dans l'entrée de la petite maison, Paule demanda à sa sœur :

— Ça ne t'embête pas de garder Michel ? Tu es certaine ? Il est un peu jeune pour voir la méchante sorcière.

Laurent contempla ses chaussures, un peu rougissant. Sa présence finissait par déranger tout le monde.

— Ça va être comme un entraînement si un jour j'ai un garçon.

Sur le trottoir, Paule offrit son bras au garçon. Comme il hésita, elle lui sourit.

— Allez, prends mon bras. Tu me trouves trop taquine ?

— Non, non.

Ils marchèrent jusqu'au théâtre Rideau. De chaque côté de la porte, de grandes affiches annonçaient le programme : *The Wizard of Oz*. Paule paya les billets et acheta du pop-corn. Une fois assise, elle lui présenta le sac.

— Tu connais un peu l'histoire ?

— C'est une orpheline qui vit avec son oncle et sa tante.

En attendant le lever de rideau, elle eut le temps de lui parler de la méchante sorcière et de la tornade.

Pendant tout le film, Paule murmura à l'oreille de son neveu pour lui traduire les dialogues. Autrement, il n'aurait pas pu suivre l'action. Heureusement, un lundi après-midi la salle demeurait à moitié vide, aussi il n'y eut pas trop de « chut ! » impatients.

— Alors, tu as aimé ? demanda-t-elle.

— Oh oui ! Surtout le grand bout en couleurs.

— Tu as vu *Snow White* et c'était aussi en couleurs.

Il s'agissait d'ailleurs de leur première rencontre, chez les parents de la jeune femme.

— Mais avec des vraies personnes, c'est mieux.

— Tu aimes la crème glacée ?

Tous les garçons de huit ans aimaient la crème glacée. Il dit oui d'un geste de la tête. Sa compagne l'entraîna vers l'est jusqu'à la rue Murray. De l'autre côté du canal Rideau se trouvait l'hôtel Laurier, et au-delà, un grand parc.

Bientôt, ils empruntèrent une allée en direction d'un café construit au milieu de la pelouse. Quelques tables permettaient de s'asseoir à l'extérieur.

— Nous avons de la chance, il y en a une de libre. Attends-moi, je reviens.

— Je vais m'en charger.

Paule paraissait tellement surprise qu'il précisa :

— J'ai un peu d'argent, je veux le dépenser pour nous.

Cela lui valut un charmant sourire. Le garçon fit trois pas, puis revint vers sa tante.

— Tu crois que la fille au comptoir parle français ?

— Dans ce quartier, probablement. Autrement, tu pointes avec ton doigt.

Heureusement, l'employée avait sans doute fréquenté le couvent Notre-Dame du Sacré-Cœur à deux pas de là. Bientôt, il revint avec un cornet dans chaque main.

— Alors ?

— Aucun problème. Mais j'ai oublié de te demander ce que tu préférais.

— Vanille, c'est très bien. Tu sais, quand tu seras grand, tu plairas aux filles.

— Arrête de te moquer.

Le rose monta aux joues du garçon.

— Je ne me moque pas. Mais je ne t'expliquerai pas pourquoi, sinon tu deviendras prétentieux, et le charme sera brisé.

Au souper, Précile put constater que les relations entre Lise et Hélène étaient revenues au beau fixe. Le constat lui fit plaisir: l'idée de gérer une querelle à propos d'un garçon lui répugnait. Son expérience de tenancière d'une maison de chambres lui avait appris que ces querelles entre jeunes filles concernaient toujours un garçon.

Eudes demanda:

— Léandre, vous avez vu dans le journal? Celui de mercredi, je pense.

— J'ai vu plein de choses dans le journal, mais pouvez-vous être plus précis?

— Le gouvernement a annoncé avoir atteint son objectif de recruter plus de trente-quatre mille soldats en une semaine.

— Comme ils ont dû envoyer cinquante mille lettres et qu'ils ont été très clairs sur le sort de ceux qui ne se présenteraient pas à l'examen médical, je suppose que les autorités n'en ont jamais douté.

À moins d'une migration massive des jeunes hommes dans les bois, c'était bien probable. Il aurait été du plus mauvais effet sur le moral d'annoncer un quota, pour ne pas l'atteindre ensuite.

— Monsieur Gonthier, me permettez-vous d'être un peu indiscrète?

Jovette Dupéré posait la question en lui adressant un petit sourire. Un instant, il redouta une curiosité malsaine. Sur son aventure avec Précile ou alors sur sa démarche concernant l'annulation de son mariage. Aussi il hésita avant d'accepter d'un geste de la tête.

— Vous-même avez reçu une de ces lettres, je pense... Ces lettres posées sur la petite table... Sans faire exprès, on remarque le nom de l'expéditeur.

— Vous avez bien vu, j'ai reçu une lettre.

— C'est étrange puisque les journaux parlaient de la tranche d'âge de vingt et un à vingt-quatre ans.

— La personne qui a rempli ma fiche a dû se tromper.

Pour procéder plus vite à l'enregistrement, des bénévoles posaient des questions et remplissaient les formulaires. Pour une grande partie de la population dont les capacités de lecture étaient limitées, il s'agissait d'une aide essentielle.

— En tout cas, je ne connais personne de plus de vingt-six ou vingt-sept ans qui a été invité à passer un examen médical. Je ne peux pas croire qu'ils vont vous appeler.

— Moi non plus.

En disant cela, Léandre sourit à Eudes. Il gardait deux comprimés dans un tiroir. Si l'armée entendait le faire examiner par un médecin militaire, il jugerait de la pertinence de les utiliser.

— Churchill aurait dû négocier un armistice, l'an dernier, dit le pharmacien. Ainsi, nous en aurions fini avec cette folie.

— Et accepter que tous les petits Français apprennent l'allemand à l'école ?

— Le maréchal Pétain n'acceptera jamais ça. Quand la paix sera revenue, il arrivera certainement à une entente avec Hitler.

— Jusqu'ici, le führer ne m'est pas apparu comme un type très accommodant.

Un peu après neuf heures, c'est avec *La Presse* de la veille sous le bras que Léandre s'introduisit dans les quartiers de Précile.

— Je t'ennuie tellement que maintenant, tu apportes de la lecture ?

— Le jour où je suis allé à Québec, tu m'as fait remarquer que nous n'allions jamais nulle part. Je prendrai des vacances début août. J'aimerais que tu m'accompagnes.

— Tu sais bien que c'est impossible.

— Il n'est pas nécessaire de l'annoncer sur tous les toits. Nous pourrions partir chacun de notre côté et revenir séparément.

— Tout le monde comprendra.

Précile avait raison. Qu'ils s'absentent de la maison en même temps ferait jaser. Mais jaserait-on plus qu'on ne le faisait déjà ? Léandre alla s'asseoir sur le lit et ouvrit le journal à la section de la villégiature.

— Viens voir !

Quand elle fut à ses côtés, il continua :

— Pour soutenir l'effort de guerre, l'Office du tourisme recommande de ne pas sortir du Canada. Comme je préfère éviter Québec, ça nous laisserait les lacs au nord ou au sud de Montréal. Ou alors nous pourrions faire une croisière sur le Saguenay ou un voyage en Gaspésie. C'est vrai que nous risquons de tomber sur des gens qui nous connaissent, mais malheureusement, l'Europe ou les États-Unis sont trop éloignés, et je dois l'admettre, trop chers. Par contre, il y a les Mille-Îles, Niagara ou Muskoka en Ontario. L'Ouest est trop loin. Et à l'est, il y a Yarmouth et Digby en Nouvelle-Écosse. Je proposerais ce dernier endroit.

La jeune femme regardait les dessins et les photos représentant ces endroits. L'idée de passer quelques jours au bord de la mer la séduisait.

— J'aimerais beaucoup ça… Mais je dois m'occuper de la maison.

— Tu m'as dit que ta mère accepterait de te remplacer.

— Facile à dire quand je ne demande rien. Tu l'imagines venir ici pendant une semaine entière ?

Léandre l'imaginait très bien. De toute façon, Jeanne Trottier effectuait l'essentiel du travail dans la maison.

— Je t'offre de t'évader de cette pension pour te faire plaisir. Je te laisse juger si c'est réalisable ou non.

Elle entendit la déception dans le ton. Pendant un long moment, ils restèrent immobiles, les yeux dans les yeux. Puis Précile se réfugia dans ses bras.

— Demain, j'en parlerai à maman.

C'était d'abord une bénédiction qu'elle tenterait d'obtenir. Cédulie acceptait leur relation illicite – un amant lui paraissait bien préférable au mariage avec Edmond –, mais qu'ils voyagent ensemble, c'était une autre histoire.

Une fois par semaine, Précile allait dîner chez sa mère, dans son appartement de la rue Saint-Hubert. Quand elle arriva, Cédulie s'occupait déjà de la préparation du repas.

— Accompagne-moi dans la cuisine.

En marchant derrière elle, la jeune femme remarqua que la taille de sa mère s'était épaissie un peu depuis son mariage, presque quatre ans plus tôt. Tout de même, elle portait sa mi-cinquantaine avec beaucoup d'élégance.

— Veux-tu sortir le pichet de thé glacé ? Ça va faire du bien avec cette chaleur.

En tout cas, ce serait mieux que du thé chaud. Bientôt, toutes les deux occupaient des places au bout de la table. La salade niçoise fut l'objet de quelques commentaires. Puis Précile demanda :

— Quand tu as dit que tu pourrais me remplacer à la pension, tu étais sérieuse ?

— Tu as enfin décidé de prendre une fin de semaine ?

— En réalité, je pensais plutôt à une semaine.

Comme sa mère ne s'écria pas: « Quelle bonne idée ! », elle battit tout de suite en retraite:

— Oublie ça… Tu dois t'occuper de la maison et de monsieur Samson.

— Non, non, je suis surprise, c'est tout ! Jamais tu n'as pris un congé au cours des dernières années.

— Monsieur Samson n'aimera pas se passer de toi pendant tout ce temps.

— Laisse-moi m'occuper de monsieur Samson, comme tu dis. D'où te vient cette soudaine idée de vacances ?

Précile baissa les yeux.

— C'est Léandre… J'ai un peu pleurniché parce que nous ne faisons rien ensemble, alors il m'a proposé de l'accompagner en Nouvelle-Écosse.

— Je me disais aussi que l'idée de t'amuser un peu ne venait pas de toi.

Les mères recommandaient rarement à leur fille d'être moins sérieuse. D'autant plus que, quelques années plus tôt, Précile avait suffisamment écorché la morale pour se retrouver au ban de la société.

— Mais ce n'est pas raisonnable… Les dames patronnesses de la paroisse Saint-Jacques doivent noter sur leur calendrier toutes les fois où je marche rue Saint-Denis en lui tenant le bras.

— Que te propose-t-il ?

— Il aimerait que nous passions une semaine à Digby.

— Si ton souci est de préserver ta réputation, mieux vaut te promener à son bras sur une plage. Je doute que nos bonnes chrétiennes aillent te surveiller là-bas.

— Tu trouves ça convenable ?

— Tous les deux, vous êtes tombés sur la mauvaise personne et vous vous êtes rencontrés ensuite. Quand les gens s'entretuent de l'autre côté de l'Atlantique, les petites fautes devraient attirer moins l'attention que les plus grandes. Mais ne vous exposez pas pour rien…

— De toute façon, je ne peux pas laisser la pension.

— Tu penses que j'ai oublié comment m'en occuper ?

— Pendant une semaine ? Tu laisserais monsieur Samson tout seul ? insista-t-elle.

— Pourquoi seul ? Ton lit peut accueillir deux occupants. Ça lui rappellera le temps où il rêvait d'épouser ma fille.

Cédulie eut un fou rire. Elle se demandait encore si Hermas y avait songé sérieusement. Précile, de son côté, ressentait toujours un certain malaise en pensant à cette conversation étrange tenue devant une théière, en fin de soirée.

— Entre vous, les choses demeurent au beau fixe ?

— Hermas a de nombreux petits défauts, et une grande qualité : il est prévisible. Si je me comporte comme une bonne épouse, il se comporte comme un bon mari.

Précile n'osa pas demander ce qui, pour sa mère, faisait d'un homme de bientôt soixante ans un bon époux. À près de quarante ans, Léandre lui paraissait se qualifier parfaitement. Il avait pourtant un gros défaut : une épouse à Québec.

— Maman, ne parle à personne de ce que je vais te dire…

Cédulie n'avait rien d'une commère, mais elle acquiesça quand même d'un mouvement de la tête.

— Il a demandé une annulation de son mariage à l'évêché.

— Ça pourrait marcher ?

Pendant une demi-heure, Précile l'entretint des raisons pour lesquelles l'Église catholique pouvait juger un mariage invalide.

Chapitre 7

Pour Cédulie Caron, revenir à la pension ressemblait à un pèlerinage. Elle avait vécu dans cette maison pendant plus de trente ans, de son premier à son second mariage. Durant tout ce temps, elle avait cru qu'elle y pousserait son dernier soupir un jour.

Pourtant, plus rien ne semblait pareil. Quand elle se présenta à table, pour le souper de ce vendredi 9 août, seulement deux visages lui étaient familiers : ceux d'Auréa et de Jovette Dupéré. Tous les autres occupants étaient arrivés après son mariage avec Hermas.

— Madame Caron, la vie conjugale vous apporte-t-elle toutes les joies escomptées ? demanda Jovette.

— Même plus ! répondit Cédulie en déposant le plat de service au milieu de la table.

— Dans cette maison, nous sommes tous célibataires, excepté Eudes et son épouse. Vous allez faire des jaloux.

— Ou des émules, fit une voix depuis l'entrée.

Hermas Samson avait entendu l'échange depuis le corridor. Cédulie occupait la chaise de sa fille, on en avait ajouté une pour lui.

— Hermas, je vais vous présenter.

Travaillant au même endroit que lui, Eudes Latour était un familier. Il commença par les deux jeunes femmes occupant les chambres sous les combles et enchaîna avec Yvette Vézina.

— Vous vous souvenez de Louis Bujold ? Monsieur Gonthier est l'un de ses collègues.

Hermas tendit la main pour serrer celle de Léandre tout en disant :

— Nous ne sommes pas des inconnus. Nous nous sommes parlé souvent sur le parvis de l'église.

C'était le cas aussi pour tous les autres locataires. Au cours des trois dernières années, Précile les avait présentés à sa mère, et à l'époux de celle-ci. Léandre était toutefois le seul qu'il avait reçu plusieurs fois à sa table, le dimanche midi, en compagnie de sa belle-fille. Lors de ces invitations, tous les deux empruntaient des chemins différents pour moins ressembler à ce qu'ils étaient : un couple illégitime visitant les parents de l'un des deux.

Comme Cédulie s'occupait à faire le service avec Jeanne, Jovette se chargea de faire la conversation :

— Vous n'avez pas voulu demeurer seul dans votre appartement ?

— L'usage veut qu'un mari et sa femme dorment sous le même toit.

— Vous vivez à deux rues d'ici…

— Je savais que vous seriez jalouse de notre félicité.

Hermas disait tout ça en affectant le plus grand sérieux. De son côté, Cédulie n'arrivait pas à effacer le sourire sur son visage. Elle en était venue à apprécier cet humour pince-sans-rire. Quand elle occupa sa place au bout de la table, Eudes lui demanda :

— Madame, Précile nous a dit ce matin qu'elle devait s'absenter, sans plus d'explication. J'espère que rien de fâcheux n'est survenu.

— C'est plutôt le contraire. Une vieille parente souhaitait aller à la campagne, ma fille lui servira de dame de compagnie.

— Au nord de Montréal ? Dans les Cantons-de-l'Est ?

— En Ontario, dans la région des Mille-Îles.

Une destination inédite pour deux Canadiennes françaises voyageant seules. Eudes regarda Auréa à ses côtés et lui dit :

— Des vacances de ce genre nous feraient le plus grand bien.

La jeune femme hocha la tête pour donner son assentiment. Le concept de vacances lui était étranger, comme à la plupart des travailleurs. Jusque-là, des séjours très brefs dans la famille de son mari faisaient office d'escapade.

— À nous aussi, dit Lise Desrochers. Je me demande si des gens comme nous auront des congés de ce genre un jour.

— Peut-être, intervint Léandre. La France a adopté une loi sur les congés payés en 1936.

— Des congés payés ? Les gens reçoivent de l'argent pour se reposer ?

— C'était une idée des socialistes, dit Hermas. Ça n'existe certainement plus maintenant. Les Allemands ont dû mettre de l'ordre là-dedans.

Léandre ne s'étonna pas de cette intervention, il connaissait les convictions politiques très conservatrices du beau-père de Précile.

— Je ne parierais pas là-dessus. Hitler les a rendus obligatoires dans son pays dès 1934.

Comment s'y retrouver, si les socialistes et les dictateurs fascistes finissaient par adopter des politiques semblables ? Après le repas, tous se déplacèrent vers le salon. Bien vite, Eudes et Hermas s'engagèrent dans un dialogue conduit à mi-voix. La Pharmacie de Montréal y figurait en bonne place.

Quand les locataires se retrouvèrent pour le petit-déjeuner le lendemain, Cédulie était à son poste dans la salle à manger comme un capitaine tenant le gouvernail. Peut-être Jovette Dupéré considérait-elle que son statut de vieille connaissance l'autorisait à se montrer indiscrète :

— Je ne vois pas monsieur Gonthier ce matin.

— Il ne me tient pas au courant de ses allées et venues. Je sais toutefois qu'il sera absent pour une semaine.

— Je l'ai vu sortir très tôt ce matin.

— Vous voyez, vous en savez autant que moi, mademoiselle. Vous êtes toujours devant votre fenêtre très tôt le matin ? Essayez la camomille, c'est miraculeux pour les insomnies.

Ensuite, Cédulie trouva une tâche urgente à effectuer dans la cuisine. Autrement, elle aurait pu dire : « Mêlez-vous de vos affaires. »

La veille, Précile avait décidé de coucher chez sa mère. À sept heures, elle monta dans un taxi avec une valise. Le trajet vers la gare, à une heure où la circulation était plutôt dense, prit une quarantaine de minutes.

Quand elle entra dans la salle des pas perdus, le grand nombre de militaires la stupéfia. En se livrant à ses occupations quotidiennes, on finissait par oublier le conflit. Puis elle vit Léandre : une silhouette toute mince avec une valise à ses pieds. Il avait sorti un mouchoir pour essuyer ses verres à monture d'écaille jaunâtre.

C'est en courant qu'elle le rejoignit :

— J'ai eu peur que tu ne te présentes pas !
— Moi aussi. C'est ridicule, n'est-ce pas ?

Dans le train, ils occupèrent des places en première classe. Cela leur permettait d'échapper à la proximité des soldats, mais pas de tous les militaires. Les officiers préféraient voyager confortablement, loin de leurs subalternes. Pendant une heure, ils demeurèrent silencieux, épaule contre épaule. S'afficher comme un couple légitime leur procurait un plaisir certain.

Il leur manquait tout de même quelque chose. À la hauteur de Saint-Hyacinthe, Léandre demanda :

— Y as-tu pensé ?

À cette question laconique, elle répondit en cherchant dans la poche de sa veste.

— Ma mère a reçu celui-là pour son mariage avec mon père. Elle pensait indélicat de le recycler lors de son second mariage.

Elle lui montra un petit anneau doré.

— Tu devrais le mettre tout de suite, discrètement.

Pendant ce temps, l'homme chercha dans sa propre poche.

— Pour moi, c'est moins romantique. Je l'ai enlevé à ma séparation. Si j'arrive à mes fins, ce sera comme s'il n'avait jamais servi.

— Tu as eu des nouvelles de ton chanoine ?

— La troisième version de ma requête était à son goût. Sa Grandeur monseigneur l'archevêque a nommé le comité de trois personnes qui jugera la cause.

— Tu sais quand tu devras les rencontrer ?

Il secoua la tête.

— Et elle, ils l'entendront ?

— Je ne sais pas. Compte tenu du jugement en séparation, elle n'a rien à y gagner.

Alors que s'il devait lui verser une pension, elle s'accrocherait de toutes ses forces.

— Peut-on changer de sujet ? demanda-t-il.

Elle le voulait bien.

— Nous pourrions aller déjeuner au wagon-restaurant.

— Il risque d'y avoir du monde.

— Nous en avons pour une dizaine d'heures. Alors un peu d'attente n'y changera pas grand-chose.

Tous les occupants du train semblaient parler anglais. Dans ce contexte, ils se sentirent autorisés à se tenir par la main : personne de la paroisse Saint-Jacques n'était susceptible de les reconnaître.

Durant les heures suivantes, Précile et Léandre en profitèrent pour lire des romans policiers – elle avait fini par partager l'intérêt de son compagnon pour la lecture des romans de Georges Simenon. Tout de même, ils accueillirent l'entrée dans la gare avec soulagement.

Comme l'hôtel Pines à Digby était un établissement du Canadien Pacifique, la compagnie ferroviaire offrait les services d'un autobus pour faire le trajet depuis la gare. Après avoir parcouru quelques milles sur une route secondaire, ils descendirent devant un grand établissement en arc de cercle. Il s'élevait au milieu d'un terrain boisé de plus de deux cents acres. L'entrée principale était flanquée d'une petite tourelle un peu ridicule.

À l'intérieur, Précile prit place dans un fauteuil recouvert de cuir, les valises posées de part et d'autre. Léandre fit la queue pendant plusieurs minutes pour avoir la clé.

— Nous sommes au second, dit-il en revenant.

Il lui tendit la clé, puis prit les deux valises.

— Je peux porter la mienne.

— Je te crois sur parole, donc tu n'as pas à m'en fournir la preuve.

Pourtant, une fois dans l'ascenseur, elle tint encore une fois à montrer son autonomie :

— Tu sais, je peux payer ma part, ici.

Elle trouvait l'hôtel suffisamment luxueux pour s'inquiéter de nuire au budget de son compagnon.

— Oui, je sais. Je loge chez toi, je connais le coût de tes loyers. Je devine que tes ressources te permettent de te gâter. Mais je vais payer pour nous deux. Pendant cette semaine, nous pouvons nous comporter comme un couple normal.

C'est-à-dire avec chacun un anneau à l'annulaire gauche et un homme pourvoyant aux besoins de sa compagne.

— D'accord. Alors simplement pour satisfaire ma curiosité, peux-tu me dire combien coûte un séjour ici ? Qui sait, je reviendrai peut-être un jour avec ma mère.

— Pour vous deux, quatorze dollars par jour pour la chambre et les repas.

Multiplié par sept jours. Rien d'excessif pour un homme sans famille gagnant plus de trois mille dollars par an. À l'étage, ils entrèrent dans une chambre offrant un confort tout à fait convenable. Léandre posa les valises sur le lit double.

— Nous devrions placer nos vêtements dans la commode et la penderie, autrement ils seront tout fripés, avança Précile.

— Les miens le sont certainement déjà. Alors une heure de plus ne changera rien. Autant aller souper tout de suite. Mais avant, viens voir ça.

Léandre se tenait devant la fenêtre, elle le rejoignit. Sous leurs yeux, ils voyaient la mer. Déjà bas à l'horizon, le soleil dorait sa surface.

— Un joli point de vue, dit-elle en s'appuyant contre son épaule.

Après quelques instants de contemplation, il demanda :

— Nous y allons ?

Ils se dirigèrent vers la salle à manger au rez-de-chaussée. De grandes fenêtres donnaient sur la piscine.

À la sortie de la messe, Hélène Martin se montrait toujours hésitante.

— Voilà trois semaines que tu t'enfermes, dit Lise avec humeur. C'est toi qui l'as quitté, tu n'es pas une veuve de guerre inconsolable.

— Moi, le parc Belmont…

— Honnêtement, ça te tente d'aller au cinéma alors qu'il fait si beau ?

La brunette n'osa donner le fond de sa pensée : s'enfermer à nouveau dans sa chambre lui conviendrait encore plus.

— Viens, juste pour me faire plaisir.

L'argument fit céder Hélène. Elles convinrent de manger dans un café des environs, pour ensuite pendre le tramway et traverser toute la ville, du sud au nord, jusqu'à Cartierville. Un dimanche après-midi, à une époque où les emplois étaient nombreux et la rémunération plutôt bonne, ils étaient des milliers à effectuer le trajet vers le parc d'attractions. Les passagers se partageaient en deux groupes : les parents avec deux, trois ou même quatre enfants, et des jeunes adultes parfois en groupe ou en couple.

L'entrée était coiffée d'un grand panneau portant les mots Parc Belmont, flanqué de part et d'autre par des tourelles blanches et vertes. Une fois passée la billetterie, Hélène et Lise s'engagèrent sur le vaste terrain. Il y avait les manèges, mais aussi des bâtisses promettant des expériences inédites.

— Tu veux venir voir la femme la plus grosse du monde ? demanda Lise.

Elle s'était arrêtée devant une grande affiche représentant la personne en question.

— Pas vraiment. Et si un jour je deviens la plus grosse, ou la plus maigre sur terre, j'espère que tu ne viendras pas me voir.

Comme elle ne risquait guère de devenir l'une ou l'autre, son amie ne se soucia pas de l'interdit.

— Là tu as la femme pas de bras. À en croire le dessin, elle peint avec ses pieds… Et ne me dis pas que si tu perds tes deux bras, je ne devrai pas venir te voir.

Hélène ne se montra pas plus enthousiaste devant l'enfant avec des pinces de homard en guise de mains ou l'homme à la peau de caoutchouc.

Depuis leur arrivée, des regards masculins s'attardaient sur elles. Le parc Belmont était certainement l'un des endroits les plus propices aux rencontres. Cela tenait beaucoup au fait que les jeunes gens n'y venaient pas avec leurs parents ou leur conjoint, et que l'affluence rendait très improbable qu'un voisin, un oncle ou une tante ne rapportent leurs activités. L'usage de ne parler qu'avec des personnes de l'autre sexe ayant été déjà présentées se relâchait un peu.

Cette attention masculine tirait des soupirs à Hélène, alors que Lise souriait aux plus charmants. Comme aucun jeune homme ne se montra entreprenant, Lise en vint à proposer :

— Alors nous allons là ! Tu ne peux pas dire non.

Il s'agissait de la maison aux miroirs. De nouveau, elles durent sortir leur porte-monnaie afin de payer l'entrée. Leur billet donnait uniquement accès au site. Une fois dans la bâtisse, Lise s'écria :

— Te voilà devenue la plus grosse femme du monde ! Et moi la plus maigre.

Chacune se tenait devant un miroir. Le premier faisait en sorte que le reflet d'Hélène paraissait plus large que haut. Le second montrait son amie mince comme un fil. Le résultat leur tira un sourire. Les suivants eurent le même effet en donnant à leur corps des formes diverses.

Quand elles revinrent à la lumière du jour, la blonde réussit à entraîner son amie vers la grande roue. Elles se trouvaient dans la file d'attente quand deux de leurs admirateurs précédents les accostèrent.

— Mesdemoiselles, on peut vous inviter ?

La brunette fronça les sourcils et regarda son amie avec l'espoir de communiquer son refus par la pensée. Elle eut la preuve que cela ne fonctionnait que dans les films.

— Comme c'est gentil ! répondit Lise avec un sourire ravi.

Ces garçons devaient être dans la jeune vingtaine. Ils portaient leur *battledress* orné de l'écusson des Fusiliers Mont-Royal.

— Je m'appelle Serge Saint-Jean, dit celui qui avait pris l'initiative de leur adresser la parole.

Lise se présenta. Le second militaire, Antoine Théoret, hésita un moment avant de murmurer son nom, pour ensuite demeurer silencieux. Il s'agissait du timide de cette paire, condamné à devenir le cavalier de la plus réservée des jeunes filles.

Après quelques minutes, les passagers de la grande roue descendirent. Ils prirent place à leur tour sur les étroites banquettes. Hélène dut se tasser sur le côté afin de réduire le contact de leurs corps. Sans grand succès.

La roue s'éleva un peu, lui tirant un petit cri.

— Vous avez le vertige ? demanda son compagnon.

— Mon amie me disait tout à l'heure que ce n'était pas bien haut. Tout de même, ce sera comme me trouver sur le toit d'un édifice de trois étages.

— Elle tourne depuis bientôt vingt ans, et jamais elle n'est tombée.

Cela ne la rassura qu'à demi. Le manège était peut-être « dû » pour se décrocher, justement. Elle l'imagina rouler jusqu'à la rivière des Prairies, toute proche. Devant, ils entendirent le rire de Lise. Serge devait avoir un grand sens de l'humour. Hélène la vit coller son corps contre celui du jeune homme. Avec tant de bonne volonté, comment diable pouvait-elle demeurer sans personne dans sa vie ?

— Laurent, le froid doit te couper les jambes. Tu devrais sortir de l'eau ! cria Constance.

Le garçon pataugeait près de la rive du lac Écho. À Saint-Hyppolite, même au plus chaud de l'été, la température de l'eau demeurait glaciale.

— Je le surveille de près, répondit Paule. Quand son visage sera tout bleu, je le ramènerai sur la plage.

Puis de ses deux mains, elle fouetta l'eau pour lui arroser le dos. Il poussa un cri aigu et l'arrosa à son tour. Laurent était revenu d'Ottawa enchanté de son séjour, au point de proposer d'inviter tante Paule à les accompagner dans les Laurentides, ce qui était apparu à Constance et Louis comme un juste retour des choses.

— C'est touchant de le voir avec son premier amour, murmura Louis.

Constance et lui étaient assis sur la galerie d'un camp donnant directement sur le petit lac Écho. De vieux fauteuils de rotin procuraient un certain confort. Ce dimanche, le second jour des vacances, ils appréciaient cette totale inactivité.

— Qu'est-ce que tu racontes ?

— Regarde-les !

Le garçon et sa tante se tenaient maintenant épaule contre épaule, de l'eau jusqu'aux genoux, pliés en deux pour voir le fond du lac.

— Ils s'entendent bien, c'est tout.

Constance protestait pour la forme. Elle avait remarqué avec quel plaisir son fils avait renoué avec sa tante, et la complicité entre eux. Bientôt, elle se pencha pour s'assurer que le petit Michel dormait toujours. Paule l'avait emmené avec elle, laissant à Ottawa son mari qui n'avait pas pu se libérer de son travail.

— Rassure-toi, il n'y aura aucun obstacle lié au droit canon, remarqua Louis. Même si c'est ma sœur, ils ne partagent pas le même sang.

— C'est un enfant…

— Il a huit ans, elle en a vingt-deux. C'est seulement quatorze ans d'écart. Entre le patron et sa femme, il y en a au moins vingt. Pourtant, ils me paraissent très satisfaits de leur sort. Pour Laurent, le principal obstacle n'est pas l'âge, mais le fait qu'elle est mariée.

Après un silence, Constance lui donna un petit coup de poing sur l'épaule en riant.

— Tu me mènes en bateau !

— Comme disaient mes voisins à Ottawa, il a un *softspot* pour elle. *Very soft*. Je le comprends. Elle est mignonne, enjouée et capable de faire le bonheur de son mari et de son enfant, continua-t-il. Et de ceux qui viendront encore.

— Pourtant, quand tu parles de tes sœurs, tu les qualifies de chipies.

— D'habitude, je dis charmantes chipies, et même adorables chipies. Émilie et elle se mettaient ensemble pour me tourmenter. Ce qui ne rend pas Paule moins séduisante pour un jeune garçon de huit ans.

Comme pour illustrer les paroles de son frère, Paule profita du fait que Laurent accordait toute son attention à des petits poissons pour le pousser vers l'avant. Il lança un cri aigu avant de se retrouver dans l'eau. Louis avait eu droit à ce genre de taquineries, sans pouvoir les rendre. « Voyons, ce sont de petites filles incapables de se défendre », disait sa mère quand il avait des velléités de revanche. En tout cas, pour l'attaque, elles s'y entendaient. Une *blitzkrieg* domestique, en quelque sorte.

Des pleurs se firent entendre tout à coup. Michel exprimait son besoin d'attention. Constance se pencha pour le tirer du berceau et le prendre dans ses bras. Elle lui murmura des mots doux à l'oreille.

— Aimerais-tu que ce soit le tien ?

La jeune femme regarda son mari, les sourcils levés pour exprimer sa surprise.

— Tu as vingt-huit ans. Ce n'est pas très vieux.

— Oui, mais qu'en est-il pour toi ?

— Si je pose la question, c'est que l'idée me plaît.

Constance demeura songeuse. Elle s'inquiétait déjà de la place de Laurent dans un scénario de ce genre. Louis devinait sans mal ses pensées.

— Laurent serait heureux de jouer l'aîné. Tu l'as vu avec Michel ?

Sans doute. Mais Louis risquait-il de s'en détourner, au profit d'un rejeton qui serait de lui ? Avoir un enfant de son propre sang pouvait disqualifier son fils. Comme elle ne savait trop comment formuler cette préoccupation, elle choisit d'en évoquer une autre :

— J'aime travailler à La Sauvegarde.

— Plus que d'avoir un autre enfant avec moi ?

— Non, non. Tout de même, ce serait difficile de quitter mon travail.

Paule avait vu sa belle-sœur tenant son fils dans ses bras. Comme elle s'approchait avec Laurent sur ses talons, il fut impossible à Constance de préciser sa pensée.

— Quand il rechigne comme ça, remarqua la visiteuse, c'est un rappel à l'ordre.

Des serviettes étaient posées sur la balustrade de la galerie. Paule en prit une.

— Je me sens comme une mauvaise mère, à barboter au lieu de m'en occuper.

Le rire dans la voix disait qu'elle n'en croyait rien. Constance la confirma dans cette conviction :

— Ne dis pas ça. Selon Louis, tu es capable de rendre un mari et des enfants heureux.

— Il a dit ça ? dit Paule en feignant la surprise.

Elle s'approcha et le serra dans ses bras.

— Comme tu es chou !

— Et toi, tu es glacée !

Paule secoua la tête comme un chien qui s'ébroue, soulevant les protestations de son frère. Après s'être séchée un peu, elle récupéra son fils et rentra dans le chalet.

— Tu devrais t'essuyer aussi, dit Constance à son fils. Sinon, tu risques d'attraper un rhume.

— C'est l'été.

— Les rhumes d'été sont les pires.

Malgré son scepticisme évident, il obéit. Louis lui demanda :

— À Ottawa, aimais-tu ça avoir un bébé dans la maison ?

— Michel est amusant… Bien sûr il braille et parfois il pue, mais tante Paule s'en occupait tout de suite.

Constance échangea un regard avec son mari. En voilà un qui ne voyait pas d'inconvénient à voir la famille s'agrandir, du moment où il échappait aux corvées les moins ragoûtantes.

Chapitre 8

Finalement, Hélène se laissa convaincre de monter aussi dans le Loop-O-Plane. Il fallait certes une bonne dose d'imagination pour voir un avion dans cet assemblage de métal. Le manège faisait penser à deux marteaux placés côte à côte, en parallèle. Chacun effectuait une rotation complète très rapide, dans des directions opposées, amenant les occupants des cabines à avoir la tête en bas. La force centrifuge les maintenait bien au fond de leur siège. Cette fois, Hélène poussa des cris aigus. Au point où ses compagnons acceptèrent de lui épargner une autre grande frayeur – dans les montagnes russes, par exemple.

Les deux soldats avaient trouvé des jolies filles, ils ne les quitteraient plus. Le quatuor se retrouva dans des estrades. Sous des arbres, Miss Victory – ou Mademoiselle Victoire pour la majorité des visiteurs –, se tenait debout sur un gros canon monté sur un camion. Le canon paraissait en aluminium, un matériau jamais utilisé dans l'artillerie. Il s'agissait d'une arme de carnaval.

— Elle va vraiment entrer là-dedans pour être projetée comme un boulet ? demanda Lise.

— C'est ce que dit le programme, en tout cas. Mais ne t'inquiète pas, ce n'est pas vraiment un canon, lui répondit Serge.

« Quelle chance de pouvoir compter sur la contribution d'un génie pour nous faire comprendre le monde », songea Hélène.

— Une charge de poudre là-dedans et la fille se ferait tuer, continua le soldat. Ça doit être un gros ressort.

Mademoiselle Victoire, un nom d'artiste qui ressemblait à une promesse, portait un couvre-chef blanc ressemblant à celui des hussards, et une grande cape de même couleur. Elle se départit des deux, et c'est vêtue d'un uniforme de fantaisie qu'elle se rendit au bout du tube pour s'y glisser souplement. Il y eut un gros boum et la jeune femme fut projetée vers un grand filet.

— Tu vois, elle a parcouru une trentaine de pieds, pas plus. Les boulets de canon peuvent parcourir des milles et des milles.

Si la performance impressionnait, elle était aussi terriblement courte. Ce fut Antoine qui proposa :

— Nous pourrions aller dans ces petits bateaux.

Lise se déclara immédiatement d'accord, Hélène acquiesça après une hésitation. Les bateaux en question étaient une adaptation amusante des autos tamponneuses. Munis d'un imposant pare-chocs à la hauteur de la ligne de flottaison, ils permettaient de tourner en rond dans un bassin tout en s'entrechoquant joyeusement. Trois enfants pouvaient y prendre place, ou deux adultes.

C'est avec précaution, en tenant la main de leur cavalier, que les jeunes femmes embarquèrent. Spontanément, les jeunes hommes se placèrent derrière le petit gouvernail. Dès qu'ils se furent éloignés du quai, l'utilité du pare-chocs devint évidente. Des adolescents frappèrent par-derrière le bateau conduit par Antoine. Ne s'y attendant pas, sa compagne fut projetée vers l'avant, au risque de se blesser. Pendant tout le reste de l'activité, elle se tint solidement au plat-bord. Heureusement, car le jeune soldat montra une agressivité au moins égale à celle des assaillants. Il les pourchassa tout autour du bassin, les emboutissant brutalement à quelques reprises. Dorénavant, ces jeunes éviteraient de s'en prendre à un Fusilier Mont-Royal.

Ce ne fut qu'au moment où tous les quatre se trouvèrent attablés dans un petit restaurant du parc que Lise satisfit sa curiosité :

— Avez-vous l'intention de signer pour l'autre bord ?

— C'est déjà fait, s'empressa de répondre Serge. Il y a une guerre à gagner.

Voilà deux heures qu'il attendait pour révéler cette information. Il s'imaginait peut-être avec une Victoria Cross épinglée à sa poitrine, l'incarnation parfaite du héros canadien.

— Tous les deux ?

Antoine acquiesça du chef. Il ne montrait pas le même enthousiasme que son compagnon. Peut-être se souvenait-il que lors de la Grande Guerre, un soldat sur dix était mort en Europe, et que trois ou quatre avaient été blessés assez grièvement pour en garder des séquelles pendant le reste de leur existence. Pour les fantassins qui allaient vraiment au casse-pipe, cette proportion devenait encore plus effarante.

Hélène songea à Claude Dubois qui ne risquait rien de plus que de mourir d'ennui sur la Côte-Nord.

— Ça demande beaucoup de courage, murmura-t-elle.

Son compagnon lui adressa un sourire reconnaissant. Peut-être pour illustrer ce courage, en quittant la table, il prit son bras. Il leur restait encore beaucoup de manèges à essayer et beaucoup de salles d'exposition à visiter.

Quand ils passèrent à nouveau devant les montagnes russes, les garçons proposèrent d'y monter. Si Lise paraissait disposée à avoir une grosse frayeur, Hélène se montra inflexible.

— Je ne monterai pas là-dedans. Au lieu de me le proposer à répétition, allez-y. Moi, je vais m'asseoir là-bas.

Des yeux, elle désigna quelques bancs alignés devant la rivière des Prairies.

— Dans ce cas, je vais rester avec toi, murmura Lise.

— Pourquoi t'en priver ? Tu es moins peureuse que moi. Si tu n'y vas pas, tu seras déçue.

Pour mettre fin à la discussion, la brunette s'éloigna d'eux. Antoine eut peut-être envie de l'accompagner, mais elle entendit distinctement Serge lui dire :

— Viens avec nous. Tes prochaines émotions fortes, ça va être quand tu traverseras l'Atlantique.

Finalement, c'est toute seule qu'Hélène chercha une place où s'asseoir. Heureusement, une petite famille quitta son banc, elle s'empressa de l'occuper. Elle entendit une voix masculine lui dire :

— Vous permettez ?

Elle leva les yeux sur un homme d'environ vingt-cinq ans. Il était vêtu d'un complet d'un gris trop sombre et trop chaud pour la saison. Tout comme le feutre sur sa tête. La cravate aux couleurs criardes où le rouge dominait n'améliorait pas son allure. Sans aucun désir de se faire draguer à nouveau, elle dit :

— Je suis avec quelqu'un. Il est dans les montagnes russes.

— Je ne vous demandais pas en mariage, mais juste d'occuper cette place, dit-il, un peu abrupt.

Il tourna les talons pour aller s'asseoir sur le sol au pied d'un arbre. Elle remarqua une légère claudication. Elle regretta aussitôt de s'être montrée plutôt abrasive, en plus d'avoir forcé un infirme à s'installer dans une position si inconfortable. Peut-être aurait-il du mal à se relever.

Pour se donner une contenance, elle se tourna afin de voir le petit train parcourir les montagnes russes qui portaient un nom évocateur : le Cyclone. Elle crut distinguer les cris de son amie – comme si elle était la seule à avoir une voix aiguë. Ce fut quelques minutes plus tard que Lise, toujours flanquée des deux soldats, vint la rejoindre.

— Ah ! Tu aurais dû venir, dit-elle. C'était si amusant !

— N'insiste pas, intervint Serge. Peut-être que ton amie a facilement mal au cœur.

Pourtant, Hélène ne perçut pas la moindre sympathie dans le ton.

— Maintenant, on va faire quelque chose de moins épeurant. Il y a un pavillon là-bas. Sur la devanture, c'est écrit *Laugh In the Dark*.

La brune esquissa un sourire sans trop de conviction. Sa mauvaise humeur gâchait un peu la journée de Lise. Elle leur emboîta le pas en se promettant de présenter une meilleure figure.

Laugh In the Dark. Rire dans l'obscurité. Dans l'état d'esprit d'Hélène, le programme était bien un peu ambitieux. De toute façon, en approchant, c'étaient des cris plutôt que des rires qu'on entendait. À l'entrée, il fallait prendre place sur une banquette pas plus large qu'un *love seat*. Un rail leur permettait d'avancer lentement.

Ils allèrent tout droit vers une toile sombre et poussiéreuse et passèrent à travers pour se retrouver dans une obscurité relative. La jeune femme eut l'impression de voir un amas de tissu au niveau du sol. Il se souleva bientôt dans un bruit de chaînes secouées et un éclair de lumière permit de voir brièvement un spectre. Elle poussa alors son premier cri. La banquette tourna brutalement, une grosse tête féminine en papier mâché apparut. Un rire sardonique se fit entendre et les lèvres s'écartèrent pour laisser voir une bouche édentée. Ce fut le second.

Par la suite, il y eut un squelette, un corps décapité, un autre démembré. Peut-être parce qu'il pensait que son initiative passerait tout à fait inaperçue dans cet environnement lugubre, Antoine choisit ce moment pour poser sa main sur sa cuisse, un peu à l'intérieur. Le cri d'Hélène changea totalement de tonalité. À deux mains, elle lui saisit le poignet pour le repousser. Comme il résistait, un « Lâche-moi ! » retentit dans le tunnel obscur. Elle se leva et se retrouva la tête dans des toiles d'araignée malodorantes. Son joli chapeau de paille tomba.

— Reste assise ! Tu vas te faire estropier, fit une voix féminine derrière elle.

Jusque-là, Hélène n'avait pas compris que son amie la suivait de si près. Les mises en scène macabres la laissèrent ensuite insensible. Quand la lumière du jour réapparut, elle quitta son siège précipitamment sans attendre l'arrêt complet de la banquette et s'éloigna vivement.

Lise se mit à ses trousses et lui prit le bras pour l'obliger à s'arrêter.

— Qu'est-ce qui se passe ?

— Ils sont tous pareils, ces maudits soldats !

— Tout de même, j'étais juste derrière…

Autrement dit, accepter de petites privautés allait de soi. Dans ces circonstances cela ne pouvait aller très loin. Hélène se dit que le scénario avait été le même pour son amie, et sans doute pour la plupart des jeunes filles qui acceptaient de s'engager dans un tunnel obscur, coincées contre un homme de leur âge. Et parmi elles, plusieurs sans doute avec quelqu'un rencontré quelques heures plus tôt.

— Je ne suis pas comme ça…

Les deux soldats s'étaient approchés. Antoine semblait un peu penaud, comme un gamin prit la main dans la jarre de biscuits chez l'épicier du coin. Pas au point de s'excuser, par contre.

— Je vais rentrer, déclara la brune.

— Je t'accompagne.

— Pourquoi ? Continue avec eux, puisque tu as l'air de tellement t'amuser.

Encore une fois, les mots d'Hélène étaient blessants. C'est d'un ton hésitant que Lise répondit :

— Je ne peux pas te laisser rentrer seule. C'est un long trajet en tramway…

— Montréal est certainement une ville sûre avec tous ces braves soldats pour nous défendre, ironisa Hélène.

Sentant les larmes monter à ses yeux, elle tenait à s'isoler pour ne pas se donner en spectacle. Ce fut d'un pas rapide qu'elle s'éloigna, mais pas assez vite pour ne pas entendre une voix masculine commenter :

— Elle devrait entrer au couvent, cette Sainte-Nitouche…

Antoine venait de donner sa perception des derniers événements.

Hélène s'arrêta devant l'affiche présentant la femme la plus grosse du monde pour essuyer ses larmes.

— Tenez, fit une voix qui lui parut familière. Ne craignez rien, il est propre.

Sous ses yeux apparut un mouchoir.

— Non, ce n'est pas nécessaire.

— Franchement, vous voulez absolument me tenir à distance ?

À ce moment, elle leva les yeux et reconnut celui à qui elle avait refusé une place sur son banc. Elle accepta le mouchoir, essuya les larmes sous ses yeux, puis son nez.

— Je… Je vous remercie.

— J'ai l'impression que vous vous apprêtiez à quitter les lieux. Laissez-moi vous raccompagner.

— Non, je…

— Encore une fois, je ne vous ai pas demandée en mariage. Si vous le désirez, je vais m'asseoir trois bancs derrière vous. Les petits kakis sont nombreux, vous savez.

Il faisait allusion à la chanson de Germaine Lix, *Mon p'tit kaki*, enregistrée en France en 1939. Même à Montréal, on l'avait beaucoup fredonnée. Hélène accepta d'un geste de la tête. En marchant vers l'arrêt de tramway, il se tint à une distance respectueuse. Une voiture se trouvait là. Comme il était encore tôt dans la soirée, ils ne feraient pas le trajet debout. La jeune femme prit place sur une banquette, le jeune homme fit mine de s'asseoir dans une autre.

— Vous n'étiez pas sérieux, tout à l'heure, murmura-t-elle.

Comme il la regardait avec un sourire moqueur, elle ajouta :

— Je m'excuse. Maintenant, assoyez-vous.

Ce fut quand la voiture fut en marche qu'elle demanda :

— M'avez-vous suivie ?

Il était tout de même un peu étrange qu'il se soit trouvé ainsi sur son chemin, près de la sortie.

— Si je dis oui, vous ne me prendrez pas pour un maniaque ?

Après une hésitation, elle secoua la tête.

— Maintenant, je risque de vous décevoir. Non, je ne vous ai pas suivie. Ce parc n'est pas si grand. Après un moment passé sous mon arbre, je me suis dirigé vers la sortie. Ce n'est pas un endroit où venir seul. Vous êtes passée à côté de moi en courant sans me remarquer.

— Vous avez parlé des petits kakis…

— D'habitude, ce sont des hommes qui mettent les femmes dans cet état. Vous étiez avec l'un d'eux, non ?

— Il a…

— Ne le dites pas. Cela ne me regarde en rien.

Pendant un long moment encore, ils demeurèrent silencieux. À la fin, Hélène expliqua :

— Je vais à l'autre bout de la ville. Vous descendrez quand vous voudrez. Les uniformes ne sont pas si nombreux…

— Seulement une trentaine de milliers à Montréal. Sans compter ceux qui profitent d'une permission pour venir s'encanailler dans la grande ville.

— Vous êtes bien informé.

— Moi aussi, dans la mesure de mes faibles moyens, je participe à l'effort de guerre.

Comme elle jeta sur lui un regard intrigué, il précisa :

— Sur le front intérieur. Je travaille à la Commission des prix et du commerce en temps de guerre.

— À Montréal ?

— Nous sommes plusieurs dizaines. Si je fais très bien mon travail, je me retrouverai peut-être dans la capitale de notre beau pays un jour.

Une perspective qui ne paraissait pas lui plaire outre mesure. Elle revint à sa première idée :

— Je peux continuer seule mon chemin.

— Où allez-vous ?

À chacune de ses hésitations, il lui adressait un sourire moqueur. Comme pour la mettre au défi.

— Près de l'Université de Montréal, rue Saint-Denis.

— Je connais bien le quartier. Ne craignez rien, je peux vous reconduire à votre porte sans devoir ensuite retourner à Cartierville. Je n'habite pas loin.

Hélène ne jugea pas utile d'insister. Au cours des minutes suivantes, elle apprit qu'il se spécialisait dans le commerce du sucre.

— Il y aura sans doute un rationnement si la guerre dure encore longtemps, mais pour le moment, les approvisionnements suffisent à la demande dans la mesure où les gens ne mangent pas du sucre à la crème tous les jours.

— Mais les journaux ont évoqué les ruptures de stock dès le début de la guerre.

Il laissa échapper un rire franc.

— Les tablettes étaient vides, mais les garde-manger pleins. La guerre a commencé en septembre 1939 alors que les ménagères s'apprêtaient à faire leurs confitures. Comme plusieurs se souvenaient de la pénurie de la Grande Guerre, prudemment, elles ont acheté de quoi mettre les petits fruits en pot en 1939, et par précaution, de quoi faire la même chose en 1940 et 1941. Je suppose qu'elles en ont encore suffisamment pour cette année. Les épiceries se sont vidées parce qu'elles en ont acheté beaucoup plus que pour leurs besoins.

— Et comme tout le monde travaillait à ce moment-là, après des années de privations, elles avaient assez d'argent pour ne pas se retenir. La quantité de l'offre ne dépassait pas leur capacité d'acheter.

— Mademoiselle, vous comprenez très bien les mécanismes de l'économie.

Ils changèrent de voiture encore deux fois avant d'atteindre la rue Saint-Denis.

— C'est un peu plus bas, près de Dorchester, lui dit-elle en descendant du tramway.

C'était une invitation à la quitter, il fit semblant de n'avoir pas entendu. En marchant, elle chercha à deviner la cause de sa claudication. La poliomyélite laissait parfois des gens avec une jambe plus courte que l'autre, mais elle ne voyait pas l'appareil de métal qui servait à renforcer la jambe dans ces cas-là. Était-ce le rachitisme, pas si rare pour des gens ayant eu douze ou treize ans au pire de la crise ? Ou alors une prothèse ? Elle réfléchirait plus tard à la raison de cet intérêt pour la cause de son infirmité.

Quand elle s'arrêta devant la porte de la pension, elle murmura :

— Je suis arrivée. Je suis un peu gênée de vous rendre votre mouchoir. Je préférerais le laver et le repasser.

— Je pourrais sans mal vous en faire cadeau, ça vous ferait un souvenir de cette soirée. Je peux aussi venir vous le réclamer, quand ça vous conviendra. Dans ce cas, le billet de tramway coûtera plus cher que ce morceau de tissu. Donc, vous comprenez que si je le propose, c'est que l'idée de vous revoir me plaît.

Hélène demeura silencieuse assez longtemps pour qu'il reprenne :

— Ce serait pour moi une occasion d'avoir une vraie conversation avec vous.

— Je ne connais même pas votre nom.

— Ni moi le vôtre. Je m'appelle Adrien Chevalier.

La jeune femme se présenta en lui tendant la main.

— Je travaille dans un bureau de notaire au coin de Sherbrooke. Hamel et Trottier. Un garçon débrouillard saura bien trouver le numéro de téléphone. C'est moi qui réponds, d'habitude.

— Hamel et Trottier, répéta-t-il. Il s'agit d'un test, je suppose. Je vous souhaite une bonne nuit, mademoiselle Martin.

Il inclina un peu la tête pour la saluer une dernière fois. Elle lui retourna son souhait, et s'engagea dans l'escalier. Avant d'entrer, elle le regarda s'éloigner pour juger encore de sa claudication. En entrant dans sa chambre, elle en était à se dire que son infirmité n'était peut-être pas un empêchement absolu.

Quand elle fut couchée, un livre à la main, elle en était à penser que sa façon de s'habiller la rebutait plus que son handicap.

Prendre des vacances en pleine nature favorisait le repos, d'autant plus que le chalet n'avait pas l'électricité. Cela signifiait l'absence de radio. De plus, personne ne souhaitait lire ou jouer aux cartes à la lumière d'une lampe à l'huile. Aussi à dix heures, Paule et son fils étaient dans l'une des chambres, le couple dans l'autre. Laurent couchait sur un vieux sofa placé dans la pièce commune.

Quand Louis rejoignit sa femme, il se blottit contre elle.

— Quel empressement, protesta-t-elle en posant ses mains contre sa poitrine pour le tenir à distance.

— C'est pour combattre le froid.

Il disait vrai : ses pieds et ses mains étaient glacés, au point de provoquer un mouvement de recul chez sa compagne. Une fois le soleil couché, avec les fenêtres ouvertes, le mercure descendait très bas.

— Tant mieux, parce que j'aimerais revenir sur ta question de tout à l'heure, sans témoin. Présentement, les choses vont bien entre nous trois. Ajouter quelqu'un risque de rompre cet équilibre.

— Nous sommes trois personnes raisonnables. En ajouter une quatrième ne nous rendra pas moins raisonnables.

— Toi et Laurent…

— Ça ne changera absolument rien à notre relation.

Elle voulait le croire, et depuis trois ans, il ne lui avait pas donné de raison de mettre sa parole en doute.

— Par contre, tu as parlé de ton désir de continuer à travailler…

— Pas au point de refuser d'avoir un enfant avec toi. Ça vient en premier. Mais je ne renoncerai pas à recommencer à travailler ensuite… si tu me le permets.

— Considère-toi comme autorisée à faire ce que tu veux. Je comprends que tu veuilles garder une certaine indépendance, tu as fait l'expérience de l'abandon.

Pour toute réponse, elle posa sa tête au creux de son épaule. Après une longue minute, elle murmura :

— Alors ne perdons pas de temps… Tu crois qu'ils peuvent nous entendre dans les autres pièces ?

— Le lit ne grince pas. Et demeurer totalement silencieux ajoutera un petit défi, c'est tout. Pour toi surtout.

Cela lui valut un coup dans les côtes. La suite prouva tout de même qu'il avait raison.

Quand Lise rentra à la maison, elle fut heureuse de constater qu'il y avait de la lumière dans la chambre de son amie. Agitée par de multiples émotions, dont l'inquiétude et la colère, elle frappa contre la porte et ouvrit en entendant le « Entre ».

— Qu'est-ce que tu as fait ? J'étais morte d'inquiétude !

— Je te l'ai dit, je suis rentrée à la maison plutôt que de vous déprimer avec ma mauvaise humeur.

— Mais pourquoi ? Ça t'a pris comme ça ?

— Ça m'a pris quand, dans un tunnel obscur, je me suis retrouvée avec la main d'un soldat juste là.

Elle posa sa main sur sa cuisse, de façon à ce que son pouce touche son sexe. C'était exagéré, les doigts d'Antoine n'avaient pas été aussi haut, mais ajouter un peu de drame ne nuisait jamais. Son amie arrondit les yeux.

— Tu ne me l'as pas dit aussi précisément, tout à l'heure.

— Qu'aurais-tu pu faire ? Appeler la police ?

De toute façon, au mieux on ne l'aurait pas crue, au pire, on aurait dit qu'elle l'avait bien cherché.

— Après, il est resté cinq minutes avec nous et il est parti.

— Mais toi, tu as continué avec le beau Serge ?

Lise était arrivée à la pension deux bonnes heures après son amie. Elle rougit violemment.

— Oui… Il ne s'est pas montré trop entreprenant.

— Vous allez vous revoir ?

— Ce ne sera pas possible. Il s'embarquera bientôt pour l'Europe. Je le plains.

— Ne t'inquiète pas trop pour lui. Il paraît que les Anglaises ne sont pas farouches, et comme des millions d'Anglais sont en service aux quatre coins de l'Empire, elles cherchent de la compagnie.

Bien des moralisateurs catholiques affirmaient qu'il s'en passait de belles, de l'autre côté de l'Atlantique. Des hommes jeunes, loin de la présence de leur curé et de leur famille, cherchaient les occasions de pécher. Et peut-être que vraiment, là-bas, des filles acceptaient une main masculine entre leurs jambes dès la première rencontre.

La remarque d'Hélène vexa son amie, au point où elle voulut l'excuser des indélicatesses que sans doute il commettrait.

— Il faut les comprendre. Ils vont risquer leur vie pour nous.

— Il t'a fait le coup du héros à la recherche d'une consolatrice ? J'y ai eu droit avec Claude. Ma reconnaissance ne va pas jusque-là. Remarque, le tien va vraiment prendre des risques, ne serait-ce qu'à cause des sous-marins. Il mérite peut-être une vraie consolation.

Un petit tremblement agita la lèvre inférieure de Lise. Hélène regretta son mouvement d'humeur.

— Je m'excuse, je me venge sur toi de la main envahissante d'Antoine. Je ne dis pas que les hommes doivent attendre une invitation écrite formelle avant de faire des gestes de ce genre, mais j'aimerais tout de même les voir patienter un peu plus de trois heures après m'avoir rencontrée.

— Oui, mais toi, tu n'as qu'à te montrer pour que quelqu'un s'intéresse à toi.

— Tu veux rire ? Si mon fiancé n'avait pas été conscrit, je suppose que nous nous serions mariés d'ici Noël. Si ça avait été le cas, il aurait été le seul et l'unique à me toucher pendant toute ma vie.

— C'est un fiancé comme ça que je voudrais…

« Prends-le, je te le donne de bon cœur », songea Hélène.

— J'essaie de me montrer gentille, mais ça ne me conduit nulle part, ajouta Lise.

Elle ne se montrait pas avare de ses sourires ou de ses bonnes paroles. Mais sans succès, jusque-là.

— Il en faut un seul, tu finiras bien par le rencontrer. En plus, étant donné l'heure à laquelle tu es rentrée ce soir, ça ne devait pas être si ennuyant.

— Il a dit qu'il m'écrirait quand il serait en Europe. Tu imagines ? Ça ne fait pas des enfants forts, ça. Pour bien faire, je devrais me consacrer aux borgnes, aux boiteux ou aux étudiants du Grand Séminaire.

L'avait-elle vue avec ce gars ? Lise se moquait-elle ? Cette fois, Hélène serra les dents sous le coup d'épingle peut être involontaire. Son amie avait d'autres préoccupations en tête :

— Tu sais, il m'a dit qu'on peut éviter les bébés... J'entends des bouts de conversation à ce sujet, au magasin. Entre des femmes mariées. Si je m'approche, elles changent de sujet. Donc je reste ignorante.

— S'il t'en a parlé, il doit savoir comment faire.

— Il peut me raconter n'importe quoi...

Ainsi, elle gardait un sain scepticisme. L'interrogation dans les yeux de son amie amena Hélène à dire :

— Ne t'attends pas à ce que je te renseigne. Je n'en sais pas plus que toi. Mais Auréa le sait probablement.

— Auréa ?

— Elle est mariée depuis plus de trois ans, elle passe ses dimanches après-midi dans sa chambre avec son mari et il n'arrive pas de "nouveau". En plus, son mari est pharmacien.

— Je m'imagine frapper à sa porte et demander : "Comment fait-on pour éviter la famille ?"

— Si tu lui offrais du sucre à la crème préparé par ta maman comme entrée en matière, ça passerait peut-être un peu mieux.

Elles pouffèrent de rire. Bientôt, elles se séparèrent sur un bonne nuit. Restée seule, Hélène ferma sa lumière. Dans la pénombre, elle repensa à leur conversation. Sa voisine se montrait disposée à plus de privautés pour s'attacher un garçon. La stratégie ne s'avérait pas assez efficace pour l'inciter à s'aventurer sur ce terrain. Autant demeurer *stuck up*.

Puis la remarque sur les borgnes et les boiteux lui tira une grimace. Devait-elle se rabattre sur un estropié à une époque où tous les bien-portants de son âge étaient vêtus d'un uniforme ? Cela dit, durant la journée, ils avaient été deux à lui avoir démontré de l'intérêt. Elle avait retenu deux choses d'Adrien. La claudication et cette phrase :

« Mademoiselle, vous comprenez très bien les mécanismes de l'économie. » Cela la changeait des : « T'as de beaux yeux, tu sais. »

La réplique de Jean Gabin à Michèle Morgan, dans *Quai des brumes*, était tombée dans l'arsenal des séducteurs pour être répétée *ad nauseam*. Quand même, il faudrait qu'il trouve aussi ses yeux jolis.

Chapitre 9

L'hôtel Pines s'élevait à environ deux cents verges d'une plage étroite. Après un dimanche passé près de la piscine, Précile avait proposé un bain de mer très tôt le lendemain matin pour éviter l'affluence. Aussi, après le déjeuner, ils s'engagèrent sous les arbres. D'autres avaient eu la même idée, une vingtaine de couples se trouvaient déjà étendus sur le sable.

— Tant pis pour la discrétion. Ma timidité sera donc à nouveau mise à l'épreuve, dit-elle en détachant la ceinture de son pantalon de plage.

En étendant deux serviettes sur le sable, Léandre ne la quitta pas des yeux. Elle portait un maillot de bain d'un bleu très sombre.

— Pourtant, tu es très jolie.

— Tu veux dire pour une vieille fille.

— Je veux dire pour une femme de trente ans.

Elle en avait trente-quatre, mais inutile de le lui rappeler à ce moment précis.

— Si toi tu n'es pas jolie, imagine ce qu'on pense de moi.

Lui aussi enleva son pantalon de toile. Personne ne le prendrait pour un joueur des Canadiens avec son corps efflanqué presque totalement dépourvu de poils. Il gardait d'ailleurs sa chemisette, par pudeur. Il lui faudrait encore une journée avant d'oser l'enlever. Son maillot paraissait trop grand et ses cheveux se raréfiaient. « Dire que l'armée l'a obligé à aller passer un examen médical », songea-t-elle en le regardant.

À haute voix, elle dit plutôt :

— Tu es un homme. Ce n'est pas la même chose.

La première qualité, pour lui, c'était de bien gagner sa vie.

— Je ne sais pas si ça me console tout à fait.

Pendant un moment, ils demeurèrent silencieux, à regarder la mer. Bientôt, Précile s'étendit sur le ventre. Quand son amant se coucha à ses côtés, elle remarqua :

— Tu sais que tous tes bouts de peau exposés au soleil sont rougis. Ce sera bientôt douloureux.

— C'est pour ça que je voulais te proposer de jouer aux touristes après le dîner. Un autobus part de l'hôtel en direction de Port-Royal, le berceau de l'Amérique française.

La ville avait été fondée par Pierre Dugua de Mons en 1605 et Samuel de Champlain y avait fait ses premières armes.

— Il en reste quelque chose depuis tout ce temps ?

— Non. Toutefois, les bâtiments auraient été reconstruits à l'identique en 1939. Quelque chose comme du vieux neuf. Ensuite, le trajet passe par Annapolis Royal, l'ancienne capitale de la Nouvelle-Écosse.

Ce programme lui convenait parfaitement. C'est même avec son Kodak dans les mains qu'elle effectuerait cette visite.

— Et demain, il y a un bateau qui propose une promenade en mer.

— Je ne sais pas si j'ai le pied marin.

— Moi non plus. Nous aurons peut-être l'occasion d'être malades ensemble.

Cela lui valut une grimace dégoûtée. Toutefois, elle accepterait de prendre le risque.

Mercredi, Adrien n'avait pas encore téléphoné. Hélène en éprouvait un certain soulagement. Elle n'aurait pas à décider si une infirmité le disqualifiait à ses yeux. Car il n'y avait pas de réponse facile, à ce sujet. Le rejeter pour cela lui donnait une image d'elle-même peu flatteuse ; et avoir l'impression de se contenter de lui faute de mieux ne lui plaisait pas plus.

Mais plus tard, en décrochant le téléphone, elle entendit une voix peu assurée :

— Mademoiselle Martin ?

— Monsieur Chevalier, je présume.

— Oui. Je suis étonné que vous ayez tout de suite reconnu ma voix.

— Vous savez, personne ne téléphone ici pour parler à mademoiselle Martin. C'est toujours pour maître Hamel ou maître Trottier. Vous voulez des nouvelles de votre mouchoir ?

— Entre autres choses, oui.

— Quand j'ai quitté ma chambre ce matin, il séchait sur une corde. Je lui donnerai un petit coup de fer ce soir.

— Me sera-t-il possible de dîner avec vous pour le récupérer ? Demain, par exemple ?

Elle hésita une seconde, puis plongea :

— Oui. Avez-vous pensé à un endroit ? Je ne sais même pas dans quelle partie de la ville vous travaillez.

— Je travaille dans les bureaux de l'Université McGill. J'irai vous rejoindre. D'ici là, vous pourrez choisir l'endroit.

Immédiatement, elle suggéra un café des environs. Ils s'y retrouveraient à midi juste.

Quand elle se dirigea vers le café, Hélène aperçut Adrien Chevalier debout devant l'entrée. Il portait le même complet et le même chapeau que le dimanche précédent. Et la même cravate, constata-t-elle en s'approchant.

— Je vous ai fait attendre.

— C'est toujours le sort de celui qui vient de plus loin.

Elle prit l'initiative de lui tendre la main, comme le voulaient les convenances. En entrant, il enleva son chapeau.

Hélène avait l'habitude de réserver à cet endroit pour ses patrons. Elle avait demandé une table un peu à l'écart, avec deux banquettes se faisant face. La jeune femme chercha dans son sac et en sortit le mouchoir pour le déposer entre eux.

— Les bons comptes font les bons amis.

Il le mit dans sa poche. Quand un serveur leur apporta les menus, il demanda :

— Vous profitez de beaucoup de temps, pour dîner ?

— Pas tellement, d'habitude. Mais un des notaires est en vacances, alors les choses vont plus doucement au travail. Et vous ?

— Les choses sont plutôt chaotiques, mais monsieur Hitler ne devrait pas prendre Moscou avant la fin du repas. Je peux m'attarder un peu.

Autrement dit, inutile de demander un sandwich pour en avoir terminé en vingt minutes. Si la rencontre prenait fin rapidement, cela ne tiendrait pas à leurs obligations professionnelles respectives. Hélène choisit une salade et lui pencha pour un steak et une bière.

— Vous êtes de Montréal ? demanda Adrien.

— Non. Si c'était le cas, jamais mes parents ne m'auraient permis d'habiter ailleurs qu'à la maison. Je suis née à Sherbrooke. À cause de la guerre, des emplois sont devenus disponibles ici. Je suis arrivée l'an dernier.

— À Sherbrooke aussi les emplois devaient être nombreux, non ?

— Alors, c'était le goût de l'aventure.

Son interlocuteur souleva les sourcils, surpris.

— Je voulais profiter d'un peu plus de liberté, je devais donc m'éloigner des jupes de ma mère.

En réalité, en 1940, son désir d'autonomie s'appelait Claude Dubois et il étudiait à Montréal. À ce moment, cela lui avait semblé une excellente idée de se rapprocher de lui. Le notaire Trottier était un ami de la famille, il avait accepté de garder un œil sur elle.

Bientôt, les assiettes arrivèrent. Après avoir entamé sa salade, elle demanda :

— Vous, vous êtes de Montréal ?

— Non, et je n'ai pas quitté Québec pour fuir mes parents. C'était déjà fait puisque j'ai étudié à McGill. Et comme pour vous, la guerre a multiplié les opportunités.

— À McGill ? Pour quelqu'un qui s'appelle Chevalier, c'est étonnant.

— L'épouse du Chevalier paternel s'appelle McPherson.

— Et vous travaillez maintenant là où vous avez été formé.

— Dans les locaux où j'ai été formé, mais pour le compte du WPTB.

Ce fut le tour de son interlocutrice de paraître perplexe.

— C'est pour Wartime Prices and Trade Board. En français, la Commission des prix et du commerce en temps de guerre, même si aucun de mes collègues ne la connaît sous ce nom.

Pendant un moment, ils échangèrent sur cette organisation. Comme les Canadiens étaient profondément touchés par le rôle de celle-ci, tout le monde avait son opinion. Négative, en général. On l'accusait de laisser monter les prix et de maintenir les salaires au plus bas. Cependant, rares étaient ceux qui pouvaient exprimer leurs frustrations à l'un de ses employés. Hélène s'y consacra. Toutefois, son intérêt pour ce sujet fléchit au moment où elle terminait sa salade.

Après un silence, c'est très mal à l'aise qu'elle demanda :

— J'ai remarqué que vous boitez… Quelle en est la cause ?

— Pour mesurer l'étendue de mon infirmité ? Parce qu'un estropié est infréquentable ?

L'homme maîtrisait très difficilement sa colère à ce sujet.

— Nous sommes tous les deux là pour savoir si l'autre est fréquentable et les questions à ce sujet peuvent effectivement être vexantes. Dites-le-moi.

Les derniers mots vinrent avec l'ombre d'un sourire. Assez pour le rassurer.

— Je vais faire mieux. Je vais vous montrer.

Elle le vit se pencher et se déchausser sous la table. Il lui montra son pied.

— Vous voyez, il en manque un petit bout.

Hélène mit un moment avant de réaliser de quel petit bout il parlait, à cause de la chaussette. Le gros orteil.

— Avec le temps, je m'habituerai peut-être au point de mieux dissimuler la boiterie.

— Comment vous êtes-vous fait ça ?

— C'est une blessure de guerre.

La jeune femme le regarda, les sourcils froncés.

— Bon, d'accord : une blessure d'entraînement militaire. Diplômé de McGill, j'ai été fortement encouragé à m'enrôler. Je me suis fait ça en sautant d'un camion. C'est le résultat d'une balle de .303…

— Le gars responsable de l'accident devait se sentir mal à l'aise.

— Il l'était… Je me suis fait ça moi-même.

L'étonnement se peignit sur le visage d'Hélène.

— J'ai laissé tomber ma carabine, le coup est parti.

Adrien remit sa chaussure.

— Dans le journal, dit-elle, on lit parfois des histoires sur des recrues qui se font tuer pendant l'entraînement. Il y a aussi les anecdotes de balles perdues, les marins qui se noient ou les avions qui tombent. Jamais on ne parle d'accident de ce genre.

— Essayez les pages humoristiques !

Le fait d'avoir exhibé son pied infirme l'amenait à considérer la chose plus légèrement.

— Ça a mis fin à votre séjour dans l'armée ?

— Absolument. Les fantassins ne doivent pas boiter. Remarquez, je l'ai échappé belle. Ce genre d'accident est souvent volontaire. Alors les soupçons pesaient lourd, j'aurais pu me retrouver au cachot pour longtemps.

Hélène fronça les sourcils pour exprimer son scepticisme.

— Des gars sont prêts à tout pour éviter de servir. Une balle dans la main ou le pied, et même un coup de hache, ça ne leur paraît pas si cher payé.

— J'ai une autre question délicate à vous poser. Seriez-vous daltonien ?

— Comment avez-vous deviné ? C'est pour ça que je n'ai pas tenté ma chance dans l'aviation.

Avec de grandes précautions, elle lui parla de son étrange choix de cravate. Ce handicap paraissait lui donner moins de complexes que son orteil manquant. Il en rit franchement. Le sujet de son habillement peu adapté à la saison attendrait. Ils se quittèrent après avoir convenu de se revoir le dimanche suivant.

Une semaine : il s'agissait d'un congé bien court pour Léandre et Précile. Sur le chemin du retour, le couple demeura silencieux jusqu'à Lévis. C'est après avoir quitté cette ville que l'homme retira l'anneau à son doigt. Chaque mille parcouru les rapprochait de leur réalité.

— C'est sans aucun plaisir que je reviens à mon célibat, grommela-t-il.

Précile laissa entendre un rire bref.

— Je me demande ce qui est le plus discret : l'anneau ou la marque blanche.

Les mains de l'homme avaient d'abord rougi, puis bruni au soleil. Un cercle blanc marquait maintenant son annulaire.

— Bon, je ferais aussi bien de garder mes mains dans mes poches.

Plus probablement, il trouverait une vieille bague à mettre à son doigt, le temps que son hâle disparaisse.

— Quand nous arriverons, tu vas répéter la petite ruse utilisée lors de notre départ ? continua-t-il.

Il voulait dire passer la nuit de samedi à dimanche chez sa mère, de façon à ce qu'ils n'arrivent pas ensemble à la pension.

— C'est plus prudent. En plus, ça me donnera le temps de lire un guide touristique de la région des Mille-Îles.

— J'espère que personne n'y a passé ses dernières vacances. Les questions pourraient devenir gênantes.

— Je plaiderai une migraine foudroyante si un locataire devient trop tâtillon.

— Comme ta mère ne sera pas chez elle, tu n'as pas de raison de rentrer tôt. Nous pourrions aller souper en ville. Je te reconduirai ensuite.

Ce serait une façon de prolonger un peu leur congé.

Lise et Hélène passèrent une partie de la soirée du samedi au salon. Quand elles s'engagèrent dans l'escalier, la seconde déclara :

— Demain j'irai à la basse messe.

— Tu iras seule. C'est bien trop tôt pour moi.

Hélène ne lui avait pas donné cette information avec l'espoir d'avoir de la compagnie. Sous les combles, soupçonneuse, Lise lui demanda :

— Pourquoi vas-tu à la basse messe ? Tes notaires ne te demandent certainement pas de faire de l'*overtime* le dimanche.

— Je vais sortir.

Cette fois, la surprise fut bien visible sur le visage de son amie.

— Sortir… Seule ?

— Non… Avec un homme.

— Antoine t'a relancée et tu as accepté de le revoir ?

Maintenant, Lise ne pouvait dissimuler sa jalousie. Serge lui avait affirmé ne pouvoir la revoir avant l'embarquement pour l'Europe.

— Si Antoine m'avait relancée, je lui aurais dit ma façon de penser assez fort pour lui percer les tympans. Et je lui aurais réclamé le prix de mon chapeau que j'ai perdu à cause de lui.

— Dans ce cas, tu sors avec qui ?

— Quelqu'un que j'ai vu au bureau et avec qui j'ai mangé une fois.

Hélène ne voulait pas lui dire qu'après sa mésaventure dans le pavillon *Laugh in the Dark*, un consolateur s'était immédiatement trouvé sur son chemin.

— Comme ça ? dit Lise en claquant les doigts. Un gars se présente à ton bureau pour faire son testament et vous allez manger ensemble ? Parce qu'il ne t'a certainement pas invitée après avoir signé un contrat de mariage.

Cela ressemblait à une scène d'un film français. Car seuls les Français pouvaient sortir ensemble sans d'abord avoir été présentés par des amis ou des membres de la famille. Ou alors des Américains. Dans la province, ça ne se faisait pas.

— Tu ne m'en as rien dit, continua Lise en affectant un air vexé.

Lise paraissait si jalouse, si peinée aussi qu'Hélène eut envie de lui parler de la claudication pour la rasséréner. Mais cette étrange façon de penser à Adrien la déprima, au point où elle dit :

— Maintenant, je vais aller me coucher. Je n'aime pas plus que toi me lever à l'aube.

Léandre Gonthier sut si bien allonger leur souper qu'il reconduisit Précile à sa porte à minuit. Celle-ci se montra toutefois inflexible. Non seulement elle lui refusa l'accès à l'appartement, mais quand il voulut lui faire la bise, ce fut pour entendre :

— Non. Quelqu'un pourrait nous voir.

Les vacances étaient bel et bien terminées. Sa valise à la main, Léandre tenta de ne faire aucun bruit quand il déverrouilla la porte de la pension. La maison était tout à fait silencieuse. Les lampadaires dans la rue donnaient un éclairage suffisant pour lui permettre de monter à l'étage sans s'accrocher les pieds.

Le lendemain matin, Léandre fut réveillé par la sonnerie de son réveil. Alors qu'il sortait de la maison pour aller à la messe, il croisa Jovette Dupéré flanquée d'Yvette Vézina. Ces deux-là se suivaient toujours de près.

— Ah ! Monsieur Gonthier, j'espère qu'il ne vous est pas arrivé malheur, s'empressa-t-elle de dire quand il les rejoignit sur le trottoir.

— Un malheur ?

— Vous avez été absent toute une semaine.

— La plupart des gens appellent ça des vacances.

Ils se mirent en route vers l'église. Quand ils y arrivèrent, tous leurs voisins étaient déjà sur le parvis. En le voyant, Eudes Latour lui fit signe de venir les rejoindre, sa femme et lui. Après une poignée de main, et un échange de salutations avec Auréa, Léandre prit les devants :

— Non, il n'y a pas eu de malheur, l'armée canadienne ne m'a pas recruté non plus. J'étais en vacances dans la région de Québec.

Comme l'entrée en matière était plutôt abrupte, il continua, cette fois en souriant :

— Mademoiselle Dupéré semblait soupçonner un drame.

— Comme votre départ n'avait pas été annoncé…

— Je l'avais dit à mademoiselle Caron afin qu'elle ne prépare pas des repas pour rien.

— Je vois. Comme elle aussi est partie en voyage avec une vieille parente, l'information n'a pas atteint vos voisins. Elles sont allées visiter les Mille-Îles.

Eudes affichait un petit sourire entendu.

— Il paraît que c'est bien joli. Bon, maintenant, entrons, sinon monsieur le curé nous interpellera depuis la chaire.

Les Latour avaient désormais leur propre banc, dans une allée latérale. Léandre paya quelques sous afin d'avoir le droit d'occuper une place à l'arrière. La messe lui parut aussi longue, aussi ennuyeuse que d'habitude.

Après le *Ite missa est*, c'est près des Samson qu'il se retrouva. Cédulie lui demanda :

— Alors, ces vacances ?

— Excellentes ! Nous devrons absolument recommencer.

Après une courte conversation, Léandre se dirigea vers un café. Comme ça, plus personne ne lui poserait de questions sur ses activités de la dernière semaine.

Hélène s'était réveillée avant l'aube. Maintenant, elle avait l'impression de s'être engagée à la légère. Dans ces circonstances, aller à la basse messe ne lui coûta aucun effort. Elle prit bien garde de ne pas faire de bruit en revenant. L'idée de devoir donner de nouvelles explications à Lise ne lui disait rien. Déjà, elle se demandait comment elle éditerait le récit de sa journée à son retour. Alors elle s'enferma dans sa chambre.

La jeune femme entendit ses voisines se rendre dans la salle de bains, puis descendre quand l'heure de la grand-messe approcha. Elle avait demandé à Adrien de se présenter à dix heures trente.

La nervosité fit en sorte qu'elle alla se placer devant la fenêtre du salon dix minutes avant le temps. Bientôt, elle vit une automobile d'un vert très sombre s'arrêter près du trottoir. Le jeune homme en descendit. Elle le rejoignit après avoir verrouillé.

— Vous avez une très belle voiture, dit-elle en tendant la main.

— Un coupé Ford Deluxe. Désolé de vous décevoir, mais elle n'est pas à moi. Je ne pourrais pas me payer la même. Elle appartient à mon patron.

— Un patron très aimable.

— Ça vous surprendra peut-être, mais je sais aussi me montrer aimable. Parfois, on me rend la pareille. Je vous ai même apporté un cadeau.

L'homme lui tendit le petit sac de papier qu'il tenait à la main. En l'ouvrant, elle reconnut une pièce de tissu familière : la cravate aux teintes rougeâtres.

— Je vous la donne. Vous pourrez l'utiliser pour nettoyer vos chaussures ou attacher une boîte. Ou même la porter au travail.

— L'autre jour, je ne voulais pas dire…

— Vous vouliez dire qu'elle n'ajoutait rien à mon charme.

Elle lui répondit d'un sourire.

— Aujourd'hui, comment me trouvez-vous ?

Il portait un pantalon de toile écrue et une chemise blanche. Pour une fois, la couleur et le tissu s'accordaient à la saison.

— Très bien.

— Même sans cravate ?

— Surtout sans cravate pour une promenade à la campagne.

— Je vous trouve très bien aussi.

Elle s'était questionnée longuement sur la meilleure façon de s'habiller. Finalement, elle avait choisi une robe d'indienne légère aux manches très courtes d'une jolie couleur jaune avec de petites fleurs rouges imprimées, et un chapeau de paille tout neuf. À la main, elle tenait un sac de tissu contenant une serviette et des vêtements de rechange.

— Devrais-je le mettre dans le coffre ?

— Il y a de la place derrière la banquette, mais très peu dans le coffre. Je vais vous montrer.

Il tourna la poignée pour l'ouvrir. Il s'agissait d'un *rumble seat*, un siège dissimulé.

— Selon mon patron, c'est parfait pour des enfants dissipés.

— Là-dedans ils sont exposés aux intempéries.

— Justement. Et si les adultes ferment toutes les vitres, ils ne les entendent pas.

Tout en lui donnant ces explications, il avait ouvert la portière côté passager afin de lui faire voir les deux places.

En s'assoyant, elle se remémora de nombreuses histoires. Monter seule avec un garçon dans une voiture, c'était s'exposer à tous les abus. Et cette fois, personne ne lui viendrait en aide.

Un instant, l'envie lui vint de courir se réfugier dans la maison.

— Quand vous m'avez proposé d'aller à Laval, je m'imaginais prendre un autobus.

— Honnêtement, moi aussi. Quand j'en ai parlé au bureau, j'ai eu droit à un seul commentaire : "T'es fou, le temps de te rendre et tu devras revenir !" Ensuite, le patron m'a offert son beau carrosse.

Comme elle n'émettait aucun commentaire, il se tourna pour lui dire :

— Êtes-vous en train de vous faire peur ? Un gars qui sacrifie sa plus belle cravate pour vous faire plaisir ne peut être autre chose qu'un gentleman.

À cet instant, elle choisit de lui faire confiance. C'est en souriant qu'elle répondit :

— Je serais curieuse de voir les autres.

— Ah, mais comme je suis un gentleman, ça attendra. Ce serait inconvenant de vous inviter chez moi.

Puis il démarra pour aller tourner sur Dorchester au sud, et ensuite emprunter le boulevard Saint-Laurent vers le nord.

— Où allons-nous ? demanda Hélène.

— À Plage-Laval.
— C'est une localité ?
— Oui. C'est un peu à l'ouest de Sainte-Rose.
C'était précisément à l'extrémité ouest de l'île Jésus.

Chapitre 10

Le trajet de vingt-cinq milles leur prit une heure. L'île Jésus demeurait essentiellement agricole, avec quelques lieux de villégiature. Le village de Sainte-Rose avait même une Plage-Miami. On en avait séparé toute la partie ouest pour créer Plage-Laval. Sous les grands arbres, le long de la rivière des Mille-Îles, Hélène vit des chalets parfois très sommaires, parfois somptueux.

Quand ils furent arrivés à une petite agglomération, Adrien lui dit en lui montrant une construction un peu plus grande :

— La messe est finie, voilà l'endroit parfait où se garer.

— Il y a une église !

Il s'agissait d'un modeste bâtiment au revêtement de bois peint en blanc, surmonté d'un petit clocheton.

— Évidemment. Il y a aussi un conseil municipal.

En descendant de voiture, elle dut se rendre à l'évidence. Sur le panneau annonçant l'horaire des messes, le toponyme s'affichait en toutes lettres : Plage-Laval. Quand elle fit mine de récupérer son sac, il proposa :

— Dans trente minutes, il sera midi. Autant aller manger dans cette grande maison. Nous récupérerons nos choses tout à l'heure.

Une auberge blanche se dressait tout près. L'entrée principale donnait sur une plage bordée par de grands arbres. La rivière coulait paresseusement sous leurs yeux.

— C'est joli.

— L'hiver, il doit y avoir quelques centaines d'habitants. Toutefois, en cette saison, on parle sans doute de quelques milliers. Tous ces bungalows que nous avons vus en arrivant sont des résidences secondaires. Je suppose que de nombreuses femmes passent la belle saison ici avec leurs enfants, et les maris les rejoignent les samedis.

— Vous êtes un habitué ?

— Je l'ai été quand j'étais étudiant. Une amie passait du temps en famille ici et je la visitais. Nous y allons ?

La salle à manger était de belle taille. Comme la plupart des tables étaient déjà occupées, elle comprit que des gens venaient directement de l'église à cet endroit, sans se donner la peine de passer d'abord à la maison. Cela donnait un curieux mélange de gens endimanchés, et d'autres habillés pour la villégiature.

De leur table, ils avaient une jolie vue sur la rivière.

— On a l'impression d'être très loin de la ville.

Hélène était agréablement surprise. Non seulement son compagnon se montrait-il charmant, mais ce dimanche promettait d'être amusant. Il lui semblait aussi que la claudication d'Adrien était moins prononcée.

Le menu offrait un choix assez diversifié. Elle opta pour un club sandwich « viande blanche » et un Coke. Son compagnon prit la même chose.

— La personne que vous veniez voir ici, c'était une amie ou une très bonne amie ?

— Très bonne. Je me suis imaginé que ce serait un jour ma femme. Un projet qui n'était pas partagé. De votre côté, il y a eu un fiancé ?

C'est en rougissant un peu qu'elle commença :

— Pour être tout à fait franche, je suis venue de Sherbrooke à Montréal pour me rapprocher de lui. J'ai pensé mariage… mais aujourd'hui je ne suis pas certaine que l'idée lui ait même effleuré l'esprit. Utiliser le terme "fiancé", pour lui c'était juste une manière de parler.

Pour profiter de certaines privautés ? Puis elle se dit : « Je suis injuste. Sans la guerre, nous serions mariés. » Autrement, ce serait la preuve de son extraordinaire naïveté.

— Nous nous sommes quittés il y a quelques semaines quand l'armée l'a envoyé dans un trou perdu.

— En Europe ?

— Il ne rêvait pas de voyages aussi lointains.

Comme une serveuse plaçait les assiettes devant eux, pendant un moment, ils s'intéressèrent à leur repas. Adrien relança la conversation :

— Quelques semaines, c'est court. Vous êtes certaine que la rupture est définitive ?

— Vous savez comment ça se passe… Nous avons été longtemps sans nous voir pendant son entraînement. Quand nous nous sommes retrouvés lors de sa première permission, nous avons bien vu que les choses avaient changé entre nous.

Si Claude Dubois avait entendu ce récit des événements, il aurait certainement voulu y apporter de petites modifications. Elle s'efforça d'être franche :

— Je n'aime pas me faire bousculer. Il attendait plus de soumission de ma part.

— Comme le petit kaki au parc Belmont ?

Les joues brûlantes, elle acquiesça d'un geste de la tête.

— Je crois que cette métamorphose arrive souvent. Se tirer une balle dans le pied agit comme un vaccin, maintenant je suis immunisé contre une confiance exagérée en mon charme.

— Je dois vous croire, vous m'avez sacrifié une cravate.

Ils échangèrent un sourire complice. Quand ils eurent fini de manger, ils retournèrent vers l'auto en marchant plus près l'un de l'autre.

En récupérant son sac, Hélène demanda :

— Ferais-je mieux de retourner à l'hôtel pour me changer ?

— Il y a des cabines là-bas.

Ils parcoururent trois cents verges. Adrien les lui désigna de la main, puis il lui dit :

— Je vais étendre la couverture près des arbres.

De nombreuses familles occupaient les lieux, avec des enfants courant sur le sable. Adrien préféra un endroit plus calme, comme quelques autres couples visiblement engagés dans des conversations sérieuses.

Dans la cabine, Hélène trouva la propreté des lieux douteuse, au point d'accrocher son sac à un clou, plutôt que de le déposer par terre. Elle avait mis son maillot sous sa robe avant de partir. Cela lui semblait moins intimidant que de se mettre nue dans un endroit inconnu.

En se penchant, elle se soumit à un examen attentif. Les costumes de bain les plus lâches avaient la fâcheuse tendance de béer quand on se penchait. Un défaut que ne partageaient pas ceux étant plus moulants. Sauf que ces derniers collaient au corps, justement. À cet instant, le sien lui parut en montrer presque autant que si elle était nue. D'ailleurs, les publicités des maillots chez Dupuis Frères n'indiquaient plus qu'ils étaient approuvés par la Ligue de moralité féminine. L'Église perdait de son emprise sur la façon dont les femmes s'habillaient. Elle se tordit le cou pour essayer de voir ses fesses.

Après s'être assurée que le tissu ne remontait pas sur ses hanches et que ses aines étaient bien couvertes, elle mit sa serviette sur son épaule et sortit. Adrien se trouvait à l'endroit convenu, vêtu de son seul maillot. Elle le trouva bien fait, robuste. Il ne se priva pas de la soumettre au même genre d'examen : pendant tout le court trajet, il ne la quitta pas des yeux.

— Je me sens affreusement gênée, murmura-t-elle quand elle fut près de lui.

— Vous ne devriez pas. Sincèrement.

Elle laissa tomber ses chaussures dans le sable, puis plaça son sac et sa serviette sur un coin de la couverture. Il regardait toujours cette grande jeune fille, mince sans être maigre.

— Si cela peut vous rassurer, vous pouvez toujours regarder mon orteil manquant.

Il avait étendu ses jambes devant lui. Après s'être agenouillée, elle se pencha un peu afin de voir de plus près, mais elle comprit qu'elle lui présentait une jolie vue de ses fesses. Tout de suite, elle s'assit en gardant ses jambes repliées sur le côté.

— Ce n'est pas si terrible.

— La couture est un peu grossière.

— Si peu. Heureusement, vous n'allez pas travailler pieds nus.

— Nous avions une tradition à Québec. Nous pouvions tutoyer les jolies filles qui se montraient à nous en maillot. Croyez-vous que ça se fait ici ?

— Oui, tu peux me tutoyer, Adrien. Je pense que c'est effectivement plus naturel, maintenant. Tu en as déjà tutoyé beaucoup, à Québec ?

— Dans le temps, je ne tutoyais personne. C'était avant la guerre, j'étais terriblement timide.

Elle s'étendit sur le côté et appuya sa tête dans sa main. La posture avait quelque chose d'intime.

— Tu as travaillé fort pour t'améliorer.

— Sans grand succès, je pense. Depuis cet accident, tu es la première avec qui j'ai trouvé l'audace d'entamer la conversation.

— Il y a longtemps que c'est arrivé ?

— Il y a un peu plus d'un an. Je n'ai pas attendu d'être appelé, je me suis présenté à un bureau de recrutement.

Cette blessure lui avait certainement valu quelques jours à l'hôpital, et une convalescence de quelques semaines. Il avait donc mis dix mois à surmonter sa gêne de boiter.

— La jeune fille que tu venais voir ici, tu la tutoyais ?

— En anglais, le *you* règle la difficulté.

Après cela, tous les deux considéraient en avoir fini avec les confidences. Leur plus sérieux sujet de conversation porta sur l'idée d'aller ou non se tremper dans la rivière des Mille-Îles. Ils étaient tentés tous les deux, mais Adrien devrait revenir à Montréal en endurant l'inconfort d'un maillot mouillé et Hélène craignait que son costume de bain acheté la veille devienne plus révélateur encore.

Finalement, ils surmontèrent leurs réticences.

Pour Lise, l'idée de passer un autre dimanche toute seule paraissait insupportable. Quand Hélène avait rompu, elle s'était imaginé avoir une camarade d'infortune. Le « célibat » de son amie avait été très bref, finalement.

Elle songea demander à Jovette et Yvette de se joindre à elles. Celles-là sortaient ensemble tous les dimanches, et quelques soirs pendant la semaine. Mais elle renonça, car sa présence les aurait sans doute importunées.

Pendant de longues minutes, elle sourit à tous les hommes seuls présents sur le parvis. Elle tenta même sa chance avec Léandre Gonthier, qui la salua d'un petit geste de la tête avant d'aller rejoindre Précile, et monsieur et madame Samson.

À la fin, Lise se résolut à porter son dévolu sur une collègue de chez Dupuis Frères, mademoiselle Crépeau, célibataire de plus de trente ans et visiblement décidée à le demeurer. Elles convinrent de dîner chacune chez soi pour se rejoindre à deux heures à la porte du théâtre Saint-Denis.

À l'heure dite, Hémérancienne Crépeau se tenait à l'endroit convenu. Elles se saluèrent et se placèrent à l'extrémité de la file d'attente.

— Tu vois ce gars? demanda la vieille fille d'une voix grinçante.

Des yeux, elle lui désignait un garçon dans la vingtaine.

— Ce membre inutile n'arrête pas de te regarder.

«Eh bien, la prochaine fois, je patienterai…», pensa Lise. Peut-être s'était-elle découragée trop vite, sur le parvis. En plus, Hémérancienne avait vraiment un petit quelque chose qui clochait.

Lise en eut la preuve quelques minutes plus tard, une fois assise dans son fauteuil. Elle vit Jovette et Yvette une rangée plus bas.

— Au fond, elles ont raison, dit la vieille fille en constatant qu'elle les suivait des yeux.

— Elles ont raison de quoi?

— Les membres inutiles, elles s'en passent et elles ne se portent pas plus mal. Comme moi…

Lise tenta de s'éloigner un peu pour éviter le contact avec son épaule. Elle se sentait si sotte, parfois.

À quatre heures, Adrien proposa de rentrer. Au moment d'accepter cette escapade avec lui, Hélène avait précisé vouloir souper à la pension.

Le soleil avait permis au maillot du jeune homme de sécher un peu. Il enfila son pantalon et sa chemise, mit ses souliers et plia la couverture. Hélène déclara vouloir mettre des vêtements secs. Quand ils furent près des cabines, il lui dit :

— Je t'attends ici.

L'attention lui parut délicate. Si les enfants étaient partis, le soleil déclinant avait attiré des adolescents. Ceux-là rôdaient un peu trop près des petites cabines à son goût. Ils devaient chercher les interstices entre les planches.

Aussi ce fut avec des sentiments mitigés qu'elle se mit totalement nue et qu'elle enfila ses sous-vêtements. Adrien était là pour la protéger, mais en même temps, elle le sentait tellement proche. Après s'être examinée pour s'assurer que tout tombait bien, elle sortit du petit réduit.

— Donne-moi ton sac.

Elle le lui remit. Dès que son compagnon eut fait un pas, elle allongea la main pour prendre son bras. Un échange de regards scella ce nouveau développement. Une fois rendu à l'auto, il plaça la couverture sur sa banquette en expliquant :

— Je ne voudrais pas mouiller le siège.

Quand il démarra, Hélène déposa son chapeau de paille derrière. La glace baissée, son bras droit sur la portière, elle laissa le vent lui emmêler un peu les cheveux.

Le trajet lui parut trop court. L'idée de clore ce moment de liberté la peinait. C'est un peu déçue qu'elle le vit stationner rue Saint-Denis, devant sa porte.

— Je te remercie de m'avoir accompagné, dit Adrien.

— Non, c'est à moi à te remercier. Ç'a été une très belle journée.

— Si je téléphone à ton bureau pour t'inviter à faire à nouveau quelque chose, je peux espérer une réponse positive ?

— Je te dis oui tout de suite. Tu me donneras des précisions au téléphone.

Comme on se jette à l'eau, elle lui embrassa la joue, puis s'empressa de sortir de la voiture sans attendre qu'il ne vienne lui ouvrir la portière. Elle chercha ses affaires derrière la banquette et murmura un « À bientôt » avant de monter rapidement les marches de la pension.

Un peu passé six heures, Léandre descendit pour le souper. Il avait eu le temps de construire un récit détaillé de son séjour dans la région de Québec. Il dirait avoir passé quelques jours à l'hôtel Bel Air, à Sainte-Pétronille à l'île d'Orléans. En plus, cela s'accorderait bien avec son hâle.

Quand il entra dans la salle à manger, Précile s'apprêtait à faire le service. Il s'arrêta dans l'entrée et bafouilla un « Bonsoir mademoiselle ».

— Ah ! Monsieur Gonthier, vous êtes aussi de retour. Alors, ces vacances ?

— Elles ont été très agréables.

— En tout cas, vous êtes tous les deux allés dans un endroit ensoleillé, remarqua Jovette Dupéré.

La conversation menaçait de devenir pénible. Même s'il s'était un peu moqué ce matin, Eudes eut pitié :

— Léandre, que dis-tu de cette réunion tenue sur un bateau en fin de semaine dernière ? Personne n'en avait entendu parler avant que ça se produise.

Du 9 au 12 août, Winston Churchill, Franklin D. Roosevelt et leurs conseillers militaires avaient assisté à une réunion à bord du navire *USS Augusta*, accosté à Terre-Neuve.

— Sans doute parce que si on avait évoqué cette rencontre à l'avance, la moitié des sous-marins allemands se seraient chargés de leur faire une chaude réception.

Son interlocuteur trouva la réponse très sensée.

— Est-ce que ça veut dire que les États-Unis vont se joindre aux alliés ? demanda Hélène Martin.

Malgré sa rupture, elle s'inquiétait toujours d'un possible débarquement sur la Côte-Nord.

— Dans une certaine mesure, ils sont déjà avec les alliés. Ce sont eux qui financent l'effort de guerre du Royaume-Uni.

— Pas seulement eux, ricana Jovette Dupéré. On leur envoie notre bacon et nos armes.

En proportion de ses moyens, la contribution canadienne dépassait celle du pays voisin.

— L'aspect le plus intéressant, continua Léandre, c'est que ces politiciens ont rendu publique une Charte de l'Atlantique pour dire ce qu'ils feront après la victoire, comme si tout était dans le sac.

— C'est certain que si les États-Unis embarquent…

Beaucoup moins de Québécois parieraient sur une victoire finale allemande, après cela.

Pendant tout le souper, Lise avait regardé sa voisine à la dérobée. Hélène devinait qu'au moment de monter, elle aurait à lui rendre compte de sa sortie. Elles passèrent une petite heure dans le salon à écouter une émission musicale à la radio, puis regagnèrent leur chambre alors que commençaient les nouvelles.

— Tu viens chez moi ? demanda la blonde quand elles furent sous les combles.

Hélène acquiesça. Elle eut à peine le temps de s'asseoir que Lise se lançait :

— Et puis ?

— Nous sommes allés à Plage-Laval. Je ne connaissais même pas l'existence de cet endroit. C'est joli !

— C'est pour ça qu'il te fallait un nouveau maillot… pas juste à cause des ventes chez Dupuis.

— Sortie ou pas, je préfère les vêtements soldés en fin de saison.

— En tout cas, lui en a eu pour son argent.

Lise dessina une silhouette avec ses mains.

— Dupuis Frères ne devrait pas recevoir de plainte de sa part, dit Hélène avec un sourire.

— Mais c'est qui, ce gars ?

Hélène se demandait jusqu'où être franche dans ses confidences. À la fin, le plus simple était de rendre compte des faits.

— Je l'ai rencontré au parc Belmont, après vous avoir quittés. Je pleurnichais, il m'a tendu son mouchoir. Ensuite, il m'a reconduite jusqu'ici.

— Seigneur, on dirait un film… Mais tu m'as menti à propos de cette histoire de rencontre à ton bureau.

— Oui et non. Nous nous sommes bien rencontrés près du cabinet, pour le lunch.

— Pourquoi m'as-tu menée en bateau ?

— Je ne savais pas à quoi m'en tenir. Son infirmité me faisait hésiter.

Là, elle en avait trop dit.

— Il est infirme ?

— Il lui manque un orteil à cause d'un accident à l'entraînement militaire. Ça le fait boiter un peu.

Lise souleva les sourcils, surprise, puis elle pouffa de rire.

— Un orteil ?

Son amie hocha la tête pour dire oui.

— Il ne lui manque aucun autre petit bout ?

— Aucun parmi ceux que je pouvais voir.

— Tu hésitais parce qu'il lui manquait un orteil ? demanda Lise, surprise.

— Parce qu'il boite… Tu sais, passer pour la fille qui se rabat sur un infirme parce que les gars normaux la trouvent trop *stuck up*…

— Maintenant, qu'en penses-tu ?

— C'était idiot. C'est un homme charmant avec un bel avenir. Imagine, son patron lui avait prêté son auto pour notre sortie !

Un privilège dont seul un très bon employé pouvait bénéficier, pensait-elle.

— Qu'est-ce qu'il fait dans la vie ?

Hélène passa un moment à lui parler de la commission fédérale chargée du contrôle des prix et des salaires. Lise retint l'essentiel : il était instruit, ce qui lui permettait de gagner sa vie sans se salir les mains.

— Alors, vous allez vous revoir ?

— J'ai accepté à l'avance sa prochaine invitation.

— Être certaine que quelqu'un viendrait à mon secours, moi aussi je me révolterais contre toutes les mains envahissantes.

La succession des événements continuait de la fasciner. Était-ce parce que les grandes brunes à la mine sérieuse avaient maintenant la cote, au détriment des blondes souriantes ?

Peu désireuse de continuer les confidences, Hélène demanda :

— Et toi, ton après-midi ?

Lise fit la grimace.

— Merveilleux… Je suis allée voir un film avec une vieille fille qui travaille chez Dupuis Frères et qui n'a pas cessé de me parler des hommes comme de membres inutiles. Par contre, elle a dit quelque chose sur Yvette et Jovette.

Après une hésitation, elle continua :

— Tu sais que certaines femmes se passent des hommes, même pour… ça ?

Son amie acquiesça d'un geste de la tête, surprise de la tournure de la conversation. Les journaux ou les films abordaient parfois ces perversions à mots couverts.

— Selon ma collègue, c'est leur cas. Elles sont entrées dans le cinéma en se tenant par le bras.

— Je parie que nous sommes déjà entrées quelque part en nous tenant le bras. Crois-tu que les autres ont pensé la même chose de nous ?

— Dans la paroisse, on nous a aussi aperçues avec des garçons. Ce qui n'est pas le cas de nos deux voisines…

Le sujet ne pouvait retenir bien longtemps l'intérêt d'Hélène. Bientôt, elle souhaita bonne nuit à son amie et alla se coucher. Une préoccupation la tenaillait depuis son retour à la maison. Combien de temps mettrait Adrien avant de vouloir mettre sa main aux endroits que son maillot avait joliment mis en valeur ?

Elle souhaitait de tout cœur qu'il l'apprivoise d'abord.

Pendant toute la journée du lundi, Hélène répondit au téléphone avec l'espoir d'entendre une voix familière. Finalement, elle rentra chez elle déçue. Elle eut plus de chance le lendemain alors que maître Trottier cherchait un document dans un classeur près d'elle. Au « Hello Hélène ! » joyeux d'Adrien, elle répondit :

— Bonjour, monsieur Chevalier. Comment allez-vous ?

— … Ou il y a quelqu'un avec toi, ou les choses ont bien changé depuis avant-hier.

— Vous devriez envisager la première éventualité.

— J'aime mieux ça. Que dirais-tu de dîner avec moi dimanche ? Ensuite, nous pourrions aller voir un film ou nous promener en ville.

Maître Trottier s'était relevé en la regardant avec un sourire moqueur sur les lèvres.

— Cela conviendra très bien.

— Bon, je téléphonerai à nouveau cette semaine pour t'entendre me tutoyer et utiliser mon prénom. À bientôt !

— Bonne journée, monsieur Chevalier.

Quand elle reposa le combiné, son patron dit :

— J'en conclus que cet appel n'était pas pour moi.

Elle fit non d'un geste de la tête.

— Ni pour Hamel ?

— Je m'excuse, c'était un appel personnel...

— Ah ! Je me disais aussi. Jamais vous ne me dites monsieur avec cette intonation-là. L'autre, le soldat, c'est enterré ?

— Il a été affecté sur la Côte-Nord, mais ce n'est pas pour ça. Il s'attendait à ce que je dise oui. Moi, je crois que le premier oui doit être devant monsieur le curé.

— C'est plus prudent, en effet. Et celui-là ?

— Je le connais depuis peu, mais j'aimerais que ça se passe mieux.

— Vous allez me le présenter ?

— J'essaierai de provoquer une occasion. Mais d'ici là, si vous parlez à papa, dites-lui qu'il préférera celui-là au précédent.

— Et que fait-il ?

Pour les hommes de sa génération – et cela paraissait tout à fait raisonnable à Hélène –, la première qualité d'un mari, c'était de pouvoir faire vivre convenablement sa famille. Aussi, pendant quelques minutes, il fut question de l'importance de contrôler les prix et les salaires en temps de guerre.

Mercredi en soirée, alors que les autres écoutaient plus ou moins la radio, Lise Desrochers parcourait *La Presse*.

Bientôt, elle plia le journal pour montrer un article à Hélène Martin.

— Que veux-tu que je regarde ?

— L'ordre en conseil.

Après quelques minutes de lecture, la brune releva la tête :

— Ils veulent créer un corps d'armée féminin ? En quoi ça devrait-il m'intéresser ?

— Toi, je ne sais pas… mais moi, je me vois en uniforme. Il y a peut-être mille hommes pour chaque femme dans ces camps !

Elle exagérait certainement, mais son amie comprit tout de suite : si tous les bons partis portaient l'uniforme, la meilleure façon de les côtoyer était de s'enrôler aussi.

— Tu n'es pas sérieuse.

— Pourquoi pas ? Les femmes ne vont pas à la guerre, même quand elles vont en Angleterre. Ce sont des secrétaires ou des infirmières.

— Il y a aussi des mécaniciennes et des chauffeuses, intervint Léandre avec un sourire un peu moqueur. Les premières ont de la graisse de moteur sur les mains, mais les secondes transportent les hauts gradés. Ça donne des opportunités…

Un peu de rose marqua les joues de porcelaine de Lise. L'homme continua à voix basse, sur un ton de confidence :

— Par contre, je ne pense pas que les CWACS, pour Canadian Women's Army Corps, soient très populaires auprès de la plupart des soldats. Quand une femme s'assied derrière une machine à écrire, le gars qui était là avant se retrouve avec un fusil dans les mains.

Tout l'intérêt d'employer des femmes dans des tâches de ce genre, c'était de libérer les hommes pour les combats. Lise préféra abandonner le sujet. Quand les deux amies montèrent à leur chambre un peu plus tard, Lise remarqua, irritée :

— Qu'est-ce qu'il connaît de la réalité de l'armée, celui-là ? Il n'a même pas réussi l'examen médical. Il devrait se contenter de prendre du soleil avec la propriétaire !

Les efforts de discrétion n'avaient trompé personne dans la pension. Lise continua :

— Je suis certaine qu'une fille derrière une machine à écrire dans un milieu masculin finit par attirer l'attention. Les zombies qui s'entassent dans les bases militaires ont certainement besoin de distraction. Quand la guerre sera terminée, ils chercheront tous à se marier.

Elle ne voyait pas de problème à reporter l'hyménée après la victoire finale, mais elle tenait à connaître le candidat très rapidement. Le problème était que Lise n'avait jamais tapé à la machine, alors qu'Hélène passait toutes ses journées à le faire – ce qui ne lui avait pas valu de rencontres prometteuses. C'est le parc Belmont qui avait mis Adrien sur sa route.

Ce soir-là, au moment d'aller au lit, Précile se sentait d'humeur particulièrement taquine. Quand Léandre enleva ses vêtements, elle commença par pouffer de rire :

— Après plus de deux semaines, tu ne peux cacher à personne que tu as passé tes vacances à profiter du soleil. Regarde-toi !

L'homme baissa les yeux sur son corps nu. Au moment de revenir de Digby, à certains endroits la peau exposée était encore d'une vilaine teinte rouge. Depuis, elle avait bruni. Pas de façon très prononcée, mais les zones non exposées demeuraient si blanches. Comme s'il portait toujours un maillot.

— Tu n'es pas mieux que moi…

Ils se retrouvèrent sous les draps, enlacés.

— Tout à l'heure, tu t'es moqué de Lise en lui faisant miroiter un travail de chauffeuse pour séduire un général…

— Ce n'est pas exactement ce que j'ai fait. Mais penser à s'enrôler afin de rencontrer des hommes de son âge…

— À situation désespérée, solution désespérée. Elle ressemble à une poupée de porcelaine, avec ses cheveux blonds, sa peau très pâle et ses yeux bleus. Pourtant, il n'y a personne dans sa vie.

— Même chose pour Hélène, qui fait beaucoup moins poupée.

« Mais que je trouve beaucoup plus intéressante », songea Léandre. Ce serait à ajouter à la liste des conséquences néfastes de la guerre : le célibat de plusieurs s'allongeait.

Chapitre 11

Le jeudi, Hélène reconnut de nouveau la voix de son ami à l'autre bout du fil.

— Il y a une oreille indiscrète près de toi ? demanda-t-il d'entrée de jeu.

— L'oreille du patron ne peut pas être indiscrète. C'est son bureau et son téléphone. Cependant, mes précautions étaient inutiles, car quand j'ai raccroché, il a remarqué que je ne lui disais jamais "monsieur" avec la même intonation. Alors comment vas-tu, Adrien ?

— Bien, même s'il y a beaucoup de boulot ici. J'aurais aimé te voir un soir cette semaine, mais ça n'a pas été possible.

— Je comprends. Nous avons aussi des périodes plus actives.

Dans un cabinet de notaire, l'affluence augmentait au printemps à cause de tous les contrats de mariage à préparer et lors des épidémies, parce qu'il fallait lire de nombreux testaments à des héritiers pleins d'espoir.

— Au moins, nous pourrons passer l'après-midi de dimanche ensemble, ajouta Adrien.

— Que dirais-tu d'inclure aussi la matinée ?

— Bien sûr, mais il faudra nous promener en tramway. Je ne peux pas compter sur l'auto du boss toutes les semaines.

— J'aimerais que tu viennes à la messe avec moi, dans ma paroisse.

— Tu veux t'assurer que je suis un bon chrétien ? Je peux demander un mot du curé disant que j'ai fait mes pâques.

Le ton témoignait de son amusement.

— Je te fais confiance à ce sujet. Je voulais juste te présenter mon patron.

Adrien demeura muet.

— Ça m'évitera de devoir me rendre à Sherbrooke afin de convaincre mes parents que je demeure une bonne fille. En plus d'être mon patron, c'est un ami de mon père. Je suis certaine qu'ainsi, toute la famille sera rassurée, jusqu'aux cousins du troisième degré.

— Hum… J'essaierai de me donner un air de séminariste.

— Ça me gêne de te demander ça, mais ça me rendra la vie plus facile.

— C'est bien d'avoir une famille qui se préoccupe de ton sort. C'est pareil chez moi. Si ma mère avait pu, elle aurait fait sécher mon orteil comme une patte de lapin pour le mettre autour de son cou. Imagine, cette blessure m'a permis d'éviter la guerre. Un vrai porte-bonheur.

Qu'il prenne la chose en riant la rassura. Après avoir échangé encore quelques mots, ils raccrochèrent. Hélène se dirigea vers la porte d'un bureau, frappa et attendit qu'on lui demande d'entrer. C'est en passant la tête dans l'embrasure qu'elle déclara :

— Monsieur Trottier, j'espère que vous serez à la messe dimanche. Je pourrai vous le présenter.

— Le gars du contrôle des prix ?

— Évidemment. Aviez-vous l'impression que j'en change toutes les semaines ?

— Pas du tout ! Je serai heureux de serrer la main de ce monsieur.

Deux semaines de villégiature passaient rapidement. Au début, les Bujold avaient profité du beau temps assis sur la galerie. Ensuite, les promenades dans la campagne ou en forêt et les excursions en canot avaient meublé tout leur temps.

Le vendredi 22 août, ils prirent le chemin de Montréal. Galant homme, Laurent portait la valise de Paule. Celle-ci en avait plein les bras avec son fils. Il pousserait la délicatesse jusqu'à passer la nuit sur le Chesterfield du salon afin de leur laisser sa chambre. Le lendemain, ils reprenaient le tramway afin de se rendre à la gare. Sur le quai, la jeune femme fit la bise à son neveu et lui dit :

— Tu es gentil de m'avoir invitée. Comme mon mari devait travailler tout l'été, sans toi, je ne serais pas sortie d'Ottawa.

— C'est normal, tu m'as reçu.

Ensuite, Paule embrassa Constance pour lui murmurer des remerciements à l'oreille et se planta devant son frère :

— Maintenant que je sais que tu me trouves bonne épouse et bonne mère, tu n'as pas fini de recevoir ma visite.

Le train entra en gare à ce moment. Les passagers qui en descendirent mirent fin à cet échange. Les derniers au revoir se firent en élevant la voix, puis Paule grimpa avec son fils dans son wagon.

∞

Donner rendez-vous à quelqu'un sur le parvis de l'église, c'était donner un caractère public à une relation. Jusqu'au recrutement de Claude Dubois, c'est avec celui-ci qu'Hélène s'était montrée là. Maintenant, tous sauraient que son affection se portait sur un autre. Tant pis si un jeune homme se languissait pour elle en silence. Il comprendrait qu'il avait trop tardé à se déclarer.

— Ça te fera sans doute plaisir que je te le présente, dit Hélène à Lise en marchant vers l'église.

— Si tu veux éviter de le faire, je peux toujours changer de trottoir, dit la blonde avec humeur.

— Pas du tout. Tu pourras me dire si je gagne au change.

En réalité, Hélène se serait bien passée de son opinion.

— Le voilà ! C'est celui qui ressemble à un banquier.

Il portait le même complet que lors de leur première rencontre. Ce devait être son uniforme quand il voulait paraître à son avantage. Il y avait un changement pourtant : une cravate un peu plus foncée, parfaitement assortie. Hélène fit un pas vers lui en tendant la main. Le sourire de la jeune femme lui disait toutefois de ne pas s'inquiéter du côté très formel de son geste. Ils s'étaient quittés sur une bise maladroite une semaine plus tôt, la prochaine viendrait avec plus de naturel. Son geste suivant fut d'ailleurs plutôt intime : elle prit la cravate entre deux doigts et murmura :

— Jolie.

— J'ai dit à la dame chez Eaton que j'avais un peu de mal avec les couleurs. Elle a choisi pour moi.

— La prochaine fois, essaie de voir la même, elle a bon goût.

Lise les soumettait à un examen attentif. Quand ils se tournèrent vers elle, Hélène dit :

— Je te présente ma seule amie à Montréal, Lise Desrochers.

Celle-ci tendit la main.

— Voici Adrien Chevalier. Je t'ai parlé de lui, continua Hélène.

— Chevalier comme dans le gars qui vient en aide à une jolie femme en détresse au parc Belmont ?

— Je ne sais pas si sa détresse était bien profonde, mais oui, je l'ai trouvée jolie.

Hélène aperçut de la jalousie dans le regard de son amie. Cela signifiait qu'elle donnait au moins la note de passage à ce sauveur tombé du ciel. Après avoir échangé quelques paroles, ils entrèrent dans l'église. Adrien versa les quelques sous leur donnant le droit d'occuper des places.

— Mademoiselle, murmura-t-il en s'adressant à Lise, vous vous joindrez à nous ?

— D'habitude, je reste derrière.

— D'habitude, vous ne pouvez pas compter sur un chevalier.

« Décidément, il n'est pas timide avec tout le monde », songea Hélène. Sur un banc d'une allée latérale, Lise occupa la place du fond, Adrien celle du bord, Hélène entre les deux. Le curé parut très heureux de voir revenir progressivement les estivants dans son église : il allongea son sermon plus que de raison. Au moment de sortir, Hélène murmura à son amie :

— Autant nous dire au revoir tout de suite. Je dois le présenter à mon patron.

Il y eut des « au revoir » à voix basse, puis le couple sortit sur le parvis. Maître Trottier les attendait avec sa femme au bras. Au moins, il avait demandé à ses grands enfants de s'éloigner un peu.

— Madame, monsieur Trottier, j'aimerais vous présenter mon ami, Adrien Chevalier. Puis en se tournant vers celui-ci, elle ajouta : Il s'agit de mon employeur.

Il y eut un échange de poignées de main, chacun se déclarant enchanté.

— Comme ça, vous travaillez au rationnement, dit le notaire.

— Pour le moment, nous invitons seulement la population à se montrer prudente dans ses achats. Évidemment, si la guerre se prolonge, nous ne pourrons l'éviter.

— Vous croyez qu'elle se prolongera ?

— Mon bureau est bien loin de l'état-major, je ne suis pas dans le secret des généraux. La rencontre entre Churchill et Roosevelt, il y a deux semaines, permet toutefois d'espérer en voir la fin bientôt. Mais à cause des obstacles que posent les États-Unis au commerce du Japon, il y aura peut-être des développements inattendus de ce côté.

Maître Trottier souleva les sourcils, un peu surpris. Ce jeune homme lisait les journaux avec beaucoup d'attention.

— Le coup décisif contre les Allemands ne peut venir de l'Union soviétique. Ils ont perdu un million d'hommes.

— Mais le pays est immense, les ressources aussi. Napoléon s'est essayé contre la Russie, pour revenir les pieds gelés.

— Monsieur Chevalier, il faudra poursuivre cette intéressante conversation. Si vous voulez bien m'excuser, je souhaite dire un petit mot concernant le travail à mademoiselle.

C'est avec un pli au milieu du front qu'Hélène se laissa entraîner un peu à l'écart. Son employeur tournait le dos à Adrien quand il dit :

— Intéressant, ce monsieur. Ce serait peut-être prématuré de vous inviter à venir dîner tous les deux à la maison ?

— Peut-être, répondit-elle, amusée. Avant, il voudra sans doute réviser toutes ses connaissances sur le conflit.

En lui faisant un clin d'œil, son interlocuteur lui dit :

— Vous me préviendrez quand il sera prêt.

Ils rejoignirent les autres qui étaient en train de parler de la douceur du temps. Ils se séparèrent sur des poignées de main.

Alors qu'ils se dirigeaient vers la rue Sainte-Catherine, Hélène lui dit en prenant son bras :

— Il souhaitait t'inviter à dîner. Je lui ai dit que tu réviserais d'abord tes connaissances sur la guerre.

— Alors, tu crois que papa Martin aura droit à un rapport bienveillant ?

Elle se contenta de serrer son bras. Bientôt ils montèrent dans un tramway pour se diriger vers l'ouest.

Sur le parvis de l'église, en voyant son amie présenter Adrien à son employeur, Lise fit la grimace. Elle accepterait volontiers de se contenter d'un candidat avec deux ou trois orteils en moins s'il était aussi bien que celui-là.

— Mademoiselle Desrochers, comment allez-vous ? fit une voix sur sa gauche.

En tournant la tête, elle reconnut sa collègue Hémérancienne.

— Aussi bien qu'hier.

Comme toutes les deux travaillaient six jours sur sept dans le même rayon chez Dupuis Frères, la question ne servait qu'à lancer la conversation. Un peu abrupte, la réponse amena la vieille fille à se raidir. Pourtant, elle continua :

— Je me demandais si vous aimeriez aller voir un film. Et peut-être venir manger à la maison, auparavant.

Sans la dernière phrase, Lise aurait peut-être dit oui tellement l'idée de se promener toute seule lui déplaisait. Cependant, jamais elle n'avait rencontré un homme pressé au point de proposer d'aller chez lui à sa deuxième sortie.

— Je pense que je vais donner une chance pendant les dix prochaines années à ces membres inutiles qui portent un pantalon. Si ça ne marche pas, ou je me ferai religieuse, ou j'accepterai.

Lise s'éloigna rapidement. Non seulement sa collègue avait sans doute raison à propos de Jovette et d'Yvette, mais elle partageait les mêmes préférences. Lise en avait maintenant la certitude.

Adrien avait sans mal convaincu son amie de l'accompagner dans l'ouest de la ville, où se trouvaient plusieurs grandes salles de cinéma à peu de distance l'une de l'autre. Auparavant, ils s'arrêtèrent dans un restaurant pour dîner. Après avoir commandé, Hélène revint sur leurs précédentes rencontres.

— Comme ça, Lise aussi peut compter sur un chevalier servant pour lui faire une place sur son banc à l'église ?

— Est-ce que j'entends un petit reproche ?

— Pas vraiment. Mais j'ai pu mesurer combien tu savais te montrer charmant. Moi, je t'ai trouvé très timide le jour de notre première rencontre.

— C'est parce que je tenais beaucoup à faire bonne impression auprès de toi, sans trop savoir comment y arriver. Si Lise me trouve ridicule, ça ne me dérange pas du tout.

— Je pense que tu n'es jamais ridicule.

Il la remercia d'un sourire.

— Tu ne la trouves pas gentille ? insista Hélène.

— Oui, mais si ce n'est pas réciproque, alors tant pis.

— Ça l'est avec moi…

Ensuite, le conflit mondial fit l'objet de la conversation. Jusque-là, Léandre et Eudes, à la pension, lui avaient paru faire autorité. Dorénavant, elle chercherait à démêler les événements avec quelqu'un d'autre.

Un peu après une heure, ils se dirigèrent vers le Loews rue Sainte-Catherine. Le film *Blossoms in the Dust* était à l'affiche.

— Ça ne te fait rien de voir un film en anglais ? demanda-t-il.

— C'est une occasion de vérifier la qualité de l'enseignement des religieuses de la Congrégation Notre-Dame.

— Je ne pense pas que ces saintes femmes aimeraient ce film. En tout cas, je te signale qu'il s'agit d'une histoire vraie.

Celle d'Edna Gladney, une femme du Texas qui faisait campagne pour faire enlever la mention « illégitime » des registres des naissances, dans le cas des enfants nés hors mariage, au grand scandale des bien-pensants. Hélène put apprécier l'histoire filmée en « merveilleuses nouvelles couleurs », comme disait l'affiche, mais aussi la magnifique salle.

En sortant du cinéma, Adrien proposa de marcher jusqu'à la pension de la rue Saint-Denis.

— Si tu ne trouves pas ça trop loin, précisa-t-il.

— C'est à moins d'un mille. Mais pour toi ?

— Je crois que ça ira. Pour ne pas courir de risque, je rentrerai chez moi en tramway.

— J'ai eu l'impression que tu boitais moins. Est-ce vrai ?

« Ou c'est tout simplement parce que je m'habitue », compléta-t-elle mentalement.

— Je crois que oui, mais c'est difficile d'en juger.

— Comment expliques-tu ça ?

— J'ai eu une longue conversation avec un monsieur Charles Martin. C'est un parent à toi ?

— Je ne vois pas… Il est dans la région de Sherbrooke ?

— Non, il est rue Saint-Denis, près de chez toi. Il vend des… aides pour les infirmes. Ça va des bandes herniaires aux jambes de bois. Tu savais qu'on les faisait maintenant avec de l'aluminium ? Comme les avions.

Elle préféra demeurer silencieuse. Ce sujet pouvait nuire à la sérénité de la conversation.

— Il m'a dit que ma situation concernait plutôt un cordonnier. Il y en a un qui doit me fabriquer des chaussures sur mesure. Un Italien. Voilà qui va peser sur mon budget. Tout de même, il m'a donné quelques trucs, en attendant.

— Ça fonctionne ?

— Sur de petites distances. Je suis justement en train de vérifier ce qu'il en est pour les plus longues. Je suis certain que tu ne me laisseras pas te serrer dans mes bras, sauf pour danser. Alors je voudrais pouvoir t'entraîner dans un paso-doble, un de ces jours.

C'était bien la raison pour laquelle une bonne moitié des curés de la province interdisaient cette activité, sauf pour les danses folkloriques. Ils tenaient pour acquis que personne n'aurait des pensées impures en s'agitant dans un « set carré ».

— Je ne suis pas certaine de danser très bien, mais j'accepterai avec plaisir.

— Alors ce cordonnier fait mieux de s'appliquer.

À la hauteur du boulevard Saint-Laurent, son pas demeurait toujours normal, mais ensuite elle constata une petite détérioration. Autant attirer son attention sur un autre sujet :

— Que penses-tu de cette histoire d'illégitimité ?

— Comme ces enfants n'ont pas eu leur mot à dire sur les circonstances de leur naissance, il est cruel de les punir ainsi.

— Et dans le cas de leurs parents ? Il paraît que les naissances hors mariage sont à la hausse à cause de la guerre.

— Je crois qu'il est bien prétentieux de juger le comportement des autres. Chacun devrait se préoccuper de ses propres fautes.

En ce qui concernait les enfants, Hélène partageait son avis. Toutefois, elle jugeait sévèrement les parents. Surtout les hommes qui se montraient insistants, pour ensuite s'esquiver, plutôt que de faire leur devoir.

Bientôt, ils arrivèrent devant la pension. Quand ils se firent face, Adrien lui dit :

— Merci pour cette belle journée.

— Merci pour cette jolie cravate, pour ta gentillesse d'être venu à la messe avec moi, pour le dîner et le film.

Il y eut un silence, puis elle continua :

— La dernière fois, j'ai pris l'initiative et je me suis trouvée bien maladroite. Là, c'est ton tour.

Il s'avança pour poser ses lèvres sur ses joues.

— Alors nous alternerons. Ce sera ton tour la prochaine fois. Bonne semaine, Hélène. Quand je téléphonerai à nouveau, je te laisserai mon propre numéro. Tu pourras m'appeler quand tu voudras.

Dans ce domaine aussi, il entendait alterner. Elle lui retourna ses souhaits avant de s'engager dans les marches, pour se retourner à la troisième. Il n'avait pas bougé, les yeux fixés sur elle. Elle eut encore un geste de la main à son intention et entra.

Quand Hélène arriva sous les combles, ce fut pour remarquer la porte de la chambre de sa voisine entrouverte. Cela permettait de faire circuler l'air l'été, mais aussi de signaler un impérieux besoin de faire la conversation. Elle frappa doucement sur le cadre et alla occuper la chaise.

— Ça ne va pas fort ?

Lise était étendue sur son lit, pensive.

— Une journée fertile en émotions. Ce matin, j'ai vu que tu avais rencontré un homme qui te convient. Plus que l'autre, si tu me permets de donner mon opinion.

— Pourquoi penses-tu ça ?

— Vous êtes tous les deux sérieux, posés... complices. Si tu t'étais vue prendre sa cravate en lui disant bonjour ! Moi, avant midi, je me faisais faire des avances par une vieille fille.

— Pardon ?

— Si un homme t'invitait chez lui, tu ne trouverais pas que ça ressemble à des avances ?

— Je viens de m'inviter dans ta chambre !

Évidemment, elle savait bien qu'il ne s'agissait pas de la même chose. Deux filles du même âge, occupant des emplois d'un même niveau et vivant dans des pièces voisines devenaient naturellement complices.

Lise ne se donna même pas la peine de la contredire.

— Je suis venue manger ici, et ensuite, je suis allée me promener. J'ai eu une conversation d'une heure au parc Viger avec Lucina Valois, mon ancienne collègue. Elle a un mari et un garçon, mais elle m'a paru tout à fait malheureuse.

— Il la trompe ?

— Elle ne le voit plus. Il travaille soixante-douze heures par semaine, et il dort le reste du temps. Elle s'ennuie au point de vouloir reprendre son emploi au magasin.

Quelques semaines plus tôt, Lucina avait paru satisfaite de son existence. Aujourd'hui, cette rencontre laissait Lise déprimée :

— On dirait qu'il ne me reste qu'à me marier pour passer ensuite ma vie toute seule... Ou alors continuer au magasin et demeurer vieille fille, puis inviter mes jeunes collègues à dîner avec moi.

— Le jour où tu rencontreras un garçon intéressant, tu oublieras toutes ces idées noires.

Adrien Chevalier habitait une maison de chambres rue Milton, à deux pas de son bureau. Ses voisins étaient pour la plupart des employés de l'Université McGill ou des bureaux et des commerces voisins. L'endroit était trop cher pour les moyens de la grande majorité des étudiants. Ces derniers logeaient dans des maisons plus modestes.

Il monta au deuxième étage après avoir salué quelques voisins assis dans le salon. Dans sa chambre, il enleva sa chaussure gauche et sa chaussette. L'absence du gros orteil lui donnait l'impression de porter un soulier trop grand. En mettant un bout de tissu et du ruban adhésif sur le moignon, il améliorait son confort. Selon le cordonnier, une chaussure faite spécifiquement pour son pied ferait mieux le travail.

Quand il descendit pour le souper, un voisin lui demanda :

— Alors, c'était la même que samedi dernier ?

— Me prends-tu pour un garçon volage ?

Cela provoqua des ricanements autour de la table.

— Elle te plaît ? s'informa une jeune femme travaillant aussi à la Commission.

— Beaucoup.

— Il faudrait que tu l'emmènes ici pour nous la présenter.

— Le règlement a changé ? Nous pouvons inviter des filles ?

Évidemment, le règlement demeurait le même. Comme à la pension de la rue Saint-Denis, même si des locataires des deux sexes se côtoyaient, les amoureux étaient bannis.

Le 2 septembre, de bon matin, une atmosphère maussade régnait chez les Bujold. En fait, les deux adultes adaptaient leur humeur à celle de Laurent. Les grandes vacances se terminaient, et le garçon ne montrait pas beaucoup d'enthousiasme à l'idée de renouer avec les frères des Écoles chrétiennes.

— Ça te permettra de revoir tes amis, plaida Constance.

— Ceux que je voulais voir, je les ai vus cet été. Les autres ne m'ont pas manqué.

— Écoute, si tu y tiens, nous pouvons te retirer de l'école tout de suite, intervint Louis. Ici ce n'est pas l'Ontario, la scolarité n'est pas obligatoire. Comme tu ne peux pas rester à ne rien faire, tu commenceras par te planter le long de la rue Sainte-Catherine pour vendre des journaux. Physiquement, ce n'est pas bien exigeant. Dans deux ou trois ans, je te prêterai de quoi acheter une bicyclette, et tu feras des livraisons pour une épicerie.

La physionomie du garçon changea. Après avoir terminé son déjeuner, il grommela avant de retourner dans sa chambre :

— Je vais chercher mes livres.

Laurent revint avec un sac de toile accroché à l'épaule. La famille descendit peu après. Ils se séparèrent sur des « À ce soir ».

— Tu sais parler aux enfants, dit Constance quand ils eurent fait quelques pas.

— Avec une fille, je lui aurais proposé de s'occuper de la maison et des repas, mais je doute de la compétence et de la bonne volonté de Laurent dans ce domaine. J'ai été élevé comme ça. Mon père travaillait au bureau de poste, ma mère dans la maison, et le devoir des enfants, c'était d'apprendre. Papa disait que c'était ça, notre emploi.

Constance prit son bras. Ces principes lui paraissaient très acceptables, elle acceptait donc de les faire siens.

Chapitre 12

Le personnel de l'archevêché de Québec faisait peut-être relâche pendant les grandes vacances, car Léandre ne reçut aucune nouvelle de l'annulation de son mariage avant la mi-septembre. Finalement le chanoine Hamelin lui demanda de venir témoigner devant les ecclésiastiques désignés pour entendre son affaire.

Le dernier samedi de ce mois, Léandre se présenta donc devant son avocat ecclésiastique, dans le palais cardinalice.

— Ils ont entendu quelques-uns de vos témoins, dit Fernand Hamelin. Des gens qui ont confirmé la mauvaise réputation de votre épouse, même avant votre mariage.

— Vous savez quelles questions on me posera ?

— Je ne sais trop. On vous fera reprendre votre récit, peut-être.

— J'ai tout mis par écrit, et j'ai reçu votre approbation.

— Il y a les mots, et il y a le ton.

Bientôt, le visiteur se retrouva devant un trio de soutanes, dont l'une violette. Ainsi, un évêque avait été choisi pour juger de la question. Léandre se demanda un moment s'il convenait de s'incliner afin de baiser l'anneau à son doigt. Le prélat mit fin à son questionnement.

— Prenez cette chaise, dit-il en la lui désignant.

Il se trouvait dans une petite salle de réunion. Les ecclésiastiques occupaient un côté de la table, il y avait une seule chaise devant eux. Quand il eut pris place, l'évêque continua :

— Nous vous avons lu avec attention. Cependant, pourriez-vous reprendre vos explications ?

C'est avec difficulté qu'il dissimula sa frustration. Il perdait une journée de travail pour se livrer à un exercice inutile. Pourtant, il s'y efforça. Les autres hochaient la tête, comme pour l'inciter à continuer. Quand il eut terminé, l'évêque déclara :

— Vous nous avez dit que votre épouse avait, même avant le mariage, une très mauvaise réputation. Vos parents le savaient, d'autres personnes aussi. Alors, pourquoi l'avez-vous épousée ?

— Parce que j'étais stupide, je suppose.

Les yeux des prêtres demeurèrent fixés sur lui. Cela ne suffisait pas.

— J'aimais cette fille, elle assurait m'aimer. Alors je refusais de croire ces histoires. Si on ne peut pas croire sa fiancée, à qui faire confiance ?

— Le mot "stupide" ne convient pas tout à fait. Vous en avez un autre ?

— Naïf ? Crédule ? En plus, elle m'assurait continuellement que tout cela était faux ; faire confiance à celle dont je voulais faire ma femme allait de soi.

Les autres hochèrent la tête avec un bel ensemble.

— Avez-vous commencé cette démarche parce que vous avez l'intention de vous remarier ?

Fernand Hamelin avait pris la peine de spécifier que la procédure d'annulation de mariage n'avait pas pour but de lui permettre de satisfaire ses appétits avec une autre.

Évoquer Précile ne serait sans doute pas du meilleur effet. Toutefois, ceux-là ne croiraient pas qu'il se donnait tout ce mal pour rien.

— Je n'ai pas cessé de croire au mariage. Toutes les femmes ne sont pas comme elle.

Cela lui valut de nouveaux hochements de tête. Pourtant, quand il quitta la pièce, il n'avait aucun indice de ce que serait la conclusion du tribunal. Le chanoine Hamelin l'avait reçu à son arrivée, pour l'abandonner ensuite. Au moment où il cherchait son chemin dans le palais épiscopal, Léandre vit une silhouette familière au bout d'un couloir. Elle était accompagnée d'un prêtre. Elle aussi le reconnut. Après avoir dit à son compagnon de l'attendre, la femme s'approcha :

— Pourquoi tu fais ça, salaud ?

La voix de Louise était grinçante.

— Pour te permettre de convoler à nouveau en justes noces. Tu es encore avec mon collègue ?

Elle serra les mâchoires. Il se doutait bien que ce n'était pas le cas.

— Ah, j'oubliais ! Lui aussi est marié. Peut-être devrait-il entreprendre une démarche d'annulation de son côté.

Léandre l'étudiait attentivement en cherchant des différences avec la femme qu'il avait rencontrée douze ans plus tôt. Il n'en trouva pas. Elle demeurait exactement la même. C'est son regard sur elle qui avait changé. Comprendre qu'il était maintenant immunisé lui tira un sourire.

— Si tu fais tout ça, c'est parce que tu as rencontré une salope.

— La première fois, je suis tombé sur une salope. Ça n'arrivera plus.

— Je vais m'arranger pour qu'ils refusent. Le mariage, c'est pour toujours, tu es à moi.

Elle semblait avoir fait le vœu de ruiner son existence. Avant d'en venir aux coups, il préféra tourner les talons pour s'éloigner d'elle. Il finirait bien par trouver une porte pour sortir de cette bâtisse.

— Madame Gonthier, pourquoi vous êtes-vous mariée ?

Dans cette procédure, l'évêque était le seul à parler. Les deux autres écoutaient et l'un prenait des notes.

— Comme tout le monde, parce que je l'aimais.

— Au moment de la cérémonie, vous couchiez pourtant avec un autre.

Le plus difficile, pour Louise, était de contrôler sa colère.

— Ça, c'est faux ! Il vous a raconté ça pour me nuire.

L'un des prêtres chercha dans son porte-documents et sortit quelques feuillets de format légal. Il les lui tendit.

— Pourtant, dit le prélat, le juge l'a cru lors de la procédure de séparation. Il a aussi cru les témoins venus à la barre.

— Ce sont tous des menteurs. Ils sont peut-être venus raconter les mêmes mensonges devant vous ?

— Pourquoi mentiraient-ils pour lui ?

— Peut-être qu'il leur donne de l'argent…

L'interrogatoire se poursuivit une petite demi-heure, en reprenant le détail des dépositions devant le juge. Louise s'en tenait à sa défense : ces hommes mentaient et elle ne savait pas pourquoi. Quand elle fut sortie de la pièce, l'un des prêtres déclara :

— Sans trahir le secret du confessionnal, son curé, celui de la paroisse Saint-Dominique quand elle habitait chez ses parents, a trouvé une large part de vérité aux témoignages entendus au procès.

Le personnel de l'Église catholique formait un redoutable réseau d'information. Supérieur à celui de l'armée canadienne, sans doute.

Le retour vers Montréal occupa le reste de la journée de Léandre. Il arriva à la pension juste à temps pour le souper. Pendant le repas, Précile le regardait à la dérobée, essayant de deviner le résultat de sa démarche. Ce ne fut qu'au moment où il la rejoignit dans sa chambre, en fin de soirée, qu'elle put poser sa question :

— Alors ?

— Je l'ai vue, aujourd'hui.

Devant les sourcils froncés, il précisa :

— Louise. Ma femme.

Il ne pouvait même pas dire « mon ancienne femme ».

— Ils l'ont entendue ?

— Pour se faire leur propre idée.

Ensuite, il demeura silencieux. Précile leur versa à boire à tous les deux. Ce fut après plusieurs minutes qu'elle reprit la parole :

— Pourquoi voulaient-ils te voir ?

— Ils m'ont demandé de répéter mon histoire. Visiblement, une seule question les préoccupait : pourquoi l'ai-je épousée alors que des gens me parlaient de ses mœurs ?

Il marqua une pause avant de murmurer :

— Je voulais la croire, elle, et personne d'autre. Quand je l'ai vue, j'ai mesuré ma sottise.

— Tu l'aimais.

— Tu crois que c'est une justification ?

— Je ne suis pas ton juge. Je me contente d'essayer de comprendre ce que ça me dit de toi. Et ça me plaît.

Aux yeux de Précile, un naïf valait mieux qu'un cynique.

Les encarts dans les journaux et les interminables prêchi-prêcha à la radio répétaient l'importance d'acheter des bons de la Victoire. Et pour mettre tout le monde dans l'ambiance, un nouvel exercice d'obscuration devait être tenu le dimanche 28 septembre.

— La première fois, ça avait quelque chose d'amusant, maugréa Jovette Dupéré, mais s'il faut faire ça tous les trois mois...

Sa frustration était d'autant plus étonnante qu'elle ne quitterait pas son siège avant que ce soit terminé. Les autres se chargeraient d'éteindre les lumières et de fermer soigneusement les rideaux.

Les locataires de la Pension Caron s'étaient réunis dans le salon en sortant de table.

— Au moins, l'exercice se tiendra un peu plus tôt, tempéra Précile.

Le soleil se couchait à six heures trente, l'obscuration se passerait deux heures plus tard.

— Maintenant, ça semble moins futile, dit Eudes. Les Allemands vont de victoire en victoire en Russie. La bataille de Kiev a coûté aux Soviets un demi-million d'hommes.

— La réalité demeure la même, rétorqua Léandre. Aucun avion ennemi ne peut survoler Montréal. La marine allemande n'est pas une menace. En plus, les États-Unis ont promis d'intervenir si une puissance étrangère s'en prenait au Canada.

La guerre avait une conséquence inattendue : éloigner le Canada de l'Empire britannique, pour le rapprocher du pays voisin.

Chez les Valois, l'obscuration ne changerait pas grand-chose. Ce dimanche, Irénée s'était rendu au travail dès le matin pour en revenir aussi tard que d'habitude. Lucina vint l'accueillir à la porte. En voyant son visage exténué, elle refoula les reproches lui venant à l'esprit, pour dire plutôt:

— J'ai préféré t'attendre pour manger.

—Tu n'aurais pas dû.

— Donc nous sommes deux dans la maison à faire des choses que nous ne devrions pas... Nous n'allons pas nous chicaner là-dessus.

Dans la cuisine, elle ouvrit le réfrigérateur pour prendre un rôti et une salade.

— Ça ira?

— Bien sûr.

— Avec une bière?

Irénée hocha la tête. Elle n'osa s'informer de sa journée, car le sujet l'aurait amenée à répéter: «Tu vas te faire mourir.» Pas plus qu'il n'osa le faire. Un autre dimanche passé en tête à tête avec un bébé ne donnait pas de très bons sujets de conversation.

L'appareil radio jouait en sourdine. Ils achevaient de manger quand ils entendirent un annonceur indiquer qu'il restait quinze minutes avant l'extinction des feux.

— Autant aller nous coucher tout de suite. Tu dois être épuisé.

Lucina alluma une lampe dans la chambre. Son époux passa à la salle de bains et revint quelques minutes plus tard. Ensuite ce fut son tour. Elle se chargea de tout fermer, prit Lucien dans ses bras au passage et s'installa avec lui dans le lit.

Précile rejoignit Léandre sur le perron. Comme le couple Latour et Hélène Martin s'y trouvaient déjà, ils descendirent les marches pour aller se poster sur le trottoir. Seules les deux vieilles demoiselles feignaient de se désintéresser totalement de cet exercice.

— Lise est encore au magasin ? demanda Précile en élevant la voix pour être entendue d'Hélène.

— Son implication au sein du Comité de protection civile entraîne de nombreuses obligations. Comme patrouiller les rues de la ville pour dire aux gens d'éteindre leur cigarette, répondit la jeune femme avec un peu d'ironie dans la voix.

Les lampadaires s'éteignirent à ce moment, ainsi que les lumières toujours allumées dans les habitations. L'arrêt des automobiles le long des trottoirs et des tramways au milieu des rues faisait penser à un mécanisme dont les différents éléments s'arrêtaient tous en même temps.

Encore une fois, de nombreux Montréalais sortirent pour profiter du spectacle inédit.

— Tout à l'heure, tu paraissais particulièrement convaincu… Tu es certain que ces exercices ne servent à rien ?

— Au contraire, ils servent à nous mettre dans un bon état d'esprit. Ils aident à convaincre les zombies de signer pour outremer, les épargnants à acheter des bons de la Victoire et les travailleurs des usines de guerre et les cultivateurs à se tuer au travail.

⁂

Isolée de sa famille vivant dans la région de Trois-Rivières, Lucina avait fait sienne celle de son mari. Fréquemment, après avoir terminé la vaisselle du dîner, elle habillait Lucien, le mettait dans son landau, puis parcourait les quelques dizaines de verges la séparant de l'appartement des Valois.

Ce lundi, quand Armande ouvrit, elle accueillit son petit-fils avec son enthousiasme habituel. Après s'être extasiée sur lui, elle proposa :

— Je nous fais du thé !

Alors que la ménagère lui tournait le dos, Lucina demanda :

— Accepteriez-vous de le garder pendant la journée durant la semaine ?

Sa belle-mère se retourna, étonnée.

— Je vous paierais.

— C'est pas une question d'argent… Comment ça, le garder ?

— Je passe tout mon temps seule. Quand je vois Irénée, il ronfle.

— Lui pis son maudit *truck*. Il continue à faire de l'*overtime* ?

Armande vint s'asseoir à la table avec sa bru.

— Hier, il est revenu quelques minutes avant l'obscuration et il ronflait avant que ça commence.

— T'en penses quoi, toé, de son idée de se mettre à son compte ?

— Quand on travaille pour un salaire, on ne décide de rien. Et quand l'idée vient au patron de mettre quelqu'un dehors, il n'a pas une hésitation. Alors, je le comprends quand même un peu…

Armande Valois se leva quand le sifflement de la bouilloire se fit entendre. Elle revint avec la théière et les tasses et demanda :

— Ton idée, c'est quoi ? Retourner travailler ?

— Au magasin, je voyais du monde toute la journée. Avec la guerre, ils doivent manquer de personnel, ils me reprendront peut-être.

— Tu lui en as parlé?

— Non. Vous êtes la première.

«Et, songea-t-elle, vous pourrez m'aider à le convaincre.» Sa belle-mère pensait la même chose.

— C'est un gars intelligent. Il devrait comprendre.

Ensuite, la discussion porta sur le prix de la pension. Armande était prête à accepter seulement le prix des aliments du petit. Lucina aurait donné tout son salaire, juste pour être capable de passer à nouveau ses journées parmi des adultes.

Faire partie du CPC – Comité de protection civile – du magasin Dupuis Frères s'accompagnait d'obligations importantes. Le dimanche soir, Lise avait patrouillé les rues avec l'irréprochable Lionel Dubuc. À nouveau, elle se dit combien la compagnie de quelqu'un de son âge lui aurait plu. Cependant, cela la rassurait de constater que certains hommes se montraient fidèles aux engagements du mariage.

Et le lundi, à la fermeture, après avoir profité d'un repas gratuit au café de l'établissement, elle aida à déplacer les chaises et les tables le long des murs. Une quarantaine d'employés sacrifiaient ainsi leur soirée pour se préparer à mieux jouer leur rôle. Dont cinq hommes. Cela donnait à peu près la proportion de leur présence dans l'établissement.

Quand ils eurent terminé, un cadre leur adressa la parole:

— Vous allez me suivre sur les toits. Ensuite nous reviendrons ici.

Il y eut des commentaires étonnés.

— Moi j'ai le vertige, se plaignit Germaine à voix basse.

Il s'agissait d'une vendeuse portant une trentaine de livres en trop. Elle s'essoufflait surtout très vite.

— Comme nous devrons venir en aide aux clients en cas de malheur, je suppose qu'ils ne feront pas en sorte que nous tombions en bas du quatrième étage, dit Lise.

L'argument ne parut pas rassurer sa collègue. Bientôt, c'est à la queue leu leu qu'ils se dirigèrent vers l'ascenseur. Il fallut trois allers-retours de celui-ci pour que tout le monde atteigne le dernier étage. De là, grâce à un escalier, ils se rendirent sur le toit. Quand ils furent près d'un kiosque nouvellement construit, leur guide commença en ouvrant la porte de la petite bâtisse :

— Il y en a huit autres. Chacun contient du sable, des seaux, des pelles, des haches, des gants d'amiante, des casques protecteurs, des pompes et des boyaux. Vous avez vu dans les actualités filmées au cinéma que les bombardements allument de grands incendies. Avec ça, vous serez en mesure de les combattre.

— Seigneur ! murmura Germaine.

Si se promener à soixante-dix pieds du sol lui donnait déjà le vertige, s'imaginer combattre des flammes avec tout le matériel évoqué lui paraissait tenir de la plus folle fantaisie.

— Nous avons fait installer huit prises d'eau supplémentaires sur les toits, afin de rendre votre travail possible.

Quand les membres du comité de protection redescendirent, Germaine dit encore sur le ton de la confidence :

— Moi, je vais démissionner. Ils sont fous. Personne parmi nous autres sera capable d'aller sur le toit pour éteindre un feu allumé par des bombes.

Les employés du service de livraison, tous des hommes robustes, y arriveraient peut-être, mais pas les vendeuses, les vendeurs ou les comptables.

— Hier, quelqu'un à la pension disait qu'aucun avion ne peut venir jusqu'ici et aucun navire de guerre non plus.

Et si ça arrivait, les États-Unis s'en mêleraient, affirma Lise.

Hélène lui avait répété les paroles de Léandre dès son retour à la maison. La protection des Américains la rassurait à peu près.

L'éclat de rire de Germaine attira l'attention des autres personnes dans l'ascenseur.

— Elle t'en a raconté une bonne ? demanda quelqu'un.

— Paraît qu'on ne sera jamais attaqué !

L'idée que tout cela ne soit qu'un jeu l'amusait, tout en rendant son projet de démission beaucoup moins urgent.

Ils arrivèrent à l'étage du café. Un homme en uniforme de l'association de l'Ambulance Saint-Jean se tenait dans la salle. Deux femmes l'accompagnaient, des infirmières portant une robe sans élégance, avec un pardessus et un grand tablier blanc. Leur travail les exposait à se souiller avec le sang des blessés.

— Vous travaillerez deux par deux, alors formez des paires. Je vous distribue vos rôles, annonça l'homme.

Comme Germaine et Lise se tenaient l'une près de l'autre depuis le repas, elles feraient équipe. L'ambulancier leur tendit un bout de papier portant les mots « Une jambe cassée ».

— L'une de vous est blessée, l'autre doit lui donner des soins.

Les infirmières distribuèrent des bandages, des pansements adhésifs, des compresses de gaze, des bandages triangulaires, des ciseaux, une pince, et une petite valise pour transporter tout ça.

— Ce sera votre trousse. Vous devrez toujours l'avoir à proximité.

— J'espère que je pourrai mettre mon sandwich dedans, murmura Germaine.

Celle-là ne perdait jamais son sens pratique.

∞

Les événements servaient la démarche de Lucina. Ce soir-là, Irénée revint du travail encore plus tard que d'habitude. Il prit place à table, en attendant que sa femme mette son repas devant lui. Les premiers mots vinrent en même temps que l'assiette :

— Aujourd'hui, je suis allée voir ta mère pour lui demander de garder Lucien.

— T'es malade ?

— Je veux éviter de le devenir. Parce que toi, tu ne passeras pas à travers. Quelqu'un devra gagner de l'argent, quand tu seras au lit.

Cette fois, elle avait sa totale attention.

— Je passe mes journées et mes soirées avec un bébé sans voir personne. Quand tu arrives, tu ne tiens plus debout. Dix minutes après avoir passé la porte, tu dors.

Elle disait cela d'une voix douce, non pas pour exprimer sa colère, mais plutôt pour exprimer son inquiétude.

— Ta mère est d'accord pour s'en occuper. Je pourrai donc travailler, gagner un peu d'argent et voir des gens. Le plus simple serait d'aller chez Dupuis, je connais déjà le travail. S'ils ne veulent pas de moi, tant pis. Toutes les usines de guerre cherchent du personnel.

— Je peux faire vivre ma famille.

— Personne ne dit le contraire. Tu fais plus d'heures que tous les voisins. Mais je suis seule vingt-quatre heures sur vingt-quatre. T'entendre ronfler, ce n'est pas une conversation. Ni les babillages de Lucien.

Irénée n'éleva pas la voix, ne manifesta aucun signe de colère. Cela témoignait éloquemment de son épuisement. Il commença plutôt à manger son repas. Lucina occupait la chaise en face de lui. Après la dernière bouchée, il déposa sa fourchette, s'essuya la bouche avec sa serviette. Le passage de sa femme à la Pension Caron lui avait permis d'apprendre quelques règles de bienséance. Chez elle, personne ne s'essuyait sur la manche de sa chemise.

— Je ne suis pas surpris que ma mère soit d'accord, elle t'a adoptée dès le premier jour.

— Comme elle a adopté Lucien. Elle aussi s'inquiète pour ta santé.

Il acquiesça d'un geste de la tête.

— Comment ça va se passer ?

— Le matin, je lui laisse Lucien. Elle se charge de le faire déjeuner et dîner. En revenant, je le prends avec moi. Je la paierai. L'argent qui me restera ira dans des bons de la Victoire.

De nouveau, il dit oui d'un geste de la tête.

— La paye est bonne ces temps-ci, beaucoup de femmes de mes collègues ont une job. Les curés ont beau protester en disant que ça va ruiner les ménages, les gens le font pareil.

— Toi, crois-tu que ça brise les ménages ?

— Quand les curés feront vivre des familles, je leur ferai plus confiance. Là, c'est des vieux garçons qui parlent de ce qu'ils connaissent pas.

Une fois établi qu'il pouvait faire vivre sa famille – le travail de sa femme ne serait pas une perte de statut – et que les avertissements des prêtres ne devaient pas être pris au sérieux, Lucina comprit qu'elle serait libre de travailler. Il lui en fournit d'ailleurs la preuve :

— Si tu parlais anglais, tu pourrais même essayer au Canadien Pacifique.

Lui-même se sentait plus à l'aise avec ce langage, après trois ans.

— Pour conduire un *truck* ?

— Non, mais pour le *dispatching*. Tu me dirais où aller… Mais c'est entendu qu'à la fin de la guerre, tu reviens à la maison.

— À la fin de la guerre, si tu es à ton compte, tu auras besoin de quelqu'un pour s'occuper de tes livres, de tes rendez-vous. Je pourrai faire ça ici.

— Ça dépendra du salaire que tu demanderas ! Là, je vais me coucher, fit-il en se levant.

Lucina s'était attendue à le voir résister à sa proposition. Elle le découvrait prêt à admettre que ses absences répétées représentaient un problème. Trente minutes plus tard, tenue réveillée par les ronflements, elle put se préparer à sa conversation du lendemain avec le chef du rayon des vêtements féminins chez Dupuis Frères.

Chapitre 13

Le dernier jour du mois de septembre, Lucina Valois avait rencontré l'un des cadres du magasin Dupuis Frères. Celui-ci avait accueilli positivement sa demande de revenir au travail. Certaines de ses vendeuses partaient afin de trouver de l'emploi dans des usines de munition ou de matériel militaire, car les salaires y étaient généralement plus élevés que dans la vente au détail. Lucina constaterait bientôt que parmi le personnel, un tiers des visages ne lui était pas familier.

Aussi, le matin du lundi 6 octobre, elle reprenait son poste au rayon des vêtements pour femmes. Comme son départ datait seulement d'un peu plus d'une année, après une heure, elle avait retrouvé tous ses repères. À la pause de midi, dans la salle commune, elle s'était assise à la même table que Germaine, une vieille amie, et quelques autres employées.

— Qu'as-tu fait de ton garçon ? demanda quelqu'un.

Elle entendit un reproche dans ces mots.

— Ma belle-mère s'en occupe.

— Si j'en avais un, j'pense pas que je pourrais m'en séparer.

— Quand tu en auras un, tu trouveras peut-être le temps long. Parler à un bébé seize heures par jour, c'est pas comme parler à du monde.

— Irénée ne te fait pas la conversation ? demanda Germaine.

— Si tu comptes les ronflements comme une conversation, il n'arrête pas de la nuit ! Le reste du temps, il fait des heures au Canadien Pacifique.

— C'est pareil avec mon mari. Tu comprends, son père a chômé pendant la crise. Sa famille a passé trois ans sur le secours. Maintenant, il dépose sa paye sur la table de la cuisine tous les samedis et il regarde les billets comme s'il n'en revenait pas de voir tout cet argent.

En travaillant plus de soixante heures par semaine, il arrivait à un total se situant autour de trente-six dollars. C'était exactement le montant des Secours directs pour un mois pour une famille entière. Il gagnait quatre fois plus d'argent que son père, lors de ces années difficiles. Si on ajoutait le salaire de sa femme, les ressources du couple étaient multipliées par six. Et les prix étaient à peine plus élevés que ceux de 1929.

— Le mien rêve de se mettre à son compte comme camionneur après la guerre, dit Lucina.

— Ouais, du temps où il travaillait ici, il avait déjà de l'ambition. Je lui souhaite de réussir.

La voix contenait quand même une bonne dose de scepticisme. Les gros ne faisaient pas de place aux petits dans le monde des affaires. Lucina préféra changer de sujet :

— Toi, tu ne penses pas partir pour la famille ?

Germaine se troubla un peu. On parlait de ça en privé, d'habitude.

— Le bon Dieu semble pas vouloir.

— C'est drôle, normalement il veut trop.

— Ça doit tenir à la fatigue.

Germaine eut bientôt une envie pressante. Lucina plia soigneusement le papier gras ayant servi à envelopper son sandwich et retourna vers un présentoir de sous-vêtements. Le temps de son maigre repas, les clientes avaient réussi à tout déplier et mélanger les tailles.

Peu après la fermeture, c'est avec Lise Desrochers que Lucina se dirigea vers le sud. Sa jeune collègue s'engagea à ses côtés dans la rue Saint-Hubert.

— Tu n'habites plus chez mademoiselle Caron ? s'étonna Lucina.

— Oui, oui. Je prendrai Dorchester pour remonter. Je voulais juste te parler. J'ai entendu, à midi… Germaine empêche la famille ?

— Que ce soit vrai ou pas, ne répète pas ce genre de chose ! Ça peut lui faire du tort.

Pourtant, à l'heure du dîner, c'était Lucina qui avait abordé le sujet en public. Elle n'en était pas à une contradiction près.

— Ça, je le sais… Mais je ne sais pas comment on fait. Peux-tu me le dire ?

Sa compagne s'arrêta pour la regarder.

— C'est normal, t'es encore fille.

Ces questions ne devaient intéresser que les femmes mariées. Et encore, même les pharmaciens les moins regardants exigeaient un mot du médecin traitant témoignant que la santé de la mère était menacée avant de proposer des condoms… en exigeant une discrétion absolue. Les autres disaient simplement : « C'est défendu par l'Église. »

— Mais je ne veux pas le rester toute ma vie ! Et ce n'est pas ma mère qui m'expliquera tout ça le matin de mes noces. Avec elle, ça va être plutôt : “Ferme tes yeux pis laisse-toi faire.”

— Qu'est-ce qui te dit que j'en sais plus que toi ?

Lise ne sut comment répondre. Lui dire: «Il s'est passé plus de deux ans entre ton mariage et ton accouchement» contenait une accusation. Elle demeura silencieuse, avec ses beaux yeux bleus quémandant une réponse. C'est un peu pour éviter un malheur probable que sa collègue consentit à la renseigner:

— Tu n'as jamais entendu parler de capote, de *rubber* ou de condom?

La jeune fille secoua la tête. Sa collègue la soupçonna d'exagérer son ignorance.

— Tu sais un peu comment c'est fait, un homme?

— J'ai une petite idée.

— Alors imagine que tu mets un tube de caoutchouc bien étanche dessus.

— Comme une tripe de bicycle?

Au faciès de Lise, on pouvait juger de son incrédulité.

— Tu n'as jamais vu des gants de caoutchouc dans le rayon pharmacie du magasin? Bon, maintenant, je dois aller chercher mon garçon.

Lucina se remit en marche, cette fois à un rythme qui interdisait la conversation. Les deux femmes se quittèrent au coin de Dorchester.

Pendant tout le souper, Lise pensa à sa conversation avec sa collègue.

Le lendemain, elle sacrifia sa pause du matin afin de se rendre dans le rayon pharmacie du magasin. Les médicaments en vente libre abondaient. Avec le début de l'automne, le sirop Lambert, les pastilles Valda et le Vicks Vaporub prenaient toute une tablette. Puis elle vit le Listerine et les autres produits pour chasser les mauvaises odeurs de la bouche – autrement, une femme était condamnée à un célibat éternel, disait la publicité –; le Rodol ou le Bromo Quinine pour la constipation; le Pazo pour les hémorroïdes, le liniment Minard pour les petites et les grandes douleurs musculaires, ou le mal de gorge, au choix; le Ratopax pour tuer les rats – la personne chargée de placer les produits avait certainement fait une erreur en le mettant là –; les sels ENO'S «pour jouir d'une vigoureuse santé intérieure», Midol pour les «douleurs féminines périodiques», Alvy «pour une poitrine idéale comme par magie».

Mais d'un tube pour recouvrir une tumescence, aucune trace.

— Vous cherchez quelque chose, mademoiselle Desrochers? demanda un commis attentionné.

En plus, il la connaissait.

— Vous avez des gants de caoutchouc?

Il en avait. Maintenant, difficile de ne pas en acheter. Heureusement, la dépense demeurait modeste. C'est dans la salle de bains qu'elle examina le produit. Oui, ce matériau ne serait pas trop inconfortable pour un usage intime, l'élasticité permettant de s'ajuster à toutes les tailles. Il y avait juste quatre doigts de trop.

— Jeanne, je suis désolée de te laisser tout ça sur les bras, dit Précile en enfilant ses gants.

La jeune femme se tenait dans la cuisine, avec déjà son manteau sur le dos.

— C'est tout naturel, ne t'inquiète pas.

Sortir un lundi soir était exceptionnel, son amoureux et elle préféraient le samedi ou le dimanche.

— En tout cas, tu sais que c'est à charge de revanche.

Jeanne Trottier avait rencontré un homme que son statut de femme séparée – c'est-à-dire toujours mariée aux yeux de l'Église – ne rebutait pas.

— Je sais. Vous savez qu'il vous attend…

— Bon, j'y vais.

Précile quitta la pension en pressant le pas. Elle se rendit jusqu'à la rue Sainte-Catherine afin de prendre le tramway vers l'ouest. À six heures, l'affluence était grande, mais quelqu'un lui offrit son siège. Elle descendit un peu dépassé le magasin Eaton et traversa la rue. Elle marcha vers l'entrée du cinéma Loews. Léandre était bien là.

— Désolée de t'avoir fait attendre, dit la jeune femme en levant le visage pour l'embrasser.

— Ce n'est pas commencé. J'ai les billets, allons-y tout de suite.

En se tenant par le bras, ils entrèrent dans la bâtisse. De grandes affiches annonçaient la projection de *Citizen Kane*. Le film d'Orson Welles était déjà considéré comme un chef-d'œuvre.

— Dans le journal, on conseillait de ne pas rater le début afin de comprendre l'histoire, dit-il en l'aidant à enlever son manteau.

— C'est si compliqué ?

— Tu te souviens de son émission de radio sur *La guerre des mondes* ? Il a réussi à triturer l'histoire de H. G. Wells au point de faire croire à une partie de la population de New York que les Martiens envahissaient la Terre.

L'affaire avait fait beaucoup de bruit, car l'émission reprenait les péripéties du roman à la façon d'un reportage alimenté par les équipes de journalistes témoins de l'atterrissage des extraterrestres.

Le couple fut interrompu par le début des actualités filmées. La guerre demeurait invariablement le principal sujet, au point d'effacer tous les autres. Les reportages les amenèrent à Londres, en Afrique du Nord, et même en Russie. Du Canada, ils virent des jeunes hommes dans les bases militaires, et même des membres du corps féminin des forces armées canadiennes.

Ensuite commença la projection de l'histoire de la vie de Charles Foster Kane, le *Citizen Kane*, largement inspiré du magnat de la presse américain William Randolph Hearst. Quand ils quittèrent la salle, ce fut en bavardant sur le montage non conventionnel du film, construit sur des retours en arrière, et la récurrence du mot mystérieux *Rosebud*.

Ils se retrouvèrent dans un restaurant passé neuf heures, pour un souper tardif. Quand la discussion sur le film fléchit, Précile demanda :

— Je suppose que si tu avais eu des nouvelles sur ton affaire, tu me l'aurais dit…

— Voilà un mois que je suis allé présenter mes arguments, ils l'ont entendue, elle, le même jour, ensuite plus rien. Alors j'aimerais que tous les deux, nous n'y fassions plus allusion. Comme si jamais je n'avais entrepris cette démarche.

Car chacune des conversations était comme du sel frotté sur une plaie. S'ils arrivaient à l'oublier, peut-être que l'arrivée d'une réponse négative les blesserait moins. Elle acquiesça d'une geste de la tête. Après cela, c'est un peu déprimé que le couple monta dans un tramway afin de retourner à la pension.

Quand ils y arrivèrent, Précile fut heureuse de trouver le salon désert. Passé dix heures, les locataires avaient regagné leur chambre.

— Tu viens chez moi ? demanda-t-elle.

— Le temps de passer à ma chambre et j'arrive.

En soirée, Lise frappa à la porte de sa voisine. Hélène l'avait rarement vue aussi intimidée. Au point où elle demanda :

— Je peux t'aider ?

— Je suis tellement niaiseuse.

L'entrée en matière devait permettre d'attirer la pitié.

— Je sais qu'on peut empêcher la famille avec des capotes, mais je ne sais pas à quoi ça ressemble, ni où les trouver.

— Tu t'imagines que moi, je le sais ?

Le sujet revenait pour la seconde fois entre elles. La première fois, elle lui avait recommandé de s'adresser à Auréa. Mariée à un pharmacien et employée dans une pharmacie, elle serait la plus susceptible de l'informer.

— Non. Enfin, je ne veux pas dire que tu en as eu besoin, mais ta mère a pu t'en parler.

— Tu ne connais pas ma mère ! La seule chose qu'elle me dirait c'est : "Les bonnes jeunes filles n'ont pas à savoir ces choses !"

— Mais toi, tu n'as pas envie de savoir ?

— Pourquoi ? C'est contre la religion et je ne fais ça avec personne.

Quand Hélène fut de nouveau seule, il lui fallut bien admettre que le mystère des naissances – plus précisément des naissances qui n'arrivaient pas – la tenaillait aussi. Elle espérait de tout cœur en apprendre un peu plus avant de vivre en couple.

Depuis six semaines, elle passait plusieurs heures par semaine avec Adrien. Celui-ci se montrait toujours attentif à ne pas créer un malaise entre eux. Au moment de lui faire la bise, il maintenait une distance entre leurs corps. S'il prenait son bras, c'était tout doucement. Quand accidentellement il la touchait, il murmurait « pardon ». Après tout, leur première conversation avait fait suite à sa réaction devant une main envahissante : il ne faisait que s'ajuster à sa pudeur.

Hélène était toutefois aussi celle qui avait choisi d'acheter un maillot particulièrement seyant pour montrer ses charmes, et qui avait obéi à l'impulsion du moment en posant ses lèvres sur la joue d'Adrien. Dans l'obscurité de sa chambre, elle se surprenait parfois à poser sa main sur son sein ou sur son ventre en imaginant que c'était celle du jeune homme. Son empressement à inviter sa voisine à la prudence et à affirmer son ignorance trahissait surtout sa honte face à ses propres désirs.

— Plier du linge et le mettre sur des étagères, ça prend pas la tête à Papineau, grommela Hémérancienne Crépeau.

La vieille fille s'affairait à déplier et replier tout un lot de chemisiers. Elle s'adressait à Lucina, mais avait parlé suffisamment fort pour être entendue de Lise Desrochers, qui rougit violemment. Elle s'était occupée de cet étalage quelques minutes plus tôt.

— Moi, ça me semblait parfait, dit Lucina. Mais c'est certain que j'ai moins d'ancienneté que toi.

Elle avait accumulé quatre ans d'expérience chez Dupuis Frères, et son interlocutrice, trois fois plus. Hémérancienne la jaugea, puis s'éloigna en maugréant. Lise adressa un petit sourire à Lucina. Depuis leur conversation, la blonde se sentait mal à l'aise.

À midi, dans la salle des employés, Lucina se retrouva assise avec Germaine. Elle lui dit à voix basse :

— Il est arrivé quelque chose entre la Crépeau et la petite blonde ?

— Les amours sont terminées.

— Pardon ?

— C'est toujours comme ça. Crépeau trouve une nouvelle venue ben fine, pis pas longtemps après, elle la *bitche*. Lise, comme elle est un peu innocente, elle a joué à l'agace avec elle.

— Qu'est-ce que tu veux dire ? demanda Lucina.

— Elle lui a proposé de l'accompagner au cinéma en plein sur le parvis de l'église. Le dimanche suivant, c'est Hémérancienne qui le lui a offert, pour se faire envoyer promener. Je suppose qu'entre-temps, quelqu'un avait expliqué à notre petite oie blanche que les vieilles filles n'étaient pas toutes abstinentes.

— Elle est bien jolie, dit Lucina. Elle m'a dit que les hommes l'achalaient sur la rue. Lise, je veux dire.

— Ça, je m'en doutais, fit Germaine en riant. Certain que ça lui arrive. Ça m'arrive même à moi !

— Elle n'a personne dans sa vie ?

Germaine secoua la tête.

— C'est incroyable, quand on la regarde. Elle devrait mettre une petite annonce à l'arrière de l'église, entre celles des Dames de Sainte-Anne et des Ligues du Sacré-Cœur. Ou dans le journal : "Cœur en peine cherche bon parti".

Pendant quelques minutes, elles cherchèrent la meilleure formulation.

Hélène avait signifié à son employeur qu'Adrien et elle voulaient bien accepter son invitation à dîner. Une nouvelle fois, le 13 octobre, Adrien assista donc à la messe dans la paroisse Saint-Jacques. Lise Desrochers occupa encore une place sur leur banc. La jalousie la tenaillait toujours un peu. Pourquoi Hélène, et pas elle ? Cependant, elle était une trop bonne fille pour ne pas se réjouir du succès de son amie.

À la fin de la cérémonie, le couple retrouva les Trottier sur le parvis. Il y eut un échange de poignées de main et la présentation des deux enfants, un garçon et une fille. Ils portaient tous les deux leur uniforme scolaire, comme s'ils s'apprêtaient à aller en classe. Puis tout le monde marcha jusqu'au coin de la rue Sherbrooke. Le notaire habitait dans cette rue, à deux cents verges de son étude.

— Je vais aller aider à la préparation du repas, dit madame Trottier quand les manteaux et les chapeaux furent dans la penderie.

— Je peux faire quelque chose ? offrit la visiteuse.

— C'est gentil. Suivez-moi.

Comme une domestique s'y affairait depuis le matin, elle acceptait l'offre surtout pour permettre à son mari d'entamer une conversation privée avec Adrien. Les deux enfants s'étaient esquivés en mettant le pied dans l'appartement.

— Je peux vous offrir à boire ? demanda Trottier.

— Seulement si vous en prenez aussi.

— Ah ! Vous me forcez la main, répliqua le notaire avec un sourire.

Ils se retrouvèrent avec chacun un sherry, assis dans des fauteuils au salon.

— Alors, allons-nous connaître un vrai rationnement bientôt ?

— Bientôt, non. Cependant, je ne pense pas que nous y échapperons l'an prochain, répondit Adrien.

— Vous travaillez pour cette commission depuis longtemps ?

Voilà, le notaire entendait remplir la mission confiée par le père d'Hélène. Juger de l'acceptabilité de ce candidat.

— Plus d'un an.

— Hélène me disait que vous aviez effectué votre entraînement militaire.

— Je l'ai juste commencé. J'ai été interrompu par un accident en 1940. Je suis entré à la commission après ma convalescence chez mes parents, à Québec.

L'homme hocha la tête. Adrien soupçonnait que ces faits étaient déjà connus de son interlocuteur. Il avait dû aller aux informations auprès d'Hélène.

— Vous avez étudié à McGill... Pourquoi pas à l'Université Laval ?

— Parce qu'on n'y enseigne pas l'économie.

Il n'eut pas à se justifier plus à fond, madame Trottier vint leur dire que le repas était servi. Pendant le dîner, Adrien put respirer un peu.

Lise était venue vivre à Montréal avec la conviction que parmi cette population nombreuse, il se trouverait un homme pour elle. Malheureusement, l'armée représentait une rude concurrente quand il s'agissait de recruter les bons partis.

Après avoir pris une bouchée, la jeune femme se décida à sortir. Le parc La Fontaine n'était pas bien loin, parmi les promeneurs, il s'en trouverait peut-être un désireux de lui parler. Marchant rue Sherbrooke vers l'est, du coin de l'œil, elle vit une voiture ralentir à sa hauteur. Quatre jeunes hommes en uniforme se trouvaient à bord. L'un d'eux lança d'une voix traînante, celle de quelqu'un ayant commencé à boire à la sortie de la messe :

— Hey, blondie, tu sors-tu ?

Puis vinrent les éclats de rire des autres. « Tu sors-tu ? » C'était la formule avec laquelle les prostituées proposaient leurs services à des clients potentiels.

Le rouge monta aux joues de Lise, elle chercha la réponse convenable, sans trouver. Un inconnu s'en chargea :

— Ton régiment, pis ton nom.

— Quoi, qu'est-ce que j'ai faite ? fit le soldat, comme un gamin prit en défaut. C'est pas contre la loi d'inviter une fille à sortir.

— Ton régiment, pis ton nom.

L'autre finit par les lui donner, ensuite l'automobile repartit. L'inconnu se tourna vers Lise :

— Sont pas méchants, sont juste achalants.

La jeune femme reconnut l'uniforme des *MP*, pour *Military Police*. Des hommes responsables de retrouver des recrues allongeant indûment leur permission, ou alors de ramener l'ordre dans des endroits publics où des militaires se trouvaient impliqués dans des bagarres, souvent à cause de leur intérêt trop appuyé envers certaines jeunes femmes.

Lise tourna les talons sans rien dire, soucieuse de retourner chez elle.

— Mademoiselle, où vouliez-vous aller ?

Devant son silence, il dit encore :

— Je peux marcher avec vous. Comme ça vous n'aurez plus à faire avec des mal élevés.

Il s'agissait d'un homme grand, visiblement robuste et plus près de trente ans que de vingt.

— Je retourne chez moi. Ils m'ont enlevé le goût de me promener.

— Je vous raccompagne.

— Vous êtes libre d'aller où vous voulez.

Dans une situation semblable, Adrien avait reconduit Hélène. Le fonctionnaire lui paraissait beaucoup moins menaçant que ce colosse. Toutefois, comme il gardait ses distances, après avoir parcouru la moitié du chemin, Lise se montra plus loquace.

— Vous êtes un zombie ou vous avez signé pour l'autre côté ?

— Vous avez une façon de poser la question… Je n'ai aucune envie de visiter l'Angleterre. Les recrues sont capables de faire assez de trouble pour occuper une vingtaine de gars comme moi à plein temps à Montréal.

— Ça revient à un travail de policier.

— C'est un travail de policier, sauf qu'on arrête des gars en uniforme. Quand ce sera terminé, j'espère travailler pour la Ville.

La jeune femme le regarda du coin de l'œil. S'agissait-il d'un bon parti ? Il s'informa à son tour de son travail et ne parut pas trouver qu'être vendeuse était un défaut. Quand ils furent devant la pension, elle le remercia. Sans surprise, elle entendit :

— C'est rien. Si ça vous dit, je peux faire la même chose la semaine prochaine.

Elle avait connu mieux, comme invitation. Devant son silence, il continua :

— Bon, pensez-y. Dimanche prochain à exactement une heure, je me tiendrai debout icitte. Bonne fin de journée.

Il s'était déjà éloigné lorsque Lise cria un « Merci ! ».

L'interrogatoire put reprendre dans le salon, avec un digestif à la main. À trois heures, la jeune femme donna le signal du départ. Les adieux dans le hall furent l'affaire de quelques minutes.

— As-tu des nouvelles à faire parvenir à ta mère ? demanda madame Trottier.

— Pas vraiment. Je lui ai écrit hier soir pour lui dire que tout va bien.

— Je le lui répéterai.

Sur le trottoir, la jeune femme prit le bras de son ami et dit :

— Tu l'as entendue ? Elle est déjà au téléphone avec mes parents. Quand elle aura commenté tes vêtements, ta façon de te tenir à table, la couleur de tes yeux et de tes cheveux, le notaire prendra le combiné pour expliquer à mon père ce que tu fais et où tu as étudié.

— En tout cas, l'officier recruteur posait moins de questions. Du moment où je pouvais marcher, il était satisfait.

— Il ne t'a pas demandé ton salaire, j'espère ?

— Non, mais c'était proche ! Deux minutes de plus pour faire la purée, et j'aurais été forcé de lui donner une copie de mon contrat de travail.

— Je me sens un peu mal à l'aise de t'avoir imposé ça.

Il serra les doigts posés au creux de son coude.

— Nous nous voyons depuis deux mois. C'est normal que tes parents veuillent savoir qui je suis.

— Mais mon patron y prend un plaisir particulier, je trouve. Tu as vu comment ses enfants se tiennent droits et silencieux ? La vie de sa fille doit être scrutée à la loupe tous les jours.

Il était difficile d'imaginer une adolescente plus timide. Rougir était certainement sa principale occupation.

— Toi, est-ce que tes parents s'inquiètent autant de tes fréquentations ?

— Tu sais que ce n'est pas la même chose. Les garçons font pas mal ce qu'ils veulent. Mes parents se soucieraient de savoir qui tu es s'il était question de mariage…

Les jeunes hommes de l'âge d'Adrien profitaient d'une grande liberté d'action, selon le principe du « il faut que jeunesse se passe ». Par contre, ils devaient pouvoir faire éventuellement vivre une famille.

Ils convinrent de s'arrêter dans un café pour rester un peu plus longtemps ensemble. Quand il la reconduisit devant sa porte, Hélène répéta :

— Je te remercie d'avoir accepté de te soumettre à ça. Tu es très gentil.

— Ce n'était pas si difficile, je t'assure.

Cette fois-ci, Adrien l'embrassa sur la bouche en tenant son visage de ses deux mains, laissant se prolonger le contact assez longtemps pour la troubler. Elle répondit à son « Bonne soirée » d'une voix un peu voilée.

Chapitre 14

Le lundi 13 octobre, à la première sonnerie du réveil, Constance quitta précipitamment le lit afin de courir vers la salle de bains. Louis s'empressa de s'habiller pour se rendre dans la cuisine afin de préparer le petit-déjeuner. La jeune femme vint le rejoindre bientôt, un peu échevelée et soucieuse.

— Ça ne va pas ? demanda-t-il.

— Si je ne mange pas, si je ne sens pas l'odeur de la nourriture, si je ne pense pas à la nourriture, ça peut aller.

Louis tenait des tranches de pain dans ses mains, il s'apprêtait à les mettre dans le grille-pain.

— Je vais retourner dans la chambre. Occupe-toi de Laurent.

— Tout à l'heure, je t'accompagnerai chez le médecin.

— Je sais bien ce que j'ai.

— Tu es certaine ?

Il s'approcha pour l'enlacer. Elle se laissa faire. L'odeur de Listerine sur son haleine tira un sourire à son mari. À l'annonce de cette nouvelle, elle s'attendait à se faire rassurer.

— Enfin, je suppose. Le retard, les nausées…

— Es-tu aussi contente que je le suis ?

Un instant, elle le regarda dans les yeux, puis hocha la tête. La nouvelle étreinte s'allongea, il esquissa une longue caresse dans son dos. Elle se recula un peu pour dire :

— Même si je sais ce que j'ai, j'aimerais qu'un professionnel me le confirme. Alors ce matin, je serai en retard au bureau.

— Je suis certain que Canuel te pardonnera. Après tout, tu es son employée préférée.

Cela lui tira un sourire.

— Je n'ai vraiment pas à me plaindre de lui. Bon, je vais sauter mon repas, ce matin. Je vais me préparer.

En retournant vers sa chambre, au passage elle frappa à la porte de celle de Laurent :

— Debout, mon grand !

Une quarantaine de minutes plus tard, la famille se retrouvait sur le trottoir. Le garçon prit le chemin de l'école et ses parents celui de l'avenue du Parc.

— Va au bureau, dit bientôt Constance, je peux me rendre chez le médecin toute seule.

— Es-tu certaine ?

— Certaine. Après tout, ce n'est pas comme si j'allais entendre une mauvaise nouvelle.

Son sourire hésitant indiquait qu'elle n'avait pas encore l'absolue conviction qu'une naissance était une bonne nouvelle. La première fois, sa vie avait été un enfer. La caresse dans son dos ne l'avait pas rasséréné tout à fait.

Louis garda sa porte ouverte au moment de se mettre au travail afin de voir Étienne Canuel arriver. Ainsi, il put l'avertir que Constance serait en retard.

— Ce n'est pas son habitude…

— Elle ne se sentait vraiment pas bien. Elle est allée chez le médecin.

— J'espère que ce n'est rien de grave.

Le patron paraissait absolument sincère. C'était bien sa préférée.

Quand Constance arriva dans le bureau de son mari, elle ferma soigneusement derrière elle.

— Selon le docteur, nous ferons baptiser fin mai 1942.

L'homme se réjouit de voir enfin un véritable sourire sur son visage. Cela lui apparaissait plus conforme à l'idée qu'il se faisait du rapport des femmes à la maternité. Il quitta sa place pour la prendre dans ses bras. Après un baiser, il voulut tout de même s'en assurer :

— Tu es heureuse ?

— Heureuse et inquiète. J'ai passé tout le trajet du retour à réfléchir à notre budget sans mon salaire.

— Ça ira.

— Je sais bien. Mais tu ne peux pas m'empêcher de m'inquiéter.

La vie lui avait appris que les surprises se succédaient, bonnes et mauvaises. Dans la sienne, les mauvaises avaient été coûteuses. Elle occupa la chaise devant son bureau.

— Bientôt, ça va se voir.

Pour qui la regardait de près, comme son mari, cela se voyait déjà.

— Il faudrait le dire au patron, dit-elle. Il voudra me remplacer.

— Au moins temporairement.

Constance le remercia d'un sourire. Elle ne renonçait pas à l'idée de retrouver son emploi plus tard. Évidemment, ce dénouement tiendrait beaucoup à la bonne volonté de Léontine, la grand-mère. Pour cela, elle devrait accepter de garder deux enfants.

Il était presque midi quand Constance vit une accalmie dans le programme de son patron. Lorsqu'elle frappa sur le cadre de la porte pour attirer son attention, il dit en levant la tête :

— Madame Bujold, j'ai été désolé d'apprendre que vous étiez malade.

— Je ne suis pas malade. J'ai ce qui arrive plutôt aux femmes en bonne santé. Ce qui ne me met pas à l'abri des nausées matinales.

Le regard de son interlocuteur se fixa immédiatement sur son tour de taille.

— Ah ! Alors je vous félicite !

— Puis-je prendre un peu de votre temps ?

L'homme lui désigna la chaise devant lui.

— Je pourrai sans doute travailler jusqu'en avril prochain, si cela ne vous dérange pas d'avoir une secrétaire un peu grosse. Ça me donnera le temps de former la personne qui me remplacera.

Il eut la délicatesse de ne pas aborder le sujet de ces désagréments matinaux qui lui avaient fait perdre une demi-journée de travail. S'ils se répétaient trop souvent, cela rendrait les opérations difficiles.

— Vous ne serez pas grosse, juste plus jolie. Je vous remercie de votre bonne volonté. Vous me direz qui, dans le personnel, pourra prendre le relais.

Constance acquiesça d'un geste de la tête.

— Quelque temps après la naissance, j'aimerais reprendre le travail.

Comme Canuel demeura silencieux, les yeux baissés, elle continua :

— Pas nécessairement dans mon emploi actuel. N'importe quoi pourra me convenir.

— Ce serait faire un bien mauvais usage de vos talents. Combien de temps croyez-vous être absente ?

— Une année.

L'homme hocha la tête.

— Aujourd'hui, vous comprendrez que je ne peux prendre aucun engagement pour la fin de l'année 1942. Cependant, je ferai mon possible pour vous garder une place.

Ce serait même plus probablement en 1943.

À la pension, le ventre d'Auréa s'arrondissait lui aussi. Quand Eudes Latour demanda de lui parler un instant, Précile devina sans peine le sujet de la conversation.

Dans son petit salon, elle l'invita à s'asseoir, puis commença :

— Vous allez m'annoncer un heureux événement, je crois.

— Vous avez raison, une naissance. Nous allons donc quitter la maison à la fin de novembre.

— Vous avez commencé à chercher un logis ? Les journaux ne cessent d'évoquer la crise du logement. Si vous regardez dans *La Presse*, il y a un ou deux appartements offerts en location par jour, pas plus.

— Comme les baux prennent fin en avril, c'est un peu normal qu'il y en ait peu à ce temps de l'année.

Et comme en avril, la moitié de la ville cherchait à déménager, en réalité, il n'y en avait pas plus de disponibles lors du renouvellement des baux.

— Je vais mettre une petite affiche à la pharmacie, une autre à l'église, nous passerons nos dimanches à parcourir les rues du quartier. Nous devrions trouver sans trop de mal.

— Et moi, je chercherai un locataire pour le 1er décembre. Autrement dit, les Latour devraient avoir vidé les lieux à ce moment-là. Tout de même, Précile trouva le moyen d'exprimer son regret de les voir partir.

Le lendemain matin, au petit-déjeuner, elle prit Auréa à part.

— Je vous félicite, dit-elle en lui mettant la main sur l'avant-bras.

— Merci, mademoiselle.

La propriétaire la regarda s'éloigner, songeuse. Les chances qu'un jour elle se retrouve dans le même état lui paraissaient infimes.

La pénurie de logements avait quelque chose de bon pour les propriétaires : Précile ne se soucia pas de placer une annonce dans le journal avant la mi-novembre. Une heure après que *La Presse* eut atteint les kiosques à journaux, elle prenait un premier rendez-vous, et un second dans les minutes suivantes, pour cesser de répondre ensuite.

Un peu avant l'heure du souper, un homme se présenta à la porte.

— Monsieur Lefort ? dit-elle en ouvrant.

— Oui, c'est moi.

Il devait avoir quarante ans. Il portait un complet marron, une cravate assortie, et tenait son chapeau à la main.

— Précile Caron. Je vais vous faire visiter.

Le scénario se répétait à chaque nouvelle arrivée. Dans la chambre double à l'étage, elle précisa :

— Présentement, un couple habite cet endroit. Comme madame est enceinte, ils partiront d'ici la fin du mois.

C'était une façon de lui dire qu'ils ne partaient pas à cause d'un problème dans la maison. L'homme hocha la tête pour signifier son appréciation.

—Je vois une alliance à votre doigt. Vous cherchez pour vous seul ou pour deux personnes ?

— Ma famille demeure à Ottawa. Je ne sais pas combien de temps durera mon affectation à Montréal.

— Je ne loue pas à la semaine ou au mois, mais à long terme.

— Mon séjour durera au moins six mois.

Pour Précile, cela changeait la donne : elle aimait bien que sa petite communauté vive dans l'harmonie, un peu comme une famille. Cela cadrait mal avec des départs et des arrivées successifs.

— Vous pouvez considérer les désagréments de cette situation comme votre contribution à l'effort de guerre, dit le visiteur en souriant.

— Moi qui pensais que ma contribution à l'emprunt de la Victoire suffisait…

— Si je vous proposais de payer pour six mois avant d'emménager ?

Donc jusqu'au mois de mai 1942. Comme la guerre risquait peu d'être terminée à ce moment-là, elle lui trouverait facilement un remplaçant. Elle acquiesça d'un geste de la tête, puis lui montra la salle de bains. Ensuite, ils redescendirent. La logeuse annonça son prix et le visiteur se déclara satisfait.

— Je vous verse le premier mois tout de suite et je mettrai un chèque à la poste pour les cinq suivants. Si les occupants actuels partent avant la fin du mois, pourrai-je emménager plus tôt ? Présentement, je loge à l'hôtel.

— Si cela arrivait, je pourrai vous le faire savoir. Cependant, je doute que ce soit possible, compte tenu de la rareté des logements disponibles.

Le matin même, Eudes présentait un visage soucieux. Au point où elle s'était inquiétée de voir son départ remis à plus tard. Le pharmacien l'avait rassurée. Alors que Lefort cherchait dans son portefeuille de quoi payer le premier mois, elle demanda :

— Je peux savoir où vous travaillez ?

— Pour le Bureau of Public Information.

— Vous parlez du service de censure ?

L'homme lui adressa un sourire entendu.

— C'est une façon de présenter les choses. Disons que le service s'assure que la population comprenne les politiques canadiennes liées à la poursuite de la guerre, et que la couverture des événements dans les journaux et à la radio permette de préserver le moral.

— Vous avez raison, il s'agit plutôt d'un service de propagande, consentit-elle, un peu moqueuse. Je suppose que vous devez vous rendre fréquemment à Ottawa.

— Oui, et pas nécessairement la fin de semaine. Je dois me plier aux disponibilités des grosses légumes.

Il lui tendit l'argent en lui adressant un sourire entendu. Elle mit les billets dans la poche de sa robe.

— Où se trouvent vos bureaux ?

— À l'hôtel Windsor.

Des chambres étaient détournées de leur usage habituel afin de loger ce service. Pendant un moment, ils échangèrent sur cet étrange milieu de travail. Puis ils se quittèrent sur une poignée de main. Précile devrait annoncer au second visiteur qu'il arrivait trop tard.

Une heure plus tard, alors que les habitants de la pension se trouvaient attablés dans la salle à manger, Précile annonça :

— Aujourd'hui, j'ai loué la chambre présentement occupée par monsieur et madame Latour.

L'arrivée d'un nouveau voisin intéressait les locataires, mais surtout, elle annonçait à Eudes qu'il ne pourrait compter sur un prolongement de son séjour.

— Heureusement, nous devons visiter un appartement ce soir. Comme il m'a été recommandé par une connaissance, j'ai bon espoir que cette fois sera la bonne, dit Eudes.

Et même si l'endroit ne comblait pas tous ses désirs, il devrait s'en contenter. Jovette Dupéré entendait en savoir davantage sur la personne avec qui elle partagerait bientôt la salle de bains de l'étage et le salon.

— Vous pouvez nous en dire un peu plus ?

— Monsieur Lefort travaille au Bureau of Public Information.

— Vous êtes aussi bien de mesurer vos paroles, dorénavant, dit Eudes d'un ton un peu grinçant.

Visiblement, il se réjouissait à l'idée que ses voisins ne gagnent pas au change. Il les imaginait obligés de se censurer, sous peine de se retrouver au camp de Petawawa, en compagnie de l'ancien maire de la ville, Camillien Houde.

Une heure plus tard, Auréa prenait le bras de son mari pour marcher en direction de la rue Berri.

— Elle aurait tout de même pu nous donner un peu plus de temps, remarqua-t-elle. Notre enfant naîtra dans plusieurs mois, ce n'est pas comme s'il menaçait de courir d'une chambre à l'autre dès demain.

— D'un autre côté, j'ai hâte que nous soyons chez nous. Là, nous devons baisser le ton et attendre notre tour pour prendre un bain.

Parce qu'il avait spontanément dit « chez nous », la jeune femme serra son bras. Cet époux venu en troisième, après des espoirs déçus avec deux autres occupants de la pension, la satisfaisait tout à fait.

Le couple marcha jusqu'à la rue Sainte-Catherine, puis obliqua vers l'est. Quand ils furent devant le magasin Archambault, à l'intersection de la rue Berri, ils se dirigèrent vers le nord.

— C'est là, dit Eudes en s'arrêtant bientôt devant un immeuble au revêtement de brique. Ce n'est pas aussi chic que les belles maisons près de l'université, mais il y a un appartement de libre.

Ce n'était même pas une demeure aussi grande et élégante que la Pension Caron. Toutefois, partir d'une pièce double pour un appartement comptant deux chambres représentait un progrès significatif.

Après avoir gravi quelques marches, Eudes actionna la sonnette. Bientôt, un homme vint ouvrir.

— Bonjour. Je vous ai parlé pour l'appartement cet après-midi, dit Eudes.

— Vous êtes le pharmacien ? C'est en haut.

Une seconde porte donnait sur la façade. L'étranger l'ouvrit, puis les précéda dans l'escalier.

— Des vieux habitaient ici. Le bonhomme est mort et sa femme est allée vivre chez l'une de ses filles.

— Et en haut ?

— C'est d'autres vieux. Icitte, les gens restent longtemps.

C'était une façon comme une autre de mousser l'endroit : si des gens vieillissaient là, c'est qu'ils y trouvaient leur compte. Le propriétaire devait avoir quarante ans. Eudes le connaissait bien un peu, puisqu'il se présentait régulièrement à la pharmacie pour acheter de la Préparation H. Mais il ne jugea pas utile de le lui rappeler.

— Bon, j'vous laisse visiter. Vous éteignez et vous refermez soigneusement en partant. Si ça vous intéresse, sonnez en bas.

Quand ils furent seuls, ils allèrent d'une pièce à l'autre.

— Ce n'est pas très propre, remarqua Auréa.

— Ce qui me fait penser que des vieux habitaient vraiment ici. Aucune femme capable de faire l'ordinaire ne laisserait son appartement dans cet état.

Le plâtre des murs devrait être réparé en plusieurs endroits, la peinture refaite et le papier peint changé. Il suffirait sans doute de sabler le plancher et de le vernir. Des moutons de poussière roulaient sous leurs yeux. La salle de bains méritait un nettoyage soigné avec une brosse.

— Cela dit, conclut-il, deux ouvriers pourraient tout remettre en état d'ici le 1er décembre. Qu'en penses-tu ?

— Si cet endroit te convient, il me convient. Par contre, les meubles pour toutes ces pièces vont coûter une petite fortune.

— Nous y arriverons.

Elle n'en doutait pas. Dans le carnet bancaire de son époux, le montant des épargnes croissait à un rythme régulier.

— Maintenant, il faut savoir combien ce bonhomme nous demandera. Ce doit être le genre à profiter de la situation, avança Eudes.

Après avoir insisté lourdement sur les travaux à effectuer, Eudes se montra disposé à signer un bail sur-le-champ, jusqu'au 1er mai 1943. C'est avec les clés dans sa poche qu'il quitta les lieux. Au moment de reprendre le chemin de la pension, il expliqua :

— Nous aurions peut-être pu trouver mieux, mais nous sommes bousculés par le temps. Après la guerre, nous achèterons.

Auréa se déclara tout à fait d'accord avec ce projet. Devant tant de bonne volonté, Eudes continua :

— Tu pourras dire à Samson que tu quitteras la pharmacie dès qu'il aura trouvé quelqu'un pour te remplacer. Ce sera certainement possible pour Noël.

C'est avec ses deux mains qu'elle serra son avant-bras. Quatre ans après son arrivée à Montréal, elle touchait enfin son but : tenir une maison et s'occuper de ses enfants et de son mari.

Comme tous les dimanches, Hélène et Lise marchèrent ensemble jusqu'à l'église pour assister à la messe debout à l'arrière de la grande bâtisse. Elles auraient pu se payer une place sur un banc, mais cela leur paraissait une dépense inutile.

Quand elles sortirent après la cérémonie, la blonde retourna à la pension afin de manger légèrement. Puis elle s'étendit sur son lit, bien résolue à ne pas accepter l'invitation de ce policier. Elle ne connaissait même pas son nom. Par contre, à l'approche de l'heure du rendez-vous, sa détermination s'étiola. À une heure, debout sur le trottoir, elle vit un gaillard marcher dans sa direction, sans le reconnaître.

— Mademoiselle, dit-il en inclinant la tête.

— C'est vous ? Sans votre uniforme, je ne vous reconnaissais pas.

— Et moi qui croyais avoir fait une bonne impression.

— Elle n'a pas été mauvaise, puisque je suis là.

En fait, elle appréciait le changement de costume. La couleur kaki lui semblait associée à des comportements indélicats.

— L'autre fois, nous ne nous sommes pas présentés. Je me nomme Bob Garon et je suis caporal.

Lise donna son nom en tendant la main.

— Qu'aimeriez-vous faire ?

Comme elle demeurait silencieuse, il demanda :

— Où alliez-vous, l'autre fois ?

— Au parc La Fontaine.

— Ce programme me convient.

Il lui offrit son bras. Ils marchèrent dans les allées du parc pendant une heure en échangeant des renseignements biographiques. Le militaire était né et avait grandi à Montréal, près du port, où son père travaillait comme débardeur.

Depuis son arrivée à la pension, Lise voyait Auréa comme un modèle. Cette dernière n'était ni mieux scolarisée ni plus jolie, pourtant, un diplômé universitaire avait jeté son dévolu sur elle. Un policier ne soulevait guère son enthousiasme, mais c'était mieux que rien.

— Ça te tente d'aller voir un film ? Si on descend Papineau, il y a un cinéma au coin de Sainte-Catherine.

Assis sur un banc en face de l'étang du parc, ils avaient convenu de se tutoyer.

— À la pension, le souper est à six heures et demie.

— Je ne sais pas combien de temps dure le film, mais si t'es pas devant ta porte à six heures vingt-cinq, on ira manger au restaurant.

C'est avec cet engagement qu'elle finit par donner son accord. *Honky Tonk* ne laisserait aucun souvenir impérissable aux deux spectateurs. Lana Turner et Clark Gable occupaient les premiers rôles. Après une demi-heure, Bob allongea la main pour prendre celle de Lise. La paluche, large et certainement très forte, l'impressionnait. La sienne paraissait tellement petite en comparaison.

Il ne la lâcha plus de tout le film. Parfois son pouce esquissait une caresse sur le dos de sa main, d'autres fois ses doigts bougeaient contre sa paume. Quand les lumières se rallumèrent, il posa sa main sur sa hanche jusqu'à la sortie, puis sur son bras au moment d'atteindre le trottoir.

Bob Garon économisa le prix de deux repas au restaurant en arrivant à la pension à six heures vingt-deux minutes.

— Ça te dirait de m'accompagner à L'Esquire samedi ? C'est sur la rue Stanley.

— Et qu'est-ce qu'il y a à L'Esquire ?

— Un orchestre de dix-sept musiciens. C'est un bon endroit où aller danser.

Lise avait vu ces big bands dans des films, mais jamais « en vrai ». Dans les salles où ils se produisaient, les gens dansaient le swing, qui n'avait rien de commun avec les sets carrés dont elle avait l'habitude. En tournoyant, les femmes montraient leur jupon, et même parfois plus.

— Je ne sais pas si je peux danser ça.

C'était quasiment dire oui.

— Tant mieux ! Pour une fois, je serai avec quelqu'un de moins bon que moi.

Elle donna son accord. Il viendrait la chercher à sa porte. Au moment de lui faire la bise, il posa sa main derrière sa tête et plaqua ses lèvres sur sa bouche. Il la laissa un peu interdite sur le trottoir.

Après avoir passé une partie de la soirée dans le salon pour profiter de la musique, Hélène et Lise montèrent à leurs chambres. Elles arrivaient sous les combles quand Hélène dit :

— Tu as l'air soucieuse. C'est ton rendez-vous ? Ça s'est mal passé ?

— Je ne peux pas dire ça. Il m'a tenu la main pendant tout le film et il m'a embrassée sur la bouche devant la porte. Mais rien pour me faire hurler. Disons qu'il a fait comme si nous étions à notre troisième rendez-vous, pas au premier.

— Tu vas le revoir ?

Hélène avait ouvert la porte, sa voisine la suivit dans sa chambre.

— Il m'a invitée à aller danser samedi soir prochain dans l'ouest de la ville. Tu sais, avec un grand orchestre ?

Son amie aussi ne connaissait ces endroits que grâce au cinéma.

— À côté de lui je me sens toute petite. Il est si grand, si fort !

Elle parla encore un peu de son malaise, mais à la fin, elle conclut :

— Je vais y aller. Ce n'est pas comme si les candidats se bousculaient à ma porte.

Chapitre 15

Parmi les qualités de Bob Garon, il y avait certainement la ponctualité. À huit heures trente, il se trouvait sur le trottoir, devant la porte. Il reprit là où il avait laissé Lise, en l'embrassant.

— Nous allons prendre le tramway sur Sainte-Catherine. Mais nous reviendrons en taxi.

Ce serait certainement plus agréable, à la fin de la soirée.

— Tu as passé une bonne semaine ? demanda-t-il quand ils occupèrent une banquette.

— "Je peux vous aider, madame ? Non, malheureusement, nous n'avons pas cette couleur", commença-t-elle en prenant une voix empreinte de déférence. Rien de très difficile, rien de passionnant non plus.

— Ouais, je conviens que c'est plus plate que de ramener des gars saouls à la base. Cette semaine, j'ai eu un peu plus d'action : j'ai cherché des déserteurs.

— Des gars qui se sont sauvés dans les bois ?

Pendant la Grande Guerre, certains insoumis s'étaient réfugiés en forêt, réussissant souvent à éviter les *MP* pendant des mois.

— Non, moi mon terrain de chasse est à Montréal. Y en a qui sont assez niaiseux pour se cacher dans l'appartement de leurs parents. C'est le premier endroit où on va. Après, c'est chez les oncles et les tantes.

— Vous les prenez tous ?

— Oui. Parfois c'est plus long, quand ils se trouvent une petite chambre dans un hôtel minable, ou même dans des hangars. Mais novembre s'en vient. Ça, ça sera plus possible bientôt. Trop froid.

Le caporal évoqua quelques-unes de ces poursuites les plus rocambolesques, et les bagarres qui accompagnaient les captures. Tout de même, il n'affichait aucune fierté particulière à faire ce travail. Elle le soupçonna de comprendre très bien ces fuyards.

Ils descendirent du tramway dans l'ouest de la ville et marchèrent une centaine de verges vers le sud rue Stanley. L'Esquire logeait au rez-de-chaussée d'une bâtisse à la façade un peu étroite, et très profonde. Quand ils passèrent la porte, Lise fut d'abord surprise par le niveau sonore – dix-sept musiciens jouant ensemble produisaient tout un tintamarre. Ils laissèrent leur manteau au vestiaire. Bob la regarda des pieds à la tête. Un petit sourire exprimait toute sa satisfaction. Sa robe étroite – une *pencil skirt* – était très seyante. Il portait un complet mal coupé avec une cravate multicolore au point de rappeler un arbre de Noël.

— Viens, dit-il en prenant son bras.

Dans la salle de danse, elle remarqua d'abord les couples sur la piste, puis l'épais nuage de fumée qui lui piquait les yeux. Son compagnon la guida vers une table.

— Tu prends quoi ? dit-il en reculant une chaise pour elle.

— Je ne sais vraiment pas. À part du vin, à l'occasion, je ne bois pas.

Une serveuse s'approchait. En anglais, il demanda un cocktail avec très, très peu d'alcool *for the lady*, et une bière pour lui.

— Il y a beaucoup de soldats, remarqua-t-elle.

Ils devaient représenter au moins les deux tiers de la clientèle masculine.

— Et la plupart sont déjà saouls. Tu as une chance sur deux de voir une bataille.

Devant son air effaré, il éclata de rire.

— T'inquiète pas. Ça ira.

Ils purent passer beaucoup de temps sur la piste de danse. Bob se tirait bien d'affaire, elle avait un bon sens du rythme. La plupart des pièces musicales demandaient des qualités athlétiques. Sa jupe étroite ne se soulevait pas – un choix délibéré.

— Une chance que je suis plus costaud qu'eux, parce que tu attires les regards, remarqua-t-il quand ils revinrent vers leur table. Si j'étais pas là, quelques-uns de tes admirateurs feraient la file pour danser.

— Voyons, je n'ai rien d'une Ginger Rogers.

— Pour la grandeur non, mais pour la finesse de la silhouette, oui.

Ses joues étaient déjà rouges, à cause de l'intensité de l'exercice. Elles passèrent au cramoisi. La timidité et la dépense physique la portaient à boire. Même si chacun des verres contenait très peu d'alcool, après le troisième, son déhanchement se fit plus prononcé et ses fous rires, plus nombreux.

À minuit, au moment de l'aider à mettre son manteau, il lui dit :

— Je pense que tu t'es bien amusée.

— Oui ! Et il n'y a pas eu de bagarre.

La fraîcheur de novembre lui permit de dégriser un peu. Des taxis passaient dans la rue et s'arrêtaient pour faire le plein de passagers. Ils purent monter dans le troisième. Sur la banquette arrière, Bob passa son bras autour de son épaule pour l'attirer contre son corps, tout en donnant l'adresse de la pension.

— Oui boss, dit le chauffeur.

Alors qu'il roulait en direction du boulevard Dorchester, l'attention du caporal se porta entièrement vers sa compagne. Du bout des doigts sur son menton, il releva son visage et posa ses lèvres sur les siennes. Au moment où la langue commença une petite danse sur sa bouche, Lise se dit: «Je devrais l'arrêter.» Mais quand sa grande main empauma son sein, elle ne se dit plus rien.

Ce ne fut qu'au moment où ils arrivèrent devant la pension qu'elle réussit à articuler: «Non, Non», en le repoussant avec ses mains.

Bob Garon se montra bon prince.

— J'accompagne mademoiselle à sa porte.

À nouveau, l'air frais permit à Lise de reprendre un peu de ses sens. Il l'accompagna vraiment jusqu'à la porte, au lieu de la quitter sur le trottoir.

— Cette semaine, je passerai au magasin pour te dire bonjour et te proposer une autre sortie.

Ensuite, son baiser fut très chaste. Terriblement émue, elle eut du mal à entrer sa clé dans la serrure.

Le mois de novembre s'achevait déjà. À ce temps-ci de l'année, Louis s'affairait à réviser les comptes. Aussi, il n'entendit pas vraiment la voix féminine dans le couloir disant:

— Junior, tu te souviens être venu ici, n'est-ce pas? C'est ici que papa travaille. Regarde comme monsieur Bujold est sérieux!

En levant la tête, il découvrit la jolie Luce Canuel. Elle tenait son fils dans ses bras, un garçon âgé d'un an, appelé Étienne, comme son père.

— Ah ! Madame, j'espère que vous allez répéter cela à votre mari. Il en sera édifié.

— Tut tut tut ! Et vous amener à demander une augmentation ? Des plans pour ruiner la paix de mon ménage. Allez, venez avec moi.

— Pourquoi ?

— Vous verrez !

Puis elle se dirigea vers le bout du couloir où se trouvait le bureau du directeur. Louis quitta sa place pour la suivre. Dans l'antichambre, Luce déclara :

— Madame Bujold, Étienne m'a appris la bonne nouvelle, alors je tenais à venir vous féliciter moi-même. Et votre époux aussi, même si sa contribution demeure modeste.

Elle fit passer son garçon d'un bras à l'autre, pour récupérer un paquet dans son sac.

— J'ai ceci pour vous. Un petit présent. Ouvrez-le.

Constance accepta la boîte enveloppée de papier lilas. Bientôt, elle découvrit une grenouillère jaune.

— J'ai voulu éviter le bleu et le rose. Je connais une dizaine de façons de deviner le sexe d'un poupon, mais aucune ne m'a paru très fiable.

— Une dizaine ?

— Toutes très fantaisistes. Je vous donne la plus amusante : le poids du père. Si celui-ci grossit en même temps que la mère, cela annoncerait un garçon. On appelle ça la couvade. S'il ne grossit pas, ce serait une fille. Maintenant, levez-vous.

Après une hésitation, Constance quitta sa chaise pour se soumettre à l'examen de la visiteuse. L'arrondi demeurait encore discret, tellement qu'une personne non avertie ne l'aurait pas remarqué. Le regard de Luce se porta ensuite vers la taille de Louis.

— Vous attendez donc une fille… J'ai pris la grenouillère un peu grande, mais elle finira bien par faire à votre bébé un jour.

Quand Constance déplia le vêtement, un petit rectangle de carton tomba sur le sol. Louis se précipita pour le récupérer.

— C'est la carte de mon médecin. Je vous le recommande. Mon premier bébé est arrivé un peu tard dans ma vie, c'est dangereux…

Au moment de la naissance de celui-ci, Luce avait trente-quatre ans. La secrétaire en aurait trente lors de son accouchement. Ce ne serait pas son premier, mais ça, à peu près personne ne le savait.

— Je… Merci encore.

— C'est tout de même curieux. Après une douzaine d'années, je croyais être infertile. Et voilà ce trésor ! Il ne faut jamais renoncer.

Des yeux, elle désigna l'angelot blond.

— Il y a quelqu'un avec le patron ? demanda-t-elle en montrant la porte du bureau de son mari du pouce.

Constance secoua la tête. Luce se dirigea vers la porte du directeur, ouvrit puis déclara, enjouée :

— Ce garçon réclamait de voir son père. Tu lui manquais déjà.

La porte se referma. La secrétaire esquissa un demi-sourire :

— J'ai pris quelques livres. Une dizaine, je pense. Toi ?

— Je ne me suis pas pesé, mais je ne pense pas.

— Donc nous aurons une fille.

— J'espère qu'elle te ressemblera.

— Ou à Paule ?

Ce ne serait pas une catastrophe, mais il préférait un sosie de sa femme. Un pli au milieu du front, il demanda :

— Fais-tu confiance au médecin que tu as vu ?

— Je crois, oui... Mais je m'informerai au sujet de celui-là.

Louis lui remit la carte du praticien de Luce.

— En tout cas, que ce soit le tien ou un autre, tu le verras souvent et tu accoucheras à l'hôpital !

La plupart des enfants naissaient encore dans la chambre de leurs parents, souvent avec l'aide d'une voisine. Ils se montreraient plus prudents.

Pendant toute la journée du lundi, Lise s'attendit à voir apparaître Bob Garon dans le rayon des vêtements féminins. Après tout, son intérêt lui faisait penser qu'il voudrait la revoir très vite. Pourtant, il ne se manifesta pas.

Par contre, le lendemain, elle entendit Lucina dire à haute voix :

— Ben celui-là, s'il veut s'acheter un porte-jarretelles, je veux m'en occuper moi-même.

La blonde leva les yeux et reconnut son ami dans son uniforme de *MP*. Avec sa carrure, il impressionnait parmi les chiffons. Au point où des clientes se découvraient un intérêt pour les aubaines offertes dans d'autres rayons.

— C'est pour moi.

Très vite, Lise alla le rejoindre pour l'attirer dans un coin plus discret.

— Tu as fait une grande impression.

— Je ne pensais pas que tu travaillais dans les dessous.

Il venait lui proposer de sortir à nouveau le samedi suivant. Elle voulut bien accepter et même s'engager pour la journée de dimanche. Quand elle revint vers sa collègue, Lucina demanda :

— C'est ton bon ami ?

Le rouge monta sur les joues de Lise. Après leur conversation rue Saint-Hubert, Lucina pouvait conclure que son intérêt soudain pour la contraception était lié à cet homme.

— Je suis sortie avec lui samedi dernier. Il m'a réinvitée.

— Son uniforme, c'est celui de la police militaire ?

— Oui. Après, il veut entrer dans celle de la Ville.

Depuis le début de la semaine, Eudes Latour quittait la pension tout de suite à la fin du repas, sans sa femme. Il allait s'assurer que les travaux dans l'appartement se poursuivaient rondement, quitte à mettre la main à la pâte.

Le jeudi 27 novembre, Auréa se joignit aux autres dans le salon. Seule, elle participait plus volontiers aux conversations. Non pas que son mari la contraignît au silence, mais elle craignait tellement de mal paraître à ses yeux. Passer de secrétaire à épouse d'un professionnel représentait une jolie promotion sociale. Elle ne voulait surtout pas le décevoir.

Elle monta un peu après huit heures trente. Lise lui emboîta le pas, puis frappa doucement à la porte de la pièce double.

— Je peux te parler ?

Auréa s'effaça pour la laisser entrer, lui désigna le fauteuil d'habitude occupé par Eudes et s'installa dans le sien. Toutes les deux blondes, les yeux bleus, menues, presque du même âge, elles auraient facilement pu passer pour des sœurs.

— Je me sens extrêmement mal à l'aise, mais je ne vois personne d'autre à qui m'adresser. Tu devines comment sont les hommes, maintenant ?

Son interlocutrice demeura silencieuse, un peu surprise.

— Je ne sais pas si c’est parce que dans les camps de l’armée ils sont exposés à de mauvaises influences, mais ils sont tellement entreprenants ! En permission, ils ne rêvent que de… d’aller avec les filles. Je sais qu’il y a un moyen d’éviter les bébés, et les infections. Mais les capotes, je ne sais même pas ce qu’on fait avec.

« C’est à moi qu’elle vient parler de ça », songea Auréa, un peu effarée. Elle avait du mal à se voir comme une femme qui connaissait les choses de la vie. Pourtant, son état ne laissait pas de doute à ce sujet.

— Peux-tu m’expliquer ? Je ne fais rien pour que ça arrive, évidemment, mais je me fais achaler chaque fois que je sors de la maison. J’ai peur qu’un jour je me trouve… forcée.

— Il faut dire non, dit Auréa. Pour le reste, ce que tu demandes, l’Église le défend.

Elle faisait une parfaite hypocrite : des condoms, elle en utilisait sans discontinuer depuis son mariage. Le conditionnement religieux l’emportait sur le sens commun.

— Dire non ! Tu penses que c’est si facile ?

Elle devenait pitoyable. Son interlocutrice la comprenait beaucoup plus qu’elle ne voulait l’admettre.

— Je veux juste savoir. Je ne dis pas que je veux m’en servir. Je veux seulement me sentir un peu moins sotte.

Les hommes comme Eudes ne couraient pas les rues. Il s’était d’abord montré protecteur, pour ensuite se contenter de tout petits gages d’affection jusqu’au mariage. Il s’était plié à un scénario convenu : obtenir d’abord sa confiance, se marier, et ensuite le reste.

— Écoute, je ne sais pas pourquoi tu me parles de ça.

Elle se demandait maintenant comment la faire sortir de sa chambre sans provoquer une crise de larmes. Heureusement, il y eut du bruit dans l’escalier. Elle regarda sa montre en disant :

— Il est presque neuf heures. Ça doit être Eudes.

Lise rageait de la voir se dérober ainsi. Cependant, elle n'eut pas le temps d'insister. Quelqu'un tourna la poignée. La porte était à peine entrouverte qu'une voix leur parvint:

— Heureusement, les livreurs sont arrivés à l'heure convenue. Le lit…

L'homme s'arrêta en voyant la visiteuse.

— Je m'excuse de vous avoir interrompue, mademoiselle Desrochers. Je ne savais pas…

Les deux femmes s'étaient levées en même temps.

— Je m'en allais, dit Lise. Auréa… merci de m'avoir parlé.

Tout dans le visage, dans le ton, disait pourtant sa déception. Elle s'empressa de sortir.

— Elle ne paraît vraiment pas dans son assiette, remarqua Eudes quand la porte fut refermée. Elle a des problèmes ?

— En quelque sorte, oui. Elle m'expliquait que les permissionnaires qui envahissent la ville la fin de semaine se montrent terriblement insistants envers les jeunes filles.

— Ah ! Pour ça, elle a raison. Si tu voyais toutes celles qui se présentent à mon comptoir. L'époque est cruelle pour quelqu'un qui se cherche un bon parti.

— Que te demandent-elles ?

— Le moyen de soigner des infections ou des préservatifs.

— Qu'est-ce que tu leur dis ?

— D'aller voir un médecin.

— Et pour les préservatifs ?

— D'aller voir un médecin pour ça aussi. Si on savait que j'en vends aux célibataires qui en demandent, surtout aux femmes, je serais ruiné.

Pourtant, sa femme savait bien qu'il alimentait Léandre, qui se présentait comme célibataire. Son mari suivait les règles avec de parfaits inconnus, pour ne pas être dénoncé à monsieur le curé, tout en se montrant complaisant avec ses connaissances.

— Bon, tu m'excuseras…

Il prit sa brosse à dents avant de sortir. Il en aurait pour trente minutes avant de revenir. Après son départ, Auréa ouvrit un tiroir de la commode et fouilla sous les vêtements pour trouver une boîte. Elle l'ouvrit. Sa trouvaille alla dans une enveloppe qu'elle cacheta. Elle écrivit ensuite sur le rebord: «Je ne sais pas où tu peux en trouver. Ne me parle plus de ça s'il te plaît.»

En prenant garde de ne pas faire de bruit, elle monta les escaliers pour la glisser sous la porte de la chambre de Lise.

Couchée dans son lit avec un bras sur ses yeux, la pauvre Lise avait bien du mal à refouler ses pleurs. Maintenant, sa réputation était faite. Si Auréa racontait cette conversation, la honte lui ferait fuir la pension. Le bruit de l'enveloppe glissant sur le plancher lui échappa totalement. Ce ne fut qu'au moment de se lever pour aller à la salle de bains qu'elle la vit.

Après avoir pris connaissance des quelques mots, la jeune femme l'ouvrit pour découvrir à l'intérieur une autre enveloppe, toute petite. Au toucher, elle devina la matière caoutchouteuse à l'intérieur. Bientôt, elle tenait un cercle de latex, un tube enroulé sur lui-même.

Après avoir placé sa chaise à l'envers sur le lit, elle tenta de dérouler le préservatif sur l'une des pattes, sans succès. Dans l'autre sens toutefois, elle n'eut pas de problème. Pendant de longues minutes, elle contempla le condom sur le morceau de bois d'une taille correspondant à la «chose». À ce sujet cependant, ses connaissances étaient affreusement lacunaires.

Connaître le produit la rendait un peu moins ignorante. L'endroit où se le procurer demeurait toujours un mystère.

Heureusement, Eudes Latour n'était pas le seul pharmacien employé à la Pharmacie de Montréal. Aussi, en se partageant le travail avec les autres, il avait pu se libérer toute la journée du samedi 29 novembre. Dans le cas d'Auréa, être l'épouse de l'un des professionnels et avoir été la voisine du gérant de l'établissement avant de devenir sa secrétaire lui valaient le même privilège.

Ce jour-là, ils avaient déjeuné avec leurs voisins de la Pension Caron. Ensuite, un peu comme des hôtes après une fête, ils se tinrent près de la porte de la salle à manger afin de serrer les mains et faire leurs adieux. Des adieux bien relatifs : ils se croiseraient les dimanches sur le parvis de l'église.

— Bonne chance à tous les deux, dit Léandre en leur serrant la main. Ça doit vous faire très plaisir d'être vraiment chez vous.

Car dans une pension, le seul espace privé demeurait la chambre. Dans toutes les autres pièces, sauf un caprice du hasard, jamais on n'était seul. Sans compter les moments où il fallait attendre son tour pour aller au cabinet.

— Oui, tu as raison, dit le pharmacien, même si la compagnie ici était vraiment agréable.

Eudes avait raison : la petite communauté s'avérait somme toute harmonieuse. Les deux « Vettes » exprimèrent des souhaits semblables en affichant beaucoup d'empathie pour la future mère.

— Tu vas voir, l'accouchement ira bien, dit l'une.

— Tu seras mieux à t'occuper d'un petit qu'à travailler comme secrétaire.

Comme toutes les deux avaient soigneusement évité de s'engager dans la maternité, il fallait prendre ces affirmations pour ce qu'elles étaient: des formules vides. Hélène prit les deux mains d'Auréa et formula le même souhait avec un accent de sincérité.

— J'espère que nous nous reverrons! conclut-elle.

Lise lui succéda tout de suite, pour exprimer elle aussi le désir de rencontres futures.

— Nous pourrons peut-être prendre le thé ensemble, suggéra Auréa. Après tout, nous habiterons dans la même paroisse.

«Voilà une bonne idée!», convinrent les deux jeunes femmes.

Évidemment, au préalable, elles aussi devraient se muer en reine du foyer. Car à quatre heures, elles se trouvaient encore au travail.

Le couple monta à sa chambre pour en redescendre une trentaine de minutes plus tard. Précile avait laissé les portes de la cuisine ouvertes afin de se ménager le temps d'un au revoir formel. Le couple se présenta bientôt dans l'entrée de cette pièce.

— Mademoiselle, je souhaite que tous vos projets se réalisent.

Il évoquait des projets matrimoniaux. À titre de pharmacien, il fournissait des condoms à Léandre. Impossible de se méprendre sur la nature de leur relation. Dorénavant toutefois, il ne ferait plus la livraison à domicile. Le vendeur d'assurances devrait se déplacer.

— Je vous remercie, et je vous souhaite la même chose. Votre présence à tous les deux a toujours été agréable.

Précile se pencha pour embrasser Auréa en murmurant: «Bonne chance, et sois heureuse.» Aussi, quand ils passèrent la porte, la jeune femme avait des larmes à la commissure des yeux. Ayant quitté Lachute pour atterrir toute seule dans la grande ville, elle avait trouvé un cadre de vie rassurant à la pension.

Sur le trottoir, Eudes lui offrit son bras en disant :

— Maintenant, nous serons deux, et bientôt trois. Nous saurons bien nous occuper les uns des autres.

Les larmes coulèrent sur ses joues. Au cours des derniers jours, ils avaient transporté leurs effets personnels rue Berri, sauf leurs vêtements de nuit et quelques objets. Cela leur donnait l'impression d'aller vers un lieu déjà habité.

L'appartement empestait la peinture même si les fenêtres étaient restées ouvertes pendant des jours. Il faudrait endurer cette odeur encore quelque temps. En observant les meubles usagés qui leur avaient été livrés, Eudes annonça :

— Nous ne resterons pas éternellement ici. Quand nous déménagerons, nous choisirons un nouveau mobilier qui s'harmonisera à notre future maison.

Auréa avait quand même acquiescé à l'achat de ceux-ci, puisqu'ils lui donneraient un cadre infiniment plus agréable que celui de son enfance. Eudes s'occupa d'allumer l'appareil de chauffage, puis tous les deux prirent place sur le canapé avec leur manteau sur le dos, en attendant que la température ambiante soit confortable.

Il ne manquait plus que le matelas. Ils avaient tenu à en être les premiers utilisateurs, donc pas question d'en acheter un usagé. Le camion de la maison Dupuis Frères arriva un peu avant midi. Quand les livreurs furent partis, Eudes proposa :

— Mettons les draps tout de suite. Je suis certain qu'une sieste nous fera du bien à tous les deux.

L'excitation d'être bientôt chez eux avait nui à leur sommeil au cours des derniers jours. Toutefois, l'homme avait d'autres projets :

— Ce sera agréable de ne pas avoir besoin de faire attention pour ne pas faire de bruit, dit-il, l'air coquin.

Dormir dans un nouvel environnement nécessitait toujours une certaine adaptation. Il y avait les bruits de la bâtisse elle-même d'abord, mais aussi ceux venus de la rue Sainte-Catherine. Elle se trouvait beaucoup plus proche que dans leur précédent logis. Aussi, le dimanche matin, ils se levèrent un peu plus tard que d'habitude.

Quand ils arrivèrent à l'église Saint-Jacques, Hermas Samson leur fit signe de venir les rejoindre, lui et sa femme.

— Alors, la vie dans ce nouveau chez-soi ?

— Nous nous y ferons sans mal, dit Eudes.

— Nous étions très bien chez vous, madame, dit Auréa en s'adressant à Cédulie, mais avec l'ajout à la famille, ce sera mieux.

— Je comprends. Quand doit survenir l'heureux événement ?

— Selon le médecin, au mois de mai.

— Continuerez-vous de travailler jusque-là ?

— Avec monsieur Samson, dit-elle en regardant celui-ci, nous avons convenu que je continuerais jusqu'au jour de l'An. Et si jamais ma remplaçante éprouvait des difficultés, je pourrai toujours aller lui donner un coup de main.

Dans le contexte de la guerre, le recrutement serait difficile ; une petite annonce était déjà parue dans *La Presse*. Ils bavardèrent encore un peu, puis Eudes conclut :

— Nous vous inviterons bientôt à souper.

Auréa ne put totalement réprimer une petite grimace. Après avoir salué leurs interlocuteurs, les Latour regagnèrent leur banc dans l'église. À la fin de la messe, ils cherchèrent un restaurant où manger et ils se rendirent ensuite au théâtre Saint-Denis.

De retour assez tôt rue Berri, la jeune femme se consacra à la préparation du souper. Toutefois, elle toucha à peine à sa nourriture, les yeux fixés sur son mari. Celui-ci fit bon accueil à la viande un peu trop cuite et à la purée de pomme de terre un peu trop liquide.

— Je suis nulle, murmura-t-elle. Et toi tu es habitué aux repas trois services de chez mademoiselle Caron.

Eudes recula un peu sur sa chaise. Il lui tendit la main en disant : « Viens ici. » Il dut se montrer insistant, mais elle finit par aller s'asseoir sur ses genoux.

— Chez moi, continua Auréa, ça ç'aurait été un repas du dimanche… Un soir de semaine, nous nous contentions souvent de patates avec un peu de beurre.

C'était une chance qu'elle se soit rendue à l'âge adulte avec toutes ses dents et un corps témoignant d'une bonne santé.

— Je comprends.

Du plat de la main, il lui donna trois petites tapes dans le dos et esquissa une caresse.

— Et tu viens juste de dire aux Samson que nous les recevrons pour souper…

— Pendant un bout de temps, nous dirons que tu es aux prises avec des nausées.

— Je n'en ai plus, et je ne pense pas qu'elles vont revenir.

— À l'église, quand nous les croiserons, tu penseras à quelque chose de dégoûtant.

Elle sourit.

— Et puis, si tu veux, nous regarderons pour des livres de cuisine et des cours.

— Tu crois ?

— Penses-tu que c'est inné pour les Caron ?

— Je ne peux tout de même pas m'inscrire dans un institut familial à mon âge !

Ces établissements devaient former des « femmes dépareillées »… dans la mesure où l'on attendait d'elles quelques compétences précises : faire la cuisine, tenir une maison et élever une famille chrétienne.

— En plus, ça serait pas mal long ! dit-il en riant. Je suis certain que dans une ville comme Montréal, il y a des gens qui gagnent leur vie en donnant des cours de cuisine à des femmes nouvellement mariées.

Elle lui fit la bise avant de retourner à sa place. Tout avait eu le temps de refroidir, mais elle fit un effort. Ensuite, ils passèrent la soirée lovés sur un canapé pour la première fois en trois ans de mariage.

Chapitre 16

Si le loisir favori de tous les Montréalais était le cinéma, d'autres possibilités s'offraient aussi à eux. Ce dernier dimanche de novembre, Adrien avait proposé à Hélène de se rendre au Forum pour voir les Ice-Capades. « Directement d'Hollywood, le spectacle préféré des étoiles », disait la publicité.

En entrant dans le grand édifice situé à l'ouest de la rue Sainte-Catherine, Hélène demanda :

— Viens-tu voir des matchs de hockey ici ?

— Parfois, avec des collègues. Aimerais-tu venir avec moi ?

— Avec toi, oui, et pour te faire plaisir, dit-elle en riant. Mais ne prive pas tes collègues de ta présence, si ça favorise ta carrière.

Ils descendirent un escalier pour se rendre jusqu'à la seconde rangée.

— Tu as dû payer ces billets une petite fortune, remarqua-t-elle en s'assoyant. Ce sont les meilleures places.

— Pas une fortune, rassure-toi.

La question de ses moyens financiers n'était jamais vraiment venue sur le tapis. Elle savait qu'il ne pouvait se payer une Ford Deluxe, mais jamais il n'avait évoqué une sortie ou une activité comme étant trop chère pour ses moyens. Si les deux mêmes complets venaient sans cesse en alternance, cela tenait sans doute à son indifférence sur cette question. Quoique curieuse, elle n'osait le lui demander franchement. Si des épouses contrôlaient le budget familial, consentant à l'époux une allocation pour ses petites dépenses, d'autres ignoraient totalement le revenu à la disposition du ménage.

Que cette pensée lui effleure l'esprit témoignait de sa préoccupation du futur. Pourtant, rien ne prouvait qu'ils se soient engagés dans cette direction. La conversation porta pendant un moment sur les performances des Canadiens de Montréal. Le recrutement de nombreux joueurs dans l'armée réduisait un peu la qualité du spectacle.

Puis, à deux heures trente, des dizaines d'artistes envahirent la glace sous un tonnerre d'applaudissements. L'assistance était majoritairement féminine, et les patineurs très majoritairement des patineuses. Alors l'alignement de jambes et de cuisses interminables – un effet accentué par les patins – ne suscitait pas autant d'intérêt que si le public avait été le même qu'au hockey.

— Si nous avions patiné à Sherbrooke avec des jupettes aussi courtes, dit Hélène, on nous aurait excommuniées.

— À Québec aussi. Finalement, je profite plus que toi du spectacle.

— Je vais repenser à ta proposition pour le hockey.

— Par contre, ne t'attends pas à des uniformes aussi révélateurs.

Vingt-sept numéros se succédèrent rapidement. Quand ils sortirent, une longue queue s'était formée devant l'arrêt du tramway. Le retour à la maison des neuf mille spectateurs créait un encombrement.

— Tu es tout près de chez toi, remarqua la jeune femme. Si tu veux rentrer tout de suite, je ne serai pas vexée. Là, tu fais un long trajet pour me raccompagner.

— Je fais un long trajet pour être avec toi.

Il posa son bras sur sa taille, mais l'enleva bien vite. Après lui avoir signifié dès leur première rencontre son déplaisir face aux hommes voulant la serrer dans un coin, elle en était maintenant à se demander comment lui dire qu'après plus de quatre mois de fréquentation, certains effleurements seraient les bienvenus.

Le hasard la servit. Compte tenu de l'affluence, presque tous feraient le trajet en se tenant aux courroies de cuir pendant du plafond. Le mouvement de la voiture et le manque d'espace fournirent l'occasion d'un long contact entre leurs corps.

— Savais-tu qu'aujourd'hui une première vraie politique de rationnement entrait en vigueur ?

Qu'il parle travail dans les circonstances tira un sourire à Hélène. Cela trahissait son malaise.

— C'est plutôt un contrôle des prix, non ?

— Tu as raison, dans le but d'empêcher les commerçants de profiter de la rareté pour les faire monter. Autrement les ouvriers se mettraient en grève pour compenser.

Déjà, plusieurs syndicats avaient présenté des demandes d'augmentations. Pour le gouvernement, l'enjeu était de geler le plus possible à la fois les prix et les salaires. Pour s'enrichir, les employés accepteraient d'augmenter les heures travaillées, ce qui ferait croître la production de guerre.

Dès leur première rencontre, il avait observé qu'elle comprenait bien les notions d'économie. Depuis, elle faisait en sorte de lire tous les articles des journaux sur le sujet. Au gré de leur conversation, les autres passagers en apprirent peut-être plus sur le rationnement qu'ils ne le désiraient.

C'est bras dessus, bras dessous qu'ils suivirent la rue Saint-Denis vers le sud. Devant la pension, ils se tinrent face à face un instant.

— Tu permets ?

Il croyait sans doute à la maxime « Qui ne dit mot, consent », car il se pencha aussitôt pour poser ses lèvres contre les siennes. Ce n'était pas une première. Cependant, le contact se prolongea et il glissa ses mains sous les pans de son manteau ouvert pour les poser sur sa taille. Le contact de la langue provoqua un mouvement de recul chez Hélène. Cependant, au lieu de s'éloigner de lui, elle posa le front contre son épaule. Les mains d'Adrien se permirent une petite caresse sur sa taille.

— Dommage qu'il n'y ait pas un exercice d'obscurcissement ce soir, murmura-t-il. Il y a trop de lumière.

— S'il y en avait eu un, je me serais déjà sauvée, je pense.

Elle recula d'un pas pour regarder ses yeux dans la lueur jaunâtre du réverbère, tout en esquissant une légère caresse sur sa joue, avec ses doigts.

— Merci d'être aussi gentil avec moi.

Elle s'échappa pour s'engager dans les marches. Elle ne se retourna pas pour lui faire son geste de la main habituel. Malgré tout, la prochaine fois, il laisserait son bras autour de sa taille pendant tout le trajet en tramway.

Jean Lefort avait loué la pièce double à compter du 1er décembre, mais comme les Latour avaient déjà quitté les lieux, Précile l'avait invité à emménager plutôt le dernier jour de novembre. En fin de matinée, il était arrivé en taxi avec deux grosses valises. La propriétaire vint lui ouvrir.

— Monsieur Lefort, dit-elle en tendant la main, je suis heureuse de vous revoir.

Deux jours après sa visite, elle avait reçu le paiement du loyer jusqu'en mai. Un client aussi fiable méritait d'être bien accueilli.

— Moi aussi, dit-il. La vie à l'hôtel devient lassante. Je vous remercie de me laisser arriver à l'avance.

— Les lieux sont libres depuis hier, nous avons pu nettoyer. J'espère que vous serez satisfait.

Tout en parlant, elle lui avait tendu deux clés, celle de la porte extérieure et celle de la chambre.

— Nous nous reverrons à l'heure du souper. Le repas est servi à six heures trente.

À l'heure dite, Précile se chargea de faire les présentations. Jean Lefort serra les mains, puis dut se soumettre à la curiosité de ses nouveaux voisins. Jovette Dupéré prouva à nouveau combien elle savait aller à l'essentiel :

— Devons-nous surveiller nos paroles à l'avenir ? Vous travaillez pour le service de censure, non ?

Précile avait posé la même question, mais avec un sourire sur les lèvres. La vieille demoiselle était très sérieuse.

— Je travaille plutôt pour le service d'information.

Son interlocutrice esquissa une grimace afin d'indiquer combien le jeu sur les mots ne la trompait pas. Le nouveau venu continua :

— Comme je suppose que vous ne passez pas votre temps à chanter les louanges d'Hitler, et à souhaiter la défaite des alliés, vous n'avez aucune raison de craindre les autorités.

— Camillien Houde a seulement conseillé de ne pas s'enregistrer. Jamais il n'a souhaité une victoire allemande. Et le voilà dans un camp en Ontario.

— Au Nouveau-Brunswick maintenant, je crois. Vous avez raison, il faudra aussi éviter de nuire à l'effort de guerre en encourageant la désobéissance civile. Ce sera au-dessus de vos forces ?

Quelque chose dans son ton laissait entendre qu'il n'hésiterait pas à agir s'il trouvait des contrevenants.

— Cela comprend être en désaccord avec l'extension de la conscription pour le service outremer?

Secrétaire à l'École des hautes études commerciales, elle entendait certainement de nombreux jeunes gens formuler des inquiétudes à ce sujet. Des politiciens, en particulier le chef du Parti conservateur Arthur Meighen, proposaient de prendre des mesures en ce sens.

— Vous me demandez si je suis d'accord avec l'élargissement de la conscription ou vous me dites que vous êtes contre?

Précile écoutait l'échange en se disant qu'elle aurait dû recevoir également la seconde personne qui avait demandé à visiter les lieux, deux semaines plus tôt. La cohabitation avec celui-là deviendrait peut-être difficile. De son côté, Lise examinait attentivement le nouveau venu. Elle lui donnait quarante ans, presque deux fois son âge. Cela en faisait-il un mauvais parti pour autant?

— Je pense que notre amie se montre un peu facétieuse, intervint Yvette Vézina.

Celle-ci regarda Jovette avec l'air de dire: «Maintenant, tu te tais.» Puis elle orienta la conversation sur un tout autre sujet:

— Je vois que vous portez une alliance. Votre épouse vous rejoindra-t-elle bientôt?

Le visage de Lise s'allongea un peu. Elle n'avait pas remarqué le petit anneau doré.

— Non. Le domicile conjugal est à Ottawa. Je suis ici au service de mon pays.

Jovette grinça un peu des dents. Précile, de son côté, s'adressa à Hélène pour demander:

— Vous avez aimé les Ice-Capades?

— Oui, beaucoup!

Hélène se lança dans la description des divers numéros. Après le repas, les deux vieilles demoiselles jugèrent à propos de regagner leurs chambres. Tous les autres se réunirent au salon. Un nouveau venu s'avérait toujours une source de distraction. Qu'il représente une certaine menace ne faisait qu'ajouter un peu de piquant à la situation.

Pour varier leurs activités, le 7 décembre, Hélène proposa à Adrien de profiter plutôt du temps relativement doux. Ils se retrouvèrent rue Sainte-Catherine un peu avant midi, de façon à pouvoir partager un lunch dans un restaurant de l'ouest de la ville, et ensuite faire du lèche-vitrine. La proximité de la fête de Noël imposait le thème. Les jouets envahissaient les étalages, avec des images du gros barbu aux vêtements rouges.

— Il m'en faudrait un comme celui-là, commenta Adrien en regardant un train électrique roulant dans un village aux maisons de carton-pâte.

— Tu le mettrais de côté pour tes futurs enfants ?

— Jamais. Ils risqueraient de l'abîmer. Un jouet de ce prix, c'est exclusivement pour les adultes.

Certains wagons portaient les mots Canadian Pacific Railway sur les flancs. Le fabricant américain s'était donné la peine de donner une couleur locale au produit.

— Comme tu es une fille sage, je te permettrais d'y toucher. Sous ma supervision.

Qu'il évoque un futur où ses enfants, et elle, figureraient dans le même environnement lui donna du courage.

— Je viens de recevoir une lettre de ma mère, au sujet de Noël. Elle voulait s'assurer de ma présence, tout en précisant que je pouvais être accompagnée.

— Vous gardez une place à table pour un invité surprise ?

Son humour ne rendait pas les choses plus faciles pour la jeune femme. Madame Martin s'était faite impérieuse: «Tu dois nous le présenter ou cesser de le voir.»

Comme elle ne répondit pas, il continua:

— C'est un peu naturel que deux mois plus tard, le rapport positif du notaire Trottier ne suffise plus. Recevrai-je une invitation formelle?

— Je viens de t'inviter, dit-elle. Ce ne sera pas plus formel que ça.

— Dans ce cas, j'accepte.

Il passa son bras autour de ses épaules pour la rapprocher et poser ses lèvres sur sa joue. Ensuite, elle demeura blottie contre lui. Après deux minutes ainsi, ils se dirigèrent vers le magasin Eaton, toujours pour en contempler les vitrines.

— Tu me diras s'il convient que j'apporte quelque chose.

— Ce n'est pas nécessaire.

— Pas même un petit présent à l'hôtesse? Tu ne crains pas que je passe pour un mal élevé?

La jeune femme voulut bien convenir que dans les circonstances, ce ne serait pas superflu. Peu après, ils se dirigèrent vers le parc Victoria. En cette saison, avec ses quelques arbres dénudés, l'endroit était un peu sinistre. C'est sur un banc placé sous les yeux de l'ancienne reine du Royaume-Uni et de ses dominions, et impératrice des Indes, qu'ils continuèrent la conversation.

— Si vous faites une réception le 24 décembre, je présume que le 1er janvier est plus tranquille?

Elle n'osa répondre, de peur de se tromper sur le sens de la remarque. Elle se contenta de le regarder avec des yeux interrogateurs.

— Parce que même si ma mère donne plus de liberté à ses fils qu'à sa fille, elle demeure quand même bien curieuse à propos de toi.

Hélène mit un moment avant de comprendre.

— Recevrai-je une invitation formelle ?

— C'était une invitation formelle.

Elle se blottit contre lui, puis murmura :

— Je me sentirai tellement intimidée.

— Tu as tous tes morceaux… Imagine comment moi je me sens.

— Personne ne te demandera de te déchausser. Mes parents ou mon frère ne remarqueront rien.

C'était vrai grâce à ses nouvelles chaussures, au moins pendant un temps. À la longue, toutefois, son pas se faisait hésitant. Ils demeurèrent longuement l'un contre l'autre, au point d'attirer les regards de quelques passants. L'un d'eux obliqua même dans leur direction. Hélène s'éloigna un peu, déjà certaine de recevoir des reproches. L'inconnu dit à Adrien :

— Les Américains se sont fait bombarder par les Japonais !

— Quoi ? Je n'ai pas entendu parler de ça.

— Ils viennent de le dire à la radio.

L'inconnu s'éloigna d'un pas rapide, comme s'il était investi de la mission de le dire au plus grand nombre de personnes possible.

— Ça ne se peut pas, remarqua Hélène quand il se fut éloigné. La distance est trop grande entre ces pays.

— Il y a un morceau des États-Unis au milieu du Pacifique. Accepterais-tu d'aller devant l'édifice de *La Presse* ?

C'était cela ou rentrer tout de suite chacun chez soi afin de se coller l'oreille contre l'appareil radio. Aussi acquiesça-t-elle de la tête. Les bureaux du quotidien n'étaient pas très loin, au 7 de la rue Notre-Dame. Quelques minutes plus tard, ils se joignaient à l'attroupement devant l'édifice de brique. Dans les grandes fenêtres du rez-de-chaussée, des employés collaient des feuilles avec du ruban gommé.

— C'est arrivé à Pearl Harbor, commenta quelqu'un à l'intention des badauds placés trop loin pour pouvoir lire.

— C'est dans l'île d'Oahu, à Hawaï, dit Adrien devant les yeux interrogateurs de sa compagne.

— Il y avait des centaines d'avions, entendirent-ils encore.

Même en faisant la part de l'exagération due à l'excitation, cela faisait croire à une attaque d'envergure. D'autres passants nommèrent les bâtiments de la marine américaine touchés. Bientôt, le couple se détacha de la petite foule pour marcher vers un café. Ce fut en se réchauffant les mains sur sa tasse de thé qu'Hélène fit remarquer :

— Tu avais parlé de cette possibilité, il y a quelques semaines.

— J'évoquais des articles de journaux qui posaient la question. Les relations diplomatiques et commerciales se dégradaient sans cesse.

— Ça va avoir des conséquences négatives pour nous ?

— Je ne pense pas. S'ils avaient attaqué l'Union soviétique, l'Allemagne en aurait tiré profit. Là, ils n'ont fait qu'attirer les États-Unis dans le conflit.

Pendant une demi-heure, Adrien parla des conséquences possibles de cet événement. Ensuite, il reconduisit Hélène et repartit chez lui, pensif et préoccupé.

Les habitants de la Pension Caron se présentèrent à table pour le souper dans un état d'excitation semblable à celui ressenti le 1er septembre 1939, le jour où Hitler avait envahi la Pologne, ou le 22 juin 1940, celui de la défaite de la France.

— Monsieur Lefort, pouvez-vous nous dire exactement ce qui est arrivé ? demanda Lise Desrochers.

Aux yeux de ses voisins, son emploi au service de censure en faisait une personne particulièrement bien informée. De plus, au cours de l'après-midi, il avait demandé la permission d'utiliser le téléphone de la propriétaire. Pendant une bonne heure, il avait multiplié les appels.

— Un peu avant huit heures ce matin, les Japonais ont attaqué Pearl Harbor, une ville d'Hawaï.

— Ça veut dire que les Américains sont maintenant de notre côté ? questionna Lise.

— Ils sont en guerre contre le Japon, même si ce sera officiel seulement quand les chambres auront entériné la déclaration du président. Nous en saurons plus demain matin.

Précile avait pris sa cuillère pour commencer à manger son potage. Les autres mirent un certain temps avant de l'imiter tellement ce nouveau développement occupait tous les esprits. Maintenant, la guerre devenait mondiale, avec des combats sur tous les continents.

Chez les Bujold aussi l'attaque japonaise occupait les esprits. Louis avait joué avec le bouton de sa radio à ondes courtes dès la première allusion aux événements survenus à Pearl Harbor, afin de trouver une station américaine mieux informée. Voir le visage soucieux des deux adultes avait un effet déprimant sur Laurent. Tellement que Louis avait bientôt cherché une émission musicale.

Quand le garçon fut couché, l'homme syntonisa une station de Washington. Sa femme et lui s'étendirent sur le canapé, enlacés. Ils apprirent que l'attaque japonaise s'était déroulée en deux phases, la première au petit matin, la seconde à huit heures trente. L'explosion d'un navire avait entraîné la mort de plus de mille marins. Deux autres navires avaient été détruits, et une quinzaine endommagés.

— Ce soir, tu crois que notre situation est meilleure que ce matin ? dit Constance en levant les yeux sur lui.

— Je ne sais pas. L'action a commencé avant huit heures là-bas, maintenant c'est l'heure du souper. Nous en saurons plus demain.

Depuis qu'ils étaient étendus sur le canapé, Louis caressait l'arrondi du ventre de sa compagne. Plus le moment de la naissance approchait, plus le monde semblait s'enfoncer dans la folie.

Même si les catholiques célébraient l'Immaculée Conception le 8 décembre, il ne s'agissait pas d'une fête uniformément chômée. Aussi, le lundi matin, les employés de La Sauvegarde se présentèrent au bureau.

Par contre, bien peu de travail s'effectuerait cette journée-là. Les journaux n'étaient pas publiés à cause de la fête religieuse. Cependant, plusieurs employés avaient un appareil radio dans leur bureau et il y en avait un autre dans le salon réservé au personnel. Les gens se promenaient d'une pièce à l'autre afin de glaner quelques informations supplémentaires. D'autres se déplaçaient jusqu'aux locaux des principaux journaux de la ville afin de voir les dépêches affichées dans les fenêtres ou sur les murs. S'ensuivaient des conversations à deux ou à trois menées avec un sérieux qui ne le cédait en rien à celui des états-majors.

Un peu avant midi, Léger Arsenault vint frapper à la porte de Louis Bujold.

— Tu veux te joindre à nous ? Nous sommes quelques-uns à aller dîner au restaurant.

— Je devais y aller avec Constance. Une journée comme aujourd'hui, elle a besoin de support moral.

— L'un n'empêche pas l'autre. Willibrod sera avec Alma.

Il donna son accord d'un geste de la tête. Il s'agissait de l'autre couple travaillant à la société d'assurances. Leur union résultait elle aussi des fréquentations nées lors des soirées de quilles.

À midi, une demi-douzaine de collègues se retrouvèrent devant l'ascenseur. Quand les portes de laiton se refermèrent sur eux, Constance murmura à l'intention de son époux :

— Monsieur Canuel avait l'air de vouloir se joindre à nous.

— Il aurait dû, commenta Willibrod. Peut-être a-t-il plus d'informations que nous.

— J'pense pas que les généraux parlent dans l'oreille des présidents de compagnie d'assurances, remarqua Léger.

— Ben ils devraient, répliqua son collègue. Après tout, nous assurons la vie des gens.

Ils marchèrent vers un restaurant situé à peu de distance. La proximité, mais aussi des prix raisonnables, en avait fait leur lieu de réunion habituel si des femmes se joignaient à eux. Autrement, c'était dans une taverne enfumée.

Quand Constance enleva son manteau pour l'accrocher, la courbe de son ventre fut bien visible. Léger adressa un sourire à Louis. Lui, à son grand soulagement, avait trouvé le moyen de suspendre la succession des naissances.

À table, Alma glissa à sa voisine :

— C'est pour quand ?

— En mai.

— Si ça m'arrive, moi aussi j'aimerais continuer à travailler le plus longtemps possible. Quand la paix reviendra, nous voudrions acheter une maison.

Celle-là au moins ne lui reprocherait pas de s'accrocher à son emploi. La première remarque de sa mère, Léontine, en apprenant sa grossesse avait été: «Il ne peut pas faire vivre sa femme?» Quand ils eurent passé leur commande, Léger déclara:

— Maintenant, les États-Unis sont officiellement en guerre. Il a fallu moins d'une heure pour que les deux chambres américaines entérinent la déclaration de guerre contre le Japon.

— Mais pas à l'unanimité. Une femme a voté contre.

Au ton de Willibrod, on devinait le fond de sa pensée: «Voilà ce qui arrive quand on leur permet de voter.» Cela ne se formulait pas à haute voix devant deux femmes visiblement préoccupées de leur indépendance. Dans la province de Québec, celles-ci avaient acquis le droit de vote seulement l'année précédente.

— Cette Jeannette Rankin ne manque pas de courage, dit Louis. La pression devait être énorme.

D'ailleurs, cette représentante du Montana avait aussi voté contre la participation à la guerre en 1917 – cette fois imitée par plusieurs dizaines de collègues –, pour récidiver en 1941.

— Cela signifie qu'ils participeront à la guerre contre l'Allemagne, en plus d'affronter le Japon?

Pour Constance, l'aide de cet allié était un gage de victoire, comme lors du conflit précédent.

— Ce n'est pas encore clair, mais je suppose que oui, dit son mari pour la rassurer.

— En tout cas, le Canada n'a pas perdu de temps, intervint Willibrod. Nous voilà en guerre contre les chimpanzés.

Au Canada, le racisme à l'encontre des Asiatiques datait d'un demi-siècle. L'état de guerre ne ferait que le rendre plus virulent.

— Nous n'avions pas vraiment le choix, expliqua Louis. Ils se sont lancés à l'attaque de Hong Kong aujourd'hui. Les premiers Canadiens à combattre, ce sont ceux qui sont là-bas.

Deux mille soldats canadiens, des membres des Grenadiers de Winnipeg et des Royal Rifles of Canada, un régiment de Québec, avaient été envoyés en Chine un peu plus tôt dans l'année afin de renforcer la garnison de Hong Kong. Un autre contingent de près de mille militaires canadiens était arrivé sur place seulement trois semaines plus tôt.

— Ouais, comme si nous avions quelque chose à faire dans ce coin du monde.

Pour Léger Arsenault, la situation en Europe ne concernait en rien les Canadiens. Et encore moins celle de l'autre côté de la terre. Pour lui, suivre la succession des événements grâce aux actualités filmées satisfaisait pleinement son besoin d'aventure.

L'implication des Américains dans le conflit européen ne ferait plus de doute le vendredi suivant : le 11 décembre, l'Allemagne et l'Italie déclaraient la guerre aux États-Unis.

À la fermeture du magasin Dupuis Frères, Lise quitta les lieux en discutant avec deux de ses collègues. Tous les jours de la semaine, un seul sujet avait dominé les échanges : l'attaque de Pearl Harbor. L'opinion dominante était que la victoire des alliés était acquise tant le pays voisin était perçu comme dominant.

Au moment d'entrer dans la pension, elle aperçut une lettre à son intention sur la petite table. Une lettre venue de l'armée canadienne. Elle ne connaissait qu'un seul militaire, elle l'avait vu le dimanche précédent. Aucun échange de courrier n'avait été prévu.

Ce ne fut qu'au moment d'arriver dans sa chambre, la porte fermée, qu'elle déchira le rabat.

Je dois prendre un transport de troupe à destination de l'Angleterre vendredi prochain. Je te souhaite bonne chance.
Bob

Bonne chance ! Ces mots lui donnèrent envie de hurler. Lors de leur dernière rencontre, et sans doute avant même de la rencontrer, il connaissait cette affectation. Pendant des semaines, il s'était donc « amusé ». Et ce mot avait été mis à la poste assez tard pour qu'elle ne puisse se présenter à la base de Longue-Pointe pour demander des explications.

Quand Hélène rentra à son tour, elle entendit une plainte étouffée dans la chambre voisine. Après quelques coups contre la porte, elle entra. Lise était étendue sur le ventre, en pleurs.

— Que se passe-t-il ?

— Le salaud. Le maudit salaud !

Lise lui montra un feuillet sur le sol. En lire le contenu lui prit dix secondes. Une autre trahison.

Hélène s'assit sur le lit et flatta doucement le dos de son amie.

— Essaie de te remettre un peu avant le repas.

— Je n'irai pas.

Mieux valait ne pas insister. Jamais elle ne trouverait une contenance suffisante pour affronter l'interrogatoire de Jovette. La blonde se retourna à demi, présentant son visage inondé de larmes :

— Réalises-tu ? Dès le premier jour, je lui ai demandé s'il irait outremer, mais il m'a dit non. Autrement, jamais je n'aurais accepté de le revoir.

Le petit échantillon de recrues rencontrées par les jeunes femmes donnait une bien piètre image de la moralité des soldats. Cela ne rendait pas justice à tous les kakis amoureux transis et fidèles. L'immense majorité d'entre eux, sans doute. Pendant quelques minutes encore, Lise tint à exprimer combien elle avait été sotte de lui faire confiance.

Quand elle quitta la pièce, Hélène souhaita que son amie ait trouvé des contraceptifs. Sinon, la pauvre avait sans doute un très grand sujet d'inquiétude.

Chapitre 17

Le mercredi 24 décembre, Adrien et Hélène se tenaient sur le quai de la gare. L'homme portait une petite valise. Pour un déplacement aussi court, un seul bagage suffirait amplement pour les deux. La jeune femme répéta pour la troisième fois :

— Tu verras, ça se passera bien.

— De deux choses l'une : ou tu mets en doute mon aptitude à la vie en société, ou tes parents font un très mauvais sort aux hommes que tu emmènes à la maison.

— Non, ce n'est pas ça…

Il passa son bras autour de sa taille pour l'approcher de lui et posa ses lèvres sur sa joue.

— Je sais bien que ce n'est pas ça.

— Je me sens un peu mal à l'aise de t'imposer cette visite. En plus, je voudrais qu'ils t'apprécient autant que moi.

— À ta place, je réviserais ce souhait. Tu sais, je ne veux pas sortir avec ton père ni avec ta mère.

Le train s'arrêta bientôt devant eux. Heureusement qu'ils avaient des places réservées, car l'affluence était grande. Quand ils occupèrent leurs sièges, Adrien demanda :

— Alors, peux-tu me parler de ta famille pour que je sois un peu préparé ?

— Je ne sais pas trop quoi dire. Mon père a eu cinquante ans cette année. Il gagne sa vie en vendant du charbon et de plus en plus d'huile à chauffage.

— Il fait de bonnes affaires?

— Assez pour avoir gâté sa petite fille.

— Comme tu es très gâtée, il doit être très riche.

Cela lui valut une moue un peu boudeuse.

— Et madame ta mère? demanda-t-il pour la relancer.

— Elle a quarante-sept ans. Elle a passé sa vie à s'occuper de nous. Comme nous ne sommes que deux, chacun a eu droit à beaucoup d'attention.

— Trop?

— Non, je ne peux pas dire ça. Évidemment, je recevais plus d'attention que mon frère. Elle tenait à ce que rien de mal ne m'arrive. Au point de vouloir me garder tout près d'elle.

— Sans grand succès. Tu vis à Montréal.

— Je t'ai dit que papa aimait gâter sa fille…

Il l'avait donc laissée aller dans la grande ville afin d'être plus près d'un fiancé fréquentant l'université. Cela en faisait un père très libéral. D'un autre côté, il comptait sur un ami pour la tenir à l'œil.

— Ensuite, il y a Théo. Théophile, mon jeune frère. Celui qui reprendra l'affaire.

— Il a quel âge?

— Vingt ans. Il a terminé son cours commercial il y a deux ans. Maintenant, il continue son apprentissage… Comment dit-on?

— Sur le tas?

L'expression avait quelque chose de trivial.

— Donc, tu t'entends bien avec ta famille.

Sa compagne acquiesça d'un geste de la tête. Adrien comprit qu'il ne s'engageait pas sur un terrain particulièrement miné.

Le trajet jusqu'à Sherbrooke dura plus de deux heures. Quand Hélène descendit du train, son trac s'accrut d'un cran. Elle devança Adrien au moment de quitter la gare tout en disant:

— C'est assez loin, mieux vaut prendre un taxi. Je vais m'en occuper.

Comme elle avait déjà proposé, en vain, de payer les deux billets de train. Cela lui semblait naturel dans le cas d'un déplacement qu'elle lui imposait.

— Nous ne répéterons pas cette discussion, j'espère?

— Je ne t'en parle plus, promis.

Quand ils arrivèrent à une voiture, il lui ouvrit la portière donnant accès à la banquette arrière, puis fit le tour du véhicule pour entrer de l'autre côté. Il s'assit avec la valise sur les genoux et en sortit une bouteille de vin.

À pied, la distance jusqu'à la rue Prospect était un peu longue, surtout avec le froid et les côtes, mais c'était l'affaire de quelques minutes en voiture. Hélène demeura debout dans l'allée conduisant à une grande et vieille maison le temps qu'Adrien règle la course. Quand ils approchèrent de la porte d'entrée, celle-ci s'ouvrit. Ils étaient attendus.

— Ah! Vous voilà enfin.

La jeune fille n'avait pas été adoptée. La mère en était une version deux fois plus âgée, avec les mêmes yeux sombres et les mêmes cheveux d'un brun presque noir.

— Je ne pense pas que le train était en retard.

— L'horloge maternelle doit donc être en avance sur celle du CPR.

La répartie venait en riant, puis il y eut un échange de bises. Les retrouvailles entre celles-là n'étaient pas gâchées par de mauvais souvenirs.

— Entrez, entrez!

Dans le portique, Hélène commença:

— Maman, je te présente l'homme que je fréquente depuis quelques mois, Adrien Chevalier.

— Madame, j'ai pensé vous apporter ceci afin de vous remercier de me recevoir, dit Adrien en lui tendant la bouteille de vin.

— Merci.

Il ne pouvait dire si elle appréciait l'attention.

Après qu'ils eurent enlevé leurs couvre-chaussures et placé leur manteau et leur chapeau dans la penderie, l'hôtesse les précéda dans le salon. Un homme quitta son fauteuil.

— Bonjour ma petite ! fit-il en ouvrant les bras.

Hélène se précipita vers son père pour lui plaquer des bises sonores sur les joues. Le jeu des présentations se répéta. La poignée de main se révéla solide. Plusieurs livres en trop, le crâne un peu dégarni, monsieur Martin ressemblait à l'image qu'on se faisait d'un marchand bénéficiant d'une relative aisance.

— Comment se fait-il que tu ne sois pas au travail ? demanda la fille.

— C'est l'avantage d'avoir ma relève sous la main. J'ai pu rester ici pour t'attendre.

— Et pour te reposer après de longues heures, dit sa femme. C'est un peu fou, mais les gens attendent qu'il fasse froid pour s'acheter de quoi se chauffer.

Puis la maîtresse de maison se tourna vers sa fille :

— Veux-tu déposer ta valise dans ta chambre et venir m'aider à la cuisine ? Ça permettra à ces messieurs de faire connaissance.

Hélène lui adressa un sourire amusé. Quand les hommes furent seuls, monsieur Martin offrit à boire à Adrien. Comme il y avait un verre de bière sur une table à côté d'un vieux fauteuil, il répondit :

— La même chose que vous.

Quand il fut servi et assis sur le canapé, vint la première remarque :

— Mon ami le notaire m'a dit que vous travaillez à la commission qui contrôle les prix et les salaires. En réalité, il s'agit de rationnement.

— Il n'y a pas de rationnement proprement dit au Canada…

Patiemment, Adrien répéta les mêmes arguments. Parfois, il en venait à penser qu'il ne s'occupait pas de l'économie, mais de l'éducation des contribuables. Par contre, il comprenait bien les préoccupations de cet homme ; il devait déjà faire face à des difficultés d'approvisionnement.

Dans la cuisine, c'est en baissant beaucoup la voix que madame Martin demanda :

— C'est vrai cette histoire ? Il a voulu… t'entraîner à faire des choses ? Pourquoi ne m'en as-tu pas parlé ?

Elle faisait allusion aux indélicatesses de Claude Dubois.

— Parce qu'il n'y avait rien à dire. Il m'a fait des propositions et je lui ai donné son congé.

— Mais tu l'as fréquenté pendant presque deux ans !

— S'il avait fait ça le premier jour, je l'aurais fréquenté moins de deux jours. Je pense que c'est l'armée qui l'a rendu comme ça…

— Et Adrien ?

— Tu l'as vu ? Il passe sa vie à faire des additions.

— J'ai vu pas mal d'hommes dans ma vie. Je t'assure que la comparaison entre les comportements publics et privés est parfois stupéfiante.

En présentant les choses ainsi, elle laissait croire que sa vie n'avait pas été exemplaire. Tout de suite elle se corrigea :

— Enfin, c'est ce que toutes mes amies disent.

— Moi j'en suis à deux. L'un à qui il a poussé des mains baladeuses à l'armée et l'autre qui se montre attentionné et comme il faut.

Madame Martin se souvenait de toutes les informations transmises par le notaire Trottier et sa femme :

— Lui aussi a fait un entraînement militaire…

— Oh ! Ils ne te l'ont pas dit ? Son entraînement a été très court. Il s'est fait sauter le gros orteil avec une balle de .303. Je n'y connais rien, mais il paraît que c'est puissant.

Sa mère ouvrit de grands yeux.

— Il est handicapé ?

— Il lui manque un petit bout seulement. S'il marche longtemps, plus d'un mille, il finit par ressembler à quelqu'un qui a un caillou dans son soulier. En bas de cette distance, rien ne se remarque.

Madame Martin parut trouver cette limitation acceptable. Un peu après cinq heures, Théo revint du commerce familial. La dynamique avec Hélène rappelait le petit frère et la grande sœur qu'ils avaient déjà été. Quand il aborda à son tour la question du rationnement, son père l'interrompit :

— Je te répéterai tout, promis ! Adrien, vous venez d'une grande famille ?

La conversation demeura agréable. Adrien respira un peu mieux. Ce premier examen était réussi.

Maintenant âgé de neuf ans, Laurent avait pu assister à la messe de minuit pour la première fois. Il était devenu difficile de lui dire qu'il était trop jeune pour se coucher au milieu de la nuit. Et il avait un argument imparable : « Tous mes amis y vont. »

Le téléphone sonna chez les Bujold un peu après dix heures trente. En raccrochant, Constance dit à son époux:

— Mes parents quitteront leur appartement d'ici quelques minutes. Autant nous préparer.

Peu après, bien emmitouflés, ils descendirent l'escalier. Ils attendirent les Nault sur le trottoir seulement une minute. La jeune femme embrassa ses parents. Louis se pencha pour poser ses lèvres sur la joue de Léontine en disant:

— Joyeux Noël, belle-maman!

Sa réponse vint d'un ton un peu grinçant. Au début des fréquentations de sa fille, elle avait multiplié les efforts pour tout saboter. Elle avait prophétisé des malheurs sans nombre. Constater qu'elle avait eu tort n'apaisait qu'un peu son antipathie pour lui. Seul Laurent saluait encore sa grand-mère sans arrière-pensée.

Le groupe se dirigea vers l'église Saint-Enfant-Jésus du Mile-End, située rue Saint-Dominique, près de l'intersection du boulevard Saint-Joseph. Ce temple paraissait avoir été transplanté de l'Amérique du Sud à Montréal, avec ses six colonnes en façade et ses six baies. Les Nault et les Bujold avaient des bancs dans l'allée latérale de gauche. Laurent était assis depuis dix secondes à peine quand il dit:

— Je veux aller voir la crèche.

Ses parents échangèrent un regard, puis Constance se dévoua. Un montage de bois couvert de papier grisâtre reproduisait la grotte de Bethléem. Tous les personnages en plâtre habituels s'alignaient de part et d'autre de la mangeoire.

— Ça c'est Melchior, expliqua le gamin en désignant l'un d'eux.

Avec un enthousiasme de prêcheur, il donna à sa mère tellement d'informations biographiques sur les rois mages qu'on pouvait croire qu'il était leur secrétaire particulier depuis des années. De son banc, Louis préférait contempler les tableaux d'Ozias Leduc, accrochés là depuis plus de vingt ans.

Chez les Martin, on s'apprêtait à quitter la maison de la rue Prospect pour se rendre à la chapelle Pauline. Les parents marchaient les premiers, suivis de Théo, qui saluait au passage des jeunes gens de son âge. Venaient en dernier Adrien et Hélène se tenant par le bras. La jeune femme lançait des regards obliques vers son compagnon.

— Ça va ? demanda-t-elle.

— Ne t'en fais pas, tout se passe bien.

La chapelle Pauline était bien un peu étrange. Il s'agissait d'un édifice très bas, à l'extérieur en pierre, et à l'intérieur en briques. Le plafond voûté changeait totalement des églises qui semblaient vouloir toucher le ciel.

— En réalité c'est le sous-sol de la future cathédrale, expliqua Hélène à Adrien.

Les Martin occupèrent leur banc et Adrien paya pour en occuper un autre avec la jeune femme.

— Comment vont-ils faire ? Les gens l'arrosent et ils s'attendent à voir la cathédrale pousser ?

Elle tenta de pincer son bras à travers son paletot pour le punir de se moquer ainsi des paroissiens.

— Les travaux ont commencé avant la Grande Guerre pour alléger le chômage. Mais ils se sont arrêtés en 1917, faute d'argent. Je suppose qu'ils reprendront quand la paroisse sera plus riche.

— Ça fait près de vingt-cinq ans que vous attendez. C'est bien la seule paroisse au Canada qui ne décide pas de ruiner ses habitants pour construire un édifice démesuré. Par contre, ça vous fait un sacré beau sous-sol.

Cette fois, elle lui pinça le dos de la main.

Quand la messe se termina, les Nault et les Bujold refirent le trajet en sens inverse. Il avait été convenu que le réveillon se passerait chez Constance et Louis. Laurent se précipita vers le salon dès son entrée dans l'appartement. Un sapin un peu dégarni avait été placé dans un coin. Dessous, il y avait quelques cadeaux enveloppés de couleurs vives.

— Pas tout de suite, dit Constance. Nous allons commencer par manger.

— Vous voulez quelque chose à boire, monsieur Nault ?

— La même chose que vous.

Si Louis n'était pas un amateur de gin, il se sacrifia afin de faire plaisir à son beau-père. Pendant tout le temps où ils mangèrent, Laurent ne détacha pas ses yeux de la porte du salon. Après une quarantaine de minutes, sa mère mit fin à sa torture :

— Allons-y.

Laurent s'assit par terre près de l'arbre et examina les étiquettes des cadeaux.

— La politesse veut que tu commences par nos invités.

Ainsi, madame Nault fut-elle la première à défaire un emballage pour découvrir une robe de chambre. Elle fit la bise à sa fille.

— Ne vous levez pas, belle-maman, dit Louis. Vous me ferez la bise tout à l'heure.

À la fin, Laurent put enfin ouvrir les siens. Il reçut un joli chandail de sa mère et deux pantalons assortis de sa grand-mère et de son grand-père : des cadeaux utiles, donc plutôt décevants. Heureusement, Louis avait trouvé une reproduction fidèle du Supermarine Spitfire.

— C'est grâce à cet avion que les Anglais ont pu sauver leur pays des bombardiers allemands, précisa l'homme.

Il eut droit aux remerciements les plus sentis. Et à une quantité de détails sur cet appareil, jusqu'à la cylindrée du moteur. Le garçon ne portait pas un intérêt exclusif aux rois mages…

Chez Précile Caron, les convives purent se mettre à table en revenant de la messe. Jeanne Trottier était restée à la maison afin de tout préparer. Léandre Gonthier était le seul homme présent. Il y avait en plus de la propriétaire et de son employée, Jovette, Yvette et Lise. Cette dernière irait chez ses parents le lendemain. C'était une réunion de solitaires. Officiellement, personne n'avait de compagnon. Toutefois, Lise savait très bien être la seule à n'avoir personne dans sa vie. Elle fut la première à regagner sa chambre.

Chez les Martin aussi, les grands-parents se joignirent à leurs rejetons pour le réveillon. Théo se chargea d'aller les chercher avec la voiture familiale. Ils arrivèrent au moment où les femmes de la maison achevaient de mettre les plats sur la table.

Quand les vieux furent débarrassés de leurs vêtements d'hiver, le jeu des présentations recommença.

— Jeune homme, qu'est-ce que vous faites dans la vie ? interrogea le grand-père Martin.

En conséquence, pendant que tous faisaient honneur aux tartes et au gâteau, naturellement, les conversations portèrent sur la guerre. Ils apprirent ainsi que les Allemands affrontaient difficilement des températures de moins quatre degrés Fahrenheit.

— C'est curieux que ça les dérange, dit le grand-père. Icitte, en haut de moins dix, j'attache même pas mon manteau.

— Mais après tu te plains d'attraper le rhume, intervint sa femme.

Le vieil homme n'était pas au bout de ses surprises. Quand Adrien lui dit que les Allemands n'avaient pas de vêtements assez chauds, il livra immédiatement son diagnostic :

— Pour les envoyer au frette pas d'manteau, Hitler, c't'un idiot.

À la décharge du dictateur, l'hiver 1941-1942 se révélerait être le plus froid depuis un siècle. Quand tout le monde fut rassasié, il y eut un bref échange de cadeaux. Adrien reçut une belle cravate. Et Hélène, une jolie broche.

À la fin, Théo fut chargé de reconduire ses aïeuls chez eux, monsieur Martin salua tout le monde puis se dirigea vers sa chambre d'un pas incertain, et madame Martin expliqua les arrangements pour la nuit :

— Je vous ai préparé une chambre, monsieur Chevalier.

Elle le précéda à l'étage, Hélène lui emboîta le pas.

— Nous avons une vieille maison. Vous verrez, on entend des craquements toute la nuit.

Le visiteur comprit qu'elle tendrait l'oreille, à l'affût de bruits de pas dans le couloir.

— Ma fille dort là-bas, dit-elle en désignant la gauche, ici c'est la chambre de Théo et la salle de bains. Et à droite, la vôtre. Maintenant, je vous laisse.

Après l'échange des souhaits de bonne nuit, elle regagna le rez-de-chaussée. Adrien regarda son amie en pouffant de rire :

— Protégée par ton petit frère et l'ouïe maternelle.

— Elle a dû être tentée de le faire coucher avec papa et de prendre sa chambre.

Hélène accompagna Adrien vers la pièce du fond. Il s'agissait d'une grande chambre avec un lit double. Il se retint de blaguer : « Il y a de la place pour deux. » Il récupéra son pyjama, sa brosse à dents dans la valise partagée et ils se quittèrent sur des bises plutôt chastes.

Madame Martin avait raison : cette vieille maison craquait vraiment. Le froid à l'extérieur et l'intérieur bien chauffé faisaient travailler le bois. Ce ne fut pas la seule cause des insomnies d'Adrien. La pleine lune sur la neige jetait un éclairage fantomatique dans la chambre. Ensuite, il y eut le retour de Théo et son passage à la salle de bains.

Adrien ressentit également une envie pressante. Sur le bout des pieds, il quitta la chambre pour se diriger vers les toilettes. Il arrivait près de la porte quand elle s'ouvrit devant lui. Hélène en sortait, en pyjama.

Un instant, ils demeurèrent immobiles, à se regarder. Puis il se pencha pour l'embrasser. Tout naturellement, ses mains se portèrent sur les flancs de la jeune femme. Habituellement, il sentait les couches de tissu sous ses paumes. Cette fois-ci, une simple épaisseur de flanelle permettait d'apprécier le contact de son corps. Au point de susciter une réaction physique immédiate. Hélène dut la sentir, car elle se recula prestement. Puis elle s'esquiva vers sa chambre. Toutefois, avant de s'y réfugier, elle se retourna pour le regarder.

Très vite, elle se retrouva sous les couvertures, recroquevillée. Ses mains lui avaient paru chaudes. Sa propre réaction la troublait plus que cette manifestation physique de son compagnon. Sans la proximité de ses parents, de son frère, se serait-elle éloignée ? Cette question serait la cause de son insomnie à elle. Surtout la réponse : non.

Adrien et Hélène avaient pris le train en direction de Montréal un peu après le dîner. Sans doute parce que les réveillons s'étaient prolongés tard dans la nuit, la plupart des passagers demeuraient silencieux. Il existait par contre une exception notable : les très nombreux soldats en permission parlaient trop fort, s'interpellaient d'un siège à l'autre. Plusieurs portaient à leur bouche une bouteille au contenu prudemment caché par un sac de papier. Des jeunes gens à la vie chamboulée qui tenaient à signaler haut et fort leur présence.

Hélène occupait la place près de la fenêtre. Au début, elle avait regardé défiler le paysage couvert de neige, mais rapidement, son corps s'affala un peu contre son compagnon. Adrien prit doucement sa main pour la porter à ses lèvres et la tenir dans la sienne. Elle n'était pas tout à fait endormie, car elle esquissa un sourire.

De longues minutes avant que le train n'entre en gare, les passagers commencèrent à s'agiter, soucieux de récupérer leurs bagages.

— Je crois que j'ai dormi, dit la jeune femme en se redressant.

— Si ce n'est pas le cas, l'imitation était parfaite. Même les ronflements.

Elle fronça les sourcils, puis murmura :

— Je ne ronfle pas.

— Si tu le dis…

La taquinerie la fit sourire. La vitre de la fenêtre lui retournait son reflet, elle en profita pour replacer son chapeau sur sa tête. Sa petite sieste contre son épaule l'avait laissé tout de guingois. Puis elle prit sa main.

— J'espère que tu as apprécié ton séjour.

— Je pense avoir eu un avant-goût de toi dans vingt-cinq ans.

Puis après une pause, il continua :

— Tout le monde était un peu guindé. Moi surtout. C'est naturel dans ce genre de situation. Tes parents, tes grands-parents, ton frère ont essayé de me mettre à l'aise. Surtout, j'ai l'impression de te connaître mieux.

— Moi aussi.

Le train s'était arrêté en gare. Autour d'eux, les passagers commençaient à descendre.

— J'espère juste qu'on ne m'a pas trouvé trop sérieux.

— Pour mes parents, personne n'est trop sérieux.

Adrien se leva pour prendre la valise sur le support, il se planta dans l'allée afin de laisser le temps à Hélène de sortir. Sur le quai, elle s'accrocha à son bras. Dans la salle des pas perdus, la jeune femme murmura :

— Je dois m'arrêter un moment.

Il lui fallut un instant avant de comprendre. Les toilettes se trouvaient au bout d'un couloir. Il s'appuya contre le mur pour l'attendre. À son retour, il mit sa main sur son épaule.

— Le seul côté désagréable de cette visite, c'est que j'ai passé tout mon temps à vouloir t'embrasser sans pouvoir le faire.

Il l'attira vers lui pour poser ses lèvres sur les siennes. Quand sa langue toucha sa bouche, Hélène l'accepta. La paume d'Adrien glissa sous le manteau ouvert pour esquisser une caresse et remonter vers son sein. Il abandonna sa bouche pour embrasser sa joue, glisser vers le cou, sous l'oreille. Elle laissa échapper un petit gémissement, puis posa ses mains sur la poitrine d'Adrien pour le faire reculer un peu.

— Laisse-moi reprendre mon souffle.

C'est le front contre son épaule qu'elle tenta de réprimer le flot de sensations et d'émotions qui l'envahissaient. Quand elle se redressa, elle le regarda dans les yeux.

— Sais-tu que tu peux tout me demander ? Tu n'as même pas besoin de me servir une phrase comme : "Si tu m'aimes, tu vas accepter." Je te dirai oui parce que je suis amoureuse et parce que j'aime être dans tes bras. La nuit dernière, j'ai aimé ce qui s'est passé, et maintenant aussi. Mais ce n'est pas ce scénario-là qui me rendrait heureuse.

— Ton scénario idéal commence par une cérémonie à l'église.

Elle acquiesça d'un geste de la tête.

— Tu as vu mes parents, ma maison. Je ne me sentirais pas en sécurité en vivant différemment.

— Alors, si je te demandais de m'épouser, tu ne refuserais pas ?

Cette fois, les joues en feu, elle fit non de la tête.

— Quand la guerre se terminera, j'aimerais retourner à l'université pour faire un doctorat. Pour finir fonctionnaire, comme papa, ou alors pour devenir professeur. Mais ça signifie que je ne pourrai pas soutenir une famille de sitôt.

— Je suis capable de gagner ma vie.

— Dans ce cas, veux-tu m'épouser ?

Elle se blottit dans ses bras. Des voyageurs désireux d'aller se soulager jetaient des regards réprobateurs sur eux. C'était un très étrange endroit pour faire la grande demande.

Le « Oui » fut presque inaudible, mais la force des bras autour de son corps était éloquente. Comme si la jeune femme voulait se fondre avec lui.

— Quand il n'y aura plus de neige, mais avant la Saint-Jean ?

Hélène recula afin de donner son accord d'une voix intelligible, cette fois :

— Avec le plus grand bonheur.

— Maintenant, l'idée de rentrer chacun chez nous est déprimante, n'est-ce pas ? Le jour de Noël, nous ne pouvons même pas aller continuer la discussion dans un restaurant ou un café. À moins que nous allions dans le Chinatown.

Elle lui fit une petite grimace :

— Si tu insistes, je veux bien…

— Je ne travaillerai pas avant lundi prochain. Nous pourrons nous voir demain.

Adrien prit la valise et c'est bras dessus, bras dessous qu'ils sortirent de la gare.

Chapitre 18

À la pension, au moment de se présenter à table, Hélène était surexcitée. L'envie la tenaillait de crier: «Je vais me marier!»

Si elle parlait de cette grande demande, les félicitations de Précile et de Léandre seraient certainement les plus sincères. Mais Jovette et Yvette ne montreraient sûrement pas le même enthousiasme. Elles préféraient la célébration d'un célibat permanent. Dans ces circonstances, elle décida de se taire.

Ce qui ne signifiait pas que les vieilles filles ne souhaitaient pas satisfaire leur curiosité:

— Vous paraissez fatiguée, remarqua Yvette Vézina. Vous ne couvez rien?

— Un manque de sommeil, sans doute. Vous n'avez pas réveillonné?

— Pas assez pour manquer de sommeil.

Cela ressemblait à un reproche adressé à Précile. Celle-ci protesta:

— Je n'ai pas établi de couvre-feu! Vous pouviez passer la nuit debout si vous en aviez envie.

— Je pense que vous êtes allée chez vos parents avec ce garçon? intervint Jovette.

— Avec un homme, plutôt. Ce n'est pas tout à fait la même chose.

La rebuffade ne découragea pas la vieille fille :

— Ça devient sérieux entre vous ?

— Je suppose, si j'ai jugé convenable de le présenter à mes parents et de rencontrer les siens dans une semaine.

— Avez-vous des projets d'avenir ?

— Les choses suivront naturellement leur cours.

Le ton devenait cassant, aussi Précile jugea opportun de changer de sujet de conversation.

— Hélène, savez-vous quand Lise reviendra de chez ses parents ?

Des deux, la logeuse était la plus au courant des va-et-vient de la jeune femme. Elle sut toutefois faire semblant de tout ignorer. Ensuite, ce fut au tour de Léandre de la questionner. Hélène regagna sa chambre tout de suite après le repas, invoquant son désir de récupérer un peu du sommeil perdu. Cela lui permettait surtout de cesser d'être le centre d'intérêt.

Pourtant, une fois étendue sous les couvertures, les idées bousculant son esprit la tinrent réveillée. Son ivresse du matin s'estompait. Elle avait poussé Adrien à faire la grande demande. L'excitation du baiser passé, le regrettait-il ? En plus, demander quelqu'un en mariage près des latrines, au milieu du va-et-vient des passagers, paraissait tellement trivial.

Dans l'obscurité, elle en vint à penser qu'Adrien devait regretter de s'être commis ainsi. Quand il voudrait lui dire que ses paroles avaient dépassé sa pensée, elle se promettait de demeurer digne, de faire semblant que pas une seconde elle ne l'avait pris au sérieux.

Finalement, le jour où elle avait dit oui à un amoureux se termina par des larmes.

Adrien aussi réfléchissait à sa grande demande, mais dans des termes fort différents. Hélène était une jeune fille bien, soucieuse de n'accorder ses faveurs qu'après le mariage, prête toutefois à concéder de petits acomptes en attendant le grand jour. En cela, elle se conformait au désir de ses parents et de son milieu.

Bien sûr, elle tolérait de sa part des audaces qui auraient suscité des froncements de sourcils chez tous ces gens, sinon une condamnation sans nuance. Bien sûr, elle ne l'avait pas rejoint dans sa chambre vêtue de son pyjama, cela aurait été infiniment trop compromettant. Mais lors de leur rencontre fortuite, au lieu de reculer et de s'enfermer dans la salle de bains, elle s'était abandonnée à un baiser. Sentir son désir – son état ne pouvait passer inaperçu – l'avait amenée à reculer, pas à s'enfuir. Et avant qu'elle retourne dans sa chambre, son regard exprimait certainement sa surprise, son malaise, mais aucune condamnation.

Aussi il la croyait : elle aimait être dans ses bras. Il pourrait sans doute l'entraîner vers des privautés plus intimes encore, elle souhaitait s'abandonner. En même temps, elle avait ajouté cette précision : cela la rendrait malheureuse. Les choses ne se faisaient pas ainsi, pour elle. La jeune femme se soumettrait à ses désirs pour ne pas le perdre, mais dans ce scénario, il perdrait l'essentiel. La maîtresse serait malheureuse, et l'épouse, passionnée.

Pour lui, à vingt-six ans, un mariage était dans l'ordre des choses. Il avait même un peu tardé, comme tous les jeunes hommes pris par leurs études. Épousait-on une grande brune rencontrée de façon fortuite au parc Belmont ? Dès le premier regard, elle lui avait plu. La réciproque n'était pas vraie. Cependant, l'excursion à Plage-Laval avait levé ses hésitations. Elle savait pouvoir lui faire confiance : il l'appréciait, mais ne montrait aucun empressement. Et ce matin, elle lui avait réitéré cette confiance.

Dans ce contexte, ou il cessait de la voir, ou il l'épousait. Autrement, ce serait se comporter en salaud. Mais une demande en mariage au milieu de la foule, avec le fumet des latrines, cela ne pouvait compter.

Précile détestait prendre les appels téléphoniques pour ses locataires. Pourtant, elle trouva Adrien particulièrement aimable. Surtout quand, à la fin de la conversation, il lui demanda : « Rappelez-lui que je l'aime. »

Comme il arrivait souvent, Hélène avait laissé sa porte ouverte afin de faire entrer la chaleur. Quand Précile frappa doucement sur le cadre de la porte, elle se leva prestement de son lit.

— Je lisais, dit-elle, comme si elle était soucieuse de ne pas passer pour une paresseuse.

— Et votre propriétaire ne vous fournit aucun siège vraiment confortable.

Un privilège dont profitaient les occupants des chambres à l'étage inférieur, contre un loyer plus important. Par contre, les combles présentaient un avantage : elles étaient seulement trois femmes à utiliser la salle de bains.

— Un jeune homme m'a chargé de vous rappeler qu'il vous aimait.

Des larmes montèrent immédiatement aux yeux d'Hélène.

— Ce n'est pas un message qui vous attriste, j'espère !

Hélène secoua vivement la tête.

— C'est le jeune homme qui est venu assister à la messe avec vous à quelques reprises ?

— Oui, c'est lui. Je l'ai connu l'été dernier.

— Son message était un peu plus long qu'une déclaration d'amour. Il m'a dit avoir été obligé de se rendre au travail aujourd'hui. Demain, il aimerait que vous le rejoigniez au restaurant du magasin Eaton, à midi.

— Je serai là.

— Je vous souhaite une bonne fin d'après-midi, Hélène.

— À vous aussi, mademoiselle Précile. Et merci d'être venue me le dire !

Après des heures à se dire que cette demande en mariage ne pouvait compter, elle était heureuse qu'il ait trouvé le moyen de la rassurer. Comme s'il pressentait son inquiétude. Oui, cet homme lui ferait un conjoint parfait.

Après onze heures samedi, Hélène sortit de chez elle en serrant son col sur son cou. La température avait cruellement baissé pendant la nuit.

Heureusement, un marchand de journaux et de produits pour fumeur accepta qu'elle attende le tramway dans son commerce. Bientôt, elle monta dans une voiture pour en descendre devant le grand magasin. L'endroit lui était relativement familier, il lui arrivait d'y aller. Rarement pour acheter, toutefois. Les prix la rebutaient.

À l'intérieur, elle se dirigea vers les ascenseurs. Le restaurant L'Île-de-France se trouvait au neuvième étage. On arrivait d'abord dans une grande salle, le foyer, où des fauteuils et des canapés recouverts de cuir permettaient d'attendre. Adrien occupait l'un d'eux.

Il se leva en la voyant s'approcher. Tous les deux étaient intimidés.

— Je croyais que j'étais en avance, dit-elle.

— Comme je ne faisais rien de bon, je me suis dit que je serais aussi bien ici pour t'attendre. Veux-tu t'asseoir ?

La jeune femme le voulut bien. Tous les deux se tinrent de biais, afin de pouvoir se regarder dans les yeux.

— Profite de l'odeur. Sens autour de toi, lui dit-il, un petit sourire en coin.

Devant l'incompréhension évidente d'Hélène, il huma l'air en rejetant la tête un peu vers l'arrière. Quand elle se fut exécutée à son tour, il demanda :

— Si tu es encore dans de bonnes dispositions, oublions l'autre fois, dans la foule, avec cette odeur nauséabonde. Je préfère faire semblant que ce n'est pas arrivé. Ici, l'air est plus sain.

Il prit un ton solennel et demanda :

— Hélène, veux-tu m'épouser ?

Il vit qu'elle hochait la tête, mais ne fit que deviner le « oui » au mouvement de ses lèvres.

— Tu sais, le curé voudra une réponse plus audible.

— Oui, reprit-elle cette fois à haute voix.

— Avant l'été ?

— Mais après les grands froids.

— Moi qui nous imaginais collés l'un contre l'autre sous les couvertures.

Cette fois, Hélène le gratifia d'un grand sourire.

— Ce sera tout aussi bien sous un drap !

Elle l'embrassa vivement. Lui recommença tout doucement.

— Maintenant, nous y allons ? J'ai réservé une table.

Ils se levèrent et allèrent déposer leur manteau au vestiaire.

Une hôtesse les conduisit à une table. Les grandes peintures, les vases d'albâtre, le choix des couleurs et les grandes lignes droites typiques de l'art déco firent leur effet sur Hélène.

— Le décor reprend celui de la salle à manger du paquebot *Île-de-France*, dit son compagnon quand ils furent assis.

— C'est très beau.

— Mieux vaut en profiter. Quand nous irons en Europe, ça ne sera sans doute pas en première classe.

— Tu penses aller en Europe un jour ?

— Et je suis prêt à me priver pour réaliser ce projet.

« Est-ce que ça inclut le repas de ce midi ? », se demanda Hélène en regardant le menu. Son compagnon devina sans mal le cours de ses pensées :

— Mais nous ne commencerons pas à mettre de l'argent de côté avant le mariage.

De toute façon, la difficulté croissante pour s'approvisionner diminuait la liste des choix offerts. Quand ils eurent commandé, Adrien demanda :

— As-tu parlé à tes parents ?

— Non. Je n'étais pas certaine…

— Que j'étais sérieux ?

Elle hocha la tête.

— Je ne savais pas moi-même à quel point je l'étais. Du moment où je t'ai vue tout à l'heure, c'est devenu une certitude. Quand je retournerai au bureau, je vais téléphoner à ma famille pour leur expliquer qui m'accompagnera à la maison, le jour de l'An.

Sa détermination paraissait inébranlable. Il continua :

— Mon père prendrait la chose avec joie, mais ce serait maladroit de l'apprendre à ma mère entre deux cuillérées de soupe.

— Je ne suis pas certaine que mademoiselle Caron me laissera utiliser son téléphone pour parler aux miens. Je serai au travail lundi prochain, ce sera le meilleur moment.

— Devrai-je faire ma grande demande à monsieur Martin ? dit Adrien.

D'habitude, un homme commençait par demander à une femme si elle voulait l'épouser, et ensuite il formulait la grande demande à son père.

— Ce serait gentil de retourner à Sherbrooke pour le lui demander, et ce sera oui.

— Parce que tu es sa petite fille favorite…

— Et la seule, ce qui m'aide un peu.

— Dans le cas de ta mère ?

— Ce sera oui aussi.

Toutefois, la réponse ne serait peut-être pas aussi spontanée.

— De toute façon, j'ai vingt-deux ans.

Une vérité que sa mère ne pouvait oublier. Refuser, c'était risquer de rompre à tout jamais l'unité de la famille. Les assiettes arrivèrent, pendant un moment ils s'y intéressèrent. Puis Adrien reprit la parole :

— Nous pourrions tenter de réduire le nombre de nos va-et-vient, en synchronisant notre visite chez monsieur le curé et la grande demande. Parce que je suppose que tu désires que la cérémonie ait lieu dans ta paroisse.

Le plus souvent, un mariage unissait les destins de deux personnes de la même paroisse. Si ce n'était pas le cas, la cérémonie se déroulait dans celle de la mariée. Ils terminèrent le plat principal et le dessert. Pendant qu'ils buvaient leur thé, Hélène demanda :

— Ensuite, où habiterons-nous ?

— Si nous sommes d'accord pour retarder le moment d'avoir des enfants, et que tu continues à travailler, le mieux serait de trouver une maison de chambres.

— Dans la tienne ?

— Non, c'est une personne par chambre. Chez mademoiselle Caron ?

— Jusqu'au début du mois, un couple occupait une pièce double. Maintenant c'est un homme seul.

— S'il partait, ta propriétaire accepterait de nous louer cette chambre ?

L'arrivée de Jean Lefort avait un peu gâché l'harmonie dans la maison, mais sans doute pas au point de le convaincre de quitter les lieux.

— Je suppose…

— Enfin, dans les circonstances, le mieux est de regarder les annonces dans les journaux. Une multitude de propriétaires acceptent des couples.

Ils avaient ainsi réglé le plus gros. Ils s'entendirent pour se revoir le lendemain. Ensuite, ils récupérèrent leur manteau. Dehors, devant les grandes portes de bronze, ils se tinrent face à face.

— À demain, donc.

Il mit ses mains sur sa taille et l'embrassa. Au froid, le contact était un peu étrange. Cependant, quand elle leva ses deux bras pour les passer autour de son cou, il se fit plus enthousiaste. Ce fut le bruit du tramway qui les obligea à se séparer. Après un dernier au revoir, la jeune femme courut pour monter dans la voiture.

Adrien la regarda s'éloigner, puis il se dirigea vers la bijouterie Birks and Sons. Il dépensa plus que le coût d'un voyage outremer en deuxième classe.

∞

Adrien retourna à son bureau de l'Université McGill. Il était déjà deux heures, depuis le matin il n'avait fait aucun travail utile. Autant s'occuper encore de ses affaires personnelles. L'État canadien paierait le prix de la communication.

Quand il entendit une voix familière à l'autre bout du fil, il commença :

— *Hello Mom!* Tout le monde va bien ?

— Très bien. Ta présence nous a manqué à Noël. Pouvons-nous toujours compter sur toi le 1er ?

— Bien sûr, je t'ai écrit pour te le dire. À Noël, je voulais faire la connaissance des parents d'une jeune femme.

Il y eut un silence, puis il continua :

— Et elle voudrait vous connaître au jour de l'An, et moi vous la présenter.

— C'est sérieux, entre vous ?

Le jeune homme plongea la main dans la poche de sa veste, pour serrer ses doigts sur une petite boîte.

— Très. Au point que je lui ai demandé sa main le 25, et encore aujourd'hui, pour être certain que sa résolution valait la mienne.

— Si tout est réglé, pourquoi nous la présenter ?

Le dépit couvait sous la voix raisonnable. Au fond, elle avait raison : il ne quêtait pas une permission.

— Ce serait tout de même dommage que vous la rencontriez pour la première fois trois minutes avant le "Oui" devant monsieur le curé.

Le message était clair : cela se ferait, avec ou sans l'approbation de sa famille. Madame Chevalier, née McPherson, savait bien que la résolution de son fils valait la sienne. Elle-même avait bravé ses parents en épousant un Canadien français.

— Tu ne nous as même pas dit que tu fréquentais quelqu'un ! Nous ne savons pas qui elle est.

— Je l'ai rencontrée l'été dernier, nous nous sommes vus régulièrement ensuite. C'est une grande brune, jolie. Son père vend du charbon et de l'huile à Sherbrooke, sa mère s'occupe de sa famille. Son jeune frère prendra l'affaire quand son père se retirera. Elle a vingt-deux ans.

— Tu crains que ses parents refusent ?

Évoquer qu'elle était majeure laissait sous-entendre que les Martin pourraient s'opposer à ce projet.

— Comment peux-tu imaginer que sa famille trouvera ton fils aîné indigne d'eux ?

Il entendit un petit rire à l'autre bout du fil. C'était gagné.

— Et pour tes projets d'études ?

— Rien n'est changé. Elle accepte de retarder les naissances jusqu'à ce que mon avenir professionnel soit établi.

— Bon, tu peux te rassurer, nous la traiterons comme il convient !

Cet engagement ne levait pas toutes ses inquiétudes, mais il devrait s'en contenter.

Compte tenu du froid ambiant, le lendemain, les amoureux convinrent sans mal qu'errer dans la ville ne leur vaudrait que des engelures. Plutôt que d'aller au cinéma, ils s'entendirent sur le spectacle présenté en matinée au Monument-National, boulevard Saint-Laurent.

— As-tu déjà vu une opérette ? demanda le jeune homme comme ils se dirigeaient vers leurs sièges dans la grande salle.

— Sur scène, non. J'en ai entendu à la radio. Et toi ?

— Non. Remarque, j'en ai sans doute déjà entendu à la radio, mais je n'en ai aucun souvenir. Avec ce titre, *Ciboulette*, je suppose que c'est une histoire de maraîchère.

Il avait formulé cela comme une boutade, pourtant Ciboulette était bel et bien le nom d'une maraîchère. Après des amours compliquées avec Antonin de Mourmelon, l'histoire se terminait par un mariage. Aucun des comédiens-chanteurs ne leur était connu. Toutefois, tous les deux se déclarèrent satisfaits en quittant la salle.

— Ça m'a paru écrit pour des femmes, dit Hélène.

— J'ai aimé la fin avec le mariage !

À cause du froid, ils marchèrent rapidement en direction de la pension. Quand ils se firent face devant la porte, Adrien déclara :

— Ce climat sibérien rend nos “au revoir” un peu sommaires.

Tout de même, il la serra contre lui.

— Ton nez est glacé, dit-il en s’éloignant un peu.

— Le tien aussi ! Cache-le avec ton foulard. Ce serait dommage de le perdre, après ton orteil.

Après avoir passé la porte, Hélène tendit l’oreille pour savoir qui se trouvait dans le salon. La voix de Jovette Dupéré l’incita à monter directement dans sa chambre.

Le lendemain, Hélène se présenta au travail à l’heure habituelle. Maître Hamel se trouvait déjà assis à son bureau, maître Trottier arriva dans les minutes suivantes.

— Mademoiselle Martin, ce n’est pas une journée pour traîner dehors, dit-il en accrochant son manteau dans la penderie.

— Je n’avais pas l’intention de vous demander congé pour aller faire de la raquette.

Après une hésitation, elle demanda :

— Je peux avoir une conversation avec vous ?

— Bien sûr, venez.

Il la laissa passer la première dans son bureau, puis ferma derrière lui. Lambrissée de chêne, meublée à l’anglaise, la pièce devait rassurer la clientèle. Il lui désigna une chaise placée devant sa table de travail et s’installa à sa place habituelle.

— J'ai parlé avec votre père, pas plus tard qu'hier. Il a trouvé votre ami très sérieux, tout à fait respectable.

— Justement, je voulais vous parler de lui. Il m'a demandé si j'accepterais de l'épouser. J'ai dit oui.

Le notaire ne savait trop quelle attitude adopter. Hélène mit fin à son dilemme :

— Mon père ne le sait pas encore. Pourrais-je utiliser le téléphone pour le contacter ?

— Évidemment. Je peux même vous laisser mon bureau.

— Merci, mais comme nous n'attendons pas de visiteurs ce matin, je ferai l'appel du mien.

— D'accord… Vous me tiendrez au courant ?

Hélène hocha la tête. Quand son père lui avait demandé d'avoir un œil sur elle, son patron s'était senti investi d'une mission. Il s'en acquittait gentiment, impossible de lui en tenir rigueur.

De retour à son poste de travail, la jeune femme consulta sa montre. Son père venait d'arriver à son commerce. Elle demanda la communication, puis après quelques cliquetis, elle entendit la voix familière :

— Honorius Martin à l'appareil. Comment puis-je vous aider ?

— Hum ! C'est dangereux comme formulation. Des gens pourraient demander l'impossible.

— Ah ! Ma belle, tu as besoin de produits de chauffage ?

— Non, je voulais parler à mon père.

Il y eut un rire à l'autre bout du fil.

— Samedi, Adrien m'a demandé de l'épouser.

Elle évitait d'évoquer la demande à côté des latrines. Celle du foyer du restaurant L'Île-de-France lui paraissait infiniment plus convenable.

— Qu'as-tu répondu ?

— Je lui ai dit oui.

— Tu es certaine ? demanda-t-il.

— Aussi certaine que je ne le serai jamais, je crois. Je me sens bien avec lui.

— C'est le plus important. Comment vois-tu ton avenir ?

Elle lui parla du désir d'Adrien de retarder le moment de fonder une famille pour son retour aux études.

— Il m'a demandé de prendre un rendez-vous avec monsieur Trottier pour préparer un contrat.

Son père laissa entendre un petit sifflement admiratif.

— Toi, tu y trouves ton compte ? C'est le plus important.

— Oui. Son premier compliment a été de me dire qu'il me trouvait intelligente.

— Ah ! Un homme qui a du discernement. À sa façon de te regarder, je pense qu'il te trouve aussi très jolie.

— Tu es donc d'accord avec mon projet ?

Elle ne demandait pas une permission, mais un encouragement. Il le comprit bien ainsi.

— Si tu me dis que tu y as réfléchi à tête reposée et que tu crois que cette union te rendra heureuse, tu as ma bénédiction !

— Je pense sincèrement que ça sera le cas. Crois-tu que je devrais en parler à maman ?

— Aimerais-tu que je le fasse pour toi ?

— Oui !

La conversation porta ensuite sur une visite prochaine à Sherbrooke. Quand elle raccrocha, c'est avec la certitude que dans les minutes suivantes, maître Trottier appellerait également au commerce de charbon.

Chapitre 19

Le premier jour de l'année 1942, le trac avait changé de camp : Hélène se rendait chez les Chevalier. Adrien avait décidé de lui épargner une nuit chez ses parents. L'aller et le retour devaient se faire dans la même journée. À six heures du matin, ils étaient montés dans le train.

— Tu sais que je compte sur toi pour me rassurer un peu, dit-elle. Parle-moi de ta famille.

— Mon père a reçu une formation en droit. Un peu plus vieux que le tien, il travaille pour la Ville de Québec comme greffier. Ma mère est reine du foyer. Elle répond au doux prénom d'Abigail. Aby, pour les intimes.

— Je pense que je m'en tiendrai à madame.

— J'ai un frère de vingt-deux ans qui est toujours étudiant, Alfred. J'étais perçu par lui comme le héros de la famille en m'enrôlant. Tout un héros, n'est-ce pas ?

Hélène serra sa main.

— Présentement, il joue au soldat pendant ses congés scolaires afin de recevoir une formation d'officier. Mais quand il aura terminé, ça va être : "Hop, en Angleterre." D'ici là, s'il ne trouve pas le courage de se couper un orteil, je pense que ma mère va le faire pour lui.

Bien des mères cherchaient un expédient de ce genre pour retenir les leurs à la maison. Ou une solution moins douloureuse : des études pour devenir prêtre.

— Je ne voudrais pas du tout avoir un fils de vingt-deux ans ces temps-ci.

— D'autant plus qu'il aurait ton âge.

— Tu sais ce que je veux dire.

Il le savait très bien. Les nouvelles concernant le sort du contingent stationné à Hong Kong n'avaient rien d'encourageant. La ville avait capitulé le jour de Noël. Beaucoup de soldats venaient de Québec. Compte tenu de ce qui se racontait sur le sort réservé aux prisonniers faits par les Japonais, celui des morts paraissait enviable.

— La petite dernière s'appelle Ann. Ann pas de e. Elle a seize ans. Tu trouveras ça sans doute un peu étrange, mais chez nous, les garçons parlent la langue du père, et la fille celle de la mère. Ça signifie que mon frère et moi avons fait le cours classique, et ma sœur fréquente le Quebec High School.

— Hum… ma compétence en anglais est très limitée.

— Ne t'inquiète pas. Nous sommes tous bilingues. En plus, nous adoptons la langue de la visite, par politesse.

Hélène n'aborda pas le sujet de la religion. Adrien était catholique, elle l'avait même vu aller communier. Comme le patronyme de sa mère était écossais, la jeune fille était-elle presbytérienne ?

Elle n'osa pas poser la question. Ils descendirent à la gare du palais et prirent un taxi pour se rendre avenue De Bourlamaque. Les Chevalier habitaient une maison confortable, assez grande pour loger trois enfants. Adrien pesa sur le bouton de la sonnette. Une grande femme vint ouvrir.

— Maman, voilà celle dont je t'ai parlé samedi dernier.

— Je vois bien. *Come in, come in.* Là, nous chauffons le dehors.

Il s'agissait d'une grande femme mince avec des cheveux blond cendré. Quand ils furent entrés, elle fit la bise à son fils, puis en se tournant vers la nouvelle venue, elle déclara en lui prenant les mains :

— Je vous souhaite la bienvenue. Adrian a le don de nous réserver des surprises. S'inscrire en économie à Montréal, s'engager dans l'armée et assassiner son orteil d'un coup de fusil. Mais je pense que celle-ci est très bonne.

La conversation téléphonique du samedi précédent l'avait laissée songeuse. Après quelques jours de réflexion, elle avait décidé de faire la meilleure figure possible dans cette situation.

— Je vous remercie, madame.

— Et maintenant, donnez-moi ce manteau.

Elle l'aida à l'enlever, prit aussi le chapeau, puis disparut. Adrien lui adressa un clin d'œil en détachant son paletot, pour le mettre sur son bras. Le temps de se débarrasser de leurs couvre-chaussures, et madame Chevalier était revenue.

— Tu iras mettre ton manteau dans la chambre dans une minute. Venez.

Comme pour la soutenir – sa nervosité était si apparente –, elle prit le bras de sa visiteuse. Dans le salon, trois personnes attendaient, debout.

— Voici mon mari, Adrien… Oui, nous avons été un peu paresseux sur le choix du prénom. Notre fils Alfred et notre fille, Ann.

Tous les prénoms des membres de la famille commençaient par A. Ces gens étaient un peu étranges. Il y eut une succession de poignées de main et l'échange de quelques paroles timides. Quand tout le monde fut assis, le père offrit à boire pour essuyer un refus de tous. Dans les circonstances, il se priva de son apéro.

Hélène eut droit à un petit interrogatoire. N'ayant pas la possibilité d'expliquer les arcanes du rationnement comme l'avait fait son compagnon à Sherbrooke, très vite elle dut répondre à des questions personnelles.

Quand madame Chevalier annonça qu'elle devait s'occuper de terminer le repas, Hélène quitta immédiatement son fauteuil en disant :

— Je vais vous aider, madame.

— Pourquoi pas. Ann sera contente de profiter d'un petit congé.

La visiteuse considéra qu'il s'agissait d'un moyen de lui réserver une conversation en tête à tête, mais la cuisine était aussi vraiment très étroite pour accueillir trois personnes.

Dans le salon, les hôtes la regardèrent quitter sa place. Afin de mettre les chances de son côté, la jeune femme portait l'un de ses tailleurs à la jupe seyante, un peu étroite, des bas de soie – peut-être achetés sur le marché noir, car ce tissu servant à la fabrication des parachutes devenait rare –, et elle avait effectué une visite chez le coiffeur. Évidemment, cela ne fonctionnerait qu'avec des gens qui trouvaient convenable de se mettre en valeur de cette façon. Heureusement, c'était le cas des Chevalier.

Ann alla prendre sa place sur le canapé, mit son bras autour des épaules de son frère et murmura :

— C'est une jolie femme. Tu as du goût.

Son père fit « chut ! » en mettant son doigt devant ses lèvres.

— Quoi ? Si elle m'a entendue, ça ne lui fera pas de peine que je la trouve jolie.

— Je veux bien. Mais que dirais-tu si quelqu'un faisait la même remarque à ton sujet ?

— Que je suis jolie ? Je lui sauterais au cou pour lui faire la bise.

L'homme secoua la tête d'un air découragé, préférant renoncer. Cela d'autant plus qu'Alfred renchérit :

— Elle a raison !

Toutefois, un sujet plus préoccupant hantait l'esprit du benjamin :

— Adrien, tu as fait une maîtrise. Si je prolonge mes études au second cycle, penses-tu que ça retardera mon incorporation à l'armée ?

Il finirait alors ses études en juin 1945.

— Honnêtement, je ne sais pas. Que dirais-tu d'étudier aux États-Unis ?

Le père grimaça. McGill pour l'aîné lui avait coûté très cher. Aux États-Unis, ce serait pire. Il n'osa pas proposer le Grand Séminaire comme autre possibilité.

— Ils viennent d'entrer en guerre.

— Ce qui ne signifie pas qu'ils embêteront les Canadiens sur les campus.

Alfred hocha la tête, pour signifier qu'il y penserait.

— On a fait des *drills* pendant le temps des fêtes au manège militaire des Voltigeurs de Québec. Comme si nous n'avions pas mieux à faire…

Quelques mois plus tôt, le jeune homme se serait rassuré en se disant que la conscription ne concernait que le service au Canada. Maintenant, le chef du Parti conservateur s'engageait dans une élection partielle en Ontario en plaidant pour l'envoi de toutes les recrues en Europe.

Dans la cuisine, Abigail s'était pliée en deux afin de sortir le rôti du four. En le déposant sur la surface du poêle, elle déclara :

— Mon fils tient beaucoup à vous.

— Je l'espère.

— Ne faites pas qu'espérer, ça saute aux yeux. Adrian craignait que je vous dévore toute crue… Sérieusement, croyez-vous que je pourrais faire une chose pareille ?

— Je ne sais pas. Le feriez-vous ?

Les joues brûlantes, Hélène avait jugé que mieux valait sortir du rôle de la jolie godiche. La femme éclata de rire.

— Certainement pas. Vous connaissez la meilleure façon de voir un fils s'éloigner de sa mère ? Critiquer son choix de conjointe. Ensuite, je vous aime bien. Je ne saurais vous dire pourquoi, mais appelons ça l'intuition féminine.

Les deux femmes se regardèrent dans les yeux. Ceux de la mère d'Adrien étaient d'un gris soutenu. Hélène se demanda si elle devait la remercier avec effusion. Puis elle se dit que cela risquait de ruiner un peu cette première impression positive. Aussi elle répondit en souriant :

— Si nous en sommes à nous dire nos quatre vérités, je vous aime bien aussi. Et je sais pourquoi. Vous avez élevé un très gentil garçon.

— Tout est donc parfait. Maintenant, réduisez ces patates en purée avant qu'elles ne soient froides. J'appelle Ann pour qu'elle m'aide à mettre la table.

C'est avec plus d'assurance qu'Hélène se joignit à la famille. Elle devina qu'avec la cadette, les sujets de conversation ne devaient jamais manquer. Et elle tenait de sa mère l'habitude de les aborder de front :

— Adrian, tu ne boites plus ?

— Grâce au talent d'un cordonnier italien. Je te montrerai tout à l'heure. Remarque, après une longue marche, ça se gâte.

— Tant mieux, intervint la mère. Pas d'infanterie, pas d'aviation. J'espère juste que personne ne se mettra en tête de vérifier si tu as le pied marin.

Ils en étaient au dessert quand Adrien sortit une boîte de sa poche.

— Je ne croyais pas que ce serait raisonnable d'investir dans une bague de fiançailles que l'on ne porte qu'un petit bout de temps, alors je te donne ceci, comme un gage de mon amour.

Elle accepta le présent d'une main hésitante.

— Je peux l'ouvrir ?

— Évidemment. Sinon tout le monde sera déçu.

À l'intérieur du rabat, elle lut Birks. Et fiché dans les fentes d'un petit coussin, deux alliances.

— Oh ! Tu... tu n'aurais pas dû...

Des larmes perlaient à la commissure de ses yeux.

— La plus petite est pour toi.

C'était aussi celle qui était sertie d'une pierre.

— La vendeuse m'a dit que tu pourrais la faire ajuster si elle ne fait pas. Essaie-la !

La jeune femme tenta de prendre l'anneau, mais ses doigts tremblaient un peu.

— Mets-le-moi.

— Oui, ce sera une façon de t'entraîner, intervint Ann.

Adrien le lui passa au doigt. Tout à coup, Hélène retira son alliance et se leva en disant :

— Excusez-moi un instant.

Devant son hésitation, la maîtresse de maison dit :

— Au bout du couloir, à gauche.

La visiteuse retraita vers la salle de bains. Après un moment, le père murmura :

— C'est du platine.

Il s'agissait d'une autre façon de dire : « Ça a dû te coûter une fortune. »

— Comme nous sommes catholiques, c'est pour la vie. Si j'amortis sur quarante ans, ça devient très abordable. En plus, mon alliance coûte le quart de la sienne.

— Tu es moins beau aussi, ricana Ann.

La visiteuse revint un peu plus tard en s'excusant. De son très léger maquillage, il ne restait plus rien.

— Quand tu voudras, je me rendrai chez ton patron pour parler de contrat de mariage.

Ils en avaient parlé déjà. Il voulait signifier sa détermination.

— Tu lui demanderas un rendez-vous.

Après s'être engagé, il trouvait préférable de tout régler. Il précisa encore, pour ses parents :

— J'aimerais que nous tenions la cérémonie après la fonte des neiges, pour faciliter les déplacements, mais avant le premier jour de l'été. Elle est si jolie dans son maillot de bain, je ne voudrais pas me la faire chiper.

Abigail esquissa un petit sourire. Oui, s'opposer à cette union aurait fait éclater la famille.

— Comment vous êtes-vous connus ? demanda Ann, les coudes sur la table, le menton appuyé dans ses mains.

Le couple se consulta d'un regard. Finalement, Hélène se dit que cela ferait plaisir à une étudiante qui devait être terriblement romantique :

— Pas dans de bonnes circonstances, en réalité. J'étais au parc Belmont quand un gars rencontré sur le site s'est montré trop… entreprenant. J'étais un peu bouleversée.

Abigail posa sur sa fille un regard qui voulait dire : « Tu vois que ce n'est pas une façon de rencontrer quelqu'un. »

— Alors l'aîné des Chevalier est accouru pour lui tendre son mouchoir. Assure-toi d'avoir un mouchoir propre sur toi. On ne sait jamais, ajouta Adrien en se tournant vers son frère.

— Je ne lui ai pas réservé un bon accueil. Il m'a quand même raccompagnée à ma porte. Rendue là, j'étais un peu plus gentille.

— Beaucoup plus gentille. Elle a accepté de me revoir.

— J'ai lavé et repassé le mouchoir et nous avons dîné dans un café à côté de mon bureau pour que je puisse le lui remettre. Il m'a invitée de nouveau et j'ai encore dit oui.

— C'est une belle histoire, murmura Ann.

— Quand on tombe sur un Adrien, oui. Mais avec le gars juste avant, pas du tout…

Après cette leçon de vie, Abigail la trouva très raisonnable. Elle savait maintenant pourquoi cette jeune femme lui plaisait. Quand ils passèrent au salon, un digestif à la main, Adrien demanda à sa sœur de mettre un disque sur le phonographe.

— Je veux vérifier si je peux encore danser un paso-doble.

Dans le train du retour, la jeune femme laissa tout son poids reposer contre son fiancé.

— Maintenant, je vais te rendre l'alliance.

— Non, ma belle. Tu la gardes. Et j'étais sérieux, nous allons signer un contrat.

— Ça doit être très cher. C'est du platine.

— J'ai dit à mon père que je comptais l'amortir sur quarante ans. En y repensant, je préférerais soixante.

Adrien entendait se marier comme on se jette à l'eau. Une fois la décision prise, revenir en arrière était impossible.

Lorsqu'ils quittèrent la gare en soirée, Adrien reconduisit Hélène à la pension en taxi.

En ce 1er janvier 1942, quelques personnes s'attardaient dans le salon, mais après cette journée fertile en émotions, elle ne ressentait aucun désir de faire la conversation.

Arrivée sous les combles, elle passa directement à la salle de bains et regagna ensuite sa chambre.

Une quinzaine de minutes plus tard, Lise vint frapper à sa porte entrouverte :

— Alors, que penses-tu de sa famille ?

— Ce sont des gens sympathiques, mais un peu étranges.

— Étranges comment ?

— Tout le monde a un prénom commençant par un A. Les garçons ont été éduqués en français et la fille en anglais...

Hélène s'arrêta. Faire mal paraître la famille de son amoureux ne servait à rien. De plus, Lise semblait trop déprimée pour entendre parler de son week-end.

— Toi, de ton côté ?

— La routine. La propriétaire est allée manger chez ses parents, son galant est parti dix minutes plus tard vers une destination inconnue. Je suppose qu'il est allé au même endroit, par un autre chemin. Monsieur Lefort a retrouvé sa femme et ses enfants. Moi, j'ai passé une partie de la soirée à parler avec les "Vettes".

— Tu avais rencontré un homme, non ?

Un employé de chez Dupuis Frères.

— Pour ça aussi, c'est la routine. Je ne compte pas trop recevoir une autre invitation. Il a passé un long moment à me parler de toutes les jeunes femmes qu'il trouvait charmantes, au travail. Une façon de dire : "Si t'es pas assez fine, y en a d'autres."

Il s'agissait de sa troisième rencontre depuis novembre.

— J'aime autant ne pas en parler. Mais toi, si tu l'invites chez tes parents, et s'il t'invite chez les siens, c'est sérieux. Tu n'es pas revenue avec une bague de fiançailles ?

« Non, mais de jolies alliances », songea Hélène. Toutefois, en disant ça à haute voix, elle aurait achevé son amie. Son silence ne la trompa pas.

— Tu es fiancée ? Tu peux me le dire, tu sais. Ça fait des mois que je suis jalouse ; ça ne peut être pire.

— Je n'ai pas de bague. Il m'a demandée en mariage, et j'ai dit oui.

Lise garda le silence pendant une minute, puis elle quitta la pièce. Son amie se sentait maintenant coupable de sa bonne fortune.

Le vendredi 2 janvier, les travailleurs reprenaient le chemin de leur bureau. Chez les Bujold, les parents se dirigeaient vers La Sauvegarde et Laurent chez ses grands-parents. Le garçon ne retrouverait sa routine scolaire que le lundi suivant.

Le couple entra dans l'édifice en même temps que Léandre Gonthier. Il y eut un échange de souhaits de bonne année. Dans l'ascenseur, Louis proposa aux deux autres de se retrouver pour aller dîner au restaurant.

Très peu de travail s'effectua en matinée, car aux souhaits individuels de bonne et heureuse année s'ajoutèrent de longues hypothèses concernant la poursuite de la guerre.

Constance échappa à ces conciliabules en retournant à son poste de travail. La secrétaire de direction devait demeurer à la disposition du directeur. Un peu avant midi, elle retrouva Louis et Léandre. Ils se rendirent à leur restaurant habituel. Après avoir commandé, Léandre demanda :

— Croyez-vous qu'il y a beaucoup d'espions qui travaillent pour le compte de l'Allemagne au Canada ?

— Je ne sais pas s'il en existe encore. Adrien Arcand est dans un camp, tout comme des centaines d'Allemands et d'Italiens. Si la plupart ne se mêlaient sans doute pas de politique, dans le lot, certains devaient sympathiser avec leur pays d'origine, dit Louis.

La question tenait à une nouvelle venant des États-Unis. Trente-trois agents allemands avaient été condamnés par un tribunal de Brooklyn. Six d'entre eux devraient purger des peines de prison. Les autres devaient payer des amendes.

— Je suppose que ces gens étaient sous surveillance depuis longtemps ? dit Constance.

— Certainement, dit son époux. Après tout, ça fait trois semaines qu'Hitler a déclaré la guerre contre les États-Unis. Les enquêtes de ce genre doivent s'étendre sur des mois.

L'initiative étonnait encore les alliés. L'implication américaine en Europe était probable à moyen terme. Cependant, les Allemands ne gagnaient rien à la précipiter. Pas quand des millions de soldats se trouvaient sur les champs de bataille russes.

La jeune femme ne désirait pas que le conflit devienne le seul sujet de conversation.

— Comment se porte Précile ? voulut-elle savoir.

— Plutôt bien.

Léandre hésita, puis se corrigea :

— Non, pas si bien. J'ai demandé une annulation de mon mariage à l'archevêché de Québec. Voilà trois mois que je n'ai eu aucune communication. Je me demande si j'ai bien fait. C'était faire naître un espoir... La déception est d'autant plus grande.

Les deux hommes avaient discuté de ce sujet déjà ; Louis en avait parlé à sa femme. Toutefois, celle-ci joua la plus grande surprise :

— Une annulation ? L'Église ne cesse pas d'affirmer l'indissolubilité du mariage.

— Le mot "annulation" est impropre. En réalité, il s'agit de prouver que le mariage est invalide. Donc, il n'y a rien à dissoudre.

Ensuite, il eut envie de changer de sujet :

— Pas plus tard qu'hier, nous avons parlé de vous, Précile et moi. *La Presse* a commencé à faire la publicité de la revue de l'année de Gratien Gélinas. Serez-vous enclins à poursuivre la tradition ?

Les quatre années précédentes, ils avaient assisté à ce spectacle tous ensemble.

— Bien sûr. Quel est le titre ? demanda Constance.

— Platement, *Fridolinons 42*. Ça commence début février.

— Nous pourrions essayer d'avoir des billets pour le samedi soir, dit Louis. Comme ça, nous pourrons aller souper après le spectacle. Comme le font les Français.

— Tu sais ce qui se passe en France ?

Sa femme adoptait un ton un peu moqueur.

— Si je ne voyage pas, je lis.

— Ce sera passé onze heures, ajouta Constance.

— Il y a des restaurants qui sont ouverts toute la nuit dans ce quartier. De toute façon, Laurent couchera chez tes parents.

Chapitre 20

Depuis deux semaines, Lise avait eu du mal à faire bonne figure à sa voisine. La question habituelle des envieuses la hantait: « Qu'est-ce qu'elle a de plus que moi ? » Une réponse la rasséréna: « Rien. C'est le hasard, et le mien ne boitera pas... »

En fin de soirée, elle alla frapper à la porte d'Hélène pour lui demander:

— Tu as vu dans *La Presse*? Vendredi il y aura les fiançailles de quarante-cinq couples à l'oratoire Saint-Joseph.

— J'ai vu, dit son interlocutrice en levant les yeux de son livre. C'est vraiment étrange, un spectacle comme ça. Comme si la course au mariage recommençait.

— J'aimerais voir ça. Veux-tu m'accompagner ?

Comme Hélène demeurait silencieuse, elle ajouta:

— Tu ne sors jamais avec lui le vendredi, et je ne voudrais pas y aller seule.

— Aurons-nous le temps de souper avant de partir ?

La jolie blonde l'avait emporté.

∞

Vendredi midi, Hélène téléphona à Adrien. Afin de ne pas accaparer l'appareil de son patron pendant les heures de travail, elle ne le faisait plus que lorsque les deux notaires étaient partis dîner.

— Que vas-tu aller faire là ? Tu regrettes que nous ne nous soyons pas livrés à cet exercice ?

— Non, pas du tout ! Lise est malheureuse comme les pierres. Je n'ai pas eu le cœur de la condamner à une soirée à parcourir les courriers du cœur de tous les journaux de Montréal.

— Les cours de l'Ambulance Saint-Jean ne suffisent plus à l'occuper ?

Le comité de protection civile du magasin Dupuis Frères la retenait un, souvent deux soirs par semaine.

— S'ils étaient donnés par de jeunes célibataires, elle serait certainement l'élève la plus assidue. Mais ce sont des vieilles filles.

— J'espère que tu ne comptes pas sur ma présence.

— Non. Tu auras congé de moi, ce soir. Nous nous verrons demain ?

— Je serai devant le théâtre Saint-Denis à l'heure convenue !

Les deux jeunes femmes s'empressèrent de souper pour ensuite prendre le tramway afin de se rendre à l'oratoire Saint-Joseph. Quand elles entrèrent dans le temple construit sur le flanc du mont Royal, leurs regards se portèrent vers les béquilles et les canes accrochées au mur.

— Si je finis par me marier, je ne sais pas ce que je devrais accrocher là, dit Lise d'une voix découragée.

— Je vais prier pour toi, murmura Hélène.

La blonde faillit se mettre à protester, puis elle se rendit compte que sa compagne était sincère. Au moins, elle n'avait pas dit prier saint Jude, le patron des causes désespérées. Elles prirent place dans la nef, se mêlant aux amis et aux familles des personnes qui devaient s'engager l'une envers l'autre. Les couples étaient assis aux premières rangées. Les hommes et les femmes tenaient un cierge dans la main droite.

— Ce sont tous des petits vieux et des petites vieilles, commenta Lise à voix basse.

Elle exagérait, mais tout de même, un couple sur deux paraissait composé de gens dans la trentaine, parfois la quarantaine. La crise avait retardé plusieurs mariages, mais la plupart des fiancés s'étaient unis en 1939, ou alors pendant la course de 1940. Pour avoir ajourné la cérémonie jusqu'en 1942, ceux-là ne devaient pas être tout à fait certains de vouloir faire le saut dans l'inconnu.

Monseigneur Charbonneau, archevêque de Montréal, était assis dans le chœur. Il portait la soutane violette, la ceinture violette avec, à ses deux extrémités, une bordure de franges, et une calotte de même couleur. À la main, il tenait sa crosse. Le prince de l'Église assisterait toutefois à la cérémonie en spectateur. C'est le père Émile Deguire, de la congrégation de Sainte-Croix, qui marcha vers un lutrin pour commencer :

— Selon la légende, les fiançailles de Marie et Joseph ont eu lieu le 23 janvier. Nos jeunes peuvent-ils trouver modèle plus parfait que Marie et Joseph se promettant mutuellement fidélité en vue de leur mariage ?

— C'est certain qu'ils ne pouvaient pas faire ça le jour de Noël, railla Lise, s'attirant des regards réprobateurs des spectateurs assis tout près. Ils ont attendu après les relevailles.

Hélène étouffa difficilement un fou rire.

Une chorale des élèves du collège Notre-Dame s'occupait de la partie musicale du spectacle. Car il s'agissait bien d'un spectacle pour l'édification des âmes. Le révérend père procéda à la bénédiction des anneaux et des cierges – les fiancés allumèrent le leur et celui de leur compagne à cet instant. Ensuite, il continua en se tournant à demi pour voir l'archevêque :

— Tous ces jeunes gens ont voulu attirer sur leur union future la protection céleste. Et vous serez consolé d'apprendre que, depuis lundi dernier, ils sont venus pour la plupart chaque soir afin de mieux comprendre leurs obligations. Plusieurs m'ont dit leur reconnaissance pour les grandes lumières que ces instructions leur ont apportées.

Et ceux qui ne l'avaient pas fait seraient certainement surveillés de près par le curé de leur paroisse. Le père Deguire céda bientôt sa place au père Gérard Petit.

— Le problème physique n'a aucune valeur s'il n'est inspiré par la grâce divine. Les époux doivent vivre dans l'esprit du Christ et ils doivent vivre à la lumière de la foi, de l'espérance et de la charité. Ils ne peuvent oublier le côté mystique et il est de leur devoir de s'en inspirer. Le christianisme est leur guide et il importe qu'ils ne perdent pas de vue cette directive.

Le « problème physique ». C'était une très curieuse manière d'évoquer l'intimité entre époux. Pour ce vieux garçon, le mariage ne devait surtout pas devenir une partie de plaisir. Lise le comprit bien ainsi, aussi elle commenta dans un murmure :

— Si j'entendais ce curé plus souvent, j'en viendrais bien vite à me réjouir d'être laissée-pour-compte.

Finalement, cette sortie aurait peut-être un effet positif sur son moral. Quand la cérémonie se termina, les deux femmes ne s'attardèrent pas pour féliciter les nouveaux promis. Dans le tramway, la blonde demanda :

— Tu crois que c'est vraiment un "problème physique" ?

— Non, pas du tout.

Puis elle réalisa l'ambiguïté de sa réponse.

— Évidemment, pour ce que j'en sais…

« Elle l'a fait », songea la blonde. Pourtant non. Toutefois, les petits jeux laissaient à Hélène l'espoir d'une épiphanie, le soir des noces.

Ce dimanche-là, Hélène se présenta en retard pour le souper.

— Je m'excuse, dit-elle d'une voix un peu haletante. Nous n'avons pas vu l'heure passer.

L'usage du pluriel ouvrait la porte à des questions.

— Vous étiez avec ce jeune homme que l'on voit parfois à l'église ? demanda Jovette Dupéré.

— Ce serait le comble si elle était avec un autre, intervint Lise. Ils doivent se marier.

Hélène posa des yeux sévères sur son amie, puis tout de suite, le sourire lui revint. Son secret n'en était pas un, et seule une promesse de mariage rendait acceptable tout le temps qu'elle passait avec Adrien.

— Comme ça, c'est décidé ? dit Jovette.

— Dimanche prochain, nous retournerons à Sherbrooke, chez mes parents.

— Que fait-il exactement, dans la vie ?

Pour une vieille célibataire, Jovette s'intéressait beaucoup au mariage des autres. Hélène fut sur la sellette jusqu'à la fin du repas. En sortant de table, Précile lui demanda :

— Pourriez-vous m'accorder quelques minutes ?

Elle la précéda dans son salon privé et lui désigna l'un des fauteuils avant de prendre l'autre.

— Je me doutais bien que le jeune homme qui me demandait au téléphone de vous dire son amour finirait par vous épouser.

Ce souvenir lui tirait toujours un sourire.

— C'est lors du rendez-vous donné ce jour-là qu'il a demandé ma main.

— Vous avez une date ? demanda Précile.

— Je l'aurai seulement quand nous rencontrerons le curé. Mais nous désirons que ce soit en mai ou en juin.

— Vous me la donnerez aussi vite que possible. Vous comprenez, je devrai trouver une autre locataire.

Elle se promettait déjà d'être plus prudente dans son choix. Le dernier ajout à la communauté lui laissait des regrets.

— Justement, je cherchais l'occasion de vous en parler, mais en même temps je ne veux pas nuire à monsieur Lefort.

Précile se fit très attentive.

— Adrien et moi avons l'intention de demeurer dans une pension, puisque nous n'entendons pas fonder une famille avant la fin de la guerre. Mais vous n'avez qu'une seule pièce double…

La logeuse ne doutait pas que la gentille jeune fille continuerait à être facile à vivre, son futur époux devait donc l'être aussi. De plus, Lefort avait payé jusqu'en mai. Comme il se donnait le droit de rester ou de partir par la suite, Précile devait être libre de le garder ou non.

— Avant de chercher à louer ailleurs, voudriez-vous me le dire ? Monsieur Lefort voudra peut-être retrouver sa femme, et moi j'aimerais vous garder.

Quand Eudes Latour revint du travail le 5 février, ce fut pour trouver Auréa en train de mettre la table. La jeune femme portait sa grossesse avec élégance et fierté. En entendant la clé insérée dans la serrure, elle s'empressa d'aller lui ouvrir :

— Tu as passé une bonne journée ? demanda-t-elle en l'embrassant.

— Plutôt. Avec ce froid, le défilé des grippés est incessant.

— J'espère que tu ne l'attraperas pas.

La menace de contracter une maladie contagieuse pesait sur tous les pharmaciens. La jeune femme se tenait près de son mari, prête à prendre son manteau pour l'accrocher dans la penderie.

— J'espère aussi. Et toi, comment était ta journée ?

— Quand tu seras à table, tu pourras en juger…

— En tout cas, l'odeur est prometteuse.

Auréa continuait de prendre des cours de cuisine et elle lisait très attentivement le livre *La cuisine raisonnée*. Eudes s'installa à sa place à table, sa femme commença par le servir, pour venir s'asseoir avec lui ensuite. Après quelques bouchées, il donna son appréciation positive.

— Je dois faire des progrès, admit la jeune femme. Maintenant, je trouve la recherche des aliments plus difficile que la préparation du repas.

Personne ne souffrait de la faim – une occurrence fréquente pendant la crise –, mais tout le monde avait l'impression qu'une partie exagérée de la production agricole prenait le chemin de l'Angleterre, laissant le Canada en pénurie. Dans une économie de plus en plus dirigée par des fonctionnaires, le gouvernement avait fixé les objectifs pour 1942 : le Canada devait produire six cents millions de livres de bacon, cent vingt-cinq millions de livres de fromage, cinquante millions de douzaines d'œufs, trois cent soixante-treize mille livres de légumineuses. Une importante fraction de ces vivres serait destinée à l'exportation. Si plusieurs organisations donnaient maintenant des cours de cuisine, c'était pour amener les ménagères à faire plus avec moins.

— Tu te tires très bien d'affaire, lui dit Eudes. Il serait temps de recevoir les Samson.

Un petit effarement passa dans le regard d'Auréa. Elle ne pensait pas encore être suffisamment compétente pour cela. Eudes passa au salon à la fin du repas, une tasse de thé à la main. Elle l'accompagna en disant :

— Je dois avouer que je suis un peu surprise de te voir aller assister ce soir à une réunion politique. Surtout par ce temps.

— Ce n'est pas une campagne ordinaire. L'enjeu est la conscription pour le service outremer.

— Même si les candidats libéraux sont battus dans les trois comtés où il y a des élections, ça n'affaiblira pas vraiment le gouvernement King.

— Tu as raison, mais comme il y a deux comtés dans Québec, si tout le monde vote contre les candidats de son parti, il saura à quoi s'en tenir.

— En plus, ça te permet de revoir monsieur Gonthier.

— Eux aussi, il conviendrait de les inviter à souper. Je veux dire avec Précile.

S'il attribua la grimace de sa femme à sa crainte que son repas ne soit pas à la hauteur, il existait une autre raison : ceux-là n'étaient pas mariés. Ne risquait-elle pas de ruiner sa propre réputation en les recevant ? Les commères ne se distinguaient pas par leur ouverture d'esprit, ni par leur charité chrétienne.

∞

Quand il arriva à l'église du Gesù, rue Bleury, Eudes constata que de nombreux Montréalais avaient aussi entendu l'appel. Une foule se pressait dans les environs. Il ne se dirigea pas vers le temple proprement dit, mais vers la salle de spectacle située en sous-sol. Léandre l'attendait près de l'entrée. Après un échange de poignées de main, tous les deux entrèrent.

L'endroit pouvait accueillir quelques centaines de personnes assises. Ces places étaient déjà presque toutes occupées. Finalement, ils se retrouvèrent debout, appuyés contre le mur.

— Si Ernest Lapointe n'était pas mort l'automne dernier, jamais Mackenzie King n'aurait osé remettre en jeu la question du recrutement pour le service outremer, dit Eudes.

Élu à Québec, ce ministre avait agi en tant que lieutenant canadien-français au cours des dernières années, presque un premier ministre associé. Lors des élections provinciales de 1939, les libéraux fédéraux étaient intervenus pour promettre que les règles de recrutement ne forceraient personne à servir outremer ; ils avaient recommencé lors des élections fédérales de 1940. Et là, les politiciens voulaient être dégagés de cet engagement.

— S'il était là, je suis certain que lui aussi prendrait à son compte les arguments maintenant à la mode. En 1939, et même en 1940, personne ne pensait que le conflit serait aussi long, qu'Hitler contrôlerait l'Europe, et que les Japonais multiplieraient les victoires en Asie. La guerre de 1942 n'a plus rien à voir avec celle du moment où ces promesses ont été faites, affirma Léandre.

Eudes jeta sur lui un regard soupçonneux, au point où ce dernier se mit sur la défensive :

— Je ne te dis pas que je suis d'accord avec eux. Mais je crois que si Lapointe était toujours vivant, il dirait la même chose que les autres.

Bientôt, Ligori Lacombe, le chef d'un nouveau parti politique, le Parti canadien, monta sur la scène pour haranguer la foule. Député libéral de Laval à Ottawa jusqu'à tout récemment, il siégeait maintenant comme indépendant. Il commença par rappeler toutes les promesses formulées par le passé, donnant les noms, les dates et les lieux. Puis pour conclure, il dit:

— Rappelez-vous que toutes les nations qui nous font la guerre ont été réarmées avec le nickel, l'acier et d'autres métaux venant du Canada. Les mêmes personnes ont bâti des fortunes en fournissant les moyens de s'entretuer à tous les belligérants.

Le Parti canadien présentait deux candidats aux élections complémentaires tenues dans Québec-Est et dans Sainte-Marie, à Montréal. Dans le premier cas, il s'agissait de combler le vide laissé par la mort d'Ernest Lapointe. L'anti-conscriptionniste Paul Bouchard affrontait Louis Saint-Laurent, un avocat prospère appelé à devenir le prochain lieutenant canadien-français de King.

Dans Sainte-Marie, il s'agissait également de remplacer un député décédé en 1941, Hermas Deslauriers. Le candidat du Parti canadien, Raoul Périllard, affronterait le libéral Gaspard Fauteux.

Les deux candidats se succédèrent sur scène.

— Le Royaume-Uni n'avait nul besoin du Canada pour gagner sa guerre, affirma Paul Bouchard. Que King ait décidé de participer de sa propre volonté témoigne de notre condition de colonie.

Périllard insista beaucoup sur le fait que personne ne demandait d'être relevé d'une promesse s'il ne désirait pas la trahir. En conséquence, les affirmations de Mackenzie King, selon lesquelles la conscription ne serait pas nécessairement adoptée, étaient mensongères.

Ces politiciens prêchaient à des convertis, toutes les personnes présentes, des hommes jeunes pour la très grande majorité, hurlèrent leur appui à ces paroles. Il s'agissait de ceux qui seraient éventuellement conscrits.

— Ces gars-là risquent de tout détruire en sortant, tellement ils se sentent trahis, cria Eudes pour couvrir le bruit ambiant.

— Pas par ce froid.

Léandre avait raison. Quand ils quittèrent la salle, les spectateurs formulaient des menaces pour tout ce qui était libéral ou militaire. À l'intérieur, la chaleur due à tous ces corps entassés leur mouillait les reins. Mais dehors, l'air froid leur brûla les poumons. Le risque d'attraper la crève n'était pas négligeable.

Les deux hommes marchèrent un moment côte à côte, puis se serrèrent la main au moment de se séparer.

— Selon toi, ça ne sert à rien ? demanda Eudes.

— La plupart des gens n'iront pas voter. Les candidats du Parti libéral vont rentrer partout.

— Mes compatriotes me dépriment, conclut le pharmacien.

Ensuite, Léandre pressa le pas afin de retrouver au plus vite la chaleur de la pension. Eudes se consolerait du comportement politique de ses concitoyens une fois couché auprès d'Auréa.

Alors qu'il montait les marches donnant accès à la pension, Léandre s'étonna de voir la lumière toujours allumée dans le salon. Cela l'empêcherait de passer directement dans la chambre de Précile. Depuis l'entrée, il entendit le bulletin de nouvelles à la radio.

— On parle déjà des réunions de ce soir ? demanda-t-il à Jean Lefort.

— Ils en ont parlé seulement un peu pour dire combien les esprits sont montés contre la conscription.

— Cela traduit bien ce que j'ai entendu.

Léandre prit place dans un fauteuil pour écouter les dernières minutes de l'émission. Quand son voisin se leva pour éteindre l'appareil, il dit encore :

— Ce ne sera pas une mince affaire de vendre la volte-face du gouvernement aux Canadiens français. Les politiciens ont fait leur promesse il y a deux ans, tout le monde s'en souvient.

— Il y a deux ans, personne ne savait que l'Allemagne battrait la France en un mois tout juste, ni qu'elle se rendrait aux portes de Moscou.

Léandre se souvenait des articles publiés en 1939 disant aux volontaires de ne pas envahir les bureaux de recrutement pour s'enrôler. On croyait alors que la guerre serait vite terminée, qu'elle n'exigerait pas une grande participation du Canada. Cela en disait long sur la compétence des analystes.

— Les jeunes hommes que j'ai vus tout à l'heure pensent quand même qu'une promesse est une promesse.

— Très sérieusement, je crois qu'ils préféreront recevoir une mauvaise médecine des mains de King plutôt que de celles de Meighen.

Le chef du Parti conservateur réclamait depuis des mois l'envoi en Angleterre de toutes les recrues, sans distinction. Tous ces zombies suscitaient la colère des fidèles à l'Empire et à la mère patrie, qui n'hésitaient pas à les traiter de lâches ou de traîtres.

— Bon, maintenant je vous laisse aller dormir, dit Lefort en quittant son siège.

Léandre lui souhaita bonne nuit. Finalement, il pourrait aller directement à la chambre de Précile sans passer par la sienne.

Les élections complémentaires se tenaient en ce 9 février. Les bureaux de scrutin étaient d'ailleurs encore ouverts à l'heure du souper. Dans la salle à manger de la Pension Caron, les convives sentaient l'électricité dans l'air. Jean Lefort mangeait sa soupe en silence, certain de l'orage prochain.

— Monsieur, commença Jovette, il semble établi que les candidats libéraux vont remporter leurs sièges au Québec.

— C'est d'autant plus probable que les conservateurs ne présentent pas de candidats dans Sainte-Marie et dans Québec-Est.

Une gentillesse payée en retour: les libéraux s'abstenaient de le faire dans York-South afin de permettre au nouveau chef du Parti conservateur, Arthur Meighen, d'obtenir enfin un siège à la Chambre des communes.

— Avec ces résultats, King se sentira justifié d'imposer son plébiscite.

— Je pense qu'il se sent déjà justifié si une majorité de députés l'autorisent à le faire.

Ce qui arriverait certainement, indépendamment du résultat des élections tenues ce jour-là. Léandre adressa un regard compatissant à Précile. De toutes les personnes cherchant une chambre à louer au mois de novembre précédent, elle avait sans doute choisi l'une des rares qui appuyait sans nuance l'effort de guerre.

— Comme il a promis aux Canadiens français de ne pas recourir à la conscription pour le service outremer, dit Jovette, ce plébiscite ne s'appliquera donc que chez les Canadiens français.

Il était facile de savoir où elle voulait en venir.

— Cette promesse a été faite à tous les Canadiens.

— Je pense que jamais elle n'a été formulée en anglais.

Lefort haussa les épaules, pour signifier qu'il n'en savait rien.

— Nous faisons cette guerre pour soutenir la démocratie. Que ce soit dans un plébiscite ou une élection générale, toute la population est consultée.

Précile fut sur le point d'intervenir, sans en avoir le temps.

— Pourtant, le comportement de King n'a rien de démocratique, insista Jovette. Prenons un exemple facile. Disons que vous vous êtes entendu avec mademoiselle Caron pour lui verser une pension de quinze dollars par semaine, et maintenant vous décidez de réduire vos paiements à douze dollars. Vous ne pourriez pas nous demander à tous d'approuver votre façon de rompre cette entente. Vous avez promis un montant à mademoiselle, elle seule peut vous autoriser à le réduire.

L'argument présentait assez bien la situation. King et ses candidats avaient promis aux Canadiens français de ne pas les recruter de force pour les combats. Et là, il voulait demander à une large majorité de Canadiens anglais conscriptionnistes de le libérer de cette promesse.

Parmi les gens faisant campagne au Québec contre la conscription, il y avait des professeurs et les étudiants de l'École des hautes études commerciales. Peut-être que Jovette avait eu à taper à la machine leurs discours ou leurs articles destinés à des revues ou des journaux. En tout cas, elle comprenait l'essence de leurs arguments.

— Non seulement je ne négocierai pas à la baisse avec mademoiselle Caron, dit Lefort, mais j'ai payé mon dû jusqu'en mai.

Jovette Dupéré aurait sans doute trouvé une parade à l'argument. Sa logeuse ne lui laissa pas le temps de répliquer :

— Je pense avoir démontré beaucoup de patience jusqu'à maintenant. À compter d'aujourd'hui, je vous demande de ne plus aborder de sujets politiques à table, ou dans le salon. Je veux bien aider ceux qui ne supportent pas cette contrainte à dénicher un logement ailleurs.

Son regard se porta sur Jean Lefort et ensuite sur Jovette Dupéré, car c'était elle qui prenait l'initiative de provoquer ces affrontements. Après cela, le repas se termina dans un silence de cloître.

∞

Le lendemain, quand Léandre Gonthier arriva à La Sauvegarde, il trouva de très nombreux collègues réunis en petits groupes afin d'échanger sur les derniers événements politiques. Comme pour suivre leur exemple, il marcha jusqu'au bureau de Louis et frappa à sa porte.

— Je peux ? dit-il en ouvrant.

Le comptable lui désigna la chaise en face de son bureau.

— As-tu gagné tes élections ? demanda le visiteur.

— Il n'y en avait pas dans mon comté.

— Tout de même, tu dois avoir ton idée à ce sujet.

— Marié et bientôt père de famille, je suis probablement à l'abri de la conscription. Avoir vingt ans et être célibataire, je serais peut-être un chaud partisan de Ligori Lacombe.

— Mais tu ne l'es pas.

— Avec tous les récits des massacres perpétrés par les Allemands, et maintenant par les Japonais, je crois qu'il faut les arrêter.

— Tu ne penses pas que les journaux exagèrent ces massacres ? On a un employé du service de la propagande à la maison.

— Je lis les journaux des États-Unis. Ce pays était encore neutre début décembre. Leurs récits ne sont pas moins sanglants que les nôtres.

Léandre hocha la tête. À la place de tous ces jeunes, il aurait prié de toute son âme pour échapper au combat. Toutefois, lui aussi croyait qu'il fallait les arrêter.

— Je m'inquiète pour Précile. À tous les soupers, elle craint que le sujet de la conscription, ou n'importe quel sujet lié à la guerre, ne soit abordé. Hier, elle a offert d'aider les personnes qui ne pouvaient s'empêcher d'en parler à se loger ailleurs.

Louis imaginait mal son ancienne propriétaire faire la discipline parmi ses pensionnaires. Alors que sa mère, Cédulie, y serait sans doute arrivée sans ciller.

— Quels sont les protagonistes de ces débats ?

— Le gars de la propagande et Jovette Dupéré.

— Jovette ?

— Tu aurais du mal à trouver un *debater* plus efficace. Si elle se mettait en tête de faire de la politique, ces messieurs n'auraient qu'à bien se tenir.

Louis sourit en imaginant trois célibataires endurcis, elle, Maurice Duplessis et Mackenzie King, sur la même tribune.

— Je suis un peu déprimé du fait que seulement un tiers des électeurs se soient déplacés pour aller voter, dit encore Léandre. Et les candidats du Parti canadien ont été battus à plates coutures.

— Moi je suis plutôt content qu'Arthur Meighen ait été battu dans York-South, dit Louis.

Parce que le nouveau chef du Parti conservateur était partisan d'une application inflexible de la conscription. Comme son interlocuteur ne réagissait pas, il ajouta :

— Comme les libéraux n'avaient présenté personne contre lui, c'est un membre de la Co-operative Commonwealth

Federation qui a gagné dans un comté peuplé d'Anglais. Ce parti est pacifiste.

— Je ne vois pas de différence.

— Un gars qui voulait envoyer toutes les recrues sur les champs de bataille vient de voir sa carrière politique prendre fin grâce à des électeurs canadiens-anglais. Car il ne survivra pas à cet affront. King devra se montrer très prudent s'il veut élargir la conscription. Meighen l'aurait fait en sauvage.

Cela paraissait une bien faible consolation pour Léandre, et pour tous les jeunes qui craignaient de combattre.

Chapitre 21

Suivant une habitude vieille de quelques années maintenant, Précile s'était rendue rue Saint-Hubert afin de partager le dîner de sa mère. Elle ne lui demandait plus si la vie conjugale avec Hermas se passait bien. Ces deux-là semblaient résolus à se bâtir une existence toute feutrée. Même les enfants issus du premier mariage se faisaient à l'idée du choix de leur père.

En réalité, des deux, c'est la jeune femme qui avait l'existence la plus frustrante, que ce soit au niveau du travail ou de la vie sentimentale. Quand elles furent à table, la mère demanda :

— L'affaire de Léandre progresse-t-elle ?

— Nous n'avons aucune nouvelle. Alors il m'a demandé de ne plus aborder le sujet. Je pense qu'il ne veut pas se créer d'attentes.

— Il pense que ce sera un refus ?

— Nous connaissons l'existence de nombreux couples séparés dans la paroisse. Jamais nous n'entendons parler d'annulation. C'est sans doute parce que ça n'arrive pas.

— Ça arrivait dans le passé pour les rois ou les reines, dit Cédulie.

— Justement. Pour le commun des mortels, ça ne semble pas être une option. En même temps, Léandre se montre de plus en plus imprudent. Nous sortons comme un couple marié, et surtout il me rejoint dans ma chambre presque tous les soirs. Personne ne peut ignorer la situation, dans la pension.

— Tu as entendu des remarques ?

— Même pas. D'ailleurs, Jeanne aussi s'est trouvé un consolateur. Comme il n'habite pas dans la maison, ça passe à peu près inaperçu.

— Tu aimerais que Léandre quitte la pension ?

— S'il habitait un appartement à l'ouest du boulevard Saint-Laurent, mes visites pourraient rester secrètes. Mais nous ne nous verrions presque plus parce que je dois être à la pension tous les soirs.

Rien dans leur mode de vie ne pouvait ressembler plus à une vie conjugale, hormis la présence des locataires. Précile choisit de passer à un sujet moins déprimant :

— En plus, j'ai bien l'impression que l'un de mes locataires finira par faire arrêter une autre de mes locataires par la gendarmerie royale.

— Tu parles de ton agent secret ?

On prêtait à l'employé d'un service de propagande mille et une fonctions méprisables.

— Il évite soigneusement le sujet de la guerre, mais mademoiselle Dupéré se fait un malin plaisir de le provoquer avec des arguments très convaincants.

— J'imagine la chère Jovette en voisine de Camillien Houde dans un camp de prisonniers Elle arriverait sans doute à donner envie à ses geôliers de la libérer, juste pour avoir la paix !

— C'est au point où lundi j'ai proposé d'aider à déménager ceux qui ne pouvaient s'empêcher de discuter de la guerre. Depuis, elle a l'air de vouloir me fusiller.

— Si elle s'en va, ça te fera deux chambres à louer.

Car Yvette n'accepterait sans doute pas son départ. Ce couple aussi arrivait à mener une existence discrète.

— Mais en louant à n'importe quel Canadien français, je devrais faire face au même scénario. Tout le monde est contre la conscription et une majorité s'oppose à toute participation à la guerre.

— Monsieur Lefort n'a pas envie de retourner vivre à l'hôtel ?

— Si c'est le cas, il n'en laisse rien paraître.

Au contraire, la situation semblait lui procurer un plaisir pervers.

— Avec un plébiscite à l'horizon, dit Cédulie, la situation ne s'améliorera pas tout de suite. La Ligue pour la défense du Canada vient d'être créée.

— Tu parles de ces gens qui se sont réunis au marché Saint-Jacques mercredi dernier ?

Les journaux avaient longuement rendu compte de cette réunion politique deux jours après les élections complémentaires, citant des noms totalement inconnus jusque-là, comme Pierre Trudeau ou Jean Drapeau.

— Comme si le Canada était menacé ! dit encore Précile.

— Même si personne ne connaît la question du plébiscite, ils vont défendre le "Non". Ils ne peuvent pas s'afficher contre la participation à la guerre, ce serait risquer de se retrouver dans un camp. Alors ils réclament que les hommes conscrits au Canada ne servent qu'à la défense du Canada, pour laisser la participation aux combats aux seuls volontaires.

— Qui va se retrouver dans cette ligue ?

Cédulie profitait sans doute de son temps libre pour parcourir les journaux, ou alors Hermas passait ses soirées à démêler tous ces événements pour elle. Car c'est en affichant une certaine autorité qu'elle expliqua :

— Tous les Canadiens français. D'abord les jeunes hommes de vingt à vingt-cinq ans qui risquent d'aller au combat, leurs fiancées, leurs parents, leurs oncles, leurs tantes. Le plébiscite n'aura pas lieu avant avril. Tu en as encore pour deux mois à subir des discussions à table.

Si Précile espérait quitter sa mère avec un meilleur moral, ce ne serait pas le cas. Cédulie lui promettait de longues semaines de tensions. Et sa vie intime ne contenait pas de promesse d'embellie non plus.

Après avoir débarrassé la surface de son bureau de tous les papiers qui l'encombraient, Constance mit ses couvre-chaussures et son chapeau, puis posa son manteau sur son avant-bras. Son travail de la journée du samedi 14 février était terminé. Elle se dirigea vers le bureau de son époux. La porte était grande ouverte, mais Louis avait encore le nez plongé dans un registre.

— Inutile de tenter de te faire bien voir du patron, il est parti.

— Mais je compte sur toi dès lundi prochain pour faire allusion au pauvre comptable qui croule sous le travail.

— Que feras-tu quand je ne serai plus là pour plaider ta cause ?

L'homme posa les yeux sur son tour de taille. Dans deux mois, sa remplaçante occuperait son bureau au fond du couloir.

— Je mettrai des vieux vêtements, du maquillage sous les yeux pour imiter les cernes, et j'irai lui expliquer combien mon salaire est insuffisant pour faire vivre une famille.

Tout en parlant, il avait fermé le grand livre pour le mettre dans un classeur. Il quitta sa chaise et alla mettre sa paume sur le ventre de sa femme.

— Alors, Valentine, tu es prête à rire aux larmes devant les facéties de ton ancien collègue ?

Depuis le matin, il l'appelait par ce prénom, même devant des collègues.

— J'essaierai de ne pas trop m'esclaffer, pour ne pas provoquer l'accouchement. C'est pour le souper ensuite que je me pose des questions. Aujourd'hui, quand j'irai au lit, j'aurai été debout depuis plus de seize heures.

— Écoute, ça me semblait une bonne idée, mais si nous nous excusons, Précile et Léandre comprendront très bien.

— En même temps je veux profiter de la grande cuisine offerte par un établissement qui s'appelle Le roi du chien chaud. Que dirais-tu de rester ici jusqu'au moment de nous rendre au théâtre ? Je pourrais même m'étendre sur le divan dans le bureau de monsieur Canuel pendant une heure.

— Tu te passerais de manger un peu avant le spectacle ?

— Tu iras chercher quelque chose pour toi dans un café voisin.

Certaine que son mari approuverait son plan, elle avait déjà enlevé son chapeau. Elle en fit autant avec ses couvre-chaussures.

— Je préfère laisser ça ici. Tu me trouveras au fond du couloir en revenant.

Après une petite bise et un merci murmuré, elle quitta la pièce. Quand Louis commanda deux sandwichs dans un commerce voisin, l'employé commenta :

— Faire de l'*overtime* le jour de la Saint-Valentin, c'est courir après le trouble. En tout cas, si madame devient disponible, je tente ma chance.

Puis l'homme de soixante-dix ans éclata de rire. Il la connaissait pour l'avoir vue souvent à son bras.

— Vous n'avez aucune chance, elle va faire de l'*overtime* avec moi. Je prendrai aussi deux orangeades.

Dix minutes plus tard, Louis entrait dans le bureau de l'un des vice-présidents de La Sauvegarde. Constance était étendue sur le côté sur le beau canapé.

— Ne pas avoir ma fille qui pèse sur ma vessie me fait du bien.

Tous les deux feignaient encore de croire à la prédiction de Luce Canuel : si le père ne grossissait pas, ils auraient une fille.

— Je te le répète, si tu préfères rentrer en vitesse, ils comprendront.

— Non, c'est sans doute notre dernière sortie avant de longs mois.

Louis mangea son sandwich de bon appétit, elle avala tout au plus deux bouchées. Ensuite, Louis plongea la main dans sa poche pour chercher une petite boîte oblongue.

— J'avais pensé te donner ça au restaurant où notre histoire a vraiment commencé.

À la fin de 1937, elle avait finalement accepté son invitation à sortir, ils étaient allés manger dans un établissement situé tout près du bureau. Elle ouvrit le petit écrin, pour découvrir une broche. Plusieurs semaines plus tôt, au moment de récupérer sa montre dans une bijouterie, elle l'avait contemplée un long moment. Cela n'avait pas échappé à Louis.

— Seigneur, si j'avais admiré une Cadillac, tu me l'aurais achetée ?

De la main, elle lui fit signe de s'approcher, histoire d'éviter d'avoir à se lever. Il se pencha sur elle pour l'embrasser longuement.

— Non, mais peut-être le foulard traînant sur la banquette.

Il posa le bout des fesses sur le canapé et caressa son ventre.

— Si ce n'était pas déjà fait, je pense que maintenant, je te demanderais de m'épouser.

— Je dirais oui.

— Tant mieux, parce que séparés, nous aurions l'air fin avec deux enfants.

Elle ouvrit les bras pour l'embrasser encore. Cette façon de toujours inclure Laurent dans l'équation familiale la touchait encore.

Un 14 février, un samedi qui plus est, il était impératif d'avoir réservé assez tôt pour trouver une place dans un restaurant. Hélène Martin s'était occupée de le faire une dizaine de jours plus tôt, au café voisin de l'étude de son patron. Avant d'entrer, Adrien et elle s'embrassèrent sur le trottoir. Un jour comme celui-là, ils se crurent même autorisés à faire durer un peu le plaisir.

Son fiancé et elle seraient parmi les premiers à occuper une table. Aucun des deux n'ayant souhaité passer d'abord à son domicile, ils précédaient les autres couples. Aussi Adrien dit au serveur qui apporta les menus :

— Pas tout de suite pour le repas. Par contre, nous prendrons un verre de vin.

— Tu peux prendre autre chose, tu sais, murmura sa compagne.

Dans ce domaine, il s'adaptait toujours à son choix.

— Ce sera tout de même du vin rouge.

Quand le garçon fut parti, Hélène reprit :

— Si tu étais seul, tu ne prendrais pas ça.

— Seul, je serais dans une taverne avec une grosse Molson sous les yeux, avec d'autres esseulés.

Elle attendit patiemment d'être servie avant de sortir une boîte longue et toute mince de son sac.

— J'ai pensé t'offrir un petit quelque chose.

Il l'ouvrit pour découvrir une jolie cravate dans des tons de gris.

— C'est la deuxième que je t'offre, je sais. Mais je la trouvais très jolie.

— Moi aussi. D'ailleurs j'ai eu des compliments pour la première.

— Tu vas me faire croire qu'au travail, vous vous faites des compliments sur vos vêtements.

Elle présentait un sourire sceptique.

— Au travail non, mais à la pension, oui. C'est comme chez toi, il n'y a pas que des hommes.

La jeune femme faisait un effort particulier pour ne pas penser à ces voisines, justement. Après tout, Auréa avait connu son mari de cette façon.

— Elles ont du goût, ajouta-t-il, et pas seulement pour les cravates. Je leur ai montré ta photo et elles t'ont trouvée très jolie.

— Tu me fais marcher.

— Pas du tout.

L'exercice lui avait surtout permis de clarifier sa situation. Car dans les pensions de la rue Milton aussi la rareté des prétendants préoccupait les locataires. Il n'y avait pas de meilleure époque pour des hommes en quête d'affection. D'ailleurs, des moues déçues avaient accompagné les commentaires sur la beauté de cette inconnue.

— Je parie que tu es certaine que je n'ai pas pensé à t'offrir un présent.

En disant cela, il se leva pour aller chercher quelque chose dans son paletot. Quand il revint avec une boîte un peu plus grande que la sienne, Hélène crut bon de dire :

— Tu sais, je n'aurais pas été déçue. Les hommes pensent moins à ce genre de chose que les femmes.

Elle n'était pas très convaincante. Quand elle ouvrit la boîte, ce fut pour découvrir des bas de soie.

— Oh ! Il y a plus d'une paire.

— Il y en a trois. Il paraît que c'est fragile.

Dans l'éclairage tamisé du restaurant, ils lui parurent fumés.

— C'est devenu très rare, non ?

— Assez difficile à trouver, en tout cas.

Elle le soupçonna de les avoir achetés dans une ruelle sombre, d'un homme à l'air louche. Pour un employé des services de planification économique, les commentaires dans les journaux n'auraient pas manqué de sel s'il avait été arrêté pour avoir profité du marché noir.

Hélène quitta sa place pour aller embrasser son amoureux.

— Je les porterai à notre cérémonie.

— Justement, ton père a-t-il pu nous ménager une autre rencontre avec Sa Sainteté ? Moi, j'ai tous mes papiers.

Il parlait du curé de la paroisse de sa fiancée, à Sherbrooke. L'illustre personnage ne paraissait pas trop s'émouvoir des projets matrimoniaux de l'une de ses paroissiennes. À sa décharge, de nombreux mariages étaient célébrés au printemps, et en limitant leur disponibilité au seul samedi, ils entraient en compétition avec beaucoup d'autres activités, religieuses ou profanes, où on appréciait la présence d'un prêtre. Un reportage publié dans *La Tribune* avait d'ailleurs rendu compte de l'une de ses visites à la base militaire de Sherbrooke. Une photographie le montrait avec les mains sur une mitrailleuse lourde.

— Si nous sommes disponibles le 14 mars, à deux heures, il le sera aussi.

— À moins que le premier ministre King demande à me voir, je t'accompagnerai.

— Penses-tu que monsieur King te laisserait partir plus tôt, ce samedi-là ?

— En tout cas, si je ne lui demande pas la permission, il ne pourra pas me dire non. Quant à mon superviseur immédiat, je lui ai raconté que le jour où il m'a prêté sa Ford, je me suis trouvé une fiancée. Ce sera pour lui une façon de continuer sa mission de Cupidon.

Comme le serveur s'approchait, ils mirent un moment pour consulter le menu. Après avoir commandé, Adrien put satisfaire sa curiosité :

— Je suppose que ta mère est tellement entichée de moi qu'elle désire profiter plus longtemps de ma présence ?

— Depuis que tu es venu chez mon patron pour parler d'un contrat de mariage et que tu désires voir monsieur le curé une seconde fois, elle t'apprécie beaucoup.

Madame Martin estimait sans doute avoir terminé son travail d'élever une grande fille. Une réussite qui lui vaudrait les mots *magna cum laude* sur un diplôme. Avec grande distinction.

Hélène continua :

— J'aimerais inviter quelques amies samedi soir, histoire de te présenter.

— Quelques ?

— Trois. Les deux premières viendront avec un fiancé et un époux. La troisième espère vaguement trouver le sien chez les Martin.

Théophile savait-il qu'un guet-apens conjugal se préparait ? Sans doute. Très probablement, les deux protagonistes avaient demandé à Hélène de concocter tout ça.

— Ce sont des voisines, et des amies de couvent.

— Bien sûr, j'accepte.

Elle le remercia d'un sourire et d'un battement de cils.

— Toi, maître Trottier te permet de partir plus tôt ?

— Il s'attend à être invité au mariage.

— Tu ne crains pas de dormir au même étage que moi? À moins que ta mère m'envoie coucher à l'hôtel.

— Cette fois, je verrouillerai ma porte de l'intérieur et je ne sortirai pas avant l'heure de la messe, le lendemain. Il n'y aura pas de rencontre dans le couloir.

— Tu ferais mieux d'avoir un pot de fleurs dans ta chambre. Tu dormiras mieux…

Devant leur repas, ils discutèrent de la date de la cérémonie. Juste pour le plaisir. Car à la fin, monsieur le curé en déciderait seul.

Léandre et Précile avaient quitté la table en vitesse, abandonnant à Jeanne la responsabilité de servir le dessert, et ensuite de desservir. À nouveau, ils donnaient le spectacle de leur intimité: sortir ensemble le jour de la Saint-Valentin. Un peu avant huit heures, ils arrivèrent dans le foyer du Monument-National.

Les retrouvailles entre amis s'accompagnèrent de bises et de poignées de main.

— Vous rendez-vous compte que nous assistons à nos cinquièmes Fridolinades ensemble? demanda Louis.

— Il ne faut pas insister ainsi sur le temps qui passe, dit Précile.

Tout de même, son sourire disait qu'elle ne lui en voulait pas. Léandre se dévoua et alla acheter des programmes. Le titre de cette édition était *Fridolinons 42, ou Le tricentenaire du rire*.

— Cette histoire du tricentenaire de Montréal devient un peu ridicule, commenta-t-il. Il y a des annonces dans les journaux pour vendre les souliers du tricentenaire, les meubles du tricentenaire.

— La crème glacée du tricentenaire, ajouta Précile.

En partageant ces commentaires, ils s'étaient déplacés vers la grande salle de spectacle. Les billets à un dollar soixante-cinq – taxes comprises, disait l'affiche – leur donnaient accès à de bonnes places. Louis aida sa compagne à se défaire de son manteau, Précile les suivit du regard. Comme les deux femmes se trouvaient assises sur des sièges voisins l'un de l'autre, elle demanda à voix basse :

— Je peux toucher ?

Constance accepta en hochant la tête. La logeuse posa une paume légère sur son ventre.

— Maintenant, ça ne risque plus de m'arriver. C'est pour ça que je crains les années qui passent. C'est une succession de deuils.

Ensuite, tous les quatre demeurèrent silencieux, mal à l'aise devant cette expression de douleur. Après un moment, Précile murmura :

— Je m'excuse.

Constance chercha sa main gauche pour la serrer, Léandre fit la même chose avec la droite.

Heureusement, le rideau s'ouvrit bientôt sur un Fridolin assis sur un escabeau, les pieds pendants, de gros livres sous les yeux. Il attendait une « opération », et jouait sur la confusion entre une opération militaire et une opération chirurgicale. Il montrait sa peur, le contexte de guerre le rendait acerbe. Et, déception suprême, il ne pourrait même pas se rendre à l'hôpital en ambulance.

Heureusement, la suite se révéla plus joyeuse. D'abord à cause des danseuses, légèrement vêtues et avec des plumes fichées sur le postérieur. Puis des comédiennes et des comédiens connus, avec entre autres Juliette Béliveau, Juliette Huot, Berthe Demers – une chanteuse et danseuse âgée de quinze ans –, madame Sylva Alarie, Fred Barry, Clément Latour, Joseph-Robert Tremblay, Gaston Saint-Jacques et Henry Poitras.

La revue était constituée de sketches se succédant rapidement, avec des titres comme *En p'tits chars*, *Revue-Cafétéria*, *La journée d'un perron* – avec une répartie inoubliable de la jeune Juliette Huot: « Tu sauras qu'y m'a pas touchée » –, *Bingo*, *Les parents s'ennuient le dimanche* – avec des sous-entendus soulignés à gros traits sur la sieste –, *Marianne s'en va-t-au moulin*, *Le bal chez Boulé*. La finale, *La procession du tricentenaire*, pessimiste à souhait au sujet du sort du Canada français, laissa un goût amer.

Le tout s'étendit sur plus de trois heures.

Un peu après neuf heures, Adrien demanda l'addition. Peu à peu, le restaurant s'était rempli de jeunes couples, fiancés ou jeunes mariés, et de plus âgés qui trouvaient encore du plaisir à deux ou trois heures en tête à tête, sans radio et sans journaux pour les aider à traverser l'épreuve.

Devant la pension, ils se firent face. De ses mains gantées, Hélène prit les revers de son manteau et l'embrassa sur la bouche, longuement. Adrien sentit la langue tenter de passer ses lèvres. Il se fit accommodant. Il l'encercla de ses bras et caressa son dos du plat de ses mains.

Ensuite il recula un peu.

— Maintenant, ma belle, tu vas rentrer. Tu m'as fait une demande que j'entends satisfaire.

Ne pas la pousser à aller trop loin. Elle hocha doucement la tête.

— Merci de ta gentillesse.

Hélène gravit les quelques marches, glissa sa clé dans la serrure et se retourna pour un dernier salut de la main. À l'intérieur, elle appuya son dos contre l'huis, afin de reprendre son souffle. Des voix venues du salon l'incitèrent à ne pas s'attarder.

Après avoir enlevé ses couvre-chaussures, elle monta jusque sous les combles d'un pas léger. Comme un rai de lumière était visible sous la porte de Lise, elle prit bien garde de ne pas faire de bruit. Elle en arrivait à se sentir coupable de sa chance, peut-être comme un soldat qui, après une attaque, se découvrait le seul survivant de son peloton. Se montrer dans son état d'esprit présent lui paraissait cruel.

Elle se dévêtit à la seule lueur des lampadaires et de la demi-lune visible au-dessus des toits de l'autre côté de la rue. Dans la pièce voisine, postée à sa fenêtre, Lise les avait vus arriver. Elle avait même mesuré la durée du baiser.

Le restaurant Le roi du chien chaud, situé au 1478 de la rue Sainte-Catherine, laissait croire à un établissement spécialisé dans la vente de hot dogs. Pourtant, le menu était très varié, y compris du côté des boissons. Cependant, sa plus belle qualité était de demeurer ouvert toute la nuit.

Les deux couples occupèrent une banquette en « U ». Après avoir commandé, Louis demanda :

— Alors, qu'avez-vous pensé de cette édition ?

— C'est celle que j'ai le moins aimée, se risqua Précile. J'ai trouvé que c'était… grinçant.

— Nous vivons une époque grinçante, commenta son amant.

— Oui, mais les discussions amères à la pension me suffisent.

Pendant un long moment, elle fit part aux autres des divisions politiques parmi ses locataires, Léandre citant les meilleurs mots de Jovette Dupéré. Puis quand ce sujet fut épuisé, il dit à Louis :

— Tu ne nous as pas donné ton opinion.

— J'ai trouvé le ton désagréable. Fridolin ne parle plus comme un p'tit gars, mais comme un politicien sur le retour d'âge.

— C'est l'époque qui veut ça, commenta sa femme.

— Si vous avez envie d'assister à *Fridolinons 43*, je ne vous ferai pas faux bond. Mais si vous proposez quelque chose de différent, je me joindrai à vous avec plus de plaisir.

— Et pourquoi attendre le début de 1943 pour un prochain rendez-vous ? dit Constance. Comme je ne serai pas très sorteuse au cours des prochains mois, ça pourrait se passer à la maison.

Précile et Léandre convinrent que ce serait une merveilleuse idée.

Ils formaient un curieux petit groupe. Entre eux, Constance n'avait pas à présenter Laurent comme son petit frère, et Léandre et Précile ne prétendaient plus n'être que des amis. Après une heure à faire l'inventaire des possibilités de sorties l'été suivant, Louis leva la main pour demander l'addition.

Sur le trottoir, les « Au revoir » s'accompagnèrent de bises et de poignées de main. Léandre et Précile marchèrent bras dessus, bras dessous jusqu'à la pension. Louis tint la main de Constance quand elle prit place sur la banquette arrière d'un taxi. Il donna l'adresse au chauffeur et demanda à voix basse :

— Tu n'es pas trop fatiguée ?

Pour toute réponse, sa compagne posa sa tête contre son épaule. Quand ils entrèrent dans la chambre de leur appartement, Louis trouva un petit paquet enveloppé de papier rose sur son oreiller.

— Tout à l'heure, tu parlais de foulard. Tu as un don pour prédire l'avenir.

— Alors je nous prédis soixante Saint-Valentin.

Chapitre 22

Après un dimanche complet passé dans sa chambre, au petit-déjeuner du lundi, Lise Desrochers présentait encore une mine maussade. Les efforts d'Hélène pour amorcer une conversation demeurèrent vains. Puis quand Jovette Dupéré s'inquiéta de sa santé, elle eut du mal à ne pas exploser.

Dans le grand magasin, les mots « Madame, je peux vous aider ? » venaient avec un ton revêche. Heureusement, Hémérancienne Crépeau eut l'intelligence de ne pas lui adresser la parole.

Avant que la gérante ne vienne lui demander des explications, elle marcha vers Lucina pour dire :

— Veux-tu me rendre service ?

— Bien sûr, si je peux.

— Peux-tu dire à la patronne que je dois rentrer à la maison ?

— Ça n'a pas l'air d'aller.

— Des affaires de filles… Ça se passe jamais en douceur, et aujourd'hui c'est encore pire. J'espère juste qu'elle me sacrera pas dehors à cause d'une journée d'absence.

— Elle n'est pas comme ça. De toute façon, si elle se comporte en tyran, dans une usine de munitions tu gagneras cinq, même dix cents de plus l'heure, ajouta Lucina avec un sourire.

— Je te remercie. Bon, je suis mieux d'y aller.

Lucina la regarda s'éloigner en murmurant entre ses dents :

— Toi, ma fille, tu peux te compter chanceuse de les avoir, tes règles, difficiles ou pas…

Dehors, Lise marcha un peu vers l'ouest pour ne pas prendre le tramway juste en face de Dupuis Frères.

Elle descendit au-delà de l'intersection de Saint-Laurent, devant un centre de recrutement de l'armée canadienne. Des jeunes hommes entraient et sortaient, certains en uniforme, d'autres en civil. À l'intérieur, un caporal – le grade de Bob, le seul qu'elle savait reconnaître – l'intercepta en disant :

— Mademoiselle, où allez-vous comme ça ?

— Offrir mes services.

— Dans les CWACs ?

— Vous prenez aussi des femmes dans les régiments d'hommes ?

L'autre éclata de rire.

— Non. Dommage, parce que moi je vous prendrais tout de suite.

— Alors, je vais où ?

— Dans le couloir, là. C'est facile, il y a un seul bureau occupé par une femme.

La blonde alla dans la direction indiquée. Il y avait bien une « Captain Lowry » assise à son bureau. Une femme de quarante ans environ, grande et osseuse. Son grade et son nom étaient indiqués près de la porte.

— Madame, dit-elle de sa voix la plus douce, je peux vous parler ?

— *Captain*.

— … Pardon ?

— Ici, avec un uniforme ce n'est ni "madame", ni "monsieur". Je suis *captain*.

En français, son accent était à couper au couteau. Elle ressemblait à une bourgeoise de Westmount soucieuse de montrer son dévouement pour son pays. Ou pour l'Empire. On ne savait jamais avec ces gens-là.

— Bien, capitaine. J'aimerais vous offrir mes services.

— Dans le Canadian Women's Army Corps ?

La blonde hocha la tête.

— Et pourquoi ?

Elle demeura songeuse un instant, puis se résolut à dire la vérité :

— Parce qu'il ne se passe rien dans ma vie. Je vends des sous-vêtements. Je suis certaine que l'armée me fournira assez de situations nouvelles pour chasser mon ennui.

La femme lui adressa un petit sourire, une invitation à continuer.

— Au cours des derniers mois, deux gars que j'ai eus dans ma vie se sont embarqués vers l'Europe.

— L'armée, ce n'est pas pour retrouver un amoureux en fuite.

— Honnêtement, j'aimerais mieux ne pas les revoir. Surtout le second, qui m'a soigneusement caché son départ imminent. Je saurais me rendre utile. Tenez, je pourrais remplacer le gars à l'entrée. Il a voulu me recruter dans son régiment.

Cette fois, le capitaine Lowry rit de bon cœur.

— S'il a de l'énergie à ce point, j'admets qu'il serait plus utile avec une arme. Vous mesurez plus de cinq pieds ?

— Cinq pieds et trois pouces.

— Vous pesez plus de cent cinq livres ?

— Je ne sais pas combien, mais ça doit être plus que ça.

— Vous avez au moins une huitième année ?

— Une onzième. Le cours commercial.

L'officier venait de citer les exigences de base pour une bidasse.

— Vous savez que la grande majorité des membres du corps d'armée parlent anglais.

— Je sais. Je connais un peu d'anglais, je serai heureuse d'apprendre encore. Ça me sera utile, après la guerre.

— Et vous vous trouveriez assez élégante, dans un uniforme ?

Le kaki n'était pas sa couleur favorite, mais elle pouvait faire avec. Sur le képi, il y avait un badge avec trois feuilles d'érable, sur les deux pointes du col de la veste, un écusson de métal montrant chacun une femme. Des femmes casquées qui se faisaient face, de part et d'autre de la cravate.

— Ces dames, c'est qui ?

Du doigt elle montra son propre col.

— Athéna, la déesse grecque de la guerre.

— Je pense que je ne serais pas si mal en uniforme. Mais le vôtre est visiblement mieux coupé que celui qu'on me donnerait.

Car les officiers s'en faisaient souvent faire un sur-mesure. Pendant un moment le capitaine Lowry la regarda, amusée.

— Vous n'avez pas de permission à demander à votre père ?

— Je suis majeure.

— Alors ça me fera plaisir de remplir ce formulaire avec vous.

L'officier prit une grande feuille dans l'un de ses tiroirs pour la tendre à la visiteuse. Elle connaissait les questions par cœur. Elle les énonça toutes en anglais, histoire de mesurer sa compétence. Cette jeune femme en savait assez pour que les expressions *at attention* et *at ease* lui soient compréhensibles.

Une demi-heure plus tard, Lise quittait le centre de recrutement. Elle espérait sincèrement qu'on lui fasse une offre d'enrôlement. Jamais son cœur n'avait battu aussi fort que pendant cette entrevue.

Avant de rendre visite aux Martin, Adrien devait aller chez ses parents afin de célébrer l'anniversaire de sa jeune sœur. Aussi, très tôt le premier jour de mars, le couple monta à bord d'un train vers Québec.

— Tu dois te sentir moins inquiète qu'au jour de l'An, commenta le jeune homme en lui prenant la main.

— Beaucoup moins, même si je ne crois pas être prête à appeler ta mère par son petit nom. Je l'ai trouvée impressionnante.

— Alors imagine comment je me sentais quand, à cinq ans, elle m'a chicané pour avoir fait tomber un beau vase reçu de grand-maman McPherson en cadeau de mariage.

— Tu as dû te coucher sans souper…

— Ce qui ne m'aurait pas vraiment dérangé. Quand on est retournés chez ma grand-mère, j'ai dû confesser ma faute et demander pardon.

— Ouch !

— Qu'elle porte une moustache presque plus épaisse que celle de mon grand-père ajoutait beaucoup à mon malaise.

Cela lui valut un petit coup de coude. Le temps de la convaincre qu'il n'inventait rien, et qu'elle pourrait en juger le jour du mariage, il réussit à atténuer l'anxiété d'Hélène.

Après être descendue du taxi sur le trottoir de la rue De Bourlamaque, elle demanda :

— Tu me trouves comment ?

— Adorable.

Peu après, la porte s'ouvrit sur sa future belle-maman. Elle la trouva plus souriante que la première fois. Après un échange de bises, Abigail demanda :

— Comment allez-vous, Hélène ?

— Bien, merci madame.

Décidément, les relations entre elles demeuraient formelles. Surtout qu'elle put juger de la différence de traitement avec son fils :

— Et toi, pas de nouvelle surprise ?

Sans attendre la réponse, elle lui fit la bise. Bientôt, ils retrouvèrent les autres dans le salon. Ann eut droit à l'attention immédiate de son frère :

— Ça doit bien te faire douze ans cette année ?

— Ah ! Ah ! Et toi, soixante ?

Malgré une allure très juvénile, elle faisait bien ses – presque – dix-sept ans. Après quelques minutes de conversation où on s'échangea les dernières nouvelles, madame Chevalier annonça que le repas était prêt.

C'est à table que la jeune fille reçut ses présents : des vêtements de ses parents et du parfum de son frère le plus jeune. Adrien tendit une petite boîte en disant :

— De la part d'Hélène et de moi.

Elle avait choisi des bas de soie et il avait payé.

— Ça lui fera tellement plaisir, avait-elle dit, comme à moi. Et puis à son âge…

L'âge où la femme pointait son nez. La mère plissa le front, mais se retint de déclarer : « Tu n'auras pas vraiment d'occasion de les porter. » Car les occasions étaient toutes trouvées : chaque fois qu'il y aurait des garçons d'à peu près son âge dans un rayon de dix verges. Et pour accompagner ce nouvel intérêt, de nouvelles inquiétudes maternelles. Les remerciements, chaleureux, englobèrent la future belle-sœur.

Le gâteau fut déclaré excellent, d'autant plus que le sucre figurerait bientôt dans les produits rationnés. C'est d'ailleurs au moment du dessert que madame Chevalier déclara :

— Aujourd'hui, Ann a congé de corvées.

Hélène comprit que cela tenait moins à l'anniversaire célébré qu'au désir de l'hôtesse d'avoir une conversation avec la future belle-fille. Elles mirent quelques minutes à desservir. Quand la jeune femme fit mine de remplir l'évier d'eau, elle en eut la preuve.

— Laissez pour la vaisselle, je m'en occuperai quand vous serez partis.

Elle s'appuya contre le comptoir de la cuisine et reprit:

— Il semble très épris de vous.

— Compte tenu de nos projets, j'espère qu'il est aussi épris de moi, que moi de lui.

— Moi, j'ai fréquenté mon mari trois ans avant de me marier.

Il fallut un moment à Hélène pour comprendre.

— J'espère que vous ne serez pas déçue… Nous nous marions en mai, mais vous devrez attendre au moins jusqu'en janvier 1943 avant d'être grand-mère.

— Je ne voulais pas dire…

— Bien sûr, c'est ce que vous vouliez dire. D'ailleurs, ma propre mère a exprimé la même inquiétude il y a un mois. J'étais vierge le 1er janvier, je le suis encore aujourd'hui et je le serai toujours le jour du mariage. Ce sont mes valeurs. Je lui en ai fait part en lui disant qu'en insistant un peu, il réussirait à m'entraîner dans son lit, car je l'aime, mais que cela me rendrait malheureuse. En fait, je compte un peu sur sa détermination pour demeurer sage.

Hélène abordait ces questions intimes d'une voix très douce. Élever le ton pour condamner cette intrusion dans ses affaires aurait affaibli la portée de ses paroles. Madame Chevalier finit par baisser les yeux.

— Compter sur un homme pour ça est dangereux…

— Le jour de la Saint-Valentin, quand il m'a reconduite chez moi, je me suis montrée un peu insistante. Il m'a gentiment envoyée me coucher.

— Vous êtes une fille à la fois sage et délurée.

— Vous savez, les filles qui sont juste sages finissent parfois par mettre au monde un premier enfant sept mois après le mariage. À cause de leur ignorance. Souvent, elles ne savent pas exactement ce qu'il faut faire pour tomber enceinte, et encore moins pour éviter de l'être.

À leur prochaine visite, Hélène ne serait plus si intimidée. Sa future belle-mère hocha lentement la tête, puis dit tout bas :

— Vous ne percevrez plus de doute dans mes paroles. Vous êtes visiblement meilleure que moi pour vous faire comprendre des hommes d'aujourd'hui.

Elle mit de l'eau dans une bouilloire électrique et chercha du thé dans l'armoire. Hélène voyait bien qu'un autre sujet lui trottait dans la tête, aussi elle ne bougea pas. Ce ne fut qu'au moment de verser l'eau sur les feuilles que la mère d'Adrien reprit :

— Ann vous aime bien, vous savez, au point de voir en vous un modèle. Si jamais elle vous parle de ces questions, essayez de lui communiquer un peu de votre sagesse. Pour le côté déluré, je la crois suffisamment compétente.

C'était comme une promotion du statut de belle-sœur à celui de grande sœur. Bientôt, elles retournèrent dans le salon, madame Chevalier portant un plateau dans les mains.

— Pour ceux qui préfèrent se priver d'alcool.

— Aujourd'hui, commença Ann, le thé me tente un peu moins.

— Adrian, sers un sherry à ta sœur.

Avec un à-propos qui trahissait une conspiration, les deux femmes de la maison décidèrent qu'une marche serait du meilleur effet sur leur santé et leur digestion. Et le « Hélène, tu devrais venir avec nous » formulé par Ann se révéla irrésistible.

Dès que la porte fut refermée, Alfred cessa enfin de refouler sa colère :

— Tu as lu la question qui sera posée lors du plébiscite ? C'est non seulement une trahison de la parole donnée, mais de l'hypocrisie !

La loi relative à la tenue du plébiscite avait été déposée à la Chambre des communes le 23 février précédent, il y avait donc moins d'une semaine. Mackenzie King avait formulé la question deux jours plus tard. Elle prenait cette forme :

Consentez-vous à libérer le gouvernement de toute obligation résultant d'engagements antérieurs restreignant les méthodes de mobilisation pour le service militaire ?

— Ça devrait être : “Êtes-vous pour la conscription ?”, ragea Alfred.

— Dans l'isoloir, intervint Adrien, tout le monde dira oui ou non à la conscription, quelle que soit la formulation.

— Rien n'est moins sûr. Tu connais les gens. Certains penseront qu'il parle de l'exemption pour les cultivateurs ou les travailleurs dans des domaines essentiels à l'effort de guerre.

Alfred avait peut-être raison. Il restait juste à espérer que les personnes aussi distraites restent à la maison au lieu d'aller voter.

— Là, c'est permettre aux Anglais de dire aux Français d'aller à la guerre.

S'il simplifiait un peu, pour l'essentiel, le jeune homme avait raison. À vingt-deux ans, il était en plein dans la mire des recruteurs. À titre d'universitaire, on lui permettrait de finir ses études tout en suivant un programme de formation des officiers. Le but avoué était de l'intégrer dans l'armée tout de suite après la fin de ses études. Jusque-là, il avait pu espérer servir comme zombie. C'est cette possibilité que le plébiscite voulait annuler.

— Quelle serait la meilleure façon d'échapper aux champs de bataille ? s'enquit le père.

— Existe-t-il une jolie femme susceptible de dire oui à une demande en mariage ?

Plutôt que de répondre, Alfred rougit immédiatement.

— Quand même, ce n'est pas la meilleure façon de commencer une vie conjugale, fit remarquer le père.

— Si le seul motif est d'éviter la conscription, je suis d'accord. S'il s'agit de devancer un peu la cérémonie, ça ne fait pas de différence.

Comme son jeune frère ne s'empressa pas de répondre, Adrien conclut que la candidate n'existait pas.

— Et tu n'as pas envie de te livrer à une carrière ecclésiastique ou de te tirer une balle dans l'orteil ?

La réaction de ses interlocuteurs le convainquit que le moment n'était pas à l'humour.

— Je continue de croire que la meilleure façon serait de quitter le pays pour faire des études aux États-Unis, ou ailleurs. Et avant que la loi sur la conscription ne soit modifiée, pour ne pas paraître être en fuite.

Il avait dit la même chose le 1er janvier, mais alors aucun plébiscite n'était programmé pour la fin du mois d'avril. Se souvenant de l'obstacle financier soulevé par son père, Adrien précisa :

— Il y a des gens qui s'intéressent au Mexique. Mais il existe aussi de petites universités peu exigeantes aux États-Unis.

La faiblesse des exigences était proportionnelle à celle du prestige.

Alfred ne décolérait pas devant le sort qu'on lui faisait. Le père devenait songeur, comme s'il commençait à évaluer ce que lui coûterait une fuite de ce genre.

Le train qui les reconduirait à Montréal quittait le quai à quatre heures. Aussi, peu après le retour de la longue marche, madame Chevalier était dans l'entrée afin d'aider les voyageurs à endosser leur manteau. Avant d'embrasser son fils, elle lui murmura :

— Fais attention à cette fille. Tu n'en trouveras pas de meilleure.

Hélène eut droit aux bises de la mère et de la fille, et à des « À bientôt » sentis de la part de chacune. Une fois dans le taxi, le jeune homme demanda :

— Qu'as-tu fait à ma mère ?

— Je l'ai convaincue que j'étais une jeune fille sage.

— Je le lui avais dit.

— Ce n'est pas comme le découvrir soi-même. Finalement, je crois que je pourrai l'appeler Abigail très bientôt.

Le samedi 14 mars, en rentrant du travail, Lise vit une lettre à son intention sur la petite table. Elle portait les armes des forces canadiennes.

C'est dans sa chambre qu'elle la décacheta. D'abord, elle n'y comprit pas grand-chose, et cela ne tenait pas qu'au fait que le texte était en anglais. On voulait bien d'elle, mais ce ne serait pas avant la fin avril, quand on serait prêt à accueillir un premier contingent de volontaires de langue française à la base de Sainte-Anne-de-Bellevue. Peut-être qu'avant la fin de la guerre, l'armée serait capable de répondre dans la langue de la recrue.

D'ici là, un examen médical serait effectué chez un médecin de son choix. Le capitaine Lowry avait écrit dans la marge, en français: «C'est une formalité!» Ainsi, ses yeux bleus et ses joues roses de nervosité avaient inspiré confiance à l'officier recruteur.

Et pour terminer, elle recevrait bientôt ses *marching orders*. Pourtant, elle n'avait pas demandé à intégrer l'infanterie. La langue anglaise lui causerait sans doute encore beaucoup de problèmes.

Elle aurait aimé endosser un uniforme le lendemain, pour ne plus pouvoir reculer ensuite. Elle aurait pourtant plusieurs semaines de réflexion avant d'apposer sa signature sur un document.

Adrien était beaucoup moins nerveux que sa compagne ne l'avait été à l'idée de se présenter chez ses beaux-parents. Cela tenait certainement un peu à sa conviction de représenter un bon parti et beaucoup au fait qu'il en était à sa troisième visite. Ils prirent le train en début d'après-midi et descendirent une fois le soir tombé à Sherbrooke. Être devenu un habitué lui valait un privilège: Théophile les attendait au volant de la Dodge familiale.

Lorsqu'il les eut conduits à destination, le garçon retourna au travail. Ils se retrouvèrent en tête à tête avec la mère, Edwige. Malgré son assurance affichée, Adrien n'avait pas encore trouvé l'audace de lui demander ce qui avait inspiré le choix d'un prénom pareil. Hélène avait peut-être couru le risque d'être une Hildegarde. Le père et le fils se manifestèrent une heure plus tard.

— Une bière ? demanda le premier en se débarrassant de son manteau.

— Avec plaisir.

Après en avoir accepté une lors de sa première visite, il se trouvait cantonné à cette boisson. Il apporta son verre à table.

En attendant le premier service, Adrien chercha dans la poche de sa veste en disant :

— Monsieur Martin, lors de notre première rencontre, vous m'avez parlé de rationnement. Je vous ai dit qu'il n'était pas commencé. Là, je vous accorde une primeur. Dans deux semaines et demie, le 1er avril exactement, l'essence sera rationnée. Pour en obtenir, vous devrez présenter ces timbres.

Divers commerces distribuaient des timbres-primes comme mesure de fidélisation. Il déposa sur la table un feuillet rempli de ces timbres, avec des lignes pointillées pour les détacher. Il y avait le mot « Spécimen » imprimé sur chacun.

Honorius prit le feuillet pour l'examiner et le passa à Théophile.

— Chaque fois que je voudrai de l'essence, je devrai en présenter un ?

— Oui… Ou deux ou trois. Ça dépendra de la quantité demandée. Et quand à son tour il voudra s'approvisionner à nouveau, le marchand devra présenter des timbres valant exactement la quantité d'essence vendue depuis la dernière fois.

— Nous aurons droit à quelle quantité ? demanda Théophile.

— Pour une voiture personnelle, cent vingt gallons pour une année.

Ses interlocuteurs firent un calcul rapide.

— On n'ira pas loin avec ça !

— Nous avons calculé mille huit cents milles par an. Ou trente-six milles par semaine. C'est très raisonnable. En moyenne, en Amérique du Nord, une voiture fait quinze milles au gallon.

— Certaines en font plus.

— Leurs propriétaires seront donc plus chanceux que ceux qui ont des Cadillac et des Packard. Comme on dit, les premiers seront les derniers.

Voilà donc à quoi servaient des fonctionnaires comme leur visiteur.

— Comme je disais, c'est peu, répéta Théophile.

— Assez pour faire vos courses, aller chez le médecin, aller à la messe. C'est une politique pour économiser l'essence, pour convaincre les gens que deux cents milles pour aller prier à l'oratoire Saint-Joseph, c'est exagéré. Pour ça, il y a le train.

— Nous, on fait des livraisons, intervint le père.

— Les chiffres que je viens de vous donner concernent les voitures personnelles. Après une analyse de la situation, on calculera le nombre de timbres nécessaires pour mener vos affaires.

« Et bien sûr, il vous faudra planifier les déplacements de vos camions avec soin », songea le visiteur. Ces gens paraissaient découvrir qu'il y avait une guerre à gagner.

— Bon, fit monsieur Martin en poussant un gros soupir, on n'a pas le choix… En avez-vous beaucoup, des surprises comme ça ?

— Personne ne pourra avoir plus de quatre pneus. Pour en avoir un nouveau, il faudra présenter l'ancien afin de prouver qu'il est fini.

Pour ces bonnes gens, le charmant jeune homme était en train de se muer en agent d'un État tentaculaire. Avant de commencer à servir la soupe, Edwige fit remarquer :

— Au moins, on peut toujours acheter de la nourriture.

— Cet été commencera le rationnement du sucre.

Il eut droit à un regard assassin. Hélène lui adressa un petit sourire moqueur. La prochaine fois, il montrerait moins d'assurance au moment de venir à Sherbrooke.

— Il fait seulement son travail, dit-elle pour l'excuser.

Finalement, leur donner la primeur des mesures de rationnement n'était pas une si bonne idée.

Chapitre 23

Il était à peine sept heures quand les parents Martin quittèrent la maison et pas plus de sept heures trente quand une blonde toute menue portant des lunettes arriva. Théophile l'attendait, planté à une fenêtre. Il s'empressa d'aller lui-même lui ouvrir. Cette épouse potentielle, et accessoirement cette assurance pour éviter la conscription, se prénommait Denise.

Il y avait quatre autres invités, Éliane et Lucille, accompagnées respectivement de Henri et Ludger. Les deux jeunes femmes étaient des consœurs de couvent d'Hélène. Lucille et Ludger avaient convolé l'été précédent, la cérémonie pour le second couple se tiendrait l'été suivant.

Lors des présentations, Hélène présenta son fiancé comme un fonctionnaire fédéral, sans donner plus d'informations pour ne pas l'exposer à devoir donner à nouveau des explications sur le rationnement.

Après avoir fait un brin de cour à Denise, Théophile renoua avec le rôle de maître par intérim de la maisonnée en disant :

— Je peux vous offrir à boire ?

Les hommes optèrent pour de la bière et les femmes pour du sherry. Adrien soupçonna que la boisson ne venait pas de la Commission des liqueurs, mais plutôt d'une tante désireuse d'explorer les possibilités qu'offraient les cerises pour s'enivrer. Des recettes pour la préparation d'alcool artisanal étaient régulièrement publiées dans le courrier de Colette, dans *La Presse*.

Lorsque tout le monde eut un verre à la main, Ludger demanda :

— Monsieur Chevalier, cette histoire de plébiscite, vous en pensez quoi ?

— Les Canadiens anglais réclament la guerre totale, les Canadiens français, la non-participation. Quoi que fasse King maintenant, il pourra dire qu'un segment de la population est d'accord avec lui.

— Tous les Anglais sont pour la conscription ?

— Certainement une forte majorité. Par contre, Meighen vient de se faire battre lors de l'élection partielle. Il y a donc des exceptions.

— S'ils veulent y aller, qu'ils y aillent ! intervint Henri. Nous ne les retiendrons pas. Mais ils n'ont pas le droit de nous forcer.

Hélène quitta son fauteuil en disant :

— Vous savez que mon futur mari est un bon danseur ? Même pour des genres que je ne connaissais pas du tout !

Il y avait un phonographe dans un coin du salon. Elle chercha un disque et le plaça sur l'appareil.

— Comme appelles-tu ça ? demanda-t-elle en s'approchant, la main tendue.

— Un paso-doble, dit Adrien en entendant les premières mesures.

En s'approchant de sa compagne, il murmura :

— Merci de venir à ma rescousse.

— Je voulais seulement rendre les filles jalouses, rétorqua celle-ci sur le même ton. Les danseurs sont rares.

En tout cas, cette petite ruse permit de détourner l'attention du plébiscite. Ils ne furent que deux à se risquer sur cette musique. Dès que la pièce fut terminée, Denise intervint :

— Il faut mettre de la musique que nous connaissons.

C'en était fini de l'exotisme. Ce serait d'abord une valse. Théophile profita de l'occasion pour l'avoir dans ses bras. Ensuite, il y eut les succès des grands ensembles américains, ces pièces de swing devenues familières grâce au cinéma ou aux orchestres faisant des tournées dans la province.

À dix heures, les visiteurs regagnèrent leur domicile et, comme s'ils se cachaient derrière un arbre pour savoir quand revenir, trois minutes plus tard, les parents Martin rentraient à la maison.

Cette fois, madame Martin n'alla pas reconduire l'invité de la maison jusqu'à la porte de sa chambre. Un engagement sérieux entre les deux jeunes gens autorisait ce relâchement de la surveillance. Quand le couple monta à l'étage, Hélène remarqua :

— Tu as fait une très bonne impression à mes amies.

— Et pour ces messieurs ?

— Je suppose que c'est la même chose. Ton travail, ce n'est pas toi.

Une nuance qui disparaîtrait sans doute quand le plébiscite serait imminent.

— Et pour ton frère, ça a servi sa cause ?

— Je pense, oui. Denise et lui se sont vus assez souvent ces dernières années pour qu'une conclusion devant l'autel ne surprenne personne. Les circonstances présentes rendent la situation délicate. Toutes les filles de la province qui recevront des propositions de mariage cette année se questionneront sur le vrai motif de leur prétendant.

Ils s'étaient arrêtés sur le palier, juste devant la porte de la salle de bains. Hélène arborait un petit sourire chargé d'ironie. Adrien demanda :

— Tu as pensé mettre un vase avec des fleurs dans ta chambre ?

— Un vase sans les fleurs fera encore mieux l'affaire.

— Sage précaution. Je te laisse passer la première ?

— Non, tu es encore de la visite. Je t'accorde vingt minutes.

Ils échangèrent un baiser très chaste. Hélène s'éloigna un peu. Il avait la main sur la poignée de la porte quand il l'entendit revenir. Le second baiser fut un peu plus audacieux.

Le couple reprendrait le train pendant l'après-midi. Après avoir assisté à la messe, Adrien et Hélène dînèrent chez les Martin pour leur dire au revoir ensuite, et marcher vers l'évêché de Sherbrooke.

Évidemment, ils ne se rendaient pas voir Sa Grandeur monseigneur Philippe Desranleau, nommé l'année précédente, mais plutôt le curé de la cathédrale – en construction depuis près de trente ans –, Joseph-Jean-Ira Bourassa.

Quand ils furent dans la petite salle d'attente, Hélène murmura, moqueuse :

— Ne t'inquiète pas, tu vas y arriver.

— Je ne suis pas inquiet… Toi, ça ne t'angoisse pas ?

— Très peu, en comparaison de la fameuse nuit. Moi, je sais qu'il te manque un orteil. Mais là, tu découvriras tout ce qui me manque.

D'abord il la regarda, vaguement inquiet, pour ensuite éclater franchement de rire. C'est à ce moment que la porte du bureau du prêtre s'ouvrit et qu'apparut le petit homme un peu rondouillet. Adrien et Hélène se levèrent de leur chaise d'un seul mouvement.

— Monsieur le curé, nous nous excusons, dit la jeune femme.

— Pourquoi ? Ça fait plaisir de voir des jeunes gens qui s'engagent dans le mariage avec une telle bonne humeur.

Heureusement, il ne leur demanda pas la cause de ce fou rire. Après un échange de poignées de main, le curé les fit entrer pour leur désigner les chaises devant sa grande table de travail.

— Alors, où en êtes-vous dans vos préparatifs ?

— Mon père n'est pas passé vous voir ?

Une cérémonie de mariage n'était pas gratuite. Il fallait aussi ajouter des suppléments pour la chorale, le sonneur de cloches et les fleurs.

— Monsieur Martin est venu et toutes les choses sont réglées, sauf pour quelques petits détails...

La plupart de ces petits détails concernaient Adrien. Celui-ci fouilla dans la poche intérieure de son paletot pour en sortir une enveloppe.

— Voici mon certificat de naissance.

L'ecclésiastique l'ouvrit et commenta :

— Vous avez été baptisé dans la paroisse Saint-Sacrement à Québec. Vos parents y habitent toujours ?

— Non, maintenant ils habitent la paroisse Saint-Dominique.

Avec un annuaire ecclésiastique, il trouverait le nom du titulaire de la cure. Il y aurait sans doute un échange téléphonique pour s'informer de la moralité de la famille et du candidat au mariage.

— Vous habitez Montréal depuis longtemps ?

— J'y habite depuis six ans, avec une interruption pour l'entraînement militaire et une convalescence après un accident. Je fréquente le Newman Center.

— C'est à McGill, c'est bien ça ?

— Oui. J'étais étudiant à McGill jusqu'à tout récemment, et maintenant, le service pour lequel je travaille est sur le campus.

L'abbé Bourassa lui posa assez de questions pour être certain qu'Adrien connaissait l'adresse de ce centre, de même que le nom de l'ecclésiastique qui s'en occupait, le révérend Gerald Emmett Carter.

— Il est rare que des Canadiens français fréquentent McGill.

Hélène dressa l'oreille, certaine d'apprendre d'autres détails de la vie de son fiancé.

— C'est le seul endroit où étudier l'économie dans la province. En plus, ma mère est Écossaise.

— Elle a abjuré ?

L'Église catholique refusait les mariages « mixtes ». Le partenaire ayant le malheur d'appartenir à une autre confession devait abandonner cette dernière.

— Monsieur le curé, quand vous la verrez, ne dites rien de pareil. Elle est certaine que ses ancêtres ont été convertis par saint Colomban lui-même. Plus tard, il y en a quelques-uns qui ont été brûlés vifs par les presbytériens lors de la réforme.

L'ecclésiastique hocha la tête. Il verrait à s'assurer de ça, mais personne ne mentait avec tant d'aplomb sur un sujet de ce genre.

— Bon, pour finir, avez-vous pensé à une date ?

Monsieur Martin lui avait certainement fait part de cette information, mais il tenait à l'entendre des principaux intéressés.

— En mai, dit Hélène d'une petite voix.

Elle redoutait d'entendre une remarque comme : « Vous êtes pressés ? » Le prêtre sortit plutôt un grand livre.

— Nous travaillons tous les deux, précisa Adrien.

— Vous souhaitez vous marier un dimanche ? Impossible. Ce genre de fantaisie a été permise à l'époque de la course au mariage, mais ce ne sera plus le cas.

— Je pensais à un samedi.

— Ah ! Dans ce cas, je peux vous offrir le 23 ou… le 23 ou le 23.

Chaque fois, il mettait le doigt sur un endroit différent d'une grande page. Il expédierait trois cérémonies le même jour.

— Si le premier 23 est après le lever du soleil, ce serait le meilleur choix.

« C'est dans moins de trois mois », songea Hélène. Cette fois, elle ressentit un véritable trac.

— C'est à dix heures.

— Nous serons là avec nos familles.

Ensuite, il ne resterait que quelques détails à régler – dont la confession des futurs époux, la veille, ou mieux, le matin même du mariage.

Bientôt, tous les deux sortirent du palais épiscopal.

— Il en fait, des manières, dit Adrien. Après tout, nous allons nous marier dans un sous-sol.

— Il est très gentil. Il m'a confessée pendant quelques années, sans jamais me donner plus de trois *Je vous salue Marie* en guise de pénitence.

Le temps était suffisamment doux pour faire le trajet vers la gare à pied. Pendue à son bras, Hélène murmura :

— Le 23 mai. C'est vraiment très bientôt.

— Précisément dix semaines. Tu hésites ? Tout le monde semble penser que nos fréquentations ont été trop courtes.

— Nos mères, et peut-être ce curé, le pensent. Pas moi. Je n'hésite pas, mais je me sens fébrile.

— Ah oui ! C'est à cause de la fameuse nuit où je chercherai des bouts manquants.

Hélène lui pinça le bras. Ils approchaient de leur destination quand elle demanda :

— Il y a vraiment eu des martyrs dans ta famille ?

— Honnêtement, je n'en ai aucune idée, mais ça se faisait beaucoup dans le temps. Les catholiques, les anglicans, les presbytériens et les luthériens brûlaient ceux qui ne pensaient pas comme eux.

Elle regretta sa question, ce genre de pensée gâchait un peu son plaisir, maintenant. Il était infiniment préférable de songer à des questions importantes, comme le choix de sa tenue, et de faire l'inventaire de tous ces petits bouts dont elle était, en fait, plutôt fière.

Avoir la date du mariage en tête leur donnait un peu plus d'audace. Dans le train, personne n'aurait pu passer une feuille de papier entre leurs corps.

À nouveau, en parfait gentilhomme, Adrien l'accompagna jusqu'à la pension de la rue Saint-Denis. Il restait à la jeune femme juste le temps de ranger son sac à main dans sa chambre et de passer par la salle de bains avant le souper. Dans la salle à manger, Lise était déjà assise à sa place.

— Est-ce que c'est secret ? murmura-t-elle en lui lançant un regard mutin.

— Pas secret, mais pas public, répondit-elle sur le même ton.

— Bon, dans ce cas, je ne te dirai rien non plus.

La blonde paraissait de meilleure humeur qu'au cours des dernières semaines. En conséquence, Hélène devint la plus désireuse des deux d'en savoir un peu plus. Pendant le repas, Jovette Dupéré trouva le moyen d'évoquer les politiciens qui promettent une chose, puis font le contraire. Le regard de Précile fut suffisamment sévère pour ramener la vieille demoiselle à des sujets moins explosifs. Car cette fois, Jean Lefort avait fait la grimace. Son masque d'impassibilité commençait à se fissurer.

À la fin du repas, Hélène annonça à sa logeuse:

— Mademoiselle, je connais la date.

— Venez avec moi.

L'instant suivant, derrière une porte fermée, elle annonça:

— Ce sera le 23 mai.

— Dans… deux mois.

— Dix semaines.

Précile posa une main sur l'avant-bras de son interlocutrice.

— Vous êtes heureuse?

Hélène hocha la tête.

— Alors je vous souhaite tout le bonheur possible.

Après un moment d'émotion, elle revint à son rôle:

— Avez-vous cherché un endroit où vous loger?

— Pas vraiment, nous n'avions pas de date. En plus, l'autre jour, vous m'avez demandé d'attendre.

— Laissez-moi encore un peu de temps.

— Il conviendrait tout de même qu'Adrien vienne visiter la pension…

— Bien sûr! Quand il le voudra.

Hélène était trop fatiguée pour s'attarder longtemps au salon. Quand elle souhaita bonne nuit à ses voisins, sans surprise, Lise annonça: «Je monte aussi!» En arrivant sous les combles, elle demanda avec un peu d'impatience:

— Tu vas me le dire? Nous sommes des amies, non?

Elle connaissait la raison du voyage à Sherbrooke.

— Je viens de le dire en privé à mademoiselle Caron. J'espère que tu peux être discrète.

Commenter la vie des autres figurait en bonne place dans les loisirs de tous les occupants de la pension.

— Si tu demeures discrète sur ce que je vais te dire, je le serai aussi de mon côté, répondit Lise.

Cette fois, la curiosité d'Hélène fut sérieusement piquée.

— Viens dans ma chambre !

Après avoir fermé la porte, elle annonça immédiatement :

— Ce sera le 23 mai.

— À cette date, je serai déjà partie, dit Lise, déçue.

— Tu t'en vas ?

— Attends, je te montre.

Elle alla chercher la lettre du bureau de recrutement dans sa chambre, puis la lui tendit. Après avoir lu quelques mots, Hélène leva la tête pour demander :

— Tu t'es enrôlée ?

— Pour servir mon roi et son empire, dit son amie en affectant un ton solennel.

Puis elle pouffa de rire :

— Ce n'est pas dans le rayon des vêtements féminins de Dupuis Frères que je vais rencontrer mon prince charmant. Surtout, j'en ai assez d'une existence où il ne se passe rien.

— La lettre dit fin avril.

— Pour aller dans un nouveau centre de formation, à Sainte-Anne-de-Bellevue. Ce n'est pas très loin d'ici.

— Mais après ? Tu n'as pas envie d'aller en Angleterre, j'espère, avec tous ces sous-marins !

Dans chaque convoi faisant le trajet entre le Canada et l'Angleterre, des navires étaient coulés. Jusque-là, le pays avait sans doute perdu beaucoup plus de marins que de soldats.

— Il n'est pas question de ça.

Pendant quelques minutes, Lise tenta de convaincre son amie que cela valait mieux que de tourner en rond. Même si Hélène en doutait beaucoup, elle fit de son mieux pour se rendre à ses arguments.

Comme à son habitude, Jean Lefort s'attarda dans le salon afin d'entendre les informations à la radio. À cette heure, il ne restait que Léandre avec lui dans la pièce. Quand ce dernier se leva afin de monter à sa chambre, Lefort demanda :

— Croyez-vous que mademoiselle Caron soit disposée à avoir une petite conversation ?

Léandre fut sur le point de dire : « Comment voulez-vous que je le sache ? » Mais jouer à ce jeu avec un homme de son âge lui parut inutile.

— Voulez-vous que je le lui demande ?

— Ce serait gentil. Ça prendra une minute.

Un instant plus tard, Précile le rejoignit dans le salon, alors que son amant montait à l'étage. Elle occupa un fauteuil à côté de son locataire.

— Il risque d'y avoir un meurtre dans cette maison, commença Jean Lefort. Mais je ne sais pas encore qui tuera qui.

— Je suis vraiment désolée. Je ne sais pas ce qui lui prend.

— Elle a un méchant impérialiste sous la main et sa ménopause affecte peut-être son caractère.

Précile préféra croire à des convictions politiques sincères. Elle craignit qu'il lui demande de chasser l'importune, aussi la suite la prit par surprise.

— D'ici quelques semaines, le calme devrait revenir dans cette pension. Comme mon affectation semble devoir prendre un caractère permanent, ma femme et mes enfants viendront me rejoindre dès que possible. En d'autres mots, j'achèterai une maison.

Son interlocutrice ne put réprimer un sourire de satisfaction.

— Si je ne sais pas quand précisément, ce sera avant le 27 avril.

Il s'agissait de la date retenue pour le plébiscite sur la conscription.

— Vous avez raison, la tension ne fera que croître.

— D'ici là, j'espère que mademoiselle Dupéré rentrera les crocs. Je ne voudrais pas piquer une sainte colère.

— Je tenterai de lui parler à nouveau.

Puis après un silence, elle continua :

— Bien sûr je vous remettrai l'argent versé en trop. Vous avez payé le mois de mai.

— Ce n'est pas ce que nous avons convenu.

— Qu'importe. J'aurai un occupant pour cette chambre. Je ne me ferai pas payer deux fois pour un service.

Il hocha la tête pour dire son appréciation.

— Je vous remercie pour cette petite conversation, dit-il encore.

Déjà, il faisait mine de se lever, elle l'arrêta d'un geste.

— Vous permettez ? Après avoir lu un entrefilet dans *La Presse*, je me suis demandé si vous travailliez pour Fulgence Charpentier.

Ce dernier s'occupait de la section française du bureau de censure du Canada. Il avait récemment interdit la publication d'un texte sur la conscription.

— Pas tout à fait. Disons que monsieur Charpentier et moi travaillons pour le même homme : Wilfrid Eggleston. C'est le responsable de ce bureau pour tout le Canada.

Sur ces mots, il quitta son fauteuil en lui souhaitant bonne nuit. Précile se promit d'annoncer très vite la bonne nouvelle à Hélène. Cette gentille fille devait s'être déniché un gentil mari, pas quelqu'un capable de soulever la colère d'une vieille célibataire. Et la chambre sous les combles trouverait sans doute facilement preneuse.

∞

La veille, Hélène avait demandé à Adrien de venir visiter la pension. Ils avaient convenu d'assister à la messe à l'église Saint-Jacques et de manger dans les environs pour se rendre ensuite rue Saint-Denis.

Le dimanche matin, alors qu'elles marchaient ensemble vers l'église, Hélène dit à Lise :

— Après le dîner, nous allons visiter la chambre occupée par monsieur Lefort. Peut-être devrais-tu avertir mademoiselle Caron que ce sont deux nouvelles locataires qu'elle devra dénicher.

— Je ne veux pas que mon projet devienne un sujet de conversation.

— Je pense que tu peux compter sur sa discrétion. En tout cas, moi je lui fais confiance.

Quand elles arrivèrent sur le parvis, Adrien s'y trouvait déjà.

— Mademoiselle Desrochers, aimeriez-vous partager notre banc ?

— C'est offert si gentiment, je ne peux pas refuser.

Le ton paraissait sincère, comme si le sort des autres commençait à moins peser sur son moral. Peu après, quand Précile arriva à son tour, Hélène s'excusa auprès de son amie, puis entraîna son fiancé vers la logeuse.

— Mademoiselle, puis-je vous présenter Adrien ?

— Avec plaisir !

Puis en tendant la main au jeune homme :

— Vous savez que grâce à vous, j'ai vécu une première : transmettre une déclaration d'amour à une de mes locataires.

— Je vous remercie encore de l'avoir fait, c'est pendant le rendez-vous que vous avez aidé à organiser que nous avons convenu de nous marier. Notre visite tient toujours pour le début de l'après-midi ?

— Je vous attendrai, soyez sans crainte.

Ce fut un peu passé une heure que le couple arriva à la pension. Précile devait tendre l'oreille, car elle les rejoignit immédiatement dans l'entrée.

— Le hasard fait bien les choses, mon locataire est allé voir sa famille à Ottawa. Nous ne le dérangerons pas.

Quand ils eurent enlevé leurs couvre-chaussures, elle les précéda à l'étage. La pièce double était si bien rangée qu'au premier regard, on aurait pu croire qu'elle était inoccupée.

— Pendant quelques années, un couple a habité ici. Ils sont partis pour fonder une famille. La chambre offre un espace raisonnable, et dans l'autre section un petit salon vous permettra de passer des soirées en tête à tête.

Pour des jeunes mariés, cela conviendrait mieux que le salon commun en bas. Adrien apprécia la commode et la penderie. Le lit et les fauteuils étaient bien un peu vieillots, mais tout à fait convenables. Il hocha la tête en signe de satisfaction.

— La salle de bains est à l'usage des occupants de l'étage. Évidemment, en cas d'embouteillage, il y en a une autre en haut.

Le ton sous-entendait : « Le plus rarement possible. »

— C'est la même chose là où j'habite.

Elle leur montra ensuite les pièces communes au rez-de-chaussée. Finalement, Précile parla du montant de la location. Elle précisa :

— Monsieur Lefort m'affirme qu'il quittera avant le plébiscite. Il est prévu pour le 27 avril. Alors ce sera au plus tard ce jour-là, mais ça peut aussi être plus tôt.

— Hélène viendra l'occuper seule dès son départ, et je la rejoindrai le 24 mai.

Dans les circonstances, la logeuse ne jugea pas nécessaire de lui demander une avance. Après avoir scellé l'entente par une poignée de main, le couple quitta les lieux. Au moment d'atteindre le trottoir, Hélène dit :

— J'assumerai le supplément pour cette grande chambre pendant le temps que j'y serai seule.

La pièce double coûtait quatre dollars par semaine de plus que la chambre sous les combles. Adrien ajouterait ses repas à compter de son arrivée sur les lieux.

— Je m'occuperai du supplément et ensuite du prix du logement. Ça me revient.

Déjà, ils avaient convenu de certaines règles. Le salaire d'Hélène irait dans un compte d'épargne, moins ce qu'elle garderait chaque semaine pour ses dépenses personnelles.

Quand Lise Desrochers retourna à la pension en fin d'après-midi, elle alla frapper à la porte de la cuisine. Elle entra quand Précile l'y invita. Jeanne et elle s'occupaient déjà de préparer le souper.

— Je peux vous parler un instant ?

— Vous voulez passer à côté ? proposa la logeuse.

— Ce n'est pas vraiment nécessaire… Je sais que vous vous montrerez discrètes.

Du regard, Lise englobait la domestique.

— Je quitterai la pension à la fin du mois. Je peux parler à mes collègues, chez Dupuis Frères. Avec toutes les filles qui arrivent de la campagne pour travailler en ville, il y aura certainement preneuse pour la chambre.

Si aucune employée du grand magasin ne cherchait à se loger, plusieurs pourraient signaler l'existence de cette chambre à une parente désireuse de gagner la grande ville.

— Vous partez pour…

Précile s'arrêta, de peur de commettre une indélicatesse.

— Une seule de vos locataires se mariera prochainement, et ce n'est pas moi. J'ai trouvé un nouvel emploi du côté de Sainte-Anne-de-Bellevue.

Sur ce, Lise quitta la pièce. Après un moment, Précile demanda :

— Jeanne, savez-vous s'il y a une usine de guerre du côté de Sainte-Anne ?

— Je ne suis pas sûre, mais c'est possible. Mais je sais qu'il y a l'hôpital et la base militaire qui embauchent des civils.

Aucune des deux ne s'imagina la jolie blonde en uniforme.

Chapitre 24

Quand Louis Bujold se présenta à La Sauvegarde ce matin-là, ce ne fut pas avec Constance à son bras pour la première fois depuis 1938. Il y avait bien eu quelques exceptions pour des raisons médicales, mais là, c'était définitif. Bien sûr, la jeune femme avait évoqué un retour possible. Sans s'engager vraiment, Canuel s'était montré sympathique à l'idée. Mieux valait toutefois ne pas tenir ce projet pour acquis.

En descendant de l'ascenseur, Louis entendit le bruit des conversations dans la salle du personnel. Depuis le début de la guerre, une radio se trouvait à cet endroit. Une initiative qui coûtait certainement plusieurs heures de travail perdu à la compagnie. Mais avec le monde en guerre, l'appétit pour les nouvelles ne cessait de croître.

— Il se passe quelque chose ? demanda-t-il à Léger Arsenault en s'approchant.

— Rien. Le plus grand calme. Moi qui croyais que ça barderait.

— Bon, s'il n'y a pas de nouvelles, je vais dans mon bureau. Faites-moi savoir si la Ligue de défense du Canada renverse le gouvernement fédéral.

La remarque désinvolte lui valut quelques regards réprobateurs. Il venait de l'Ontario, peut-être épousait-il les idées impérialistes à la mode au Canada anglais. Une heure plus tard, quelques coups contre sa porte attirèrent son attention. Léandre Gonthier entra et dit :

— Le gouvernement est toujours en place.

— Le contraire m'aurait surpris.

— À la radio, on dit que plusieurs personnes ont déjà voté dans les comtés anglais, alors que ce ne serait pas le cas dans les comtés français.

— Sans doute parce que chez les Anglais, il y a plus de travailleurs qui ne se soucient pas d'arriver au bureau à huit heures. Tu verras, quand nous irons en fin d'après-midi, ça va être la cohue.

Le vendeur d'assurances occupa la chaise réservée aux visiteurs.

— Quelles sont tes prédictions ?

— À peu de chose près, ça sera identique aux résultats annoncés par la maison Gallup.

Cette décennie voyait un changement important dans l'espace public. Une première maison de sondage renvoyait aux citoyens une image d'eux-mêmes, que ce soit sur la consommation de céréales le matin, ou sur la façon de voter au plébiscite. Certains demeuraient sceptiques sur ces résultats, mais le plus souvent Gallup avait raison.

— Si on a déjà la réponse, les millions dépensés pour réaliser cette consultation sont gaspillés.

— Il existe tout de même une marge d'erreur. Nous aurons les chiffres exacts, et là tout le monde sera sondé.

Pendant un moment encore, ils bavardèrent sur le sujet, puis chacun se remit au travail. Léger avait raison : il ne se passait rien.

Déjà, Lise avait une nouvelle voisine. Hélène occupait la pièce double depuis dix jours. Une autre secrétaire, brune de cheveux aussi, logeait sous les combles. À table, la nouvelle venue demeurait silencieuse. De toute façon, elle aurait eu du mal à placer un mot. Le plébiscite occupait la conversation. Et cette fois, personne dans la maison ne suggérait de voter pour le « Oui ».

Quand les convives quittèrent la table, la blonde murmura à son amie :

— Pouvons-nous monter chez toi ?

— Les résultats…

— Tout le monde les connaît, non ?

Une fois dans la pièce double, Lise apprécia à nouveau le gain d'espace dont profitait son amie. Par contre, ils seraient deux. C'est-à-dire toujours avec quelqu'un sous les yeux, et à portée de voix.

— Demain, je vais quitter la pension.

Hélène demeura un instant bouche bée.

— Depuis quand le sais-tu ?

— Vendredi dernier.

— Tu me le dis seulement ce soir ?

— Comme ça, je m'épargne des explications sans fin et des airs de condamnation sur les visages.

La brune se le tint pour dit : toutes les deux faisaient leurs choix en fonction des possibilités offertes. Les cartes dans les mains de Lise avaient été plutôt décevantes.

— Comment te sens-tu ?

— Ça dépend du moment, et ça change constamment. La peur, l'excitation, la peur… Mais surtout, je me sens soulagée. Je me sentais comme sur un quai de gare, à regarder les autres partir avec l'impression de rater quelque chose.

Au fond, sa façon d'expliquer sa motivation dans le bureau de recrutement demeurait la meilleure : il ne se passait rien dans son existence. Le lendemain, elle monterait dans un train en direction de l'extrémité ouest de l'île de Montréal. Après ça, tout serait de l'inédit.

— Tu ne m'as pas dit comment tes parents prenaient la chose.

— Aux yeux de mon père, je suis une folle ou une putain, ou probablement les deux.

Les préjugés demeuraient tenaces. Seules des filles cherchant les aventures – et non l'aventure – s'engageaient dans le corps féminin.

— Pour ma mère, c'est différent. Même si elle ne dit rien, je pense qu'elle aimerait se mettre un uniforme kaki sur le dos afin de devenir autre chose que madame Rodrigue Desrochers.

Dans les circonstances, il devenait un peu étonnant que Lise souffre autant de ne pas être encore engagée dans un mariage.

— J'espère que tout ira bien pour toi.

L'émotion sincère d'Hélène toucha la blonde. Au point de demeurer silencieuse un moment. Puis elle entendit passer à un autre sujet :

— Si tu avais vu la tête du gérant au magasin quand je lui ai dit que je m'enrôlais. "Pourquoi tu fais ça, la p'tite ?" Je lui ai dit que c'était à cause du Comité de protection civile. Qu'à force de prendre des cours de premiers soins, je m'étais dit que je devrais agir là où ça compte. Près du front.

Après sa conversation dans les bureaux administratifs, elle avait fait le tour du rayon des vêtements féminins pour parler à toutes ses anciennes collègues présentes – à l'exception notable de mademoiselle Crépeau. Germaine et Lucina avaient été les seules à lui souhaiter sincèrement le meilleur.

Ce matin-là, Louis avait eu raison : il perdit quatre-vingt-dix minutes dans un *poll* afin de déposer un rectangle de papier dans une boîte. Quand il rentra à la maison, ce fut pour trouver sa femme et son fils – comment désigner Laurent autrement – dans la cuisine. Pour le garçon, que sa mère quitte le travail représentait un grand changement : au lieu de passer plus d'une heure chez ses grands-parents tous les après-midi, il la retrouvait dès la fin des classes.

En lui faisant la bise, Louis demanda à Constance :

— Alors, cette journée ?

— Je me suis ennuyée ferme. Mais à chaque coup de pied du bébé, à chaque élancement dans le dos, et à chacune des autres manifestations de mon état dont je t'épargne les détails, je me réconcilie avec ma décision.

Comme il le faisait depuis le début de la grossesse, il caressa le ventre de son épouse du plat de la main.

— Si je pouvais, je porterais ma part.

— Menteur… Non, je m'excuse. Je crois que toi, tu le penses vraiment.

Après un instant, Louis se tourna vers Laurent en disant :

— Les frères ne te font pas la vie dure ?

— Aujourd'hui, ils étaient tout excités. Comme s'ils risquaient de se retrouver avec un uniforme sur le dos.

Les frères des Écoles chrétiennes, comme ceux de toutes les autres congrégations, avaient connu une augmentation de leur recrutement au cours des années de conflit.

— C'est parce qu'ils ont de la peine pour tous leurs élèves qui se retrouveront à la guerre.

Laurent lui lança un regard incrédule et répondit :

— En tout cas, moi, je me porterais volontaire. Je n'attendrais pas qu'ils viennent me chercher.

— Je te crois, dit Louis.

— Alors je suis contente de savoir que cette guerre ne durera pas encore dix ans, dit Constance sans se retourner pour le regarder. Te savoir dans l'armée, je monterais et je descendrais les escaliers de l'oratoire Saint-Joseph à genoux, pour qu'il ne t'arrive rien.

— Si les Allemands gagnent, les mères d'ici ne seront plus à l'abri.

Les journaux rapportaient les bombardements en Europe. Là-bas, les femmes et les enfants mouraient en plus grand nombre que les soldats. La mère abandonna son travail pour marcher vers son fils et l'embrasser sur le front.

— Tu as raison, mon grand. Moi, je vais passer ma vie à vouloir te garder sous mes jupes, et toi à vouloir en sortir.

Bientôt, tous les trois passèrent à table. La radio diffusait de la musique entrecoupée de bulletins de nouvelles. À huit heures, au moment où fermaient les bureaux de scrutin au Québec et en Ontario, CKAC commença à diffuser une émission spéciale sur le plébiscite. Et vingt minutes plus tard, les journalistes faisaient part des premiers résultats.

Laurent tenta de convaincre ses parents de retarder l'heure du coucher jusqu'à la publication des résultats définitifs.

— Ça, ce sera après minuit, dit Louis. Mais tu sais déjà comment ça finira, tous les journaux l'ont annoncé. Demain, tu auras les vrais résultats avec trois décimales après le point.

Finalement, Laurent se laissa convaincre. Quand Constance revint de le border, elle demanda à son mari :

— Veux-tu que je te donne le journal pour prendre tout ça en note ?

La Presse avait publié de longues listes de tous les comtés, afin que les auditeurs puissent inscrire eux-mêmes les résultats dans chacun, et faire leurs propres calculs.

— Je tiens déjà assez de listes de chiffres au bureau. Viens ici.

Il lui tendit la main. Elle se retrouva assise entre ses jambes, le dos contre sa poitrine. Les mains masculines commencèrent sur le ventre, pour rapidement atteindre les seins, alors qu'il l'embrassait dans le cou.

— Finalement, ça ne te passionne pas, ce plébiscite.

— Ce n'est pas comme si nous ne savions pas la fin du scénario.

— Et dans mon état ?

Toutes leurs connaissances affirmaient avoir cessé les activités de ce genre très tôt au cours de la grossesse : « Parce que ça peut être dangereux. » Plus probablement, le goût leur en était passé.

— Crois-tu que je ferais quoi que ce soit pour te nuire ?

Comme elle demeurait silencieuse, il ajouta :

— En plus, cette jeune personne sera sans doute heureuse de savoir qu'elle atterrira chez des parents qui s'entendent bien.

Elle n'avait pas vraiment envie d'entendre aligner les résultats du vote dans des comtés dont elle ne soupçonnait même pas l'existence. Aussi, ils se retrouvèrent dans la chambre à coucher. Après des ébats tout en douceur, en la serrant contre lui, il garda une main sur l'un de ses seins.

— Je pense que tu vas t'ennuyer quand ils auront repris leur taille normale, dit Constance.

— Comment peux-tu penser ça ?

La voix lui parut un peu lointaine, alors elle se tourna à demi pour voir son visage.

— Tu sembles si triste, tout à coup. Que se passe-t-il ?

Elle caressa sa joue avec ses doigts.

— Tout à l'heure, j'ai voté “Oui” parce que je pense que Laurent a raison : il faut arrêter ce cancer avant qu'il ne nous touche. L'ordre nouveau qu'imposent ces gens, c'est tout ce que je déteste. En même temps, je suis infiniment trop bien ici pour m'enrôler et faire ma part.

Pas un instant elle ne douta que dans d'autres circonstances, il l'aurait fait. Elle attira son visage contre sa poitrine, et caressa longuement ses cheveux.

Constance et Louis ratèrent le moment où CKAC annonçait la victoire du « Oui » avec la précaution « si la tendance se maintient ». Car à dix heures, aucune boîte de scrutin de la Colombie-Britannique n'avait évidemment encore été ouverte.

Le lendemain, quand les Bujold allumèrent la radio, d'autres comptables s'étaient livrés à de savants calculs. Au Canada, plus de soixante-trois pour cent des votants avaient choisi de libérer le gouvernement de William Lyon Mackenzie King des promesses faites en 1939 et 1940 de ne pas recourir à la conscription pour le service outremer. Dans les huit provinces à majorité anglaise, la proportion était de quatre-vingts pour cent. Et au Québec, de presque trente pour cent.

King avait gagné au Canada anglais et perdu au Canada français.

Mais ce n'était pas un vote en faveur de la conscription. Il s'agissait d'autoriser les députés à discuter de l'opportunité de la conscription sans égard aux promesses antérieures.

— Est-ce que tu comprends ce que ça veut dire ? demanda Constance.

— Le premier ministre a dit pendant la campagne : "La conscription si nécessaire, pas nécessairement la conscription." Maintenant, la formule prend tout son sens. Il ne peut pas être réélu sans l'appui du Québec, et il ne peut pas être réélu si toutes les provinces anglaises lui reprochent de ne pas s'engager dans une guerre totale. Il fera tout pour sembler satisfaire notre province en plus des autres.

C'était une réponse comme King aimait justement en donner. La jeune femme en aurait pour quelques minutes à en décortiquer le sens. Laurent arriva sur ces entrefaites dans la cuisine. Il reviendrait à Louis de donner des explications adaptées à un garçon en quatrième année. Quelqu'un qui, justement, paraissait comprendre les subtilités du premier ministre.

Avec trois crêpes d'un diamètre à peu près égal, ce fut possible. Il s'agissait d'en faire des diagrammes représentant les pourcentages en question. La mère en profita aussi.

Le dimanche 17 mai 1942, les Bujold se réunirent sur le balcon arrière de leur appartement afin de voir – de façon imparfaite – le lancement des fêtes du troisième centenaire de la ville de Montréal. Ils n'entendirent pas la musique des Grenadier Guards réunis au parc Jeanne-Mance, ni ne virent le défilé des divers corps de cadets de la métropole. Par contre, au-dessus des toits, ils aperçurent certaines des gerbes les plus hautes du feu d'artifice.

En rentrant dans l'appartement, Louis constata la démarche difficile de Constance et les grimaces de douleur qu'elle tentait de dissimuler.

Dès le lendemain, Léontine Nault vint s'installer chez les Bujold. Louis n'osait plus laisser Constance seule.

Le mercredi 20 mai, il restait à peine une heure à la journée de travail quand son téléphone sonna.

— C'est maintenant, dit Constance d'une voix blanche. Ma mère a appelé l'ambulance.

— Dis-lui de monter avec toi.

— Mais Laurent…

— Je l'attendrai à l'appartement, et nous irons directement à l'hôpital. Laisse-lui tout de même un mot, car si jamais il arrive avant moi…

Il mourrait d'inquiétude. Depuis dix jours, il ne s'attardait plus sur le chemin du retour de l'école, pour retrouver sa mère plus vite. Quand il raccrocha, Louis se rendit dans le bureau au bout du couloir afin de dire à la nouvelle secrétaire de direction du patron :

— Alma, je dois partir. Avertissez-le.

La femme de Willibrod avait obtenu ce poste. Dans la Société, il se murmurait maintenant qu'il existait une petite coterie de joueurs de quilles qui se partageaient les promotions et les augmentations.

— C'est maintenant ?

— Oui.

Même si Louis avait fait au plus vite, en arrivant en taxi devant l'appartement de l'avenue Laurier, il vit Laurent sur le balcon. Dans son uniforme d'écolier, inquiet, il paraissait vulnérable. Louis lui fit signe de le rejoindre et la voiture redémarra ensuite vers l'Hôtel-Dieu.

En entrant dans l'hôpital, Louis gardait la main sur son épaule, alors que lui-même n'était pas très rassuré. Quand ils s'approchèrent de la salle d'opération, ils retrouvèrent Léontine qui murmura :

— Ce n'est pas la place d'un enfant.

— C'est celle de la famille de Constance. Si votre mari veut venir aussi, je l'accueillerai à bras ouverts.

La présence de Laurent ne dérangeait pas que sa grand-mère. En passant, les religieuses hospitalières jetaient sur lui des regards hostiles. Ce garçon savait donc exactement comment naissaient les enfants. Peut-être même comment on les concevait. Quels effets néfastes cela pouvait-il avoir sur son âme innocente ?

— Le médecin est là ?

— Il était déjà sur place. Il est avec elle.

— Vous avez une idée du temps que ça peut prendre ?

La vieille dame ne le savait pas vraiment. Elle n'avait eu qu'un enfant, et l'expérience avait été longue et difficile. Au point de lui enlever le goût de recommencer. Dans ce domaine, son mari et elle faisaient carême.

— Il paraît qu'au second, c'est plus facile.

En tout cas, ce ne serait pas particulièrement rapide. À quelques reprises, une religieuse vint dire à l'époux qu'il pouvait rentrer chez lui. « Nous vous appellerons », précisait-elle.

— À moins que l'armée ne vienne nous déloger, nous ne bougerons pas.

La sainte femme mit son entêtement sur un amour déréglé à l'égard de l'accouchée. Sa présence ne changeait rien, la vie de Constance, comme celle de l'enfant à naître, étaient entre les mains de Dieu. Il fallait se soumettre à Ses décisions.

Passé dix heures, c'est un homme qu'ils virent arriver au bout du couloir. Louis essaya de lire sur son visage s'il apportait une bonne nouvelle. Il fit trois pas dans sa direction.

— Monsieur Bujold, on m'a dit que personne ne vous ferait bouger d'ici, alors j'ai pensé venir moi-même vous rassurer.

— Après toutes ces heures, elle va bien ?

— L'accouchement proprement dit n'a pas été très long. C'est juste que la petite demoiselle devait se sentir bien à l'intérieur. Elle s'est fait attendre avant de sortir.

— Je peux la voir ?

— Oui, mais une toute petite minute. Elle est fatiguée.

Le médecin parut remarquer seulement à ce moment la présence de Laurent.

— C'est le grand frère ?

— Absolument ! Et il est aussi nerveux que moi.

— Ah ! L'hérédité. Allez-y, mais pas longtemps.

Ce fut en petite délégation qu'ils se déplacèrent vers la chambre privée. Une religieuse se tenait bien droite près du lit. Louis ne la remarqua même pas. Il s'approcha. Constance lui apparut très pâle, tellement qu'il s'inquiéta. Mais son sourire le rassura.

— Luce avait raison, dit-elle. C'est une fille.

Elle tenait un tout petit paquet dans ses bras.

— Ça doit être un don, deviner l'avenir. On va lui demander de nous conseiller pour des placements boursiers.

Il l'embrassa. Pendant ce temps, Léontine s'était placée de l'autre côté du lit, près de la religieuse, comme pour neutraliser la nonne.

— Approche, dit Louis en faisant signe à Laurent.

Le garçon avait les larmes aux yeux. Jamais il n'avait vu sa mère dans cet état de fragilité.

— Peux-tu croire que cette petite sera un jour aussi grande et aussi jolie que ta maman ?

— Elle, c'est vraiment ta fille…

Oui, il se faisait une bonne idée de la conception des enfants.

— Qui te loge, te nourrit, t'envoie te coucher à l'heure et te force à aller à l'école ?

— Tu m'aides aussi à faire mes devoirs…

— Tu as tout compris. Je te traite comme mon fils. Je vais faire la même chose avec elle. Vous êtes mes deux enfants. Je ne fais pas de distinction, n'en fais pas non plus.

Même Léontine eut l'œil humide.

— Monsieur, il faut qu'elle dorme, dit la religieuse hospitalière.

Au prix que cette chambre privée lui coûtait, Louis considérait avoir le droit de s'attarder autant qu'il le souhaitait. Pourtant, il se soumit.

— Alors à demain, ma belle.

Puis, la main sur l'épaule de Laurent, Léontine à la remorque, Louis sortit.

— Belle-maman, vous venez coucher à la maison ?

Elle hocha la tête. Finalement, elle finirait par s'arranger avec ce gendre.

Le 23 mai, le temps à Sherbrooke demeurait beau, quoique frais. Les Chevalier se présentèrent à la noce en souriant. Alfred était venu accompagné d'une fille de son âge. Ann faisait la moue parce qu'on lui avait refusé ce privilège. Il y avait aussi un grand-père et une grand-mère. Cette dernière arborait effectivement une moustache blanchie au peroxyde, tout de même beaucoup moins épaisse que celle de son mari. Deux vieux amis du marié étaient également présents.

Chez les Martin, les invités étaient plus nombreux, ne serait-ce que parce que la distance ne comptait pas. Et avec eux, la famille du notaire Trottier affichait sa satisfaction et son bonheur de voir cette union se concrétiser. Cette jeune femme s'était rendue au mariage avec une taille aussi fine qu'un an plus tôt.

Après la cérémonie, tout le monde se rendit dîner dans un hôtel de la ville. Les mariés avaient annoncé qu'ils iraient coucher dans une auberge au bord du lac Memphrémagog. Une seule nuit, car ils travaillaient le lundi suivant. Avant de partir du restaurant avec sa femme au bras, Adrien se tourna vers sa belle-famille pour dire :

— Le rationnement du sucre doit commencer le 1er juillet ; début août ce sera une once de thé et quatre onces de café par semaine pour chaque personne de douze ans et plus.

Le jour du dixième anniversaire de mariage de leur fille unique, les Martin se demanderaient encore si le fonctionnaire avait voulu les narguer ou leur donner la chance de faire des provisions.

À l'instigation d'Adrien, Hélène avait trompé tout son monde. Finalement, ils n'avaient pas quitté l'hôtel où s'était tenu le repas de noces. Faire un long trajet pour aller ailleurs aurait été un gaspillage d'énergie, passer la nuit de noces chez les parents de la mariée aurait été fort gênant, et à la pension Caron, presque autant. Et dire qu'ils restaient sur place aurait pu inciter son frère Théophile et ses amis à se livrer à des blagues de mauvais goût.

En attendant le souper, ils avaient scellé certains échanges intimes demeurés sans conclusion au cours des dernières semaines. Après un souper pris dans la chambre, ils recommencèrent pour être certains de ne rien avoir oublié. Les jeux précédant la cérémonie avaient permis à Hélène de se familiariser avec ces activités. Aussi la nervosité ne risquait-elle pas de gâcher les choses. Adrien, lui, faisait comme si cette intimité lui était familière, parce que les hommes tenaient à afficher une assurance que, la plupart du temps, ils ne possédaient pas.

Tout de même, l'épuisement finit par les forcer au repos. L'homme se réveilla le premier alors que dehors, le soleil apparaissait à l'horizon. Longtemps, il se perdit dans l'admiration du dos nu d'Hélène qui était couchée sur le ventre. Le drap avait glissé jusqu'au creux des reins. Quand la contemplation ne suffit plus, il se pencha pour embrasser la petite fossette juste en haut de la fesse gauche.

— Qu'est-ce que tu fais là ? demanda-t-elle en levant un peu la tête.

— Je pense que c'était le seul endroit que je n'avais pas encore embrassé. Alors je n'ai pas voulu te décevoir.

— Tu ne m'as pas laissée déçue, mais un peu endolorie.

C'était une façon de lui dire que le temps de l'abondance était terminé pour ce jour-là.

— Je dois aller au petit coin, et je n'ai rien sur le dos. Je me sens terriblement gênée.

— Je peux regarder ailleurs.

— Oh ! Je ne te demande pas de fermer les yeux. Je te dis juste que je n'ai pas l'habitude de me montrer toute nue.

Elle quitta le lit pour courir jusqu'à la porte de la salle de bains. Un beau verso, jugea-t-il. Avant d'entrer, elle se retourna pour lui montrer le recto, très joli aussi.

— Et tu sauras que je suis contente que mon mari aime autant me regarder.

Un petit épilogue

Dans une histoire, il ne faut oublier personne.

Le 2 juillet, deux événements secouèrent la Pension Caron.

En premier lieu, désormais, il faudrait boire son thé noir, et mettre très peu de sucre dans son café. Cela n'avait pas de quoi surprendre Précile, les journaux ayant évoqué la chose, et annoncé la publication de directives pour aider les ménagères à préparer des repas nourrissants, équilibrés et exquis. On amorcerait bientôt la troisième année de guerre, les Canadiens commençaient à avoir l'habitude de la façon qu'avaient les autorités à présenter les choses. Tout le monde remplaça les mots «équilibrés et exquis» par «mangeables».

Ce matin-là, quand Précile se rendit dans le vestibule afin de ramasser le courrier sur le sol, immédiatement, elle reconnut une enveloppe un peu plus grande que les autres. Elle portait les armes de l'archevêché de Québec. Ce fut d'une main tremblante qu'elle la ramassa. Laissant les autres lettres sur le plancher, elle retraita vers ses quartiers en la tenant pressée contre sa poitrine.

Assise dans son fauteuil habituel, pendant une heure, elle la regarda. Depuis des semaines, Léandre et elle se gardaient bien d'évoquer la demande d'annulation. Recevoir un refus briserait sans doute le moral de son amant. Ce fut donc avec la conviction que sa curiosité permettrait d'adoucir le message, en cas de refus, qu'elle déchira le rabat. Elle saurait bien enrober les choses pour le protéger.

L'envoi contenait quelques feuillets écrits à la machine, et une très courte lettre manuscrite. Une seule phrase se grava dans son esprit :

Votre mariage a été reconnu invalide, puisque madame a sciemment menti au moment de s'engager.

C'était signé par le chanoine Fernand Hamelin. Invalide, cela devait être synonyme de nul. Elle alla même consulter son Larousse. Heureusement qu'il y avait cette introduction de la part de l'ecclésiastique, car il fallait sans doute porter une soutane violette pour pouvoir comprendre la sentence proprement dite. Le mot « sentence » ne convenait certainement pas pour désigner la décision d'un tribunal ecclésiastique, mais elle n'en avait pas d'autre.

À midi, elle avertit Jeanne de ne rien préparer pour elle. L'émotion lui serrait la gorge. Pendant l'après-midi, elle posa trois fois la main sur le combiné du téléphone, afin de lui parler. Pour la retirer aussitôt. Autant le laisser terminer sa journée. À l'approche de six heures, elle alla s'asseoir dans le salon pour attendre son arrivée.

Cela lui permit de saluer les deux nouvelles jeunes filles logeant sous les combles. Comme si la composition de sa clientèle devait sans cesse se répéter, il y avait une secrétaire et une vendeuse de chez Dupuis Frères. Elles aussi étaient en quête du bon parti.

Et puis ce fut le tour d'Hélène, qui entra comme un coup de vent.

— Ah ! Bonjour mademoiselle, dit-elle en passant la tête dans l'embrasure de la porte. Je voulais juste m'assurer qu'il n'était pas déjà arrivé.

— Bonjour. Je suis certaine qu'il ne tardera pas.

Ceux-là ressemblaient à des nouveaux mariés tout droit sortis d'une comédie sentimentale américaine. Pas plus de cinq minutes plus tard, c'est la tête d'Adrien qu'elle aperçut.

— Elle est déjà en haut, dit Précile, tout de même amusée de cette situation.

Le locataire suivant fut Léandre. Elle se précipita pour prendre son bras et l'entraîner vers sa pièce double. Dans la section faisant office de salon, elle lui montra les documents restés sur la petite table. Elle les avait lus dix fois.

— Assieds-toi, ça vaut mieux.

Lui aussi reconnut l'adresse de l'expéditeur. Précile demeurait à trois pas, à le regarder. Pouvait-il s'écrouler à cause de l'émotion ?

Il commença par la lettre, puis plaqua ses deux mains sur son visage, chiffonnant le papier.

— Je ne suis plus marié, dit-il d'une voix blanche après une bonne minute.

Puis ses épaules s'agitèrent.

— Tu n'as jamais été marié. C'est ce que dit le chanoine. Tu n'as jamais été un homme adultère.

L'intimité entre deux célibataires libres de leur choix lui paraissait une faute tout à fait vénielle. Elle aussi maintenant se sentait moins coupable. Quand il se fut un peu calmé, elle dit encore :

— Je m'excuse de l'avoir lue, mais j'avais tellement peur que tu sois déçu.

Elle alla s'asseoir sur ses genoux pour l'embrasser et tenir sa tête contre sa poitrine.

— Je ne me sens pas en état d'aller manger avec les autres, dit Léandre.

— Moi non plus. J'ai déjà demandé à Jeanne de s'occuper seule du repas. Quand ils seront tous à table, nous nous sauverons pour aller manger ailleurs… et si tu veux, nous pourrions aller à l'hôtel, ce soir.

Il le voulait bien. Désormais, ils trouveraient extrêmement difficile de se montrer discrets.

Quand, le 19 août, Louis Bujold quitta son bureau, il fut content de fuir l'atmosphère devenue lugubre. *La Presse* titrait en première page DÉBARQUEMENT À DIEPPE, et juste en dessous : « Le tiers de l'expédition est formé de Canadiens ». Le journal se trompait : c'était au bas mot les trois quarts. Dans le tramway, c'était aussi le seul sujet de conversation. Jusque-là, le conflit avait semblé irréel. Il y avait le rationnement, les manifestations de la Ligue pour la défense du Canada, mais pas de guerre. Les morts survenues à Hong Kong en décembre 1941 avaient déserté les esprits. Et là, tout à coup, on apprenait que des centaines de membres des Fusiliers Mont-Royal avaient participé.

Quand Louis arriva à la maison, il trouva Laurent et Constance assis près de la radio.

— Tu as d'autres nouvelles ? demanda sa femme.

— Rien de plus que CKAC. Ce soir, je tenterai de capter les informations de la BBC, et même de la radio allemande.

Il ne comprenait rien à cette langue, mais Berlin diffusait en anglais afin de présenter à tous son point de vue. Et même les nouvelles émises depuis Paris. Maintenant que les États-Unis étaient aussi en guerre, leur version des événements lui paraissait moins fiable.

Des pleurs vinrent de la chambre conjugale. Louis s'empressa d'aller chercher Blanche, pour revenir avec le bébé dans les bras.

— N'écoute pas ce qui se raconte, murmurait-il à son oreille. Tu ne dois pas t'intéresser à la guerre avant l'âge de six mois.

À un jour près, elle en avait trois. Son père avait proposé des prénoms comme Radegonde et Astrid, de façon à faire passer plus facilement son choix par la suite. Comme les yeux du poupon paraissaient noirs à la naissance, Blanche lui avait semblé tout indiqué.

Constance avait déjà commencé à détacher son corsage. Une petite couverture lui permettait de demeurer pudique pendant l'allaitement. Son mari posait sur elle un regard attendri.

— Bon, dit Louis en s'adressant à Laurent, maman a préparé le repas de ta sœur, à nous de préparer celui des grandes personnes.

Dans les jours suivants, les journaux préciseraient certaines informations. Sur presque cinq mille Canadiens impliqués dans la bataille, près de mille avaient été tués sur la plage, et près de deux mille avaient été faits prisonniers. Malgré des appréciations contraires de la part de l'état-major, tout le monde convenait de l'inutilité de l'opération.

Le samedi 29 août, alors qu'elle se trouvait à son travail chez les notaires Hamel et Trottier, au moment de répondre au téléphone, Hélène entendit une voix familière. Elle s'exclama :

— C'est bien toi ?

Lise Desrochers. Depuis son départ pour la base de Sainte-Anne-de-Bellevue, elles ne s'étaient pas revues.

— Je me trouve tout près, chez Dupuis Frères. Pouvons-nous luncher ensemble ?

Hélène lui donna l'adresse d'un petit café rue Sherbrooke, près de son travail. Un peu avant midi, elle vit la petite silhouette de son ancienne voisine. L'uniforme la changeait beaucoup. Elle arrivait à rendre élégant un vêtement qui normalement ne l'était pas. Cela tenait aussi à ses cheveux blonds ramassés sur la nuque sous le képi.

Après avoir échangé des bises, Hélène lui dit:

— Tu sais que ça te va bien?

— Oui, grâce au petit côté martial, dit Lise en riant. J'ai fait toute une impression auprès de mes anciennes collègues de travail.

Bientôt, toutes les deux s'installèrent à une table. Lise y posa son képi, et une page du journal *La Presse*. Dans la salle, tous les regards masculins se fixèrent un instant sur elle. Si son but était d'attirer l'attention en s'enrôlant, c'était une réussite.

— Alors, comment c'est, le mariage?

— Ça va bien.

— Tu n'as pas besoin de craindre de me rendre jalouse. Honnêtement, comment c'est?

— J'aime beaucoup ça! Mais ce n'est pas le mariage que j'aime, c'est plutôt le marié.

Lise laissa entendre un petit «Oh!» moqueur. Un serveur arriva à ce moment pour prendre les commandes. Quand il fut parti, elle reprit:

— Comme ça, tu as oublié Claude?

— Claude qui, déjà?

Comme Hélène ne voulait pas répondre à des questions plus intimes, elle s'empressa de demander:

— Et l'armée?

— Ah! Tu ne veux pas m'en parler?

La brune secoua doucement la tête de droite à gauche.

— Tant pis, je resterai ignorante des choses de la vie. L'armée, c'est étrange. Tiens, c'est comme les pensionnaires au couvent. Sauf que le langage est moins châtié ! Moins pire que chez les hommes, mais j'entends quelques sacres qui provoqueraient des syncopes chez les bonnes sœurs. J'aime notre vie en groupe, les soirées où deux ou trois filles sortent un instrument de musique. Comme dans une colonie de vacances.

Ce serait certainement moins idyllique une fois l'entraînement terminé. N'empêche, les volontaires étaient unanimes à dresser un portrait sympathique de leur expérience.

— Que fais-tu comme travail ?

— Je fais du secrétariat. Quand j'ai parlé de mécanique ou de conduite de camion, les officiers ont éclaté de rire. Il paraît que je n'ai pas la carrure de l'emploi. Disons que certaines sont plutôt robustes.

Curieusement, au terme de son cours commercial, elle n'avait rien trouvé de mieux que vendeuse. Il lui avait fallu s'enrôler pour renouer avec une machine à écrire. Le sujet des « huttes » au confort sommaire et des soirées passées entre filles les occupa jusqu'à l'arrivée du repas.

Hélène se limita à parler de ses aménagements de la pièce double, des deux filles qui les remplaçaient sous les combles et des effets du rationnement sur l'ordinaire à la pension. Elles terminaient leur repas quand Lise dit en prenant la page de *La Presse* posée sur la table :

— Je voulais te montrer ça.

— C'est une liste des victimes de Dieppe. On en a déjà publié quelques-unes, dit Hélène.

— Sauf que cette fois, certains noms sont familiers.

Ce ne fut qu'à ce moment que la secrétaire remarqua les coups de crayon rouge en marge de deux colonnes. Dans celle des décès, elle lut : « Antoine Théoret, de Montréal, fils de… »

— Oh ! La guerre paraît irréelle, vue d'ici… Mais ça change immédiatement quand on reconnaît un nom parmi les victimes.

Le garçon timide et réservé, à qui poussaient des mains trop longues dans un couloir obscur, avait été mitraillé sur une plage. La colère ressentie à l'époque lui paraissait maintenant tellement exagérée. Peut-être pressentait-il les événements à venir. De là son sentiment d'urgence.

— C'est dommage, murmura-t-elle. Sincèrement.

— Maintenant, regarde plus bas.

Il y avait une seconde liste, celle des soldats ayant été capturés. Le dernier nom à y figurer était celui de Serge Saint-Jean, l'autre bidasse avec qui elles avaient passé un moment au parc Belmont.

— Ce sont les services de la Croix-Rouge qui recueillent les noms, expliqua Lise. Ceux des morts, des blessés et des prisonniers, afin de les transmettre ensuite aux armées.

— Comme c'est triste, dit Hélène.

— La Croix-Rouge se charge aussi de transmettre des lettres et des paquets aux prisonniers. Demain, je vais lui écrire.

On serait dimanche, elle pourrait y consacrer tout son après-midi.

— Et plus tard, lui envoyer quelques cadeaux. Il paraît que dans les camps, les détenus ne sont pas bien nourris. Je lui enverrai du chocolat et des confitures. Et cet hiver, des bas chauds.

Comme si Serge avait été son fiancé. Elles seraient des centaines dans tout le Canada à entretenir une relation épistolaire avec un militaire à peine connu.

— Je voulais te dire aussi… J'ai accepté de traverser.

D'abord, Hélène ne comprit pas. Elle haussa un peu la voix pour dire :

— Pas pour le rejoindre ? Tu ne seras pas plus proche de lui, tu sais.

— Non, j'avais pris la décision avant Dieppe. Mes paquets lui arriveront plus vite, c'est tout.

La brune se demanda s'il fallait la croire. Lise s'enthousiasmait bien vite, parfois. Mais elle se corrigea : « Je me suis enthousiasmée très vite pour Adrien, et j'avais raison. » Aussi, elle confessa :

— Je n'aurais jamais ce courage.

— Je ne crois pas que ce soit si dangereux, dit Lise. Aucune CWAC n'a été tuée.

Elles terminèrent leur repas, puis se retrouvèrent peu après sur le trottoir.

— Tu m'écriras ? Promets-le-moi.

— Si tu me promets de me parler de ton mariage dans tes réponses.

Elles se quittèrent sur une étreinte. Hélène la regarda s'éloigner d'un pas décidé. Les militaires ne marchaient pas comme des civils. Oui, il y avait maintenant un petit quelque chose de martial en elle.

Le dimanche 30 août, Léandre et Précile étaient dans l'antichambre du bureau du vicaire de la paroisse Saint-Jacques. Quand la porte s'ouvrit, ils virent sortir Auréa Latour. Elle tenait un poupon dans ses bras, un message d'espoir un peu gâché par ses habits de deuil.

— Auréa, bonjour ! Comme il est joli, dit Précile en se levant.

— Comment s'appelle-t-il ?

— Joseph.

Le vicaire les regarda échanger des bises. Léandre se limita à une poignée de main. Puis la jeune mère quitta les lieux.

— Je m'excuse, dit Précile en entrant dans le bureau. Elle a logé chez moi pendant quelques années. Une gentille jeune femme.

— Oui, vous avez raison.

— Elle a perdu quelqu'un ?

— Son père. Ce n'est pas un secret, elle vient de me demander de chanter une messe pour le repos de son âme.

Ce qui serait souligné du haut de la chaire, un dimanche à venir.

— Et maintenant, comment puis-je vous être utile ?

Pourtant, il devait bien être au courant. Le couple s'était beaucoup affiché au cours des deux derniers mois. Ce fut à Léandre de prendre la parole :

— Voilà un document que j'ai reçu de l'archevêché de Québec. Le mieux serait que vous en preniez connaissance.

Il le sortit de la grande enveloppe pour le lui tendre. Après l'avoir parcouru, l'ecclésiastique murmura :

— Je vois.

— Depuis que j'habite à la pension de mademoiselle Caron, j'ai beaucoup sympathisé avec elle. Après la réception de ce document, cette sympathie s'est approfondie pour devenir un amour sincère. Je pense que le mieux serait de nous épouser.

Comme son interlocuteur ne montra pas la moindre surprise, le visiteur se demanda si l'archevêché de Québec n'avait pas contacté le curé de la paroisse.

— Ainsi, nous ne risquerons pas de porter scandale.

— Dites-nous comment procéder, intervint Précile. Doit-on publier les bans, ou alors demeurer discrets ?

— Le fait que vous viviez sous le même toit a certainement attiré déjà l'attention.

— Autrement, nous ne nous serions jamais connus. Tous les deux, nous menons une vie rangée.

C'était vrai et faux à la fois. Depuis l'arrivée de Léandre dans la paroisse, ils avaient été fidèles l'un à l'autre. Si les commères pouvaient rendre compte de leurs nombreuses sorties, jamais Précile ne s'était montrée avec un autre depuis son histoire avec Edmond. Le prêtre ne pouvait pas non plus affirmer que leur intimité était largement antérieure à cette annulation de mariage, sans les accuser d'avoir fait des confessions incomplètes depuis des années. Après tout, ils étaient là pour régulariser la situation.

— Je pense que le mieux est d'user de discrétion. Vous pourrez obtenir une dispense pour la publication des bans. Et plus vite aura lieu la cérémonie, mieux ce sera. Une cérémonie très discrète.

Sans y penser, les amants se prirent la main, pour aussitôt reprendre leurs distances. Il leur faudrait jouer le jeu encore un peu. Après avoir évoqué quelques dates et en avoir choisi une, ils s'apprêtaient à quitter les lieux quand Léandre demanda :

— Serait-ce convenable si je faisais chanter quelques messes pour faveur obtenue ?

— Sans doute, mais je crois qu'il conviendrait que je dise en chaire que cela vient d'un paroissien, donc sans donner votre nom.

Le montant des messes allait au prêtre. Léandre pencha pour cinq messes, ce qui lui donna une petite aura de sainteté. Quand ils furent sur le trottoir, Précile suggéra :

— Nous devrions aller l'annoncer à ma mère. Elle sera tellement heureuse pour nous.

— Je veux bien, mais j'aimerais que nous passions à l'église d'abord. Je veux vraiment remercier Dieu.

À son ton, la jeune femme comprit que son mari demeurait un bon catholique. Il n'avait pas menti devant le tribunal ecclésiastique en évoquant son désir de faire un mariage chrétien.

Quand Dieu eut été remercié comme il se devait, Précile demanda de passer chez sa mère.

— Pas comme ça, sans nous annoncer ! protesta Léandre.

— Nous ne dérangerons pas. C'est ma mère.

L'homme pensa que les visites impromptues, un dimanche après-midi, pouvaient très bien déranger.

— Elle peut avoir des invités. Les enfants de son mari, par exemple.

— Nous pouvons arrêter dans un restaurant pour donner un coup de fil.

Des téléphones publics se trouvaient dans l'entrée de ce genre de commerce. Même s'il demeura dehors, Léandre entendit très distinctement le : « Maman, nous allons nous marier ! » – de même que deux passants et tous les clients à l'intérieur.

Quand elle revint sur le trottoir, ce fut pour dire :

— Elle nous attend.

C'était à prendre au pied de la lettre : quand ils tournèrent le coin de la rue Saint-Hubert, ils la virent debout sur son balcon. Précile courut et monta l'escalier deux marches à la fois pour se jeter dans les bras maternels.

— Je suis tellement contente, dit Cédulie. Tellement contente ! Maintenant, je sais que c'est le bon choix.

L'allusion à Edmond était limpide, la grande fille se contenta de hocher la tête pour dire son accord.

— Venez que je vous embrasse aussi, dit Cédulie.

Ces effusions furent un peu plus pudiques.

— Entrez ! Hermas aussi est très content de la nouvelle.

Ils le trouvèrent dans le salon, devant un buffet. Il abandonna la bouteille qu'il tenait à la main pour embrasser

Précile en la félicitant, puis il serra la main de Léandre en lui disant :

— Je suis certain que vous serez très heureux ensemble. Je devrais avoir du champagne, mais en réalité je n'aime pas tellement. Mesdames, un porto ? Et Léandre, un cognac ?

Quand tout le monde eut son verre à la main, Cédulie demanda :

— Vous avez une date ?

— Le dernier vendredi de septembre, dit Précile.

Très exactement cinq ans plus tôt, elle se montrait à Edmond dans de nouveaux vêtements plutôt seyants achetés chez Eaton, afin de le faire sortir de sa réserve. Cela paraissait si lointain, et la démarche si dérisoire, maintenant.

Encore un mot

Si vous désirez garder le contact entre deux romans, vous pouvez le faire sur Facebook à l'adresse suivante :

Jean-Pierre Charland auteur

Au plaisir de vous y voir.

Jean-Pierre Charland

Suivez-nous

Achevé d'imprimer en février 2021
sur les presses de l'imprimerie Marquis-Gagné
Louiseville, Québec